Nürnberg '46
*Treffen am Abgrund*

# DAS SCHLOSS DER SCHRIFTSTELLER

# 作家城堡

纽伦堡
## 1946
深渊旁的聚会

[德] 乌韦·诺伊玛尔 著

柳雨薇 译

NEWSTAR PRESS
| 新 | 星 | 出 | 版 | 社 |

著作版权合同登记号：01-2024-0410

**图书在版编目（CIP）数据**

作家城堡：纽伦堡1946，深渊旁的聚会 /（德）乌韦·诺伊玛尔著；柳雨薇译 .
— 北京：新星出版社，2025.9. — ISBN 978-7-5133-6167-5

Ⅰ . I516.55

中国国家版本馆 CIP 数据核字第 2025HX8775 号

# 作家城堡：纽伦堡 1946，深渊旁的聚会

[德] 乌韦·诺伊玛尔　著；柳雨薇　译

**责任编辑**　白华召
**责任校对**　刘　义
**责任印制**　李珊珊
**装帧设计**　董茹嘉

**出 版 人**　马汝军
**出版发行**　新星出版社
　　　　　　（北京市西城区车公庄大街丙 3 号楼 8001　100044）
**网　　址**　www.newstarpress.com
**法律顾问**　北京市岳成律师事务所
**印　　刷**　北京美图印务有限公司
**开　　本**　889mm×1194mm　1/32
**印　　张**　11.5
**字　　数**　229 千字
**版　　次**　2025 年 9 月第 1 版　　2025 年 9 月第 1 次印刷
**书　　号**　ISBN 978-7-5133-6167-5
**定　　价**　79.00 元

**总机**：010-88310888　　**传真**：010-65270449　　**销售中心**：010-88310811

# 推荐序一
# 文学的罗生门：纽伦堡迷雾

文 / 柏琳

"现在，我正身在纽伦堡这座死亡之城。飞机还在半空飞行的时候，我们就已经能看见战争给城市带来的许多创伤，如倒塌的桥梁、已成废墟的建筑物，但当我们真正进入纽伦堡的时候，我真是人生第一次见到有城市因为战争而被毁坏到如此可怕的境地。"[①] 1945 年 8 月 14 日，时任纽伦堡审判的盟军美国代表团次席检察官的托马斯·J.多德，在抵达这座满目疮痍的废墟之城时，这样向妻子格蕾丝写道。

现代史上，恐怕没有哪一次审判像纽伦堡审判一样，其存在本身就意味着争议，意味着通向正义的旅途实际上歧路重重，

---

[①]克里斯多夫·多德、拉瑞·布鲁姆：《纽伦堡来信：爱与正义的亲密档案》，周楠、李静译，重庆出版社 2013 年版，第 69 页。

意味着在不同的人寻求真相的背后，真相却如曝了光的胶卷一样，退入历史的迷雾之中。

1945 年 11 月 20 日，国际军事法庭在纽伦堡的司法宫开庭审判纳粹政权的主要战犯及犯罪组织。第二次世界大战的余烬仍未消散，全世界的目光再一次聚焦德国，人类将进行一场史无前例的法律实验——对一个法西斯政权的军政高层进行判决。对此，一批最负盛名的记者和作家被派往纽伦堡，为世界各国的通讯媒体提供审判过程的详细报道。这份记者和作家的名单，汇聚了 20 世纪 40 年代新闻界和文学界的精英，他们齐聚一堂，在新世界的零时刻见证文学和历史的相撞。他们的故事，就浓缩在眼前这本奇特的书《作家城堡：纽伦堡 1946，深渊旁的聚会》里。

正义，邪恶，真相，谎言，记忆，这些都是文学的主题，但它们又同样是历史的母题。没有什么讲述比文学更主观了，可历史也并非全然客观，当充满主观性的文学叙述与扑朔迷离的历史真相正面交锋，对于所有读者来说，碰撞的矛盾点正是最摄人心魄之处。

《作家城堡》就是这样一本书。你无法在里面看到庭审历史的常规流程和详细举证报告，也没有关于审判本身的法理和哲学性洞见，这本来就不是它的使命。十六年后，另一场对纳粹战犯的审判会在耶路撒冷进行，哲学家汉娜·阿伦特将在旁听审判后写下她那部举世震惊的政治学著作《艾希曼在耶路撒冷：一份关于平庸的恶的报告》，那是迄今为止人类凝视战争罪恶深渊后最杰出的思想著作。而《作家城堡》不同，它就像一架围绕纽伦堡法庭亲历人员的脸庞而旋转的摄影机，天气、场地、对象、事件、对话，当参数在变动，镜头也在不停切换，呈现给我们的，则是一扇纽伦堡的罗生门。

罗生门，这个脱胎于日本作家芥川龙之介的两篇小说《竹林中》和《罗生门》的意象，被日本导演黑泽明用同名电影《罗生门》高度象征化，已经变成"多版本真相"的文化符号。在芥川的小说里，一名武士和妻子在竹林中遇袭，武士被杀，妻子遭强盗凌辱。事件发生后，涉案人员及目击者分别向官府陈述案情，但每个人的证词相互矛盾，真相扑朔迷离。每一个叙述者都从利己角度出发，扭曲或隐瞒部分事实，导致了"罗生门效应"——真相只是主观的碎片。芥川借此探讨真相的主观性与人性的复杂性，而罗生门也成为极具哲学深度的寓言——对"叙述即权力"的质疑。

在现代社会，媒体报道、历史教科书乃至个人记忆中的"真相"，往往取决于谁在讲述，这和后现代哲学对叙事的解构不谋而合。在《作家城堡》中，纳粹犯下的战争罪、发动和实施侵略罪、危害人类罪等罄竹难书的罪行，是不容置疑的真相，而纽伦堡的罗生门，并不在于罪行的真实性，而在于环绕在罪恶周遭的迷雾重重——为什么会发生这场浩劫？被起诉的战犯究竟是怎样的人？是恶魔还是精神病人？是普通人还是上流社会的精英？他们将如何为自己辩护？他们可有悔意？

精彩的不止于此。在纽伦堡，同样聚集着的还有从世界各地飞奔而来的国际记者，他们住在这里也在这里工作、报道和写作。文学和历史的对峙，将怎样与个人命运休戚相关？纽伦堡审判究竟是一则迟到的正义宣言，还是一场胜利者的作秀表演？又或者，是一场"奇观式复仇"？德国法西斯犯下的累累罪行，究竟该让全体德国人来承受，还是应该将罪犯、消极旁观者和无辜的战败国人民区分对待？作为战败国，德国人是否有权利参与对自己国家的罪犯的审判？更甚者，如某些到场的女作家所指出的，纽伦堡审判失败的根源是否在于，正义、民主和法理的原则在一个全部由男性组成的法庭中无法实现？

　　飞往纽伦堡的作家和记者们，凝视着深渊，深渊也向他们投以凝视。于是我们看到，这些极具个人魅力和创造力的人，基于不同的人生经历、政治立场和美学品味，对这场审判的成效下了自己的"判决书"。他们的判决书自然是他们的文章，虽然纽伦堡审判挑战了非虚构的认知和书写边界——庭审材料过于抽象，庭审过程往往枯燥，旁听者很难进入罪行发生的历史场景，也就无法用文学魔法来复刻历史的魅惑。然而，杰出的作家总是能突破边界。约翰·多斯·帕索斯从形式上和本质上对如何思考德国人的命运进行了重新洗牌，丽贝卡·韦斯特以"铅笔堡"的一位不起眼的园丁为切入点，以小见大地分析德国的民族性，埃里希·凯斯特纳则干脆"虚实相生"，"构想"出了一幅未来人们参观庭审遗址的画面……

　　以上都不是《作家城堡》的全部。所谓纽伦堡的罗生门，并不只是呈现于笔下的世界，还是这些亲历者们被困住的人生。

他们来纽伦堡之前是什么样的人？纽伦堡的经历怎样影响了他们？为什么托马斯·曼的女儿艾丽卡·曼和儿子戈洛·曼姐弟会在对德国人罪责的看法上背道而驰？为什么法国著名作家和抵抗运动成员埃尔莎·特里奥莱会在审判之后因对斯大林政治路线的拥护而被排挤为边缘人？法庭上的一位德国将军是怎样震撼了威廉·夏伊勒对德国军国主义的看法？

在纽伦堡，历史扩散迷雾，文学制造罗生门。

# 推荐序二
# 好兆头

文 / 陆大鹏

　　群体传记难写，一不小心就沦为材料堆砌，简单地将若干似乎有联系的人物的生平罗列出来。《作家城堡》算不算群体传记，固然可议；如果算的话，我相信它是一个成功的范例。

　　美国文豪约翰·多斯·帕索斯、德语文学巨擘埃里希·凯斯特纳、名记者威廉·夏伊勒、西德总理维利·勃兰特、东德特务头子马库斯·沃尔夫、历史学家戈洛·曼，这些人有什么共同点吗？如果仅仅考虑他们都曾作为记者报道纽伦堡审判，都曾在文具商辉柏嘉家族的城堡暂住这样一个地理空间的肤浅联系，怕是很难写出一部令人信服的群传。好在，本书作者诺伊玛尔成功地挖掘出了更深层次、更隽永、更普世、更发人深思的连接，那就是对于 20 世纪灾难性历史的观察、剖析与反思。

　　但是，在文学史上，居然能有这么多优秀的作家齐聚一堂，这本身就是极为难得的。在一两年的时间里，来自不同国家（英、美、德、法、苏……）、不同政治背景（从左转向右的帕索斯、咄咄逼人的斯大林主义者特里奥莱、和平主义者凯斯特纳、社民党人勃兰特、激进左翼的艾丽卡·曼、日趋保守的戈洛·曼），甚至怀揣不同目的（是寻找真相，还是做宣传鼓动？）的大批写作者，在曾经代表南德繁荣市民文化（瓦格纳的《纽伦堡的名歌手》！）、后来又沾染了纳粹恶臭的纽伦堡，共同观察、报道和思考纽伦堡审判这场槽点满满，但仍然具有划时代意义的历史事件。当然，这些写作者也互相论战、争吵、闹别扭，逢场作戏地搞露水情缘。有喜剧，有悲剧，也有悲喜剧。这些写作者的才华、水平不一，对报道审判这项工作的热忱和投入程度各异，其中有些人的品性颇为令人不适，但每个人都是极具个性的、都是有故事的。

纽伦堡作家城堡的写作者们面对的，是另一群人。在法庭上洋洋得意地舌战盟国检察官的戈林、相貌英俊的盖世太保头目迪尔斯、神秘莫测的鲁道夫·赫斯、坦然揭示纳粹罪行的党卫队将军奥伦多夫……作者也为他们立了一部群传，当然，是透过写作者们的视角。两群人，两部群传。对于纳粹的历史，以及纽伦堡审判、去纳粹化、以及这些努力的残缺不全的、暧昧的、无奈的部分成功（或者说是部分失败），已经有汗牛充栋的历史书来讲述、分析、鞭挞、讴歌。不过，诺伊玛尔写的并不是纽伦堡审判，而是作家观察下的纽伦堡审判。

这就必然会带入作家自身的往往不甚公正的视角，掺入许多偏见和误解。丽贝卡·韦斯特对德国人的仇恨和鄙夷，带有近似于纳粹的种族主义色彩。从巴勒斯坦来的犹太人希尔德斯海默认为德国人的反犹主义根深蒂固，不可能根除，所以他宁愿住在瑞士。艾丽卡·曼和当时的很多人一样，认为德国人不可救药，以至于持有美国国籍的她，想方设法消除自己的德国色彩，那副做派比美国人更美国人（岂不也是一种"皈依者狂热"），甚至假装不会说德语。挪威籍的社会主义者兼记者勃兰特大概会觉得，艾丽卡·曼是不是太"装"了。

那个时候，战争才结束不久，纳粹的罪行刚刚被全面揭发出来。所以，几十年后的我们哪有资格苛责那些对德国没有一句好话要说的作家。左派作家大多显得正义凛然，在他们眼里黑白分明，十分清楚。反倒是帕索斯这个被海明威厌恶的"右派"，看问题似乎更有深度和层次。帕索斯是美国人，但不是志得意满、胜利了就要把敌人狠狠踩在皮靴底下的胜利者，反倒在思索美国犯下的历史错误，检讨"一方面被禁止与德国人亲善……另一方面却要对'泡菜佬'实施再教育，教他们民主"是否办得到。

帕索斯去过内战期间的西班牙，在那里的所见所闻——"在当下这样的时代，一个人的性命又算得了什么？"——让帕索斯最终倒向了保守主义。而另一个同样亲身经历过西班牙内战，甚至自己也差点被"清洗"的作家——乔治·奥威尔，也对德国人表现出了"悖论般的公正"。他并不憎恨德国人，还声援了募捐物资送到德国的活动。

诺伊玛尔有一个关注点特别有意思，那就是女记者/女作家。二战期间盟军就有女性的随军记者，还有不少女记者参与了对纽伦堡审判的报道。在今天看来，这已经是非常进步主义了。当然，限于时代局限，纽伦堡审判期间的女记者还是没有得到严肃待遇，还是被视为一种新奇的试验，或者是中看不中用的花瓶。玛莎·盖尔霍恩是唯一一个于 1944 年 6 月 6 日随美军登陆诺曼底的女记者，她的勇气令人景仰，但报纸的插图还是带着色情意味，把她描绘成身材窈窕、穿着紧身衣服的男性凝视对象。盖尔霍恩也不得不与她的丈夫海明威斗争，因为海明威嫉妒她，否认她的才华，在文学圈排挤她，甚至剽窃她的新闻素材。"他娶了我，只不过是为了消灭一个竞争对手。"而女权主义者珍妮特·弗兰纳更是提出，世界之所以这么糟糕，至少部分原因是：它是由男性主导的。"纽伦堡审判失败的根源在于男人。"

总的来讲，1945—1946 年齐聚于纽伦堡的作家们对德国人能否改过自新并不看好。如此悲观也是情有可原。战后西德对历史的反思，在今天经常受到赞扬。毕竟，除了德国，有哪个国家能够在首都市中心的黄金地段建造一大片揭露自己黑暗面的纪念碑？但我们今天很清楚，德国对历史的检讨不是一夜之间完成的，德国的民主化进程是坎坷的、螺旋上升的、有很多缺陷和遗憾的。但是，因为德国人的反犹主义而离开德国的作家希尔德斯海默，在柏林墙倒塌后，应纽伦堡审判被告之一的儿子的邀请，去德国总统府做朗读会，这总归是一个好兆头。

# 推荐序三
# 纽伦堡的悖论

文 / 陈早

二战结束后，由美、英、法、苏四个战胜国组成的国际法庭，在纽伦堡发起了对 22 位德国纳粹军政首领的审判。

这场审判本应是人类文明摆脱暴力集权、走向法治民主的进程中浓墨重彩的一笔，最初开庭时，全世界也确实对此充满期待。然而，在历时近一年的漫长过程中（1945 年 11 月 20 日—1946 年 10 月 1 日），战胜国定罪纳粹的双重标准、盟国之间的猜疑和欺骗、良心面对灾难时的无力，让纽伦堡的正义蜕变为一种被抽空的孱弱概念。纳粹固然罪有应得，但打着正义旗号的同盟国也绝非天使：在他们指控纳粹大规模屠杀时，惨遭同盟军空袭的德累斯顿难民应向何处申冤？策划并发动侵略战争是德国的重罪，几个胜利的同盟国难道个个清白？把斯大林授意的卡廷惨案甩锅给德国纳粹的苏联检察官，是否在用自己的龌龊行径坐实战胜国的霸权？在 22 位受到起诉的纳粹高官中，最后有 12 位被判处死刑，如此轻量的惩罚，能否偿还 600 万犹太人的血债？能否起到任何威慑后世的效果？能否"让人闻到焚烧人肉的气味"？

如果说，正义的不彻底损害了纽伦堡审判的根基，那么，庭审所坚持的程序正义就进一步加速了耐心的消亡。在很多人看来，纳粹的罪行毋庸置疑，审判仅仅是走过场，大量烦琐的举证细节、堆积如山的文件和长篇累牍的证词无非是战胜国制造的噱头，不但没有必要，还让所有人身心俱疲。犹太记者列维·沙利坦将其称为"口香糖审判"，因为"甜味和薄荷的刺激早已消散，留下的只有口腔里无聊的拉扯和吮吸"。更可疑的是，每位被告都有为自己辩护的权利，他们老谋深算、恬不知耻，甚至把审判当成自己出风头的最后机会，他们极力推卸责任，强调职业"操守"、军人的服从、自己对集中营惨状的不知情，在此意义上，法国的斯大林主义者埃尔莎·特里奥莱不无偏激地断言"整场审判、整座城市都只服务于一个目的，那就是让他们（指主要战犯）自己的意识形态开脱"。

评述纽伦堡审判的通俗历史读物，大多止步于双标正义和枯燥程序所引发的争议和不满，但这些批评并不会撼动审判本身的正义实质。而《作家城堡》的特殊在于，它没有把刺眼的舞台强光聚焦于审判台，没有以断言或说教的方式直接对审判评头论足，而是以细腻的散射光巧妙地照亮了审判台的观众席——毕竟，戏演得怎么样，现场看过的人更有发言权。这些为观看、记录审判而齐聚纽伦堡的文人墨客，来自不同国家、代表不同立场、各有不同目的，他们是意图明确的政治操盘手，是为了制造轰动效应而使出浑身解数的明星记者，是为了维护某种几近信仰的意识形态而横冲直撞的天真斗士，是为了发泄私愤不惜夸大其词、捏造事实的复仇者。在他们"各怀鬼胎"但不谋而合的"努力"下，战后萧条的纽伦堡变成了充斥着争吵、谩骂、诋毁、谄媚、吹嘘、谣言的大秀场。

有些人认为，对审判的实时报道应中立、客观，尽量满足读者的资讯需求；另一些人则认为，审判本身就是具有教育意义的政治事件，在描述审判时不仅要明确传递作者的主观立场，甚至可以为了教育等实践目的牺牲真实，于是，随意杜撰的细节、煽动性的宣传口号、蓄意激化的对立、对某些确凿事实的规避或漠视成为写作的常态。

在泛欧主义立场的美国女记者珍妮特·弗兰纳眼中，戈林是聪明绝顶的魔鬼、是有着非凡记忆力和辩才的角斗士、是马基雅维利式的天才；与出色的欧洲代表相比，狭隘、庸俗、物质崇拜、缺乏教养的美国同胞们实在相形见绌。但在有意迎合当时美国精英阶层的英国记者丽贝卡·韦斯特笔下，戈林就像小丑和妓院老鸨，丑陋、滑稽、头脑简单、毫无魅力，而美国法官弗朗西斯·比德尔则是"审判席上唯一的贵族"。

控方代表、美国首席检察官罗伯特·H.杰克逊在他的开庭致辞中，把纳粹犯罪集团与普通德国民众区分开来，他强调审判不是复仇和胜者的私刑，而是把罪犯交由法律裁决，这是权力对理性的让步，也是根据法律原则重建世界秩序的开始。有些人被这些言论感动得热泪盈眶，另一些人却认为杰克逊极其"天真"，他对欧洲局势的认知漏洞百出，就德国民众对希特勒的个人崇拜和集体性狂热避而不谈，至于严格的法律程序，那不过是"在当前堆积如山的虚伪上再加一笔"。

在乱哄哄你方唱罢我登场的笔战和报道中，杰克逊所强调的罪责归属是最核心、分歧也最大的问题。仇视所有德国人的范西塔特主义者认为，穷兵黩武的军国主义是德国人固有的民族性格所致，纳粹是这种民族性的必然结果，没有任何德国人能与纳粹脱离干系，必须在工业、军事、文化等方方面面进行全面监管并开展改造教育。无差别的仇德情绪，是审判时期绝大多数人的心理状态。为了与这个"凶暴而邪恶的民族"划清界限，托马斯·曼的女儿艾丽卡·曼甚至谎称自己忘记了德语。《第三帝国的兴亡》的作者威廉·夏伊勒牵强地把德国人尊崇暴力的倾向追溯到马丁·路德和黑格尔，还在此书出版时刻意煽动人们对德国再度崛起及其侵略性的不安，只是为了更好地推销自己的作品。唯一登陆诺曼底的女战地记者、因强硬地要求平等而与海明威离婚的玛莎·盖尔霍恩，坚信德国人"无药可救"，因此，当美军在解放达豪集中营、当场射杀39名已投降德国卫兵时，她评论说"见到死人第一次成了一件值得高兴的事"。可是，这些死者是一支不久前才被征召的预备役，其中一些士兵还是少年，而负责管理集中营的党卫队骷髅总队早已逃之夭夭。一旦对象被抽象为没有具体内容的空洞概念，无论多么聪明的头脑都很容易沦为盲目的激进分子。针对德国人的恶意，在女权主义者那里变形为对男性群体的鄙夷：美国记者珍妮特·弗兰纳认为，纽伦堡审判失败的根源在于过于"男性主导"，在她眼中，男性似乎可以直接与军国主义画上等号，这种逻辑的荒唐，与范西塔特主义者把德国人等同于军国主义如出一辙。当他们把民族劣根性的标签贴到所有德国人头上并坚持暴力制裁，当他们为煽动世人的恐怖情绪而大肆渲染德国人的危险和复仇欲甚至随意搬弄是非时，这种二元对立式的仇恨本质又何异于"反向的种族主义"？

　　海明威曾吹嘘自己杀了122名德国士兵，还向一名俘虏的头部开枪，"让他的脑浆从嘴里流出来"，同时期与海明威齐名且交好的美国记者多斯·帕索斯却描绘了纽伦堡妇女和她们的孩子在废墟中的一块锌板上烤土豆的可悲场景。不同于支持所谓"一个德国论"的激进派，英国作家乔治·奥威尔也对德国人表现出"悖论般的公正"，他认为导致纳粹的条件并非德国独有，还曾撰写专栏文章调侃英国粗暴的反德情绪。未来的西德总理维利·勃兰特在其著作《罪犯与其他德国人》中区分了罪犯与"另一个德国"，强调德国人并非"天生的罪犯"，而是在极端的环境下才沦为了纳粹的工具和牺牲品；但勃兰特也明确指出，即便无须承担罪责的人，也必须肩负整个社会的共同"责任"。哲学家雅斯贝尔斯亦明确反对一种笼统的、诋毁性的集体罪责概念。然而，帕索斯、奥威尔、勃兰特和雅斯贝尔斯等人的理性思考无力对抗审判时期普遍的仇德心理。虽然有曾参与过刺杀希特勒行动的德国国防军将军埃尔温·冯·拉豪森出庭作证，虽然他表现出令人动容的"诚实、正直和人类最基本的良知"，虽然他证明了即便在希特勒统治下依然有德国人怀有强烈的道德责任感，但强硬的"一个德国论"者宁愿选择对此视而不见。讽刺的是，审判结束半年后，英美为了将德国化为盟友，逐渐停止了对德国的污名化，在他们的对德政策改变后，很多人的对德态度也随之扭转。

2023 年 4 月 7 日，参与纽伦堡审判的最后一名在世检察官本·费伦茨去世，享年 103 岁。至此，这场世纪审判已在现实意义上彻底落幕。然而，《作家城堡》铺陈的细腻背景让我们有机会从不同角度重新切入八十年前那场审判所引发的关于道德、正义、法治的大型辩论，我们因此看到，审判绝不仅仅是二战的终点，而是重建世界秩序的必要精神准备。这场并未达成最终共识的不完美的审判，为不同立场和不同思维方式提供了共存、较量、反思、磨合的空间——可以说，纽伦堡也审判着理性自身的限度，而理性的自我审判，恰恰是理性生命的真正根源。在此意义上，纽伦堡的审判尚未落幕，也不会落幕。

# 目 录

# 前　言<sup>*</sup>

萧乾被眼前的景象震撼住了。在所有欧洲城市中，纽伦堡
最令他想起北平。不只因为那古老的城墙、环绕的护城河、满
城的垂柳，还因为整座城市散发出的幽静气质。1945 年，这位
来自中国的战地记者跟随英军渡过了莱茵河。在盟军占领下的
柏林短暂落脚后，他于秋天抵达了纽伦堡。这座帝国城市一度
是旅游胜地。"今日呢，"他在 10 月 9 日的报道中这样写道，"行
人络绎到达纽伦堡，既不是来看文物（得在碎砖堆里去捡），也
不是来吃姜汁面包——纽伦堡驰名的点心。纽伦堡今日是举世
瞩目的中心，因为它关着二十三名就擒的纳粹党魁……这是一
番空前创举。"<sup>1</sup>

　　萧乾向他的中国读者描述的"空前创举"，正是国际社会
对这桩骇人听闻的暴行给出的回应——对德国主要战犯的纽伦
堡审判，这一事件标志着赎罪之时的到来。全世界都想见证纳
粹独裁的面目是如何被揭露的，部分关注者更将其视为现代刑
法实践的奠基之举。纳粹要员的出庭、由四大战胜国联合组织

---

\* 如无特殊标注，本书章后注均为原注，页下注均为译者注，后不再一一标明。
本书中出现的人名后文中常常有相关事迹介绍或重点论述，为避免冗余，并不额外加
译者注，读者可参考书后人名索引与书内边码，按图索骥。——编者注

1

战争法庭的法律创新，以及人们对这个充满神秘感的国家的好奇，使得这场审判成为全球瞩目的盛事。与之相应，大量记者被派往纽伦堡进行现场报道，日后的中国作协主席萧乾是其中唯一一名中国人。人们期待记者们为这片与世隔绝的飞地打开一扇窗户，令外界能够透过它跟踪审判的进展。[8]

为了安置蜂拥而至的记者，在美国占领当局的组织下，人们开始着手筹建一座记者营。然而，在这座于二战中屡遭轰炸的城市里，要找到一栋足以容纳数百名记者的建筑绝非易事。最终，人们在纽伦堡附近的小镇施泰因发现了一处合适的地方，那就是文具商法贝尔-卡斯特尔被没收的城堡。这座以历史主义风格建成的城堡建筑群，在战争中并未遭到明显破坏。由它改建而成的国际记者营，人称"铅笔堡"①，既是记者们的住处，也是他们的工作场所。² 记者们住在最多可容纳十张床的房间里，当戈林、里宾特洛甫②、施特赖歇尔和赫斯等人于几公里之外的纽伦堡牢房中等待国际军事法庭的判决时，他们就在这里像地震仪一般敏锐地捕捉着事态的变化。

一批最负盛名的记者和作家被派往纽伦堡，为报纸、通讯社和广播电台提供审判过程的详细报道。这份名单汇集了当时

---

①德国铅笔制造商法贝尔（又译辉柏嘉）家族建造的城堡建筑群，又称为"法贝尔堡"（Faberschloss），二战后由美军占领。
②约阿希姆·冯·里宾特洛甫，德国政治家、外交官，曾任德国驻英国大使，1938至1945年任纳粹德国外交部长，在任上先后促成了《慕尼黑协定》《德意同盟条约》和《苏德互不侵犯条约》的签订。

新闻界和文学界的精英，其中既有艾丽卡·曼、埃里希·凯斯特纳、约翰·多斯·帕索斯、伊利亚·爱伦堡、埃尔莎·特里奥莱、丽贝卡·韦斯特和玛莎·盖尔霍恩等知名人士，也有当时还默默无闻，但后来在文学、新闻或政治领域名声大噪的人物。后者包括在纽伦堡审判中担任翻译的沃尔夫冈·希尔德斯海默、被誉为巴拉圭最伟大作家的奥古斯托·罗亚·巴斯托斯（Augusto Roa Bastos）、未来学家和"诺贝尔替代奖"①获得者罗伯特·容克②、美国电视界传奇人物沃尔特·克朗凯特（Walter Cronkite）以及美国 20 世纪最具影响力的政论作家沃尔特·李普曼。更不用说后来成为德国总理的维利·勃兰特，东德国家安全部（"史[9]塔西"）对外情报局局长马库斯·沃尔夫，以及约瑟夫·凯塞尔③、彼得·德·门德尔松和格雷戈尔·冯·雷佐里④等作家了。

如此之多的知名作家齐聚一堂，在新世界的零时见证世界文学与历史的碰撞，这种群英荟萃的场面可谓空前绝后。从流

---

①该奖项的正式名称为"正确生活方式奖"（Right Livelihood Award）或"诺贝尔环境奖"，设立于 1980 年，旨在嘉奖引领社会变革、对环境和生态保护及人类可持续发展等做出卓越贡献的创新者。事实上，该奖奖金来源于捐款，与诺贝尔基金会无关。
②奥地利著名记者、未来学家和和平主义者，以对核武器与科技伦理的批判性研究闻名，其代表作《比一千个太阳还亮：原子科学家的故事》讲述了原子弹的研发历程。他在战后积极参与反战、反核武器和保护生态相关的社会运动，还出版了大量相关的科普作品。
③法国著名小说家、战地记者，还曾作为飞行员参加两次世界大战。其作品以冒险小说为主，由于通俗文学的色彩过浓，没有在文学界得到太多认可，但很受大众青睐。他的很多作品都被改编成电影成为影史上的经典，如《白日美人》《无忧宫的漫步者》等。
④著名德语作家、编剧、记者和电台撰稿人，代表作有讽刺短篇小说集《马格里布故事集》《一个反犹分子的回忆录》等。

亡和"内心流亡"中归来的人们与身经百战的军官、抵抗运动成员与大屠杀幸存者、共产党员与西方媒体巨头、前线记者与养尊处优的媒体明星在此相遇，共同追寻这些问题的答案：这场浩劫为什么会发生？被告究竟是怎样的人？他们又将如何为自己辩护？

施泰因的记者营是创造历史、书写历史的地方，同时也是有诸多反差与对立的地方。艾丽卡·曼是一名正式入伍的美军军官，尽管军中明令禁止同性关系，她还是和自己的同性伴侣、一位美国女记者同居在记者营中。维利·勃兰特当时是斯堪的纳维亚一家工人报纸的通讯记者，他在营地结识了马库斯·沃尔夫，数年后，正是后者在史塔西对外情报局局长任上策划的间谍案导致了他的下台。雷蒙德·达达里奥（Raymond D'Addario）作为美军随军摄影师，为审判拍摄了一系列经典照片。1949 年之前他一直驻留在纽伦堡，其间还在记者营中举行了婚礼，酒席由希特勒的内务主管一手操办。正如《明镜周刊》1948 年 9 月报道的那样，阿图尔·坎嫩贝格（Arthur Kannenberg），这位曾经打理着希特勒帝国总理府的人物，在非纳粹化后成了法贝尔堡的主厨。坎嫩贝格的一位熟人曾为希特勒演奏手风琴和唱歌取乐，并在战前对他与希特勒的关系之亲近表示过羡慕。"这是只有少数人才能享有的机会，也是数百万人最热切的愿望。"他在写给坎嫩贝格的信中以颂歌般的口吻写道，"你在尘世间便得享此等荣光，竟能终日伴他左右。"[3] 如今，这位被沃尔夫冈·瓦格纳讽刺为希特勒的"拉琴的宫廷小丑"[4]

的人物，他服务的对象已不再是"元首"和他的随行人员，而是来自世界各地的媒体代表。

[10]

　　记者营一直开放到 1949 年纽伦堡后续审判结束，它不仅是记者们笔耕不辍的场所，也是艺术家们孕育创造力的土壤。除了不计其数的报刊文章、审判报道和广播节目，这里还诞生了大量素描、讽刺漫画、长篇和短篇小说。谢尔盖·普罗科菲耶夫的歌剧《真正的人》就改编自鲍里斯·波列伏依在记者营中创作的同名小说。普罗科菲耶夫坚持要为其谱曲，并盛赞其为"当代最激烈的文学体验"。沃尔夫冈·希尔德斯海默原本的志向是成为一名视觉艺术家，在转向写作前，他也在铅笔堡中绘制了一系列抽象画。

　　《真理报》的一名记者在日记中写道，这座国际化的营地逐渐形成了自己独特的习惯和规矩。记者们共同生活在一个狭小的空间里，这加剧了紧张的气氛。每个人都面临着巨大的竞争压力，这在美国记者之间表现得尤为激烈。早餐时还在友好交谈的同行，转眼间就可能成为寸步不让的劲敌。许多人都在寻找独家新闻，抢占先机。赫尔曼·戈林的妻子埃米（Emmy）被铺天盖地的采访邀请淹没，咄咄逼人的摄影记者也对被告的妻子们穷追不舍。美联社的一张照片就捕捉到了记者韦斯·加拉格尔（Wes Gallagher）在判决宣布后跑出法庭、以便抢在第一个拨出国际长途的瞬间。激烈的竞争导致一些记者疯狂夸大自己的报道。出于提高销量或政治宣传的目的，假新闻也层出不穷。即便是阿尔弗雷德·德布林这样的作家也未能免俗：他在以笔

5

名为法国占领当局撰写的审判报道中，声称自己当时就在法庭上，尽管他在 1945 至 1946 年间甚至都不在纽伦堡。

这一重大国际事件也吸引了投机者的目光。英美各大媒体集团的出版商嗅到了巨大的商机，他们频繁出入记者营，就出版其委托人的回忆录与战犯的辩护律师进行谈判，成为营地晚宴上的常客。

大国之间的不信任和逐渐形成的冷战格局使得苏联记者和西方记者在记者营中也必须保持距离。来自莫斯科的管控尤其严苛。派往纽伦堡的记者们被严格指示该如何行事，任何违背指令的行为都可能被告发。即便是最微小的违规或一句不当的言辞，都可能令他们被立即召回、招致职业生涯的终结，政府甚至可能会向他们的家人施压。[11]

白天，审判的参与者要在法庭上面对被告所犯下的骇人听闻的罪行，目睹集中营的影像、集体枪决的照片，还要聆听受害者的证词。到了晚上，许多人都需要借酒精麻痹自己。深夜时分，所有的限制都被打破，人们一起跳舞、畅饮。"美国人喝酒的架势，就像有人付钱雇他们这么做似的，"沃尔夫冈·希尔德斯海默注意到，"经常有人因患上震颤性谵妄被遣送回国。但在这之外，他们通常是拘谨、友好和天真的。"5

记者营内多元文化的共处成了一场社会实验。相对于当时的社会环境来说，它在很多方面都具有进步性。在西方媒体的主要推动下，记者营被视为新闻自由的试验田，要向被占领的德国人展示自由媒体的理想。在女性解放的问题上，记者营同[12]

6

样比受纳粹意识形态影响的德国超前许多。被告之一的阿尔弗雷德·罗森堡就曾在其为纳粹思想奠基的著作《二十世纪的神话》中要求"将女性从女性解放中解放出来"。在他的影响下，纳粹独裁建立了一套父权制的社会秩序，女性在其中的身份只能是母亲而非职业女性。看到如此之多的女性记者出现在法庭上，罗森堡和他的同僚一定倍感冒犯：1944年，德国新闻协会成员中的女性比例约为13%，其中大多数为杂志工作，只有极少数活跃于政治新闻领域[①]，[6] 而记者营中的女性比例远高于此。称记者营中实现了性别平等或许有些言过其实，但它的确接近了这种理想。女记者们被安置在园区内的一栋独立别墅中。仅《纽约时报》一家媒体就向纽伦堡派遣了两名女记者：凯瑟琳·麦克劳克林（Kathleen McLaughlin）和普利策奖得主安妮·奥黑尔·麦考密克（Anne O'Hare McCormick）；未来的意大利犹太社区联盟主席图莉亚·泽维（Tullia Zevi）当时在为宗教新闻社[②] 撰稿；丽贝卡·韦斯特、诺拉·沃恩（Nora Waln）、玛莎·盖尔霍恩、多米尼克·德桑蒂（Dominique Desanti）、珍妮特·弗兰纳和艾丽卡·曼等名笔也名列其中。

政治并非她们唯一关注的议题。女记者们提出女权主义关

---

[①] 女性新闻工作者主要集中在特定主题的期刊，如时尚、家政、教育和文艺杂志等。此外，20世纪初的德国还有一些介绍女权运动发展状况的杂志，这一领域也聚集了不少女性从业者。
[②] Religious News Service（RNS），成立于1934年，是美国一家非营利性新闻机构，主要提供与宗教、文化和伦理有关的报道。

心的问题，并批评审判完全被男性所主导。"被告中没有女性，这是法官中也没有女性的理由吗？女性难道不应该在法庭上拥有自己的代表吗？"阿根廷作家维多利亚·奥坎波（Victoria Ocampo）质问道，"如果纽伦堡审判的结果将决定欧洲的命运，那么公平起见，女性也应该参与其中不是吗？"[7] [13]

审判期间的纽伦堡是德国的"命运之地"①，而记录这段历史的人们大多居住在施泰因这座新闻枢纽。他们的报道内容涵盖了与审判相关的讨论、当代国际大事、社会政治问题和个人命运，但也不乏一些花边新闻。

记者营作为纽伦堡宏大背景下的一个缩影，为我们今天理解历史、文学和个人命运的相互作用提供了明确的参照。本书首次详细介绍了这座营地及其住客的历史。在纽伦堡审判开庭70周年之际，《纽伦堡新闻报·文艺副刊》的主编斯特芬·拉德尔迈尔（Steffen Radlmaier）借铅笔堡举办的一次展览的东风，出版了一本五十页的小册子《作为记者营的铅笔堡》，其中收录了大量历史影像。拉德尔迈尔这项开创性的工作，尤其是他编纂的各国记者审判报道的选集，对本书启发良多。[8] 在此基础上，笔者又四处造访档案馆，搜集了大量资料，还发掘了新的史料。

---

① "命运之地"（Schicksalsort），与"命运之日"（Schicksalstag）相对应，后者是指11月9日，德国近代史上许多重大事件都发生在这一天，如1918年德意志共和国成立，1923年的啤酒馆暴动，1938年的"水晶之夜"以及1989年柏林墙倒塌、两德分裂结束。因此，这一天也被认为是决定德国命运的日子。与此相应，纽伦堡是过去的纳粹党代会会址，在这里审判纳粹战犯，也意味着它再一次成为决定德国命运的地点。

其中，当时记者营和法院之间的联络官欧内斯特·塞西尔·迪恩（Ernest Cecil Deane）的未公开信件当数一项重要发现；此外，艾丽卡·曼、彼得·德·门德尔松和威廉·斯特里克①的通信与遗稿也同样意义重大。

在简要勾勒出记者营的历史后，本书将主要聚焦于那些知名的住客，包括约翰·多斯·帕索斯、埃里希·凯斯特纳、维利·勃兰特、玛莎·盖尔霍恩和戈洛·曼，每章都会以其中一位人物为核心展开：他们在来到纽伦堡之前是怎样的人？纽伦堡的经历对他们产生了怎样的影响？审判又令他们发生了怎样的改变？没有人能对庭审中所展现出的恐怖以及纽伦堡的破败废墟无动于衷。有些记者甚至请求调离，因为他们无法继续承担审判的重压。一位记者同事认为，沃尔夫冈·希尔德斯海默晚年日益加深的末世观正是受到了他在纽伦堡经历的影响。艾丽卡·曼的美国爱人也是负责报道审判的记者之一，她将对主要战犯的审判视为一种"胜利者的正义"。审判结束后，她留在了纽伦堡，继续为反对死刑和这种强权操纵下的审判奔走。

纽伦堡审判不仅改变了它的见证者，也深刻影响了记者们的写作风格。珍妮特·弗兰纳一向以机智且一针见血的点评著称，她在纽伦堡的写作却摒弃了标志性的"弗兰纳笔法"。面对

[14]

---

① William Stricker（1912—2006），奥地利犹太裔记者，曾为多家广播电台和报纸工作，先后报道过二战和纽伦堡审判。他曾是维也纳最早的犹太大学生组织"东向社"（Kadimah）的领导者之一，于1939年迁往美国。他的遗稿现存于纽约的利奥·贝克研究所，详见第一章后注第25条。

规模如此庞大的恶行，语言上的诙谐和讽刺显得苍白无力。平日绝非少言寡语之人的埃里希·凯斯特纳，却在观看了一部关于集中营的纪录片后坦言，他无法"为这种难以想象的、地狱般的疯狂写出一篇连贯的文章"。《作家城堡》不仅要记录这种失语，更要探讨如何应对无法言说之物带给文学的挑战。

纽伦堡审判既是本书的主角，也是本书的"导演"。各章结构与审判的时间线相呼应，以 1945 年 11 月主要战犯审判开庭为起始（第二章），依次讲述戈林的交叉审问（第八章）、1946 年秋天的判决宣布（第十二章），以及 1947 年开始的后续审判（第十三章），其间穿插一段对贵族出身的城堡主人的介绍，最终以戈洛·曼支持从施潘道军事监狱释放鲁道夫·赫斯一事作结。笔者希望，本书不仅是纽伦堡审判的文学编年史，同时也是一部曾在城堡居住的知名记者们的群像记录。

---

注释：

1. X. Qian, *Vor dem Prozeß*.
2. 现如今，法贝尔堡主要被辉柏嘉公司用于展示企业形象，同时也用作保存家族历史的博物馆。纽伦堡审判 75 周年之际，该公司还在城堡内策划了一个以记者营为主题的多媒体常设展。
3. R. Boyes, *Der Fetteste überlebt*.
4. W. Wagner, *Lebens-Akte*, S. 75.
5. Wolfgang Hildesheimer, Brief an die Eltern vom 26. 4. 1947, in: ders., *Die sichtbare Wirklichkeit bedeutet mir nichts*, S. 296.
6. S. Kinnebrock, *Frauen und Männer im Journalismus*, S. 122.

7. V. Ocampo, *Mein Leben ist mein Werk*, S. 252.

8. S. Radlmaier, *Das Bleistiftschloss als Press Camp*, und S. Radlmaier (Hg.), *Der Nürnberger Lernprozess*. 拉德尔迈尔还与电影导演赖纳·霍尔茨埃默（Reiner Holzemer）合作拍摄了一部名为《IMT 记者营》的纪录片，他们在记者营原址采访了包括马库斯·沃尔夫、雷蒙德·达达里奥和翻译西蒙娜·埃尔比洛（Simone Herbulot）等在内的亲历者。影片也是前文提到的多媒体常设展《城堡内的 IMT 记者营》的一部分，参观者可以在游览过程中观看。

# 第一章
# 铅笔堡中的记者营

> 但记者营就是这样，不是激情澎湃就是无聊至极，很少
> 会有中间情况。

——欧内斯特·塞西尔·迪恩，

1945 年 10 月 9 日致妻子洛伊丝的信

1945 年 11 月，全世界的目光都聚焦在纽伦堡。一个罪恶政权的军政高层将在此接受法律的追责，这在人类历史上是断无先例的。正如主导此事的美国人所强调的那样：法治原则高于复仇心理。1945 年 11 月 20 日到 1946 年 10 月 1 日，国际军事法庭在纽伦堡的司法宫开庭审判纳粹政权的主要战犯。需在重大刑事法庭即 600 号法庭受审的 21 人中，马丁·鲍曼①缺席了

---

① 纳粹党办公厅主任，希特勒的私人秘书与财产管理人。鲍曼在希特勒自杀后负责执行他的遗嘱，他向海军元帅邓尼茨发出任命他为继承人的电报，随后逃出了总理府，就此失踪。有人目击他被苏军炮弹击中，但直到 1972 年，人们在一次地下施工时发现了他的骸骨，才最终证实了这一死讯。

审判；古斯塔夫·克虏伯·冯·波伦-哈尔巴赫卧病在床、无法受审，法庭因此中止了对他的起诉；德国劳工阵线的领导人罗伯特·莱伊则于开庭前在牢房里用一根布条上吊自尽。真正接受审判的，就像档案中简洁表述的那样，只剩下"戈林及其同党"。至于战争的主犯，阿道夫·希特勒，以及他的两位最重要的帮手，约瑟夫·戈培尔和海因里希·希姆莱，都通过自杀逃避了罪责。

　　审判程序早在这一年的 10 月 18 日就已在柏林开启。由于美方坚持审判地点要在美占区内，法庭才被迁往纽伦堡，之后所有的庭审便都在这座昔日的弗兰肯城市举行。在法庭选址的诸多考虑中，现实条件当然至关重要：坐落在菲尔特街上的纽伦堡司法宫是一座宏伟的建筑群，于 1916 年落成并投入使用，在战争中仅轻微受损，旁边还建有一所监狱。但人们更看重的，还是纽伦堡的象征意义。这座城市在国际上早已臭名昭著，一年一度的纳粹党代会就在这里举办，希特勒也正是在此颁布了史上最为骇人听闻、灭绝人性的法律——旨在"保护德意志血统和荣誉"的《纽伦堡法案》。将审判主要战犯的法庭设在此地，也就因此显得别有深意。纽伦堡审判不应是温斯顿·丘吉尔最初主张的特别军事法庭，也不应是苏联式的作秀公审，而是真正意义上伸张正义的审判。它应当基于道德原则行事，以与纳粹肆无忌惮的强权统治划清界限。这次审判提供了前所未有的历史机遇，以越过国家豁免权①的壁垒，创建一套忠于法治和

[16]

———————————

①指主权国家、国家机关以及行使国家职权的个人免受外国法院管辖的权利。

民主原则的全球性多边体系。

　　纽伦堡审判应在全世界面前留下公正的印象，在审判团的所有成员中，美方尤其看重这一点。为此，法庭尝试为每名被告单独量刑。受到起诉的除了个人，还包括纳粹德国的各个核心组织：帝国内阁、纳粹党政治领袖集团、盖世太保、保安勤务处和党卫队、冲锋队，以及国防军最高统帅部和参谋总部。控方希望证明这些组织的犯罪本质。所有参与者都心知肚明，这次审判将是一场巨大的实验，毕竟现存的法律中，没有一项对一位"帝国元帅"或"帝国部长"的职权范围做出过限制。在这片法律的"新大陆"上，人们必须扮演开拓者的角色。然而，正如美国首席检察官罗伯特·H. 杰克逊在开庭致辞中所说，被告的罪行是如此"精心策划、邪恶且破坏力巨大"，"人类文明……无法承受此类灾难的重演"。这场审判不只是为了赎罪和宣泄，同时也是要让后世引以为鉴。

　　早在第二次世界大战期间，根据前线不断发回的、对纳粹暴行的报告，同盟国的主要成员国就已经达成共识，要求惩处纳粹德国的领导人。1945 年 8 月于伦敦签署的美、英、法、苏四国协定申明了对主要战犯进行审判的法律依据，明确了符合正义原则的审判程序和指控的罪名，同时列出了主要战犯的名单。军事法庭由签署协定的四个同盟国各指派一名法官和一名助理法官组成。此外，四个国家又各自任命一名首席检察官及多名助手，组成起诉委员会。法庭一共提出了四项指控：反和

[17]

平密谋罪、发动和实施侵略罪、战争罪和危害人类罪。① 考虑到法国和苏联在德国占领时期遭受的巨大苦难，战争罪和危害人类罪的指控理应由这两个国家提出；英美两国则负责与反和平密谋和策划侵略相关的指控。

1945 年 11 月 20 日，纽伦堡审判宣告开庭。这是司法史上首次用四种乃至更多语言进行的审判，美国 IBM 公司为此免费提供了一套特殊的同声传译设备，庭上每把座椅的扶手处都设有相应的按钮，只要按下，就能从耳机中听到英、俄、德、法四语版本的庭审内容。这为各国记者及时跟踪审判进展提供了便利，也使这次审判成为全球瞩目的公共事件。当然，新技术并不总是可靠，这套设备就偏偏在 1946 年 10 月 1 日宣布赫尔曼·戈林的死刑判决时出现了故障。

纽伦堡主要战犯审判的重大意义直接反映在到场的媒体数量上。各国都派出了通讯记者，专门报道这一备受关注的新闻事件。他们肩负着明确的任务：不仅要留下文字记录，还要为后世保留庭审现场的声音和影像资料。这些记录将成为一堂生动的历史课、一场"教育性审判"（阿尔弗雷德·德布林语）。精良的无线电设备鸟巢般悬挂在法庭的天花板上，播音员可以通过这些设备直播他们对庭审的评论，这是此前任何诉讼中从未有过的。一位亲历者向斯图加特广播电台这样描述他的见

[18]

---

① 反和平密谋罪不包含在《伦敦协定》提出的三条罪名中，而是在起诉书起草阶段由美国提议增设的，用以涵盖二战开始前犯下的罪行。

闻："来自世界各地的 250 名记者，以及 11 位摄影和摄像师见证了庭审的全过程。美国媒体派出的代表最多，足有 100 人；英联邦派出了 50 人，法国 40 到 50 人，苏联则有 25 到 30 人。"[1] 据记者马德莱娜·雅各布回忆，几乎整个法国媒体界都参与了报道，从保守派的《费加罗报》，到基督教民主阵营的《黎明报》，再到共产主义立场的《人道主义报》和在抵抗运动中诞生的《解放报》，以及《共和主义者报》这样的地区性报纸，几乎每家知名媒体都派出了自己的代表。[2]

被告们对这些记者充满了恐惧。"在法庭里，我们几乎看不到什么好脸色，"阿尔伯特·施佩尔①在回忆录中写道，"但当记者们开始对我们的刑期下注时，我还是感到震惊。对死刑投注的结果甚至会传到我们这里。"[3]

被告们由佩戴白色军盔和白手套的美军士兵看守，他们在媒体界的一些旧识就坐在对面，其中包括威廉·夏伊勒、霍华德·史密斯②、路易斯·洛赫纳③和弗雷德里克·奥克斯纳，他们直到 40 年代初还在德国为美国媒体发回报道。奥克斯纳曾在

---

① 纳粹时期的军备和战时生产部长，他组织建设的高效军备工厂是希特勒进行军事扩张的基础。大量外国战俘、劳工和集中营中选出的犹太劳工被送往这些工厂，在恶劣的条件下强制劳动，这也是纽伦堡法庭起诉他的关键罪证之一。

② Howard K. Smith（1914—2002），知名记者、电视主持人和新闻评论员，二战初期最后一批撤离柏林的美国记者之一。战后，他重返欧洲展开为期一年的巡回报道，随后回到美国，先后在哥伦比亚广播公司（CBS）与美国广播公司（ABC）担任电视新闻播报员。

③ Louis P. Lochner（1887—1975），美国著名记者、政治活动家，曾先后担任联邦通讯社和美联社的驻德记者。1939 年，他撰写的关于纳粹德国的报道获普利策奖。

柏林担任合众社<sup>①</sup>的中欧经理，是未来的美国中情局局长理查德·赫尔姆斯的上司。美国参战后，奥克斯纳和其他记者被盖世太保关押在巴特瑙海姆达五个月之久，直到在一次战俘交换中被释放。如今，他们在纽伦堡再度相遇，世界却已是另一番模样。

## 德国新闻界的"零时"

[20]

在纽伦堡，德国记者们肩负着一项特殊的使命。彼时，德国新闻业正百废待兴：盟军占领德国后，纳粹政权掌控下的新闻机构被悉数取缔。在放弃了对新闻进行事先审查的计划后，军管政府发布的"时事简报"暂时承担了新闻报道的职能。直到 1945 年夏天，第一批德国报纸才获准出版。为满足公众的新闻需求，加强盟军与当地居民之间的沟通，建立一支新的德国媒体队伍迫在眉睫。第一份获批的报纸《亚琛新闻》于 1945 年 6 月 20 日开始出版，不久后的 8 月 1 日，《法兰克福评论报》也随之发行。到纽伦堡审判开始时，美国已为 20 家德国报纸颁发了出版许可。由于纸张短缺，这些报纸通常每周只发行两到三期，每期仅有几个版面。随后，四份跨区域的"模范报纸"

---

① United Press，成立于 1907 年，1958 年与国际新闻社合并为合众国际社，现为美国第二大通讯社，也是西方四大国际通讯社之一。

相继创立，它们分别是英占区的《世界报》、法占区的《法国新闻》、美占区的《新报》，以及苏占区的《每日评论报》。

在盟军的占领政策中，去军事化、非纳粹化和民主化被视为三大核心任务。盟军特别强调，新闻界必须与纳粹时期的媒体从业者保持距离。在纽伦堡，最初，为得到许可的报纸进行报道的记者几乎全部来自战胜国。这些记者的文章被视为德国新闻工作者的典范，承担着教育德国民众的责任。然而，盟军最终还是接受了"由德国人为德国人报道"的理念，允许德国记者进入纽伦堡司法宫。在法庭约 250 个记者席位中，德国记者被分配到了 7 个席位，因此只能轮流出席审判。此外，苏联代表团也将其配额中的 5 个席位让给了来自苏占区的德国记者。[4] 其中包括当时年仅 22 岁的马库斯·沃尔夫，后来的东德情报部门负责人。

[21]

德国人坚持要求自行报道审判、形成独立判断的权利。1945 年 9 月 5 日，时任《莱茵-内卡河报》主编的特奥多尔·豪斯，也就是后来联邦德国的首任总统，在一篇题为《德国新闻界》的社论中自信地写道："现在有一个能让德国人自发承担起对军管政府和德国人民的责任，诠释德国的命运，并按自己的理解参与到这场漫长而艰难的复苏中的机会。我们在充分权衡了心理层面的障碍和种种实际困难之后抓住了它。……我们欢迎参与和协助，我们不畏讥笑与嘲讽。"[5]

然而，美国人在委派记者时并非总能做出明智的选择，这一点从冒名顶替者瓦尔特·乌尔曼（Walter Ullmann）的故事中

19

可见一斑。战争接近尾声时，美国人在解放摩斯堡战俘营时救出了这位出生于维也纳的乌尔曼先生，他当即声称自己是纳粹政权的受害者。早在20世纪20年代，此人就以"乔·勒尔曼博士"（Dr. Jo Lherman）的名义在柏林经营过一个实验剧场，甚至还接受过埃里希·凯斯特纳的采访。在屡次因欺诈入狱后，如今他摇身一变，以"加斯顿·乌尔曼博士"（Dr. Gaston Oulmàn）的身份重新亮相，自称是古巴一家新闻社的负责人，而他也确实为几家奥地利报纸报道过西班牙内战。身穿自己设计的、左肩饰有古巴国旗的制服，当然，主要是因为他流利的德语，他成功赢得了美国驻巴伐利亚广播电台的代表的信任，成为慕尼黑广播电台的正式雇员，专门负责纽伦堡审判的报道。

每周一至周六，乌尔曼的《纽伦堡评论》都会在电台的黄金时段播出，节目从晚八点十五分开始，持续十五分钟。截至纽伦堡审判结束，他共撰写了近三百篇评论。这些评论风格犀利、语气夸张，听众的评价也褒贬不一。他经常用刻薄的语言讽刺出席的证人，纳粹抵抗运动的拉豪森将军就因外貌被他戏 [22] 称为"驿站长"。他的最后一篇对最终判决的评论更是吸引了数百万听众。然而，由于在评论中对被告流露出些许同情，并对判决结果提出了疑问，他失去了同盟国的支持。在评论戈林的判决时，他说道："或许这次判决唯一不合理之处在于，它声称整个审判过程中没有发现任何有利于戈林的证据，连一丁点减刑的理由都没有，也就是说，他犯下了史无前例的滔天大罪。"[6]

慕尼黑广播电台没有与乌尔曼续约。在美国驻慕尼黑领事馆致信古巴，要求补办乌尔曼声称丢失的证件时，这场骗局终于彻底暴露，因为哈瓦那方面完全没有听说过这号人物。"我们很遗憾无法为您签发所需的证件，"美国领事如此回复乌尔曼，"因为您无法为您的古巴国籍提供证明。"[7]考虑到公开此事必然引起轩然大波，在审判结束之前，美方一直对乌尔曼的欺诈行为三缄其口。他在纽伦堡的记者同行最多也只是隐约感觉到，这位操着一口德语的"古巴人"有些古怪。

同样获得美国认证的还有《莱茵-内卡河报》的记者恩斯特·米歇尔（Ernst Michel），一位出生于曼海姆的犹太人。在特奥多尔·豪斯的支持下，米歇尔成了唯一一位获准在1946年春天报道纽伦堡审判的奥斯维辛幸存者。在一些私人文章中，他署名为：特派记者恩斯特·米歇尔，奥斯维辛编号104995。他从奥斯维辛生还的经历堪称奇迹：当有人在病房里询问囚犯中是否有人能写一手好字时，他在关键时刻举起了手，成为记录患病囚犯名单的书记员。他的父母都在奥斯维辛遇难。在一次死亡行军中，米歇尔在萨克森州境内成功逃脱，随后返回曼海[23]姆寻找幸存的家人。通过中间人的推荐，他与特奥多尔·豪斯结识，并被聘为其报社的记者。

很难想象，当恩斯特·米歇尔1946年3月第一次在法庭上看到昔日的纳粹高层时，是怎样的心情。当时出庭的有以煽动反犹情绪为职的小报《先锋报》的主编尤利乌斯·施特赖歇尔、帝国保安总局局长恩斯特·卡尔滕布伦纳和"元首的代言人"鲁道夫·赫斯。赫尔曼·戈林听说有一名奥斯维辛幸存者在报道审判，便通过律师邀请米歇尔到他的牢房，希望与他见面。"安排这次会面的前提是不会留下任何记录。"米歇尔在自传中写道。"我很紧张。我该说些什么？我应该和他握手吗？该向他提问吗？既然我无法把这次会面报道出来，为什么还要让自己陷入如此痛苦的境地？当我和斯塔默尔博士走进他的牢房时，戈林站起身。他时刻处于士兵的看守下。'这就是您问起的那个年轻记者。'斯塔默尔博士指着我介绍道。戈林看着我，似乎准备与我握手，但在看到我的反应后，他转过身去，背对着我。我就像被变成了盐柱①一样站在那里……我僵硬地站着，斯塔默尔博士正在讨论第二天审判的安排。突然间，一阵冲动席卷了我，我冲向门口，请求军警放我离开。我再也忍受不了了。"[8]

除了为德国报纸撰稿的大屠杀幸存者恩斯特·米歇尔，还有一些犹太记者在纽伦堡审判期间为巴勒斯坦的希伯来语媒体做报道，比如特拉维夫《国土报》的记者罗伯特·韦尔奇（Robert Weltsch）。他与另一位犹太记者罗伯特·容克同住，后者当时是《苏黎世周刊》的撰稿人之一，并在日后获得了"诺贝尔替代奖"。沙布塞·克鲁格曼（Shabse Klugman）则用意第绪语为巴伐利亚被解放犹太人中央委员会（Zentralkomitee der befreiten Juden）的报刊《我们的道路》（Undzer veg）撰写文章。

审判开庭时，许多犹太记者都对盟军抱有期望，他们满心

---

① 典出《旧约·创世记》，耶和华要惩罚罪恶的所多玛和蛾摩拉两城，义人罗得和妻女得天使所救逃出城去，逃到琐珥城时，耶和华降下硫黄和火毁灭了两座城市。罗得的妻子留恋所多玛，回头望去，就被变成了一根盐柱。

以为这些解放者会为犹太人伸张正义。《我们的道路》在审判初期的报道也的确传递了这样的印象，即欧洲犹太人大屠杀将成为审判的核心议题。然而，这种乐观情绪很快被深深的失望所取代。仅仅九天后，沙布塞·克鲁格曼写道："我们的血海深仇被压缩在'危害人类罪'这样一个狭小的框架内，甚至只占其中的一个条目，名为'针对犹太人的罪行'。"不久后，他更加绝望地写道："我们的案件、我们巨大的悲剧在这个法庭中被置于何处？"的确，在被传唤的 139 名证人中，仅有 3 位是犹太裔，立陶宛诗人阿夫罗姆·苏茨克维尔（Avrom Sutzkever）便是其中之一。他于 1946 年 2 月 27 日出庭作证，却被苏联检察官 L.N. 斯米尔诺夫粗暴介绍成了苏联公民。当苏茨克维尔希望用意第绪语作证时，却被告知由于没有翻译，他只能使用俄语，也就是审判的四种官方语言之一。

法国在审判中主要负责"危害人类罪"的起诉，他们本应将大屠杀作为起诉书的核心内容，然而，法国人更倾向于把重心放在非犹太裔法国平民和抵抗运动成员的证词上，这一点从他们对证人的选择中可以见得：他们传唤了非犹太裔奥斯维辛幸存者克劳德·瓦扬-库蒂里耶（Claude Vaillant-Couturier）。[9] 心理因素可能也起到了一定的影响。大屠杀的残酷程度超越了人类想象力的极限，人们倾向于逃避现实，不愿直面这些罪行的全貌。英国助理法官诺曼·伯克特形容苏联证人的证词"过于夸张"。美国首席检察官罗伯特·H. 杰克逊则认为，犹太证人可能带有更多的复仇情绪，不如其他证人可靠，这可能会对犯罪事实的确认产生负面影响。[10]

　　德国记者经常抱怨他们在法庭上"二等公民"的处境，与其他国家的同行相比，他们要克服更多的障碍。他们的文章受到严格的管控和审查。在苏联占领区，未经审查员批准的文章无法发表；盟军虽然鼓励对审判进行全方位的报道，但却并不欢迎批判性的分析。

　　根据新闻监管部门的要求，纽伦堡审判的报道必须在报纸 [25]上占据醒目的位置。大约三分之一的报道刊登在头版，另有五分之一甚至被安排在单独的特刊版面上。[11] 这样的排版方式让读者很难忽视这些报道。在美国占领区，新闻管制还会通过美国创办的德国综合新闻社（DANA）来进行，该机构负责审判报道的监督工作，所有发布的文章都须经过事先审查。[12]

　　起初，德国记者几乎被物理隔绝起来。盟军明令禁止与德国民众亲善，因此，也没有人愿意与德国记者有所往来。德国记者们只能持黄色记者证，通过专门的通道进入法庭，而外国记者则持有蓝色记者证，还可以自由出入美国陆军消费合作社（PX）购买美国货。德国记者还被禁止进入记者营，只能自己寻找住处。在 1946 年 4 月 9 日的一封联名信中，八位德国记者向美占区信息控制部（ICD）长官罗伯特·A.麦克卢尔将军抱怨道："在目前的身心状况下，我们这些获准报道审判的德国记者根本无法发挥我们应有的工作能力。"《斯图加特报》的记者埃里卡·诺伊霍伊泽（Erika Neuhäuser）表示，她和同事有时感觉自己"像是被流放了一般"[13]。在麦克卢尔的介入下，这种状况在 1946 年春天有所改善。他们获准与同盟国记者交流，可以在午休时段在法庭的餐厅用餐，还被安排了更合适的工作场所，但食品供应和住宿问题仍未得到解决。

## 在法贝尔堡

其他国家记者的待遇则要好得多。他们在纽伦堡城外有一座单独的记者营，营地受到严密的保护，提供床位、餐食以及往返纽伦堡的班车服务，这就是坐落于法贝尔-卡斯特尔伯爵城堡内的国际记者营。城堡建筑群由两部分组成：建于 19 世纪的老城堡和建于 20 世纪初的新城堡。这个广阔的庄园包括一座公园、一座别墅和其他建筑，记者营占了其中七栋，其中之一便是设有餐厅和酒吧的城堡主楼。城堡入口处挂着一块牌子，上面写着："德国人不得入内。"

新闻记者汉斯·鲁道夫·贝恩多夫（Hans Rudolf Berndorff）亲自领教了这条禁入令的严格程度。贝恩多夫曾是乌尔斯坦出版集团的首席记者，他与一位名叫福里斯特的英国记者一同来到纽伦堡。福里斯特为英国的德国新闻社工作，德语说得磕磕绊绊，但对贝恩多夫非常友好。"如果只有我自己，我踏进城堡有多快，被扔出来就有多快。"贝恩多夫轻描淡写地记录道，"但福里斯特是个异想天开的家伙。他跟我说：'难道要让贝恩多夫先生睡在大街上吗？简直胡闹！我是不会去睡觉的，除非你找到过夜的地方.'福里斯特可不是在开玩笑,他当即找到当地市长询问道:'这里有谁是纳粹分子?'市长思索良久后答道:'我想,每个人都是.'福里斯特指向一栋小房子问他,里面住着的人是否也是纳粹.市长回答:'是.'"最终,福里斯特靠黄油和巧克力之类的贿赂成功说服了这家人收留贝恩多夫.德国记者留在了施泰因,但也只能住在记者营之外.[14]

营地的负责人尽量根据性别和职业来分配住宿,同时还要顾及当时的政治形势.由于东西方的两极对立,苏联记者被单独安置在"红房子"中,女性和已婚夫妇被安排在花园中的独栋别墅,广播技术人员则住在所谓"绿房子"里.[15]

城堡的内部装潢颇为奢华,但由于战争期间被军方征用 [27] (城堡塔楼曾被用作防空炮台),留下了不少难看的污渍和弹痕.美国首席检察官罗伯特·H.杰克逊拒绝将审判的控方团队安置在城堡中,即便如此,作为国际记者营地,城堡倒还勉强够用.不过,像威廉·夏伊勒这样的记者可不这样想.他们习惯了巴黎斯克里布酒店这类市中心的豪华酒店,该酒店曾在 1944 年巴黎解放后被用作记者营.[16] 相比之下,施泰因的记者们住在与世隔绝的郊区,许多人抱怨营地过于拥挤、条件恶劣且秩序混乱,有的房间甚至要挤下十张行军床.记者们常常为了几部总在失灵的电话陷入争执,盥洗室的数量也远远不够.每天早晨,寥寥几间盥洗室门前都会排起长队.据彼得·德·门德尔松回忆,即便在零下的寒冷天气里,也能看到身着睡衣的记者们匆匆跑 [28] 过庭院、赶往隔壁楼浴室的身影.

26

在城堡内专心工作几乎是不可能的。"这里的生活极其混乱、让人难受，我完全没办法好好做任何事情。"门德尔松在写给远在伦敦的妻子希尔德·施皮尔（Hilde Spiel）的信中诉苦，"我们住的城堡虽然很大，但极其拥挤，几乎找不到任何一个可以安静写作、思考的地方，甚至连静静坐一会儿都是奢望。所有记者共用一个大工作间，里面总是有三四十台打字机同时响着，一个扬声器不时播放通知，门外还有一个乐手在弹钢琴，给那些无所事事的家伙提供消遣。工作间外面就是酒吧。真是糟糕透了。"[17]

维利·勃兰特当时也住在记者营中，他那时持挪威护照，为斯堪的纳维亚一家工人报纸做报道。他的看法则更加务实："城堡自然会唤起与睡袋和行军床不同的想象，但后者才是战地记者的常态。"[18] 的确，尽管战争已经结束了几个月之久，但这些记者的官方身份依然是战地记者。

城堡的建筑美学也并不为所有住客所欣赏。这座宏伟的建筑没有得到多少认可，反而被形容为"德国式的丑陋"，是一座"献给糟糕品味的纪念碑"，还有人称整个建筑群为"噩梦"。批评的矛头还指向了法贝尔家族的财富来源。埃尔莎·特里奥莱嘲讽道："不知道法贝尔家族卖出了多少根铅笔，才造出了这座丑陋至极的城堡。"丽贝卡·韦斯特则认为城堡的建筑风格和内部装潢正是德国国民性格的体现。

不过，有必要为这座建筑的名誉做一些辩护。平心而论，战后的外国记者很少对德国事物发表正面评价，尤其是在纽伦堡，在德国人犯下的滔天罪行首次公之于众的背景下。英美记者中有不少人持坚定的反德立场，他们也被称为"范西塔特主义者"①。一些记者，如珍妮特·弗兰纳和玛莎·盖尔霍恩，甚至在私人信件中直言自己对德国人的憎恨。因此，尽管在今天的艺术史研究中，法贝尔堡被誉为弗兰肯地区历史主义建筑②和青年风格的"卓越典范"[19]，但在当时的记者们眼里，这只是一座亟须修缮的老房子。

[29]

由于各国在技术水平和基础设施条件上的差异，记者们的工作条件也各不相同。因为纽伦堡和奥斯陆之间的电话线路尚未接通，维利·勃兰特只能经由伦敦或哥本哈根转送电报回国。考虑到消息传递的时间较长，他必须确保文章在刊登时依然具有时效性。[20]

相比之下，1947 至 1949 年间举行的纽伦堡后续审判中，记者们的生活和工作条件有了显著改善。服务和组织结构更加完善，记者人数也明显减少。为占领军工作的口译员也住在城堡中，正如一位兴奋的住客描述的那样，他们享受着"配有浴室的大房间、上好的食物和饮料、专门的休息室以及随时可用

---

① 该称呼来自二战期间的英国高级外交官罗伯特·范西塔特，他以强硬的反德立场著称，认为侵略性是德国民族性格的一部分，全体德国人都应为战争和种族灭绝承担责任。他认为德国人需要经历长达几代人的再教育来完成非纳粹化，排除 19 世纪以来普鲁士军国主义和民族主义留下的影响，详见后文第六章。德语中常用"集体罪责论"（Kollektivschuld）代指这种论调，后文中还会反复提到。

② "历史主义"（Historismus）是 1850 年以来西欧出现的一系列艺术风格（主要表现为建筑风格）的统称，其共同点在于借鉴历史上的艺术风格，以创造多元的、适合 19 世纪富裕市民阶级展示自我的新风格。"新巴洛克""新哥特"都属于历史主义风格。

的车辆"。[21] 当然，即便是在主要战犯审判期间，记者们也度过了一段惬意的时光，现存的照片中仍然可以看到他们在宴会厅共进晚餐，或是在贵族式的扶手椅上下棋的闲适场景。[22]

## 更豪华的记者营

批评者们的不满还在于，除了法贝尔堡外，纽伦堡还为那些最有名望的记者准备了一处更加舒适的媒体招待所：位于纽伦堡火车总站旁的豪华大酒店。二战时，帝国总理府的办事处就设在这里。美国军管政府看重这里的象征意义，经常在此举办盛大的招待会。大酒店地理位置优越，能够为那些仅在城内短暂逗留的高级宾客提供临时住所，这些客人主要是前来参与审判的战胜国高级代表团成员，以及享有盛誉的媒体嘉宾。酒店外常常徘徊着儿童和伤残老兵，等着捡拾特权阶层丢弃的烟蒂。

[30]

下榻大酒店的贵客中，能看到苏联作家伊利亚·爱伦堡和康斯坦丁·费定，以及法国龚古尔奖得主埃尔莎·特里奥莱的身影。玛琳·黛德丽也曾短暂以审判观察员的身份来到纽伦堡，并在大酒店暂住过一段时间，她后来主演了电影《纽伦堡的审判》。与法贝尔-卡斯特尔城堡的简易行军床不同，大酒店的客人至少能够睡在改装过的医院病床上，尽管有些床尾还挂着病历牌，但这并不影响它们的舒适度。唯一令人不适的是餐厅里

29

的餐具，它们的握柄上依然装饰着鹰徽和"卐"字。苏联记者将大酒店戏称为"名人堂"（Koryphäum），因为那里住的都是他们国家的"大人物"。作为回敬，住在"名人堂"的"名人"们则将记者营称为"哈尔岱神殿"（Chaldäum），以调侃住在那里的著名苏联摄影师叶夫根尼·哈尔岱。

尽管这座因战争陷入瘫痪的酒店仍在修缮——走廊里四处垂着裸露的电线，厕所、浴缸和洗脸盆这类卫生设施尚未安装——但它依然是市内社交生活的中心。纽伦堡实行宵禁，一整天的工作结束后，参与审判的人们都会聚集在大酒店，享受夜晚的片刻休闲。"大理石厅……每晚都人头攒动。"埃尔莎·特里奥莱写道，"男男女女有的还穿着制服，有的已经换上便装。律师、书记员、翻译、媒体记者和控方，所有人都在一起跳舞。连法官也加入了。这可不是道听途说，而是人们亲眼所见。"[23] 两处记者营并非彼此隔绝，两边的住客常常往来，有时为了互 [31] 通信息，有时仅仅为了消遣。大酒店的宾客也会不时造访法贝尔堡，因为那里的气氛更加轻松随意、无拘无束，而后者显然更对俄国明星记者的胃口。对那些因市中心的破败深感压抑的人们来说，城堡区内广阔的公园也提供了难得的喘息之机。

## 视觉艺术家们

记者营的住客中还有法庭画师和速写师，他们的工作是为报纸和杂志绘制被告的肖像。这些艺术家对记录审判进程发挥了重要作用，因为出于法律原因，摄影师并不总是被允许进入法庭。他们的作品风格多样，从几如照片般逼真的铅笔画和水彩画，到粗略勾勒的速写和漫画，形式丰富，无所不包。这些画家中有：爱德华·韦贝尔（Edward Vebell），他为美国军报《星条旗报》工作，风格写实；《晚间标准报》的大卫·洛（David Low），讽刺漫画家的代表，尤其关注赫尔曼·戈林的肢体语言；俄罗斯漫画家鲍里斯·叶菲莫夫（Boris Jefimow）则喜欢给被告画上鹰钩鼻和夸张的长手指，以表现他们的贪婪。

印象派画家劳拉·奈特（Laura Knight）享受了特殊的待遇。从 1946 年 1 月起，她一直住在大酒店的一间套房里。二战期间，她曾作为战地画家为英国战争艺术家咨询委员会（WAAC）工作，这次她肩负一项正式委托来到纽伦堡，要在三个月内为审判绘制一幅油画，以保留这段历史记忆。这幅画将在伦敦皇家美术学院的夏季展上向公众展出。奈特的《纽伦堡审判》不同于她此前的现实主义风格，尽管被告席上的战犯以写实的笔触描绘，但画家舍弃了法庭后方和侧方的墙壁，露出被摧毁的、燃烧着的城市，画中可怖的废墟全景甚至比法庭上的控诉更具震撼力。对于这种表现手法，奈特在给战争艺术家咨询委员会的信中解释道："在这座被摧毁的城市里，死亡和毁灭无处不在。它们必须出现在画中，否则这就不是审判期间纽伦堡的真实面貌。因为无论人们走到哪里、做些什么，数百万人的死亡和城市遭到的彻底践踏都是悬在头顶的唯一话题。"然而，这幅画在

[33]

皇家美术学院展出时却反响平平。[24]

　　与劳拉·奈特一样，君特·佩斯（Günter Peis）也没有住进法贝尔堡，但这并非因为他的名声，而是由于他的国籍。佩斯出生于奥地利，二战期间，年仅 17 岁的他被迫加入了人民冲锋队。战后，他得到美国再教育计划的资助，进入慕尼黑一所记者学校就读，随后作为代表被派往纽伦堡。在这里，他透过一扇天窗目睹了对战犯执行死刑的情景，这时他只有 19 岁，是所有记者中最年轻的。如今君特·佩斯被誉为调查记者的先驱，但他同时也是个通才。审判期间，在撰写文章的间隙，他常常拿起素描本，用速写记录审判的过程、捕捉被告的神态特征。法官、公诉人和他的记者同事们也是他漫画中的常客，人们因审判而紧绷的情绪借此得到舒缓。在《纽伦堡特刊》——一本由德国记者出版、以幽默和自嘲为主要内容的小册子中，犹太裔记者威廉·斯特里克这样评价他的奥地利同乡："这些作品体现了只有在新闻自由下才有的权利——那种在完成工作后还能自嘲的余裕。"[25]

## 解决问题之人：欧内斯特·塞西尔·迪恩

　　自 1945 年 10 月起，施泰因的记者营一直由接替小乔治·史密斯·巴顿（George S. Patton）担任巴伐利亚军事行政长官的小卢西安·特拉斯科特（Lucian Truscott）将军负责管理。特拉斯科特将具体的管理工作交给了美国新闻官查尔斯·马达里（Charles Madary）。早在同年 8 月，马达里便开始着手布置城堡，为记者们的到来做准备了。他主持了房间的翻修和改建，将标志性的、陈设挂毯的大厅改造成了一个大型写作间，供记者们撰写稿件；在过去招待贵族的客房里摆满了行军床；除沙龙、游戏室和图书馆外，他还将马厩改造成了一间影院。记者们的用餐则与其他几栋建筑的住客一起，统一安排在曾经的宴会厅和餐厅。

[35]  我们今天之所以对记者营的日常生活有如此生动的了解，得益于马达里的助手欧内斯特·塞西尔·迪恩（"厄尼"）每周写给妻子的家信。这些信件如今保存在斯坦福大学。由于马达里经常去海外出差，迪恩成了记者营实际上的管理者。他在这里一直工作到 1946 年 6 月，其间担任记者们唯一的联络人。时年 34 岁的迪恩曾在阿肯色大学学习新闻学，1942 年加入美军担任新闻官，1945 年随部队进入巴伐利亚。同年 10 月，迪恩在从巴特维塞写给妻子的信中这样描述他的工作："媒体的食宿安排在法贝尔家昔日的庄园里。这地方漂亮极了，庄园里甚至有座小型宫殿。法贝尔是德国的铅笔大亨。你或许听说过艾伯哈德-法贝尔铅笔，我用过不少。不管怎么说，老法贝尔给自己建了个好地方，这里的台阶是大理石的，墙上挂着珠母贝制成的装饰品……我的头衔是记者营和法院之间的'联络员'，也就是说，我得扮演救火队员的角色，去安抚那些因各种可能的问题发火的记者，不管那是交通、食物、通讯还是时事问题……这想必

33

是件苦差事。"[26]

如迪恩所料，这确实是一件苦差事。除了担任"救火队员"和"联络员"，他还要负责营地内的文娱活动。毕竟，记者营不仅是宿舍和食堂，还承担着娱乐和社交的职能。不少人专程前来参与营地的社交活动，其中不仅有住在纽伦堡市中心大酒店的记者，还有从齐恩多夫赶来的法国代表团，以及住在达姆巴赫的美国人——美国首席检察官和他的团队在那里租下了七栋别墅。记者营成了谈天说地的好去处，也为那些不满足于《星条旗报》新闻的客人提供了获取内幕消息的机会。这里时常还会有高级访客，如将军或美国报业大亨到访，他们会被邀请到最富丽堂皇的宴会厅享用正式晚宴。迪恩甚至组织营地的女服务员组成了一个小型合唱团，为各国宾客演唱德国民歌，并穿插带有浓重口音的美国流行歌曲作为搞笑调剂。迪恩还写信给妻子，请她寄来一些美国歌曲的钢琴谱，好让酒吧里的德国钢琴师演奏。

[36]

营地的棋牌室也备受欢迎。马库斯·沃尔夫当时还手握苏联护照，据他回忆，他正是在法贝尔堡学会了打扑克。令人耳目一新的不仅有陌生的游戏、音乐和语言，还有各国显著的文化差异。在一次为纪念苏格兰诗人罗伯特·彭斯举办的"彭斯之夜"晚宴上，身穿苏格兰格子裙的风琴手令沃尔夫瞠目结舌。俄裔法籍作家埃尔莎·特里奥莱则在纽伦堡法庭的食堂第一次见识到自助快餐的营业模式："人们排成一列，依次走到长长的柜台前，那里已经摆好了各式菜肴任人选择。"

此外，记者还能在营地里进行体育锻炼。后来因主持《CBS晚间新闻》而家喻户晓、被选为"美国最值得信赖的人"的沃尔特·克朗凯特凭借高超的乒乓球技术大出风头。[27]东西两大阵营的较量也有迁移到棋盘上的趋势。

1945年9月19日，记者营举办了一场盛大的舞会，连首席检察官罗伯特·H.杰克逊也参与其中，但负责组织工作的迪恩却并不满意。"没有一件事是没出差错的。杰克逊法官、将军和他们的随行人员比预计时间晚到了一个半小时，记者们已经占据了为贵宾准备的所有桌子，我们不得不临时再搬来一些。杰克逊好不容易开始享受晚宴，黑人乐队突然鸣号几声，紧接着就开始收拾乐器，准备离开。我连忙跑过去询问情况，负责的士官告诉我，他们的演出只排到了晚上11点。"迪恩请了乐队成员一轮杜松子酒，才说服他们留下来继续演奏。[28]

[37] 正如迪恩在信中反复提到的，尽管人们对潜在的风险心知肚明，酒精在记者营的顺利运作中还是不可或缺。威士忌、伏特加或干邑不仅能帮助克服语言障碍，还能增进各国之间的友谊。迪恩饶有兴味地回忆说，有一次，一名苏联记者喝得酩酊大醉、走路跟跟跄跄，口齿不清地对着他的美国同事说："我耐你们！"战犯处决后，国际记者团在城堡内举办了盛大的招待会，消耗了数量空前的酒精。各国的特色酒品都被空运到现场，庆祝审判的结束。

作为秩序的维持者，迪恩的职权范围很大，这也包括一些不那么愉快的任务，比如揭发一名美国帮厨暗中向德国人出售食物的行为。法庭也遭遇了一次盗窃事件，一些记者偷走了耳机套作为留念，就连记者营的毯子也成了抢手的纪念品。迪恩不得不没收这些被盗物品，并一度被迫限制酒精消费，以遏制局面继续失控。他还经常需要处理对营地管理不善的投诉。艾丽卡·曼就曾经对邮政系统大发牢骚，因为她所有的包裹都被转送到了巴黎，在那里滞留了两个月之久。[29]

记者营还为不少当地人提供了工作岗位。营地的工作人员中有 150 名德国人，其中还有一部分战俘，他们主要在厨房工作。迪恩负责监督食物质量，回应上级的检查与提问，并保持寝室的整洁。

记者营的人员来来往往，只有少数核心成员在纽伦堡常驻，持续追踪审判进展。营地的入住情况在很大程度上为媒体的猎奇心理左右：审判内容越是耸人听闻，吸引的媒体也就越多。审判开庭时，大约有 300 名记者，把营地挤得满满当当；到了 1946 年 1 月，就只剩下了 175 人。然而，在 3 月戈林接受交叉询问时，这一人数再次上升至 200 人，"德国佬赫尔曼"（迪恩是这样称呼元首的二把手的）对媒体的吸引力可见一斑。但这一插曲并未真正改变记者人数逐渐下降的趋势。判决宣布前夕，数量空前的媒体又涌回记者营，瓦尔特·贡（Walter Gong）在写给《美因河邮报》的报道中将其形容为"记者之战"。[30] 自战争结束以来，各大电台还首次联合组成了一个大型公共广播联盟，这也体现了媒体对这次宣判的重视。 [38]

对于其他美国媒体代表，迪恩的评价并不全然正面。尽管他在与这些记者同行的日常交往中总是表现得友好而谦逊，在私人信件中，他还是做出了不少直言不讳的批评。一些记者表现得强硬而傲慢，总是提出刁钻的要求，比如要求迪恩安排车辆带他们外出郊游，或是索取其他特殊优待；另一些人则肆无忌惮、酗酒滋事，不是摔伤自己，就是挑起争端。有时他们为了应付编辑们的压力，还会不惜在报道中添油加醋、煽动读者情绪，这也令迪恩无法信任他们。

1945 年 12 月 10 日的《新闻周刊》就添油加醋地把"纽伦堡大戏"打在了标题位置，仿佛审判是一场百老汇演出。然而，真实的法庭往往乏善可陈，枯燥的举证过程令人疲惫不堪，找不出多少值得报道的内容。在这种情况下，纽伦堡的一枚哑炮突然爆炸，虽然没有造成任何伤亡，却被媒体歪曲成了针对盟军的炸弹袭击。连偶然的暴力事件也会被渲染成有预谋的攻击。"不用担心报纸上那些关于纽伦堡的新闻，"迪恩在信中安慰妻子，"记者们成群结队地来到这里，而审判大多数时候非常无聊，他们只能四处挖掘耸人听闻的故事，好让纽约的老板们相信他们在认真工作。即便是最微不足道的冲突也会被大肆夸张。"[31]

与名人攀关系也是记者们经常使用的另一种策略。他们会列举那些家喻户晓的名字，营造自己和他们来往甚密的假象。美国国际新闻社的记者乔治·W. 哈拉尔德（George W.Herald）曾声称自己在记者营的盥洗室里遇到了欧内斯特·海明威和约翰·斯坦贝克。"一天早上，我睡眼惺忪，错拿了旁边那人的牙刷，他说：'抱歉，这把牙刷上有我的名字缩写。我叫斯坦贝克，约翰·斯坦贝克。'而在我们身后，约翰·多斯·帕索斯正悠闲地在浴缸里泡澡。欧内斯特·海明威只裹着一条浴巾，站在几步开外的地方，向我们抱怨本地的葡萄酒不合口味。"[32] 尽管这段关于三位文学巨匠的逸事颇具趣味，但没有任何证据表明海明威和斯坦贝克曾到过法庭或法贝尔堡。

## 东西方的冲突

迪恩还要负责调解一些政治和文化上的冲突，圣诞节假期的安排就是一个典型例子。本来，法庭从 12 月 21 日休庭直至新年，这一决定正合西方记者的意，却引发了苏联人的强烈不满。他们感到自己被忽视了，因为东正教的圣诞节在 1 月 7 日，根本没被考虑在内。不久之后他们再次提出抗议，这次是因为他们每天早上放在营地内供公众阅览的报纸经常被正在学习俄语的人顺走。[33]

苏联记者的居住空间也与其他记者相分隔，他们住在前官员俱乐部里，和施泰因城堡隔十字路口相望，这里因此被美国人称为"俄国宫"或"红宫"。起初，苏联记者也住在城堡内，但据摄影师埃迪·沃思（Eddie Worth）所说，苏联秘密警察的介入终止了这种多元文化的共处。苏联记者似乎适应了城堡内的舒适生活和与西方记者的交流，这是他们的政委所不愿看到的。"早上，苏联记者走下楼来，"埃迪回忆道，"他们会在盘子里堆满鸡蛋，浇上大量的亨氏番茄酱和他们从未见过的各种调料，这还只是前菜！……一位曾在一战中服役的德国老兵负责帮我们料理杂务。有一天我们回来时，发现苏联记者全都不见了。我们问他发生了什么，他告诉我们，有几个看起来凶神恶煞、帽子上饰有一圈红色的人来过。显然，有记者说漏了嘴，透露了他们在城堡内的愉快生活——每层楼都有一架三角钢琴，每晚大家都会一起唱歌喝酒。结果，他们全都被赶到了路边的马厩里。"[34]

[40]

前官员俱乐部当然不是马厩，但逐渐在世界舞台上显现出来东西方对立的趋势在记者营中确实也有所体现。莫斯科方面的规定尤其严格，在人际交往和工作上都是如此。苏联媒体工作者被禁止和非苏联人建立私人关系，他们的文章也要经过审查，以保证符合意识形态的要求。英美记者倾向于遵循职业伦理、与所报道的事件拉开距离，他们的苏联同僚则喜欢以激情洋溢的语调代入纳粹审判者的角色。

在记者营的晚间讨论中，酒精供应充足，东西方记者尽管仍然处在监视之下，但也有了彼此接触的契机。双方在争论中互不相让。如果《真理报》记者鲍里斯·波列伏依的说法可信，无论观点存在多大的分歧，高声交谈的双方都能互相尊重，当然，仍能听出互不信任的潜台词。"瞧，我可以在报纸上随便批评任何参议员或众议员，什么事都不会发生。"美国一家报业集团的代表这样说，他随即挑衅他的苏联同僚，"你们能吗？"苏联记者冷冷回应："那你的老板呢？如果对方与你的老板关系密切、属同一个阵营呢，你敢批评他们吗，嗯？即便你敢，他们会刊登出来吗？就算刊登了，后果你承担得起吗？"[35]

这无疑触到了痛处。事实上，威廉·夏伊勒后来就因政治立场与哥伦比亚广播公司（CBS）高层不合而被解雇。然而，在纽伦堡，情况稍有不同。美国记者对审判的看法各不相同，甚至有人质疑其合法性，这在苏联记者是绝不允许的。美国右翼报纸《芝加哥论坛报》和《星条旗报》批评法庭对德国将军的起诉，因为在许多美国军官眼中，这些将领在战争中只是履行了他们的职责而已。《纽约时报》也对这一争论做了详细的报道。[36]

[41]

当温斯顿·丘吉尔 1946 年 3 月 5 日在美国富尔顿发表他的著名演讲，声称从波罗的海的什切青到亚得里亚海边的里雅斯特已经降下了一道"铁幕"时，他也在破坏着法贝尔堡里苏联和西方记者本就脆弱的共识。丘吉尔在演讲中呼吁西方同盟国联合起来对抗莫斯科，正式拉开了冷战的序幕。《星条旗报》的头版标题为："丘吉尔在富尔顿的告诫：联合起来阻止俄国人"。而《真理报》迅速做出反应，称丘吉尔在"煽动反苏战争"。不过，苏联记者们在记者营里的表现相当淡定，他们表示，过去已经听过无数资本主义的强硬言辞，丘吉尔再多说几千句也不会有什么区别。[37] 他们认为，已经下台的丘吉尔不过是在通过这样一场挑衅般的演讲重新寻求关注罢了。

而当英国激进左翼记者拉尔夫·帕克（Ralph Parker）宣布

他要来记者营时，这种政治分歧已经严重了无法掩盖的地步。二战初期，帕克被《纽约时报》和《泰晤士报》派往苏联担任前线记者，报道东线战事。随着时间的推移，他开始对英国的对苏政策不满，声称英国在战前的东欧政策是在扶持亲法西斯政权、联合反苏势力，帕克因此被怀疑与克格勃有染。他的妻子是一名苏联人，据说确实与克格勃有过合作，自 1941 年起他们就在莫斯科生活。战后，帕克加入了英国共产党党报《每日工人报》。当他来到记者营时，他只愿与那些在前线认识的苏联朋友聚会，这让迪恩非常为难。但帕克毕竟是同盟国的公民，作为一名美国人，迪恩无法拒绝他的要求。"蓝色沙龙里的座位不够，人们坐在窗台上，甚至席地而坐，"鲍里斯·波列伏依写道，"对苏联的祝酒词得到了广泛的响应，人们用各种语言喊着'冲啊''万岁'和'干杯'，甚至还冒出了德语：'向它致敬！'"[38]

[42]

餐厅旁的酒吧是城堡社交生活的中心，迪恩注意到，那里常常比法庭还要热闹。人们幸运地招到了一位名叫大卫的调酒师，这个"风趣的、一口白牙的美国人"（鲍里斯·波列伏依语）调制的鸡尾酒和长饮深受欢迎，他的创造力为他赢得了"鸡尾酒炼金术士"的美誉，甚至还有外来的客人慕名而来。据说他还擅长缓解政治和文化上的紧张气氛，他的洒脱随和他调制的饮品总能让客人从激烈争吵中冷静下来。作为对丘吉尔铁幕演讲的回应，大卫即兴创作了一款新鸡尾酒，并讽刺地将其命名为"温尼爵士"——温斯顿的爱称。尽管波列伏依在日记中提到，没有人喜欢这款鸡尾酒，但这似乎正是大卫的用意所在。

## 在异国的土地上

圣诞节假期，法官和检察官们离开了纽伦堡，美国首席检察官杰克逊也踏上了环游战后欧洲的旅程。节日期间，人们在城堡的大宴会厅立起一棵圣诞树，上面挂满了小酒瓶、风干水果、钢笔和相机。不少记者都参与到了一场慈善活动中，为50名拉脱维亚儿童筹集善款，这些被称作"流离失所者"的孩童在战争期间与父母一起被强制迁往德国。负责组织这项活动的又是迪恩。他的人脉之广也让他成了记者们的消息来源。在圣诞节当天，他采访了监狱的牧师，向记者们讲述了主要战犯是如何度过圣诞节的。而当希特勒的政治遗嘱和结婚证书在泰根湖被发现时，迪恩还获准向记者们朗读这些文件。[39]

此外，和许多其他军人一样，迪恩也参与了对纳粹高官遗物的秘密搜刮。1945年11月8日，他给母亲寄了一本书，并自豪地声称，这是从海因里希·希姆莱的图书馆里找到的。

迪恩的信件还记录了驻留德国的美军士兵的乡愁。他们认为，自己的任务在战争结束时就已经完成了。对于这场长度超出预期的审判，迪恩自己也多有怨言。他已经多年没见过父母、妻子和年幼的女儿了。他本可以争取回国的机会，但还是选择留在纽伦堡，因为这次审判对他来说也是结交人脉的良机。他希望在回到美国后退伍，并继续从事记者工作。而除了施泰因的记者营，还有哪里能让他与如此之多的美国明星记者同处一室呢？他在给妻子的信中写道："我相信这段经历会带来回报。"

[44] 周末，记者们时不时会外出郊游。美军征用了加尔米施-帕滕基兴和贝希特斯加登的酒店和度假村，这极大地方便了他们的旅行。许多人在信中赞叹于这里的自然风光，尤其是高山美景，但也有一些人对当地居民的风俗习惯感到困惑。记者们从没见过戴着牛铃的牛，更不用说牛群的转场，也就是将畜群从高山牧场迁到山下的活动。他们之间还流传着一个笑话，称巴伐利亚人最有效的秘密武器就是他们的牛，因为没有什么能像这些牛一样成功地阻断交通。[40]

这个笑话源于一种广为流传的观点，即德国潜藏的纳粹分子仍然会带来军事上的威胁。海因里希·希姆莱曾在1944年9月创立了"狼人组织"，这是一支地下军事力量，计划在德国被占领后通过破坏活动和恐怖袭击继续抵抗。尽管对"狼人"的恐惧最终被证明是多余的，但出于警惕，人们还是将纽伦堡法庭改造成了一座堡垒。为了防范营救战犯的突袭行动，记者们不得不接受更加严格的安全检查：他们只有出示媒体证件才能进入法庭，随身物品都会被搜查，配备机枪的军警在走廊里来回巡逻；在通往法庭的走廊上，还建有一座用沙袋堆出的堡垒。埃里希·凯斯特纳写道："一楼有严密的安检，二楼有严密的安检，到了三楼还有两次检查。即使穿着制服、持有证件，有时也会被挡回去。"[41]

1946 年 2 月，美国军方收到情报称，一个由逃亡的党卫队成员组成的地下网络正计划对外国人发动袭击，并准备闯入法庭监狱。出于安全考虑，军方调来了一支坦克部队。法国记者萨沙·西蒙（Sacha Simon）对这些传言恼火不已，他评论道："我经常在晚上从菲尔特大街步行回到施泰因城堡（路程大约五公里），走了得有二十多次。我在纽伦堡郊区黑暗狭窄的巷子里迷失过方向，在某片墙根下抓着一帮鬼鬼祟祟的影子问了上百次路，但还是从这些危险的夜间探险中安然无恙地回来了。"[42]

"德意志，德意志，一无所有，　　　　　　　　　　　　　[45]
没有黄油没有熏肉，
仅有的一点果酱，也全部被占领军吃走……"①

记者们的报道中经常谈及纽伦堡在战后"零时"的境况。战前，不少记者都曾为出席纳粹党代会造访过这座城市。由于纽伦堡作为纳粹老巢的象征意义，许多报道将其视为整个德国的缩影。空袭之后，这座城市陷入了中世纪以来从未有过的极

——————————

①这首流行于战后的讽刺歌曲是对《德意志之歌》的戏仿，标题中的几句原为"德意志，德意志，高于一切／高于世间所有万物／无论何时，为了捍卫／兄弟们永远站在一起"。自魏玛共和国以来，《德意志之歌》一直是德国的国歌，其中的部分歌词带有浓厚的纳粹主义色彩，在今天往往会被修改或被略去。

端贫困：幸存者们在废墟中翻找食物，勉强糊口，喝的是雨水，就着柴堆做饭，只能住在被炸毁房屋的地下室、防空洞或自己搭起来的棚屋里。毁灭的规模极为惊人，老城区首当其冲，几乎被夷为平地。尽管如此，仍有大约 17.8 万人生活在纽伦堡，但这还不到战前人口的一半。到处弥漫着腐臭和消毒剂的气味，因为数以千计的尸体仍被埋在废墟底下。"纽伦堡几乎成了一座死城。"艺术史学家菲利普·费尔（Philipp Fehl）说道，他在 1945 年作为美军的审讯官来到纽伦堡。"走在老城区，就像走进了一幅达利的画①。有时，一栋房屋的外墙会随着一声轻响崩塌在我们眼前——只需一步，或是一块滚落的石头，就能让原本精美绝伦的建筑化为一摊瓦砾。"[43]

路透社记者、同时也是记者营住客的希根·梅恩斯（Seaghan Maynes）回忆说，他在德国期间曾有一次送他的德国秘书回家。当那位穿着得体、打扮整洁的秘书请他在一片废墟前停车时，梅恩斯困惑不已："我是要送你回家，不能把你丢在这儿。"而她回答道："不，这里就是我的家。""我看着她离开，走向地上的一个洞，她的母亲和另外两个年轻人正站在那里。他们居住的这个地洞曾经是一栋房子的地下室。尽管如此，这个女孩看 [46] 起来仍像是一个富裕家庭的孩子，仿佛有专门的洗衣房负责打理她的衣物。"[44]

---

① 萨尔瓦多·达利是 20 世纪最著名的超现实主义画家之一，以梦境般的画面和怪诞的形象闻名。在达利的画作中，常见的物体被扭曲或变形，呈现出一种超越现实的视觉效果。

恶劣的生活条件也是纽伦堡市民对审判缺乏兴趣的原因之一。和大多数德国人一样，他们有着自己的烦恼——失去了家人，缺少煤炭，食不果腹。在长达十二年的纳粹政治宣传后，许多人已经不再相信媒体。还有一些人依然固执地将这次审判视为煽动的工具而非正义的体现。社会的全面崩溃塑造了人们的坚忍和自力更生，也在大多数德国人心中催生出一种自怜的情绪。就像亚历山大·米切利希①二十年后指出的那样，正是这种自怜导致了德国人"无力悲伤"的状况。

　　比利·怀尔德②1945 年 6 月曾作为美军的一员在埃朗根观看了一场教育改造电影《集中营》的试映，令他惊讶的是，观众们在目睹尸堆的影像后，竟然还留在电影院，继续观看下一部牛仔电影。受过精神病学训练的阿尔弗雷德·德布林对这种固执的抵抗表示理解。在对德国人现状的描述中，他指出了饥荒、政治冷漠、军事占领和普遍的阴郁情绪之间的关联："老人们全都身形消瘦，面色惨白，街上的年轻人也都瘦得皮包骨头。饥饿正在这个国家形成一股极其可怕的力量，它让人们变得阴郁和叛逆。跟一个饿得肚子叫的人是很难讲道理的，如果

---

① 德国精神病学和精神分析学家。他曾在纽伦堡审判中担任观察员，后于 1967 年出版专著《无力悲伤：集体行为的原理》，探讨战后德国社会对战争和大屠杀罪责问题的处理。
② 美国犹太裔电影导演、编剧，出生于当时仍属奥匈帝国的波兰贝斯基德苏哈，在纳粹党崛起后迁往巴黎，后于 1934 年移民美国。怀尔德是美国影史上最重要的电影人之一，编剧和执导了大量经典电影作品，曾凭借《失去的周末》《日落大道》和《桃色公寓》三度夺得奥斯卡金像奖最佳导演奖。

他本来就对政治毫不关心，现在又对这里的人们恨之入骨，认为他们抢走了他每日的食物，他怎么可能还会对政治产生兴趣呢？"[45]

另一位著名作家则主动参与到了缓解饥荒的行动中，这就是乔治·奥威尔。正如维尔纳·冯·科彭费尔斯（Werner von Koppenfels）所分析的那样，奥威尔对德国人的态度表现出一种"悖论般的公正"，这是因为他敏锐地察觉到了极权思想的传染性。在他看来，引向纳粹主义的前提条件并非德国独有。作为一个民主社会主义者，自西班牙内战以来，奥威尔不断对极[47]权主义发出警告。他在其反乌托邦小说《1984》中详细描绘了一个被扭曲的极权政权的全貌。在 1946 年开始写作这部小说前，他已经积累了丰富的素材，其中不仅包括他在西班牙内战期间险些受到斯大林式"清洗"的经历，还有他 1945 年 4 月和 5 月在战争结束前夕作为《观察家报》战地记者在纽伦堡及科隆目睹的废墟惨状。对那些古希腊罗马和中世纪建筑的毁灭，奥威尔深感痛心。与许多英国人不同，他并不憎恨德国人，反而将他们视为一个文明开化的民族。他这种"公正"的态度令许多同胞难以接受。[46]

早在 1945 年 1 月，奥威尔就在他为社会主义报刊《论坛报》撰写的两篇专栏文章中，调侃了英国粗暴的反德情绪。他在读一份拿破仑时代的《评论季刊》时深受触动，因为尽管当时的英国正在和法国交战，要在这场血腥的战争中争取生存权利，但这份英国报刊在评论法国书籍时仍然保持着尊重。令奥威尔不满的是，类似针对德国文学的评论在当下的媒体中几乎不可能发表，尽管在他看来，两个时代的情况非常相似。

奥威尔对德国人的这种不同寻常的同情在战后达到了顶峰，他开始采取实际行动支持他们。1946 年初，他公开声援了一场旨在改善欧洲，尤其是英国占领区粮食供应的运动。这场名为"立刻行动，拯救欧洲"（Save Europe Now）的运动由英国犹太裔出版商兼反战活动家维克多·戈兰茨（Victor Gollancz）发起，他名下的机构募集了衣物、食物、药品及其他急需的物资，并将其送往德国和其他亟待救济的地区。到 1948 年，约有 3 万个救济包被送往英占区。奥威尔撰写了《饥饿的政治》一文来支持这一运动，并将其发表在 1946 年 1 月 18 日的《论坛报》上，文中认为，尽管英国的情况相对较好，但欧洲大部分地区正遭受饥荒，若不采取行动，新的灾难将不可避免。

## 对审判的批评 [48]

纽伦堡审判是否真正有助于伸张正义、能否实现其崇高目标，激起了营地记者们的激烈讨论。审判的确暴露出一些关键问题。人们长期以来所奉行的罪刑法定原则（nulla poena sine lege）——即不得依据事后制定的法律对行为进行追诉——在纽伦堡被搁置。盟军的首要目标是完成对纳粹意识形态的清算。后世的宪法学者指出，这使得"政治举措成为法庭的焦点，战争罪和危害人类罪反而退居次要，甚至一度沦为背景"[47]。与此相应，新闻报道也对被告的罪行缺乏区分，军事、政治和犯罪行为被混为一谈，使中立的观察者很难理清其中的复杂关系。

维利·勃兰特的批评则指向审判席上缺乏"另一个德国"的代表的事实。"我和许多人一样，从一开始就感到困惑，为什么没有找到适当的方式，让德国的反纳粹人士也参与到这场审判中来……德国的受害者难道没有权利来清算迫害他们的人吗？"[48]

这也是许多德国人心中的共同疑问。他们普遍认为，不允许德国人担任法官，恰恰暴露了盟军的虚伪。美国首席检察官罗伯特·H. 杰克逊在开幕词中曾表示，德国人也是罪恶政权的受害者，那么，有什么理由不让他们参与对该政权高层的审判呢？

[49] 许多记者也清楚地知道，苏联从未承认庭审依据的国际公约。在纽伦堡法庭对主要战犯的诸项指控中，苏联自己也曾犯下部分罪行，例如发动战争（斯大林曾下令进攻波兰和芬兰）、大规模屠杀战俘（如卡廷森林事件），以及各种滥用职权和暴力的行径。苏联代表奉莫斯科之命，致力于揭露德国战犯的犯罪事实，同时掩盖本国违反国际法的行为。讽刺的是，苏联首席法官约纳·尼基琴科（Iona Nikittschenko）正是 20 世纪 30 年代斯大林"大清洗"的作秀公审中负责宣判的法官之一，这使得苏联的法律立场更加令人难以信服。苏联翻译官米哈伊尔·沃斯连斯基（Michael Voslensky）写道："我们在这个法庭上格格

不入，因为在斯大林的统治下，很多在这里被视为犯罪的行为早已成为我们生活中的常态。"[49]另一位口译员塔季扬娜·斯图普尼科娃（Tatjana Stupnikova）也大为惊骇，她在纽伦堡审判中发现了纳粹暴行与斯大林独裁统治之间的相似之处。她的父母在她童年时因被指控为"人民的敌人"被捕，数十年过去了，她依然没能摆脱对敲门声的恐惧。

汉斯·哈贝（Hans Habe）因对占领政策持批评态度，于1946年4月辞去了德国《新报》主编一职。他对证人传唤的选择性提出了批评。控方的传唤申请几乎毫无例外地被接受，而辩方的申请却常常遭到驳回。哈贝指出，这不得不让人怀疑，法庭是否不愿让某些证人出庭作证。"如果控方允许戈林的辩护律师传唤哈利法克斯勋爵[①]，《慕尼黑条约》的灾难性后果将会被揭示；如果莫洛托夫[②]能出庭作证，则有助于理解希特勒与苏联签订条约的具体背景。"[50]

迪恩也怀疑，如果里宾特洛甫的律师要求传唤的英国权贵能够出庭接受询问，审判可能会揭露出德英战前秘密谈判的内

---

①亦称哈利法克斯伯爵，英国保守党政治家，1938至1940年任英国外交大臣。1936至1938年，他是时任英国首相张伯伦绥靖政策的拥护者，主张暂时回避与纳粹德国发生冲突，以争取时间、重整军备。他为1938年的《慕尼黑条约》做了大量的工作，此协议允许希特勒占领捷克斯洛伐克的苏台德地区。但协议签订过程中的种种风波也让他改变了立场，1938年后，他转而反对向纳粹德国做进一步让步，支持向波兰提供军事援助，以抵御纳粹德国的侵略。
②维亚切斯拉夫·米哈伊洛维奇·莫洛托夫（1890—1986），苏联政治家、外交家，1939至1949年任苏联外交人民委员（即外交部长）。1939年8月，他代表苏联与德国外交部长里宾特洛甫在莫斯科谈判，双方签订《苏德互不侵犯条约》。

容，这无疑会对英国的国家形象带来冲击。此外，辩方不像控方那样拥有庞大的助手团队，这也使他们在法庭上处于劣势。

[50]

澳大利亚记者奥斯玛·怀特（Osmar White）对审判和盟军占领政策的批评尤为尖锐。他在1946年撰写的《胜利者之路》一书中阐述的观点被认为过于大胆，没有出版商愿意接手。这份书稿在抽屉中尘封了半个世纪，直到1996年才以英文出版。作为澳大利亚《先驱报》和《每周时报》的战地记者，怀特曾在1944至1945年冬跟随巴顿将军的第三军越过德国边境，一直推进至勃兰登堡门。他还见证了布痕瓦尔德集中营的解放和德军的投降。在他的报道中，这位敏锐而笃定的记者充分展现了出色的观察能力。他尤其关注战胜国与战败国人民的心理状态。怀特是一位彻底的异见者，他极力保持客观，总是直言不讳，毫不掩饰自己的观点。他鄙夷那些低声下气、对自身罪责不加反思的德国人，却也毫不吝惜对敌人的尊重。他曾捕捉到一位恐慌而又严厉的母亲是如何拎着两个儿子的耳朵，把这两个准备投身战斗的希特勒青年团员从一处埋伏点后拽出来，以免他们在美军的坦克下丧命。对巴顿将军粗暴而狂热的个性，以及美国士兵在德国的掠夺和强奸行为，怀特也都不加粉饰地如实记录在册。

对纽伦堡主要战犯的审判，怀特并不抱什么期待。审判开始前，他刚刚结束在英格兰的休假，飞往纽伦堡准备报道审判的筹备工作。然而，他很快就放弃了不切实际的幻想。在他看来，法庭对四项指控的区分显得过于烦琐，整个过程更像是对民事诉讼的"滑稽模仿"。怀特甚至直言,法庭是一出"复仇的表演",一场"虚伪的仪式"。它不具备任何更高的道德和法律价值,"和田纳西最偏远地区的一场私刑审判如出一辙"。他认为,被告的罪行毋庸置疑,审判仅仅是走个过场,而坚持举行庭审反而会让战胜国陷入制造噱头的可鄙指控中。怀特也不认为审判能起到任何威慑效果。即便对纳粹战犯进行活体解剖,也无法防止居心叵测的政治家和官僚将来再度犯下类似恶行,宣告罪名更是于事无补。 [51]

　　尽管怀特将审判称作奇观式复仇的评价过于笼统,但他对审判威慑作用的悲观看法却是准确的。然而,在当时的出版商看来,怀特的这些洞见并不适合广泛传播。"重返纽伦堡是我职业生涯的重大失误。"他在《胜利者之路》中写道,"我发现自己无法描述这出闹剧,比如戈林是如何被剥夺了一切能够系紧裤子的工具,以防他用腰带或裤带上吊的。"[51] 失望之余,怀特向伦敦申请调离。在等待调令期间,他大部分时间都待在纽伦堡郊外安斯巴赫附近的一个苏联战俘营地。只有在那里,他才感到周遭的一切没那么虚伪。

## 新闻报道形式的局限

　　纽伦堡的记者们深知自己责任之重大。他们不仅要记录审判的经过,还必须挑选主题,提供理解这些经过的框架。他们需要通过文字和叙述技巧，揭示纳粹罪行的程度之深、范围之广。审判材料本身很难激发想象，单靠纸质证据和证人证词无法将这些事件深植于公众的集体记忆中。正如精神分析学家亚历山大·米切利希在其关于纽伦堡审判的评论中所说："三十年战争之所以留在了人们的想象中，并不是因为那些骇人听闻的罪行和焚城的烈火，而是因为格里美尔斯豪森[①]用文字描绘了它。"[52] 米切利希所推崇的表现形式需要激发读者的想象力、具备净化功能，还要达到艺术的水准。巴洛克作家格里美尔斯豪森可以用整部小说的篇幅来探索这种表现手法，而记者们却必须将他们的见闻浓缩在几页纸内。他们不仅要为审判过程找到合适的语言，还要为那些无法言说的罪行找到呈现的方式，这是前所未有的挑战。

[52]

若以米切利希的标准来衡量，大多数关于审判的报道都是令人失望的。这些报道多以冷静而缺乏共情的笔调写成，几乎没有任何艺术性。罗伯特·容克这样写道："在接下来的庭审中，话题转向了焚烧犹太会堂的罪行。当戈林询问实际被摧毁的犹太会堂数量时，莱因哈德·海德里希以骄傲的语气汇报了'犹太战线的战报'：101 座会堂被烧毁，75 座被以其他方式破坏，帝国境内还有 7500 家商铺被砸毁！"容克讽刺地将这份破坏清单称为"战报"，仿佛是在统计战斗中阵亡的士兵人数。除了句

---

①德国巴洛克时期最重要的作家之一，代表作为小说《痴儿西木传》，其中详细描绘了三十年战争带来的破坏。

末的感叹号表露了作者的感情，报道整体保持着极为客观的纪实风格。

这种干巴巴的文风是为了保护记者们在内心构筑的防线，同时也反映出人们对这类恐怖事件逐渐习惯导致的麻木。为西北德意志广播电台工作的格雷戈尔·冯·雷佐里曾指出，谋杀一个人是恐怖的，谋杀十个人是令人发指的，谋杀一百人几乎变得难以想象；而当死亡人数达到几百万时，这种恐怖变得抽象，人们已经无法将凶手与他们的罪行建立起清晰的关联。在这种情况下，根本不存在所谓公正惩罚，罪与罚之间的因果关系已被彻底打破。[53]

如何用语言形容这种无法言说的恐怖，不仅是记者们要面对的问题，也在证人和听众之间制造了一道不可逾越的鸿沟。当下的现实完全无法与幸存者的经历相比拟。证人克劳德·瓦扬-库蒂里耶指出，奥斯维辛既无法想象，也无法复述。怎样才能让人感受到焚烧人肉的气味？正如汉娜·阿伦特所表述的那样，证人们的证词是一种"无法传达的目击证词"，而检察官们也意识到了这种困境。[54]因此，他们寄希望于电影这一媒介，以及图像带来的情感冲击力。 [53]

在印刷媒体中，除报道和评论之外，报告文学也是一种常见的表现形式。这种文体诞生于20世纪20年代，以其社会批判功能、形式上强调视觉再现备受推崇。报告文学从亲历者的视角出发，试图从不同角度直接展现同一事件。除了精准呈现新闻材料，它还能反映人类真实的行为和思考模式。这样的报道能将读者直接带回事件发生的瞬间。[55] 然而，纽伦堡审判挑战了报告文学在呈现和认知方式上的边界。法庭对事件的描述往往枯燥无味，记者们很难捕捉一个能让人身临其境的历史时刻。加之庭审展示的材料过于抽象，记者不得不专注于法庭这个单一的场景，解释法庭上正在发生的事件。

　　这些报道往往围绕一个核心动机展开，除了废墟中的纽伦堡，最受欢迎的主题便是对被告的描写。记者们被法庭上的视觉化场景深深吸引。许多人对纳粹高层的认识源自莱妮·里芬施塔尔的电影《意志的胜利》，在这部英雄电影般的党代会纪录片中，他们一个个身着华丽的制服，举止透露出军人的威严。而纽伦堡审判揭示了这一幻象与现实之间的巨大落差。1945年12月12日，《纽约时报》记者塔尼娅·朗（Tanja Long）在观看了法庭播放的纪录片《纳粹计划》后写道："看到自己在大屏幕上的影像时，被告们表现得像兴奋的学生，交头接耳、用手肘碰着彼此。"记者们似乎沉迷于描述这些失势"神祇"的表情、动作和行为。一些记者甚至带上了望远镜或军用双筒镜，想观察距离他们15米远的被告们。他们的报道里充斥着这种对比：塔尼娅·朗将被告比作"兴奋的学生"，而彼得·德·门德尔松认为两位海军元帅邓尼茨[①]和雷德尔[②]"像两个失业的电车售票员"，戈林则像"电影院的引座员"。对于后者，菲利普·费尔

[54]

---

①卡尔·邓尼茨，德国海军元帅、潜艇舰队总司令。
②埃里希·雷德尔，德国海军元帅，负责水面部队的建设与指挥。在1942年末一系列海战失利后被迫辞职，其职务由邓尼茨接替。

给出了更为友善的评价，称他像一位"文艺复兴时期的佣兵队长"；丽贝卡·韦斯特形容戈林像"妓院的老鸨"，珍妮特·弗兰纳认为他像"丰满的女低音"，伊利亚·爱伦堡则称他像"一位老妇人"。

据报道，施特赖歇尔一直在嚼口香糖，赫斯蜷缩在座位上昏昏欲睡，冯·巴本① 外表精致、鹤立鸡群，凯特尔② 则板着脸、坐姿僵硬。记者们对这些形象的描绘也一再变换。显然，他们自己都很难理解汉娜·阿伦特口中的"平庸之恶"，更无法将这一概念传达给读者。"这些被告的庸常和普通令我印象最深。"鲍里斯·波列伏依评论道；而格雷戈尔·冯·雷佐里则清醒地承认，他无法从理性上将这些被告与他们的罪行联系起来。[56]

这种平庸促使许多记者，尤其是通俗报纸的记者，刻意采用煽动性的文风，即便当时没有爆炸性新闻可供报道。这些肤浅、碎片化、哗众取宠的文章在当时就已经引起了注意。审判结束后，美国记者马克斯·勒纳（Max Lerner）批评道："我们看到的都是纳粹历史支离破碎的片段。记者们从纽伦堡将数百万字的报道传送到世界各地……但其中绝大部分都只是由色彩斑斓的墨点汇成的一场奇观。当代最重要的一次审判，竟以探案惊悚片的方式草草收场，其终幕甚至被冠以'藏毒自杀案'之名，这无疑是我们当下的媒体和思维方式的一个缩影。"勒纳最后一

---

① 1932 年曾任魏玛共和国总理，与希特勒争夺政治权力。纳粹党上台后，巴本先后被任命为副总理和德国驻奥地利公使，促成了德国对奥地利的吞并。
②威廉·凯特尔（1882—1946），德国陆军元帅，国防军最高统帅部司令。

句指的是戈林的服毒自杀。他总结道："纽伦堡仍是一场没有被真正理解的审判。"[57]

　　然而，还是有一些杰出的作家找到了独特而深刻的方式来报道这场审判，下面的章节将会提到一些这样的例子。这些文学杰作之所以脱颖而出，正是因为它们突破了报告文学的界限。

[55] 埃里希·凯斯特纳打破禁忌，将虚构元素融入报道，构想出未来人民参观庭审遗址的场景；丽贝卡·韦斯特以法贝尔堡的园丁这一看似不起眼的人物为切入点，阐释了德国的民族性；埃尔莎·特里奥莱创作了一篇具有超现实主义色彩的拼贴文章；约翰·多斯·帕索斯也以他独特的方式记录了审判，他不仅在形式上做出了大胆的尝试，以接近真相，还对战败的德国人展现出了一种不同的态度。

---

**注释：**

1. A. Diller/W. Mühl-Benninghaus (Hg.), *Berichterstattung über den Nürnberger Prozess gegen die Hauptkriegsverbrecher 1945/46*, S. 11. 亦见 B. Mettler, *Demokratisierung und Kalter Krieg*。

2. M. Gemählich, *Frankreich und der Nürnberger Prozess gegen die Hauptkriegsverbrecher1945/46*, S. 170.

3. Speer, *Erinnerungen*, S. 516.

4. T. Taylor, *Die Nürnberger Prozesse*, S. 279.

5. P. de Mendelssohn, *Zeitungsstadt Berlin*, S. 607.

6. H.-U. Wagner, *Der Nürnberger Hauptkriegsverbrecherprozess als Medienereignis*.

7. W. Schaber, *Der Fall Ullmann*, S. 116.

8. E. W. Michel, *Promises Kept*, S. 198 f. 恩斯特·米歇尔移民美国后改名为恩斯特·W. 米歇尔。

9. Weinke, *Die Nürnberger Prozesse*, S. 49.

10. L. Jockusch, *Justice at Nuremberg?*, S. 122, 126 f.

11. J. Wilke/B. Schenk/A. A. Cohen/T. Zemach, *Holocaust und NS-Prozesse*, S. 64.

12. H. Krösche, *Zwischen Vergangenheitsdiskurs und Wiederaufbau*, S. 60 f.

13. 同上，S. 66。

14. R. Tüngel/H. R. Berndorff, *Auf dem Bauche sollst du kriechen*, S. 131 ff.

15. Ernest Cecil Deane, Brief an seine Frau Lois vom 16.1.1946.

16. R. Weber, *Dateline*.

17. Peter de Mendelssohn, Brief an Hilde Spiel vom 18. 11. 1945.

18. W. Brandt, *Links und frei*, S. 403.

19. F. Prinz zu Sayn-Wittgenstein, *Schlösser in Franken*, S. 24 f.

20. W. Brandt, *Verbrecher und andere Deutsche*, S. 13.

21. Wolfgang Hildesheimer, Brief an Eva Teltsch vom Januar 1947, in: ders., *Die sichtbare Wirklichkeit bedeutet mir nichts*, S. 285.

22. 现存的照片大多出自雷蒙德·达达里奥之手，他当时居住在城堡内，并以美军官方摄影师的身份记录了整个审判过程。

23. E. Triolet, *Der Prozess tanzt*, S. 263.

24. 关于劳拉·奈特在纽伦堡的经历，参见 L. Feigel, *The Bitter Taste of Victory*, S. 169 ff。

25. 威廉·斯特里克的遗稿，包括一些记者营的照片，已被纽约的利奥·贝克研究所（Leo Baeck Institute）数字化，现存于其互联网档案馆的威廉·斯特里克文献集中。该档案馆中还保存有一本数字化的《纽伦堡特刊》，该刊物于 1946 年以私人印刷的形式发行，仅印制了三百份。

26. Ernest Cecil Deane, Brief an seine Frau Lois vom 20.10.1945.

27. T. Taylor, *Die Nürnberger Prozesse*, S. 263 f.

28. Ernest Cecil Deane, Brief an seine Frau Lois vom 22.12.1945.

29. Erika Mann, Brief an ihre Eltern vom 24.3.1946.

30. Vgl. H. Krösche, *Zwischen Vergangenheitsdiskurs und Wiederaufbau*, S. 65.

31. Ernest Cecil Deane, Brief an seine Frau Lois vom 14.5.1946.

32. 摘自 S. Radlmaier, *Das Bleistiftschloss als Press Camp*, S. 21。

33. Polewoi, *Nürnberger Tagebuch*, S. 126.

34. H. Gaskin (Hg.), *Eyewitnesses at Nuremberg*, S. 26 (Übersetzung des Autors).

35. Polewoi, *Nürnberger Tagebuch*, S. 128.

36. Gribben, *Weighted Scales*, S. 53.

37. 这段记述来自珍妮特·弗兰纳，参见 J.Flanner, *Paris, Germany*..., S. 126。

38. Polewoi, *Nürnberger Tagebuch*, S. 127。

39. Ernest Cecil Deane, Brief an seine Frau Lois vom 16.12.1945.

40. Ernest Cecil Deane, Brief an seine Frau Lois vom 16.10.1945.

41. Kästner, *Streiflichter aus Nürnberg*, S. 495.

42. S. Simon, *La Galerie des monstres*, S. 18.

43. P. Fehl, *Die Geister von Nürnberg*, S. 280.

44. H. Gaskin, *Eyewitnesses at Nuremberg*, S. 104.

45. Döblin, *Wie das Land 1946 aussieht*, S. 320.

46. W. von Koppenfels, *Orwell und die Deutschen,* und L. Feigel, *The Bitter Taste of Victory*, S. 39 ff.

47. Rückerl, NS-Verbrechen vor Gericht, S. 92. 关于历史学家和法学家对这次审判的评价，参见 I. Gutmann/E. Jäckel/P. Longerich/J. H. Schoeps (Hg.), *Enzyklopädie des Holocaust*, Bd. 2, S. 1019–1047。

48. W. Brandt, *Links und frei*, S. 404.

49. M. Voslensky, *Stalin war mit Nürnberg unzufrieden.* 亦可参见 G. Ueberschär (Hg.), *Der Nationalsozialismus vor Gericht*, S. 52 ff。

50. H. Habe, *Die Irrtümer von Nürnberg*, S. 238.

51. White, *Die Straße des Siegers*, S. 234 f.

52. Mitscherlich, *Geschichtsschreibung und Psychoanalyse*, 转引自 K. Scherpe, *In Deutschland unterwegs*, S. 325。

53. G. von Rezzori, *Das Schlusswort von Rudolf Heß*, S. 296 f.

54. T. Fitzel, *Eine Zeugin im Nürnberger Prozess*, S. 64 f.

55. Maier, *Die Reportage in der ersten Hälfte des 20. Jahrhunderts*, S. 106.

56. Polewois und von Rezzoris Prozessberichte in: S. Radlmaier (Hg.), *Der Nürnberger Lernprozess*, S. 105, 289.

57. 参见此书中由 M. Lerners 撰写的前言：V. H. Bernstein, *Final Judgement. The Story of Nuremberg*, S. 2。

# 第二章

# 美国的失败，或约翰·
# 多斯·帕索斯的忧郁

我的一生中，从未像这次欧洲之旅归来时这样，感到如此的悲伤和清醒。

——约翰·多斯·帕索斯，

1945 年 12 月 30 日致厄普顿·辛克莱

《外派任务》——这是美国作家约翰·多斯·帕索斯（1896—1970）给他的报道集选择的书名。1944 年，帕索斯开始为插图版《生活》杂志撰写报道。他先是跟随美军奔赴太平洋战场，报道了对日作战的情况，随后于 1945 年 10 月至 12 月来到了盟军占领下的德国。在法兰克福和黑森州的乡村地带（"那里的人们还是一身滑稽的农民打扮"[1]），他目睹了他的美国同胞如何试图整顿战后的混乱局面。早已不堪重负的上尉和中尉们，纷纷向他倾吐他们的沮丧和自我怀疑。战争胜利后，他们本想赶快回到家乡，华盛顿却命令他们留在德国组织审判、管理民众，开展非纳粹化改造。美军将士显然没有预料到，他们的工作内容，是寻找没有纳粹背景的"无罪之人"，去担任森林管理员或接管废弃的影院，而语言上的障碍又进一步增加了工作难度。

德国人既不配合，也不友好。他们总是满腹牢骚，闯进盟军的办公室提出请求，甚至举报邻人。即便如此，多斯·帕索斯事后回忆起那些饥肠辘辘、眼眶深陷的人们时，还是会被深切的同情席卷。凭借强大的同理心和标志性的"摄影机眼"（camera-eye）—— 一种像摄影镜头一样、通过硬切[①] 来反映现实的写作技巧——多斯·帕索斯展现了美国人的辛劳和战败者的绝望。战败的苦果和文明崩溃的景象在报道中屡见不鲜。然而，他却选择将文集的第三部分，也就是关于德国的部分命名为"我们失败的那年"。他所说的失败显然指美国的失败，而非德国的。[2]

约翰·多斯·帕索斯与他曾经的朋友欧内斯特·海明威和玛莎·盖尔霍恩继承了相同的新闻传统。三人都是很早就喜欢艺术创作，并立志成为作家，年轻时为了糊口才进入了新闻行业。因此，他们并不满足于只做历史事件的记录者，而是深感有责任继承"新报道"（new reportage）的衣钵。这是美国一个受马克思主义影响的新闻报道流派。20 世纪 30 年代中期，美国最具影响力的左翼刊物《新群众》的出版人开始从理论上探讨新

[58]

---

①硬切（hard cut），指两个画面或场景间直接的、毫无过渡的剪辑方式，常用于增加画面切换的冲击力、加快影片节奏。与其相对，淡入、淡出等相对柔和的手法都属于软切（soft cut）。

闻写作的方式。他们满怀革命热情和反法西斯理想，畅想了一种"新报道"，用主编之一约瑟夫·诺斯（Joseph North）的话来说，

这种报道应当反映作者的情感参与。"对于报道的作者来说，他所描述的事实不应是一具尸体，它应当是鲜活的，它真实地存在于这个世界之中。"[3]曾为《新群众》撰稿的多斯·帕索斯和海明威都遵循着这一原则。不同于新客观主义报告文学的冷静、精确和距离感，"新报道"作为一种叙述性的新闻报道，强调叙述者的个人观点，但也要求记者在直言不讳的同时抱有同情心。可以说，它是文学与新闻的交汇点，兼顾了艺术性和文体上的实用性。

多斯·帕索斯与海明威的初次相遇是在第一次世界大战期间、意大利的一家军官俱乐部。巧合的是，两人当时都是作为志愿医护人员来到这里的。多斯·帕索斯亲身体会了战争的残酷。"竟然能有那么多颗炸弹在同一个人身边爆炸却不击中他，这真叫人吃惊。"他在 1917 年 8 月写道。一战结束后，被人们称为"多斯"和"海姆"的两人保持着密切往来，他们时而在巴黎的咖啡馆讨论小说的走向，时而在法国南部参加派对，时而去奥地利的福拉尔贝格滑雪，时而在西班牙的潘普洛纳观看斗牛，或去加勒比海钓鱼。在这段关系中，为人稳重、几近秃顶、还患有风湿性心脏病的多斯·帕索斯始终是弱势的一方。

多斯·帕索斯是一位富有的证券律师的私生子，在布鲁塞尔和伦敦度过了优渥的童年，他日后将这段时光称为"酒店里的童年"。当海明威在橡树公园高中求学、为地方报纸《堪萨

斯城星报》工作时，多斯·帕索斯正在哈佛大学攻读欧洲文学。随着时间推移，这位文艺爱好者逐渐成长为一位有政治觉悟的作家。他的首作《三个士兵》（1921）与海明威的《永别了，武器》齐名，当属从美国视角描写一战的顶尖之作。1925年，他的代表作《曼哈顿中转站》问世，这部小说革命性地将城市本身作为故事的主角。作者从电影中汲取灵感，几乎完全舍弃了 [60] 烦琐的描写和逻辑关联——阿尔弗雷德·德布林就曾受到这部作品的启发，他的小说《柏林，亚历山大广场》（1929）同样采用了蒙太奇手法来描绘大都市。尽管德布林也为审判撰写过报道，但二人从未在纽伦堡相遇。多斯·帕索斯的社会批判精神在他的《美国三部曲》（1930，1932，1936）中达到了顶峰，通过一系列人物小传、新闻短片和内心独白，读者得以从多种视角观察这些20年代的人物与事件。

　　和当时一众作家相同，多斯·帕索斯也一度深受共产党影响。这位罗莎·卢森堡的仰慕者对俄国革命和当时的社会运动充满热情，还曾于1928年远赴苏联旅行。在1932年的美国大选中，他选择支持共产党的候选人，而不是民主党推举的罗斯福，直到30年代苏联"大清洗"中的作秀公审让他认清了现实。他与海明威的兄弟情谊也在西班牙内战期间走向了终结，因为后者坚持为斯大林式的、为达目的不择手段的铁腕统治辩护，哪怕这些手段是暴力且不人道的。1937年，多斯·帕索斯在西班牙帮一位失踪的朋友——何塞·罗夫莱斯（José Robles）的家人发声，这位朋友遭到了西共秘密警察的清洗。海明威却劝他放弃，因为他的调查会妨碍到二人合作的电影在共和军控制区域的拍摄。"我在电影项目中的一些合作伙伴认为我的调查工作十分讨嫌，"多斯·帕索斯写道，"他们说，在当下这样的时代，一个人的性命又能算得了什么？我们不能让个人情感左右我们。"[4]

多斯·帕索斯无法原谅这样的言论，无论它是出于共产党人之口，还是出自他那位刚与玛莎·盖尔霍恩陷入热恋的朋友海明威。1953 年，他在美国众议院非美活动调查委员会作证时承认："在西班牙的见闻让我对共产主义和苏联的幻想彻底[61] 破灭了。苏联政府在西班牙主持了一系列不合法的审判，他们本质上就是一个杀人团伙，无情地把所有能抓到且妨碍了共产党员的人送进坟墓。"多斯·帕索斯最终倒向了保守主义，甚至成了麦卡锡时代反共运动的支持者，不由得令人扼腕叹息。


# 在德国，"问卷之国"[①]


1945 年 10 月，多斯·帕索斯抵达德国，此时的他不仅是一位知名作家，还是一名公开的反共人士。苏占区柏林的见闻加深了他的反感，在报道中，他将自己的震惊悉数传递给了读者：

---

①此处的"问卷"是指战后由美国战略情报局的弗朗茨·诺伊曼（Franz Neumann）起草的一份审查问卷，旨在调查德国人的政治背景和政治立场，以及他们在纳粹时期的行为。这份问卷是非纳粹化改造的重要举措之一，每位德国成年人都必须填写。

几个苏联士兵强奸了一位德国妇女和她的妹妹，并强迫她的丈夫站在椅子上观看全程，随后一枪射穿了他的头颅。鉴于此类事件，多斯·帕索斯认为，盟军在战后相关协定①中对斯大林采取的绥靖政策不仅是错误的，更是危险的，因为它为苏联的扩张野心敞开了大门。

当然，在多斯·帕索斯的报道中，这些观点的表达总是借由第三人之口，报道者个人往往隐身幕后，但他从未消失。他引用的那些不具名的上尉、中尉和证人究竟真实存在，还是为证实他的观点而虚构出来的，至今仍是个谜。虚构的可能性更大——尽管他在文中描绘的总体氛围确实符合当时的现实状况。多斯·帕索斯自认是一位游走于虚构与纪实之间的编年史家，就像在小说中融入真实的新闻素材一样，他也将虚构内容暗中塞进了他的报道。这种体裁上的杂糅正是他的兴趣所在。他有意将对立的虚与实一并纳入文本，这反倒是为了更加接近真相。

多斯·帕索斯自诩为一切"帝国主义者、军国主义者和死亡贩子"的敌人。对这样一位道德家来说，他的同胞在德国的土地上、在他们"舒适的、供暖良好的房屋里"的所作所为无异于道德的变节。他毫不留情地指出，美国人一面高喊自由口 [62]

---

① 原文此处存疑。原文提到的《柏林四强协定》(Viermächteabkommen) 于 1971 年 9 月 3 日签署，此时多斯·帕索斯已经逝世。他的评论针对的可能是 1945 年 8 月 2 日发布的《波茨坦公告》(德语又称《三强会议公告》, Mitteilung über die Dreimächtekonferenz von Berlin)，其中美、英、苏三国对战后德国的管理和赔偿等问题达成了一致，苏联对领土、占领区和德国工业能力等提出的要求得到了满足。

号，一面却未能有效履行其作为保护者的责任。这种对战后美国所占据的道德高地的质疑，也让他在同胞之间变得不受欢迎，而他也对此心知肚明。他常常怀疑《生活》杂志是否还会将他的报道付梓，毕竟他发给编辑部和公开表达的，都是其他人只敢在私人通信的掩护下讨论的内容。欧内斯特·塞西尔·迪恩就曾在写给妻子的信中提到军队中蔓延的困惑：他们一方面被禁止与德国人亲善，甚至不允许有最基本的接触；另一方面却要对"泡菜佬"实施再教育，教他们民主。"这怎么办得到呢？"他满怀挫败地问。[5]

即便在记者营的美国同事中，多斯·帕索斯也是特立独行的那个。当玛莎·盖尔霍恩、艾丽卡·曼（她是以美军军官的身份来到纽伦堡的）、威廉·夏伊勒和珍妮特·弗兰纳异口同声地批评德国人的自哀自怜时，多斯·帕索斯却对他们表达了同情，即便是面对其中最顽固的那些人，他也没有被愤怒冲昏头脑。在海明威吹嘘自己杀了122名德国士兵，还向一名俘虏的头部开枪，"让他的脑浆从嘴里流出来"[6]时，多斯·帕索斯描绘的却是纽伦堡妇女和她们的孩子在废墟中的一块锌板上烤土豆的可悲场景。

多斯·帕索斯的报道回避了胜利者任何形式的沾沾自喜。他让一位无名的布鲁克林年轻中尉这样批判自己在黑森州的工作："他们告诉我们，这就好比当消防员……为了扑灭一场大火，消防员有时不得不造成某种损失，甚至可能要炸毁一栋房子。好吧，但有人见过消防员为了一个失火的街区在城市里四处放火吗？您见过吗？仇恨就像火焰。人们必须扑灭它。"有些时候，为了从那些饿得半死的战俘口中套出只言片语，这名中尉必须先把他们喂饱、送他们就医。"残暴比伤寒更具传染性，想治愈它更是该死的困难……那些本该叫人冷汗直冒的情景，我们在法兰克福的总部里已经习以为常。"

## 在愁绪与民族自豪之间：杰克逊的开庭演说

1945 年 11 月初，多斯·帕索斯抵达纽伦堡，见证审判的开庭。第一次走进这座"古老的名歌手之城"的他震惊于盟军轰炸造成的惨烈景象。他的感受后来直接反映在 1958 年发表的小说《伟大时光》中。在书中，他在描写被"夷为平地"的历史核心城区之余质疑道，为什么位于郊区的工业区却"奇怪地完好无损"？他暗示盟军从中谋求了经济和政治上的利益，并质问这种主要针对平民的战争手段的正当性。

1945 年 11 月 22 日的晚上，他在"法贝尔家族靠卖铅笔建起的石头城堡"中，同一位东欧记者谈起了这些问题。在前往酒吧的路上，多斯·帕索斯想找人做伴，再去喝一杯苏格兰威士忌，就在这时，这位陌生人用法语向他搭话。他问多斯·帕索斯是否有时间，他想问他几个问题，多斯·帕索斯答应了。他们来到城堡的庭院里，那里可以不受打扰地谈话，还能吸烟。审判真的能为欧洲带来正义吗？东欧记者质疑道。他听说多斯·帕索斯对这次的法律程序表示了赞赏。他自然也赞同对被告处以死刑，但除了"在当前堆积如山的虚伪上再加一笔"，人们又能从审判中得到什么呢？

多斯·帕索斯指出，这次审判当然不可能尽善尽美，但至少确立了一个法律原则，即发动侵略战争是一种犯罪。然而，这一提法不经意间给了对方一个把柄。东欧记者接着问，纳粹有什么暴行能与美国对平民的大规模轰炸相比？多斯·帕索斯反驳道，美国并不是始作俑者。他的论敌这下彻底激动起来，他说，德国城市遭到的血洗比任何一座英国城市都要严重。"你们要怎么为德累斯顿无辜的难民遭到的屠杀①辩护？……纳粹做了什么，能与美国将盟国波兰交到史上最黑暗残暴的独裁政权手中这一行为②相提并论？"仅仅因为他们是德国人，就将一1500万人从他们的家乡驱逐出去③，这不也应当以危害人类罪论处吗？"为什么美国人如此执着于复仇？"如今他们在欧洲所做的一切，都在激化人们的报复心理、增加暴力统治的可能，而这总有一天会危及美国自身。这当然不是"我们的本意"，多斯·帕索斯惊骇地回应道。单有良好的本意是不够的，东欧记

---

① 指 1945 年 2 月 13 日至 15 日盟军对德累斯顿的大规模空袭。

② 1945 年 2 月的雅尔塔会议上，美、英两国为争取苏联对日宣战，同意将波兰寇松线以东划归苏联，波兰则得到德国东部的部分领土作为补偿；此外，苏联还获准在波兰扶植新的共产主义政府上台，取代当时位于伦敦的波兰流亡政府。

③ 1945 年 7 月 17 日至 8 月 2 日的波茨坦会议决定，将居住在波兰、匈牙利、捷克斯洛伐克等国的德国人迁回德国。虽然会议强调迁移行动应当以人道、有序的方式进行，但事实上还是演变成了一场暴力驱逐。

者冷冷地说。"我不知该作何回答……我向他道过晚安，回到城堡，心情沉重地睡下了。"[7]

法贝尔堡的这场谈话使多斯·帕索斯心生退意，类似的情绪在这次德国之行中时有出现。一方面，这些情绪源自他对同胞的失望，他们在政治上的种种过错证明他们无力填补战后道德上的真空。多斯·帕索斯在笔记中历数了美国犯下的四大历史错误：

1. 未能在 1776 年废除奴隶制
2. 南北战争后失败的重建工作
3. 针对墨索里尼和希特勒的政策
4. 针对斯大林的政策

其中两项都直指他所处的当下。"要与魔鬼同桌用餐，"多 [65]斯·帕索斯继续写道，"就得准备长柄的勺子。美国人是时候意识到，民主和独裁是无法合作的了。"[8]他对时局的批评在他回国后发表的文章《美国正失去在欧洲的胜利》中达到了顶峰。

另一方面，多斯·帕索斯在德国的脆弱精神状态也与一种普遍的不适感有关：这里已不再是他所熟悉的欧洲了。即便是未受战乱波及的巴黎，在他 1945 年 10 月到访时，也已是面目全非。多斯·帕索斯急于尽快回到家乡。尽管在记者同僚的圈子里，人们都因这位知名小说家的在场感到与有荣焉，欣赏他作为社交伙伴的谈吐，对他的友好和谦逊交口称赞，[9]但这些都没能缓解他的低落。他在 11 月 4 日致妻子凯蒂的信中写道："我不喜欢这里。不只是美国人，也不只是那些方脑袋德国佬，我谁都不喜欢。"他对法贝尔堡和他在记者营中的住处反感至极，以至于要用上对应的德语词来强调他的憎恶。在另一封家信中，他写道："记者营设在一座奇怪的城堡里，它是由那位铅笔大亨法贝尔家族的成员建造的。城堡里充斥着令人毛骨悚然的白色裸女石雕、铺着各色大理石的丑陋楼梯……设计堪称灾难的金色扶手椅，随时可能在某人头顶掉落的吊灯……典型的德国式恐怖（schrecklichkeit）。……大门口倒是有一对精美绝伦的中国狮子，但这些东西只是凤毛麟角。"[10]

同样凤毛麟角的，还有美国首席检察官罗伯特·H. 杰克逊这样的人。他在 11 月 20 日的开庭演说曾让多斯·帕索斯充满了民族自豪感。"杰克逊昨天作为控方代表的开场白太出色了，"他在给凯蒂的信中写道，"再多几段这样的演讲，这艘失去舵盘、在海上漂泊不定的、破旧的国家之船就能重回正轨。如果没有他煞费苦心地找寻意义，这场审判就会变成纯粹的复仇。有那么一瞬间，被告席上的纳粹似乎第一次以和世人相同的方式看待着自己。我永远不会忘记杰克逊宣读那些屠杀犹太人的命令时他们脸上浮现出的惊恐，或许是因为他们不知道我们手中掌握着哪些文件，抑或是有那么几分钟，某种类似悔恨的情绪也笼罩了他们。杰克逊所代表的，正是我希望看到的美国的模样。"

[66] 虽然不及私人通信中那般明确，《外派任务》中的《纽伦堡

日记》一章里，多斯·帕索斯同样将重点放在了杰克逊的演讲上。这二十页的内容万花筒般囊括了多斯·帕索斯与纽伦堡市民交流、参观法院大楼、采访监狱长伯顿·安德鲁斯（Burton Andrus）的经过，也记录下了他与那位东欧记者在记者营中的谈话。这般与一位美国政策的批评者平等沟通的场景，在当时的报告文学中也是罕有的。审判开庭依旧是整篇报道的高潮，杰克逊则是这一幕的主角。多斯·帕索斯的摄影机首先扫过被告席，他借用了电影剪辑的手法，呈现出一连串简明生动的快照："罗森堡僵硬的手指从上至下划过自己的脸；沙赫特① 的神情就像被困在一场清醒的噩梦中；施特赖歇尔的头低垂过肩，仿佛随时会从身体上掉下来。"报告的大部分篇幅留给了杰克逊。"我不相信这座法庭中会有人感受不到，这是怎样一番伟大又勇敢的发言。我们美国人都悄悄站直了一点，为说出这番话的是我们的同胞而骄傲。"

[67]

　　杰克逊深知这番开庭演说的重要性，他知道，这是自己人生中最重要的一项任务。他冷静地列举起诉书中的各项依据，拿出被告的文件证明他们的罪状，并做出承诺，从今往后，世界的秩序将根据法律原则得到重建。这既不是蛮不讲理的、胜利者的审判，也不是报复行为。"四个大国……不是为了复仇，而是自愿将他们囚禁的敌人交由法律裁决，这是权力对理性做

---

①亚尔马·沙赫特（1877—1970），经济学家，曾任纳粹经济部长。沙赫特对第三帝国服务于扩张军备的经济政策并不赞同，先后于1937年和1939年卸任了经济部长和帝国银行行长。他在主要战犯审判中被判无罪。

出的极大让步。"犯下每一项具体罪行的并不是国家，而是一个个具体的人。并且，即便这些被告犯下了这样深重的恶行，他们也必须得到一个公平的机会来为自己辩护。

演说的大部分时间都用于解释反和平密谋罪这项指控，以及它和其余三项罪名的关系。杰克逊承诺将在指控中证明，被告相互勾结，共同实施了一项只能通过侵略战争来实现的计划。他们的所有行动——从在德国国内掌权到消灭异见者和敌人，再到虐待被占领国的战俘和民众——都是这场阴谋的一部分。

杰克逊有着非凡的演说才能，他清楚自己应以怎样的姿态示人。他希望用他的遣词造句为法庭带来一种严肃的氛围——他称其为"忧郁的庄严"。在演说中，他将纳粹和军国主义的犯罪集团与普通德国民众区分开来，这相当于为德国人提供了与纳粹分子撇清关系的机会。法国首席检察官弗朗索瓦·孔特·德芒东将全体德国人视为纳粹的共犯，指责他们有"潜在的野蛮倾向"[11]；杰克逊则描绘了一幅截然不同的历史图景，在他的描述中，德国人民只是被一个犯罪集团诱入了歧途。"如果广大德国人民从一开始就欣然接受了纳粹党的纲领，那么在建党之初，冲锋队就没有必要存在，也不会需要集中营和盖世太保。"

在今天的历史学和政治学家看来，杰克逊在开庭演说中展现出的宽容"几乎是天真的"[12]，因为他对德国民众中那些纳

[68]

73

粹的同路人①、对希特勒的个人崇拜、集体性狂热和波兰的灭绝营避而不谈。杰克逊的演说传达了和解的信号，他向那些无辜的德国人伸出了手——他的支持者多斯·帕索斯也是如此。人们可以对他提出相同的批评，因为他的报道同样对德国民众的盲从和大屠杀三缄其口。两人都将德国人视为潜在的盟友。尤其是在斯大林坚持其扩张政策的背景下，美国迟早会为拥有朋友而感到庆幸，无论这位朋友身处何方。多斯·帕索斯让笔下的一位中尉说："我们必须助那些正直的德国人一臂之力。"当时的美国国内，人们正在就小亨利·摩根索《德国是我们的问题》（1945）一书展开热烈讨论。这位美国前财政部长在书中提出了一个和平方案，其苛刻程度远超 1919 年的《凡尔赛条约》。他主张对德国实行去军事化，限制其经济发展能力，将其转型为以农业为主的国家，拆除德国国内的工业设施，并要求战争赔款。

多斯·帕索斯对这次欧洲之行的总体感受是复杂的。1945年 12 月 4 日，从勒阿弗尔登船返回美国时，他已经对自己断言的"美国在德国的失败"有了切身的体会，但他也见到了同为美国人的罗伯特·H.杰克逊，这位救赎者般的人物是他秉承的价值观的最后希望。12 月 30 日，他在致朋友厄普顿·辛克莱的 [69]

---

①战后盟军主持的非纳粹化行动将德国人根据其在纳粹时期的政治行为划分为五类：主犯（Hauptschuldige）、从犯（Belastete）或称积极分子（Aktivist）、轻从犯（Minderbelastete）、同路人（Mitläufer）和无罪者（Entlastete）。但除此之外，"同路人"一词也可用于泛指并未加入某一党派、但对其持赞同态度的人。

信中忧郁地写道："我的一生中，从未像这次欧洲之旅归来时这样，感到如此的悲伤和清醒。俄国人或许是对的，人类就是如此邪恶，只有恐惧能约束他们，但我还是拒绝相信，西方世界所代表的一切……都要归于尘土。"[13]

**注释：**

1. John Dos Passos, Brief an seine Frau Katy vom 30. 10. 1945, in: ders., *The Fourteenth Chronicle*, S. 556.
2. 《我们失败的那年》已有德译本，详见 J. Dos Passos, *Das Land des Fragebogens*。
3. 摘自 K. McLoughlin, *Martha Gellhorn*, S. 25。
4. Zitiert aus dem Nachwort von N. Kadritzke in: J. Dos Passos, *Das Land des Fragebogens*, S. 134.
5. Ernest Cecil Deane, Brief an seine Frau Lois vom 30.10.1945.
6. Brief von Ernest Hemingway an Charles Scribner, in: ders., *Selected Letters*, S. 670.
7. J. Dos Passos, *Das Land des Fragebogens*, S. 92–95.
8. 摘自 T. Ludington, *John Dos Passos*, S. 427。
9. 这一评价出自埃里希·凯斯特纳和彼得·德·门德尔松，参见 C. Maier, *Die Reportage in der ersten Hälfte des 20. Jahrhunderts*, S. 104 f。
10. John Dos Passos, Brief an seine Frau Katy vom 3. 11. 1945, in: ders., *The Fourteenth Chronicle*, S. 558.
11. A. Weinke, *Die Nürnberger Prozesse*, S. 41.
12. 同上。
13. John Dos Passos, Brief an Upton Sinclair vom 30. 12. 1945, in: ders., *The Fourteenth Chronicle*, S. 563.

# 第三章
## 卡塔琳娜伯爵夫人与盖世太保头目鲁道夫·迪尔斯

> 毫无疑问，这是个很有胆量的男人。但我们更钦佩美国人的胆量，他们竟敢让他逍遥法外。
>
> ——法国媒体对鲁道夫·迪尔斯的评价

杰克逊在国际军事法庭上的开庭演说赢得了全世界的认可。然而，纽伦堡的主要战犯审判远不止司法宫 600 号法庭那些得到广播和评论的庭审那么简单，其背后有一个庞大的机构在从事各项筹备和组织工作。仅美国的司法代表团就有超过 2000 名成员，英国派出了 170 人的代表团，苏联派出 24 人，法国代表团则不到 12 人。此外，许多国家还派出了由观察员组成的小型代表团。[1] 在这些代表团中，有分析人员负责解读那些定期从矿山、城堡和档案馆送来的成车的纳粹档案，将其中重要的部分登记归档；医生们负责监测被告的身体和心理状况；相关领域的学者们提供政治和历史的背景信息；审讯官则负责对被告、专家和证人的询问。

那些证人中，既有纳粹恐怖统治的受害者，也有符合拘留标准的犯人，后者被安置在监狱专门的证人区（Zeugenflügel）。还有一些德国人没有被指控为战犯，但因和纳粹高层来往密切而被视作重要信息来源：他们中的一部分被长期软禁在纽伦堡，[72]如希特勒的摄影师海因里希·霍夫曼。根据重要性的不同，有些人需要在纽伦堡停留数月之久，反复接受询问，这些人中就包括一位身份特殊的证人——首任盖世太保头目鲁道夫·迪尔斯（1900—1957）。他作为第三帝国初期的历史见证者和知情者，被拘押在诺瓦利斯街上的"证人之家"（Zeugenhaus）。尽管他与迫害犹太人的行动脱不开干系，还曾下令逮捕卡尔·冯·奥西茨基<sup>①</sup>等纳粹党的政敌，他还是得到了某种形式的豁免。迪尔斯曾在 20 世纪 30 年代早期深入纳粹政权的权力核心——盟军需要他所掌握的信息。1945 年 10 月底，英国人将他转移到纽伦堡<sup>2</sup>，移交给了美国的检察机关。此后大约两年时间里，他都处于监禁之中。

迪尔斯是一名老练的投机分子，被后世称作"第三帝国的

---

① 德国记者、作家、和平主义者，1935 年诺贝尔和平奖得主。他是魏玛共和国时期最具影响力的激进左翼杂志《世界舞台》（*Die Weltbühne*）的主编之一，以反军方、反纳粹的立场闻名。1929 年 3 月，《世界舞台》上发表的一篇文章揭露了德国军方正在发展航空业的掩护下，违背《凡尔赛条约》重建空军的事实，奥西茨基因此事被判犯有叛国罪入狱。纳粹上台后，奥西茨基再度被捕，先后被关押在松嫩堡和埃斯特尔韦根两座集中营。1936 年，纳粹迫于舆论压力将重病的他送往医院，他在监视下接受了两年治疗，于 1938 年去世。

约瑟夫·富歇①",他也正是靠着这种圆滑在纳粹政权中巧妙生存了下来。早年的他是一位自由主义者,曾和共产党人来往甚密,30 年代初投向了赫尔曼·戈林麾下。1933 年,迪尔斯被任命为盖世太保的首领,很快便和海因里希·希姆莱成了水火不容的政敌,后者曾公开斥责他为叛徒。受戈林和希姆莱的权力斗争所累,迪尔斯最终被迫下台,他的职务也由希姆莱的亲信莱因哈德·海德里希接任。失势后的迪尔斯成了纯粹的行政管理人员,先是在科隆担任地区主席(Regierungspräsident),后又被调到汉诺威。他几乎得以从政治风波中全身而退,只是时刻受到政敌的监视,多次被盖世太保审问,甚至在 1944 年遭到监禁。帝国元帅戈林始终对他爱恨交织,将他置于自己的保护之下,直到战争结束。1943 年,迪尔斯与戈林兄长的遗孀结婚,但短短一年半后,这段婚姻又在戈林的命令下宣告结束。

这位曾经的盖世太保头目生得高大俊美、黑发蓝眼,很受女性欢迎。一份悼词中称:"他出现时气势宛如一只孟加拉虎,几乎没人能抵挡住他的吸引力。"[3] 这种玩世不恭的魅力也让法贝尔-卡斯特尔城堡的女主人——卡塔琳娜伯爵夫人(1917—1994)为之倾心。她早就认识这位脸上一道疤的男人。纽伦堡审判期间,这段关系发展成了伯爵家族的丑闻。

[73]

---

① 约瑟夫·富歇是活跃于法国大革命时期的政治人物,以善于投机闻名,在雅各宾派、热月党人和拿破仑执政时均在政府中任职。

## 伯爵家族

时至今日，文具制造商法贝尔-卡斯特尔的产品上依然印着两位策马酣战的骑士，只是他们手握的不是长枪，而是铅笔。这个精心设计的商标象征着工厂主人亚历山大·冯·法贝尔-卡斯特尔伯爵（1866—1928）的家族和创业史，正是他让施泰因的铅笔染上了贵族色彩。1898 年，亚历山大伯爵（原姓卡斯特尔-吕登豪森）入赘铅笔大亨法贝尔家，新的法贝尔-卡斯特尔伯爵家族由此诞生。卡斯特尔-吕登豪森家族是德国最古老的贵族之一，其历史可以追溯至 11 世纪。1905 年，为了在激烈的市场竞争中脱颖而出，尤其是为了抗衡波西米亚哈特穆特（Hardtmuth）公司生产的黄杆铅笔，亚历山大伯爵将新推出的铅笔系列命名为"卡斯特尔"。新产品的笔杆漆成绿色，这一颜色取自巴伐利亚骑兵团的制服，伯爵本人曾在兵团中服役，担任过骑兵上尉。从品名到设计，"卡斯特尔"铅笔都旨在彰显其家族数百年的贵族传统，以压过波西米亚新贵的风头。后者的明星产品以著名的波斯巨钻"光明之山"① 命名，而绿色的卡斯特尔铅笔则象征着德国贵族与中世纪的传统。卡斯特尔铅笔大获成功，至今仍是公司最受欢迎的产品之一。如今几经修改的商标上已经看不到的是，在最初的设计中，胜利的骑士手

[74]

---

① 一般认为"光明之山"（Koh-I-Noor）原产于印度，在战争中落入波斯之手，后被献给英国王室。关于这颗钻石的归属一直存在争议。

持的是绿色的卡斯特尔铅笔，战败者手中的则是竞争对手的黄色铅笔。[4]

有关公司标志的这段历史在一定程度上也与罗兰·冯·法贝尔-卡斯特尔伯爵的人生存在某种呼应，他是亚历山大伯爵的儿子，也是记者营时期的城堡主人。他的名字与新城堡北翼东侧高大的罗兰骑士雕像相呼应。[5]罗兰伯爵最初是按照庄园主培养的，原本负责管理家族地产，但很快，他就不得不将主要精力放到铅笔产业上。和他的父亲一样，他也曾做过骑兵上尉，参加过战争，随后也必须适应时代、应对商业上的竞争。记者营进驻前他的经历复杂曲折，曾一度站在施泰因市民一边，参与对他第一任妻子的排犹迫害，却也在纳粹党施压下被迫辞去了公司老板的职务；战时，他还曾拒绝执行杀人的命令。

罗兰伯爵的童年笼罩在一桩轰动一时的离婚案阴影下，这也使他被迫与母亲分离。他的父亲亚历山大伯爵拒不接受妻子提出的离婚请求，甚至让孩子们穿了一整年的丧服以示抗议。[6]

[75] 1928 年，结束了农学学业的罗兰伯爵从父亲手中接过了公司的掌舵权。老伯爵离世时他才 23 岁，所幸还有一个得力的领导班底可供依靠。纳粹党上台后，这位工厂主的处境愈发艰难。由于他不是纳粹党员，纳粹党剥夺了他的领导权，指派了一位克吕格尔先生来取代他接管法贝尔-卡斯特尔股份有限公司。[7]

与此同时，罗兰伯爵的第一任妻子也因其出身遭到严重迫害。阿利克斯-迈伯爵夫人（Grafin Alix-May）原姓弗兰肯贝格-路德维希斯多夫（Frankenberg-Ludwigsdorf），出生于银行世家奥本海姆家族。她的祖父爱德华·奥本海姆曾是犹太教徒，后来改宗基督教。但在大区长官兼《先锋报》主编尤利乌斯·施特赖歇尔的煽动下，弗兰肯地区的反犹情绪极端强烈，伯爵夫人的犹太人身份很快就成了别有用心者挑起事端的借口。早在夺权之前，纳粹党媒就把她当成了靶子，最严重时，甚至有人在施泰因城堡的大门上漆上了"犹太猪奥本海姆，滚出施泰因"的字样。1933 年，《先锋报》刊登了一篇文章，抨击阿利克斯-迈生活奢靡、频繁更换仆人；罗兰伯爵也受到指责，因为他没有鼓励他的工人和雇员加入冲锋队。文章称："施泰因城堡的女主人是个犹太人，考虑到这一事实，许多至今费解之事不难得到解释。"

1935 年，这桩早就岌岌可危的婚姻宣告破裂。离婚后，阿利克斯-迈逃往斯洛伐克，夫妻二人开始争夺孩子的抚养权，同父亲一样，罗兰伯爵最终赢得了这场离婚官司。"根据国家警察的原则判断，"盖世太保向当时的法庭报告称，"她（阿利克斯-迈伯爵夫人）似乎不具备抚养孩子的能力……无论如何，鉴于她的整体情况，也就是她的犹太血统和她所受的犹太教育，她在国家社会主义的政治原则下都是不容接受的。"[8]1946 年，战后法院裁定，罗兰伯爵因这段婚姻关系受到了政治迫害。

阿利克斯-迈·弗兰肯贝格-路德维希斯多夫这段悲剧性的经历在 2009 年成了媒体的焦点，她的犹太血统在一起争议巨大的遗产归还诉讼中扮演了关键角色。事情缘起于 1938 年 4 月 7 日，她第三次结婚，嫁给了出身奥地利古老贵族家族的亚罗米

[76]

尔·切尔宁（Jaromir Czernin）伯爵。1940年，切尔宁伯爵将维米尔的画作《绘画艺术》以165万帝国马克卖给了希特勒。2009年，切尔宁的后代要求维也纳艺术史博物馆归还这幅画，声称其为他们的祖先在迫害下被迫以低价出售的。施泰因城堡大门上的反犹口号和《先锋报》的文章都被列为证物，以证明切尔宁伯爵夫人，也就是曾经的法贝尔-卡斯特尔伯爵夫人受到了言语上的攻击。归还画作的诉求被驳回。专家顾问委员会的结论是，这笔交易并非出于强制，更多系亚罗米尔·切尔宁的律师主动促成。

1940年，在切尔宁伯爵与总理府谈判的同时，罗兰伯爵正作为坦克指挥官在波兰作战。据说，这位军官因拒绝执行一项枪决500名犹太人的命令，险些被纳粹定罪。[9]罗兰伯爵与纳粹分子毫无牵连的事实后来得到了检察官德雷克塞尔·施普雷歇（Drexel Sprecher）的确认，后者于纽伦堡主要战犯审判期间在罗伯特·H.杰克逊手下工作。[10]丽贝卡·韦斯特也引用一位法国作家的话，称这位城堡主人并不是纳粹分子。[11]在前往斯大林格勒前线的途中，罗兰伯爵患了严重的风寒，得以提前解除兵役。他与第二任妻子卡塔琳娜·"尼娜"·施普雷歇·冯·贝尔内格于1938年完婚，在她不遗余力的帮助下，公司成功在战争期间转型为独资企业。[12]1942年，归国的罗兰伯爵重新成为公司的所有者。

出于安全考虑，法贝尔-卡斯特尔家族从1940年4月起便搬出了城堡。城堡被德军征用，改为一支探照灯高射炮部队的指挥部。国防军士兵开始在此进进出出。[13] 城堡的庭院成了招募新兵的地方，旧城堡的地窖被用作储存食品和弹药的仓库，伯爵一家则搬到了纽伦堡东南边二十公里处的迪伦亨巴赫村，他们在那里有一栋原本只在狩猎季节使用的房子。城堡交由一名管理员负责打理，管理员需定期前往迪伦亨巴赫汇报情况。

[77]

1945 年 4 月 19 日，美第七军的坦克部队从安斯巴赫向施泰因推进。美军抵达前，最后一批德军士兵匆忙离开城堡，穿过城堡公园向南撤退，把武器都丢弃在了池塘中。只有少数无可救药的人民冲锋队队员试图以城堡前的十字路口为据点顽抗。当晚，美军就接管了城堡。他们惊讶地发现，这座建筑在战争中几乎毫发无伤，只有几扇窗户被炸弹的冲击波震碎了。

## 纽伦堡的重逢

施泰因的铅笔厂已经不复存在，战前曾在此工作的 242 名员工也在战争中全部丧生。[14] 工厂本身倒是在空袭中幸免于难，1945 年，这些厂房再度投入使用，只不过生产的产品变成了医疗器械，法贝尔-卡斯特尔家族失去了祖传的产业。但他们很快就适应了情况，并与占领军建立了良好的关系，当然，这一定程度上也是为了推动公司的重建。这一成就同样要归功于卡塔琳娜伯爵夫人的社交才能，她的家族关系和昔日的社交网络这下都派上了用场。

少女时代的卡塔琳娜伯爵夫人先是在苏黎世音乐学院求学，又于 1934 年前往柏林，接受钢琴演奏家的职业训练。她也正是在这座帝国的首都结识了法贝尔－卡斯特尔家族的罗兰伯爵。当时她住在绍姆堡－利珀亲王弗里德里希·克里斯蒂安的宫殿里，这位亲王是一位纳粹高官，还曾短暂担任过约瑟夫·戈培尔的副手。美国情报部门 1945 年推测，是卡塔琳娜的家族背景，使她很早就与纳粹的重要人物有了接触，曾经的盖世太保头目鲁道夫·迪尔斯自然也是这些重要人物中的一员——战后，他数度造访迪伦亨巴赫。他与伯爵夫人的亲密很快超越了友谊的范畴。

1945 年秋天，法贝尔－卡斯特尔家族的狩猎庄园成了纽伦堡审判参与者专属的休闲胜地。这里常常举办盛大的晚宴，宾客中既有美方的检察官，如罗伯特·肯普纳（Robert Kempner）和德雷克塞尔·施普雷歇；也有辩方的成员，如律师弗里茨·绍特（Fritz Sauter）；此外还有一些特定的口译员。人们一同度过周末，骑马、打猎、钓鱼或打网球。魅力非凡的女主人总是聚会的焦点，她常常坐在钢琴旁演唱法国香颂，为客人助兴。正是因为纽伦堡审判，她才能与柏林时期的老朋友鲁道夫·迪尔斯重逢。

迪尔斯虽然名义上被软禁在诺瓦利斯街的"证人之家"中，但他的人身自由并没有受到多少限制。身为昔日的纳粹官员，他对法西斯分子的心理和相应的历史背景都有所了解，控辩双方都需要他的证词。在纽伦堡，他疏远了昔日的保护人赫尔曼·戈林，还证实了法庭对后者的指控，使其落入不利的境地。当戈林声称自己作为普鲁士总理与冲锋队的暴行无关时，是迪尔斯在 1946 年 4 月 24 日接受询问时指出，戈林没有利用自己手下的秘密警察对抗冲锋队，反而寻求二者的联合，试图将"谋杀变成一项国家原则"。这些证词都是他在非公开询问中给出的。纽伦堡系列审判期间，迪尔斯只有一次作为证人出庭，那就是后续审判中的第六场、"法本公司案"<sup>①</sup> 的审理。

迪尔斯曾形容卡塔琳娜伯爵夫人是一个"极具天赋的音乐学徒"、一位"游走于各个世界的冒险家"，与他意气相投。<sup>15</sup> 尽管在纽伦堡，不少人都想看到他一并伏法，但他依然能在"证人之家"和迪伦亨巴赫之间自由出入，这大概得益于罗伯特·肯普纳的袒护。肯普纳虽然是控方的一员，但他早在 30 年代初就与迪尔斯及卡塔琳娜伯爵夫人有过来往，和迪尔斯更是多年密友。肯普纳生于德国，曾在柏林的普鲁士内政部工作，直到 1935 年才离开德国，先后流亡至意大利和美国。在柏林任职期间，他曾帮迪尔斯逃过了一次危机：当时迪尔斯不慎将工作证遗落在一名妓女处，后者在一次争执后意欲举报他这一失职行为，处理此事的正是肯普纳。他压下了这件事，没有声张。作为回报，迪尔斯也曾在 1935 年动用手中的权力，帮助这位犹太

---

① I. G. 法本公司成立于 1925 年，是由六家德国大型化工企业合并而成的垄断组织，也是纳粹时期全球最大的化工集团。二战期间，法本公司利用集中营囚犯的强制劳动，为德军生产了大量军备原材料，并研发了一批化学武器，其中就包括集中营毒气室使用的"齐克隆 B"。

朋友从柏林的哥伦比亚集中营中脱困。

在审判的参与者中,还有一位法贝尔-卡斯特尔家族狩猎庄园的常客,那就是德雷克塞尔·施普雷歇。他出身于施普雷歇家族的美国一支,也是卡塔琳娜伯爵夫人的远房亲戚。在主要战犯审判期间,施普雷歇隶属于罗伯特·H.杰克逊领导下的控方团队,负责对希特勒青年团领导人巴尔杜尔·冯·席拉赫的指控;而在后续审判中,他担任"法本公司案"的首席检察官。

迪尔斯在"证人之家"的房间位于希特勒的御用摄影师海因里希·霍夫曼隔壁。这栋将纳粹政权的受害者和施害者汇集在同一屋檐下的房子,被他当成与卡塔琳娜伯爵夫人的爱巢。伯爵夫人常常在这里露面,这桩丑闻的一些露骨细节也不胫而走。据说,罗兰伯爵曾怒气冲冲地来这里同情敌当面对质;迪尔斯还曾托人将情人的睡衣悄悄送回迪伦亨巴赫,以免被她戴了绿帽的丈夫察觉。[16] 尽管如此,二人的恋情还是成了公开的秘密。迪尔斯的风流浪荡名声在外,伯爵一家显然也对他十分鄙夷。他的遗物中有封信里提到,一位美国军官曾诬蔑他是双性恋,同时有不止一位情人;甚至有人怀疑他是卡塔琳娜伯爵夫人最小孩子的生父。为此,迪尔斯还曾向美国检察官特尔福德·泰勒(Telford Taylor)大发牢骚。[17]

美军情报机构认为,鲁道夫·迪尔斯和卡塔琳娜伯爵夫人可能很早就已通过家族关系相识。伯爵夫人是前瑞士国防军总参谋长特奥菲尔·施普雷歇·冯·贝尔内格(Theophil Sprecher von Bernegg)的孙女。据美方推测,施普雷歇·冯·贝尔内格

[80]

家族曾与德国的"黑色国防军"合作——这是魏玛共和国时期的一支非法准军事组织，旨在绕过《凡尔赛条约》的禁令、秘密恢复德国的武装力量。据称，迪尔斯也与"黑色国防军"有过往来。美军反间谍兵团（CIC）的一份文件中写道："尼娜伯爵夫人出身瑞士的施普雷歇家族，该家族在一战后瑞士军队的重建中发挥了重要作用，并曾为此与'黑色国防军'合作。自1945年起迪尔斯与尼娜伯爵夫人由友谊发展为恋爱关系。"[18]

报道战犯审判的记者们虽然以法贝尔-卡斯特尔城堡为大本营，但若要展开私下里的政治讨论，则会移步迪伦亨巴赫。这些定期发生的秘密谈话涉及一些历史事件的细节、罪行与赎罪、德国的战争责任和集体罪责——总的来说，都是审判中无法探讨的话题。卡塔琳娜伯爵夫人，这位有着特殊家庭背景和社会关系的女主人对她的客人们，尤其是其中几位控方的重要成员产生了怎样的影响，如今已无从知晓。她丈夫的亲戚克莱门汀·卡斯特尔-吕登豪森（Clementine zu Castell-Rüdenhausen）曾为全国青年领导总部（Reichsjugendführung）工作，是德意志女青年团（BDM）的干部之一。全国青年领导总部的总负责人正是巴尔杜尔·冯·席拉赫，而负责指控他的，则是前文提到的卡塔琳娜的远亲德雷克塞尔·施普雷歇。据她的儿子安东-沃尔夫冈证实，卡塔琳娜的确对部分纳粹官员抱有同情。[19]不过，这并不妨碍她宣称自己在政治上保持中立。毕竟，她是瑞士人。

1947年，迪尔斯获释离开了纽伦堡；即便在二人的恋情结束后，卡塔琳娜伯爵夫人仍与他保持着联系。1949 年，正是卡塔琳娜帮他联系上了瑞士的"中心"出版社（Interverlag），出版了他为自己辩白的作品《门前的路西法》（*Lucifer ante portas*）。[20] 此外，这家出版社还出版了纽伦堡审判被告、纳粹宣传部新闻司司长汉斯·弗里切的回忆录。该社社长威廉·弗里克（与纳粹时期的内政部长威廉·弗里克并非同一人）在 30 年代曾是瑞士国民阵线党的领导人之一，这一党派与纳粹党之间有着千丝万缕的联系。[21]

---

**注释：**

1. A. Weinke, *Die Nürnberger Prozesse*, S. 31.
2. K. Wallbaum, *Der Überläufer*, S. 261.
3. 同上，S. 349。
4. https://www.faber-castell.de/111-jahre-castell-9000.
5. R. Kölbel, *Roland Graf von Faber-Castell*, S. 350.
6. 1998 年，阿斯塔·沙伊布（Asta Scheib）出版了小说《家中饰物》（*Eine Zierde in ihrem Hause*），这是一本关于奥蒂莉·冯·法贝尔－卡斯特尔伯爵夫人的虚构传记。小说也涉及了伯爵夫人与亚历山大·冯·法贝尔－卡斯特尔伯爵之间轰动一时的离婚官司。作为争取离婚的一方，奥蒂莉于 1918 年被判"有罪离婚"（schuldig geschieden），因此失去了子女的监护权，还遭到了社会的排斥。但她还是追随自己的内心，与自己真正爱慕的男人结了婚。德国公共广播公司（ARD）以沙伊布的小说为蓝本拍摄了电影《奥蒂莉·冯·法贝尔－卡斯特尔：一位勇敢的女性》（*Ottilie von Faber-Castell：Eine Mutige Frau*），将伯爵夫人塑造成一位为女性自决权奋斗的先驱。关于这桩离婚官司的具体情况，亦可参见 R. Kölbel, *Roland Graf von Faber-Castell*, S. 352。
7. 关于罗兰伯爵的生平，亦可参见此书中对其子安东－沃尔夫冈的采访：

J. Franzke (Hg.), *Das Bleistiftschloss*, S. 17。

8.  摘自 E. Randol Schoenberg, *Austria Hangs on to Hitler's Vermeer*, in: *La Opus*, 22. 3. 2011, https://www.laopus.com/2011/03/austria-hangs-on-to-hitlers-vermeer.html。

9.  C. Kohl, *Das Zeugenhaus*, S. 133.

10. 同上。

11. R. West, *Gewächshaus mit Alpenveilchen*, S. 51.

12. J. Franzke/P. Schafhauser, *Faber-Castell*, S. 351.

13. 特此感谢彼得·沙夫豪泽（Peter Schafhauser）先生为笔者提供有关法贝尔-卡斯特尔城堡及其家族历史的详细信息。

14. J. Franzke (Hg.), *Das Bleistiftschloss*, S. 108.

15. D. Sprecher, *Abenteurerin zwischen den Welten*, S. 334.

16. C. Kohl, *Das Zeugenhaus*, S. 167 ff. 在这之后，卡塔琳娜伯爵夫人和瑞士亿万富翁兼音乐资助人保罗·扎赫尔（Paul Sacher）有过一段婚外情，还与他育有两个孩子。1969 年，她与罗兰伯爵正式离婚。

17. K. Wallbaum, *Der Überläufer*, S. 263.

18. 原文出处同上。

19. J. Franzke (Hg.), *Das Bleistiftschloss*, S. 19.

20. K. Wallbaum, *Der Überläufer*, S. 279.

21. B. Carter Hett, «*This Story Is about Something Fundamental*», S. 207.

# 第四章
# 埃里希·凯斯特纳未兑现的诺言

> 应当为发生的一切荒唐事负责的，不只是炮制它们的人，那些不加阻止的人同样有罪。
>
> ——埃里希·凯斯特纳

"埃里希·凯斯特纳也在这里。"1945 年 11 月 26 日，彼得·德·门德尔松在写给妻子的信中提到，"我尽我所能帮他搞到了刮胡刀片、香烟、糖果，等等，都是我从 PX 买到的。"[1]

和门德尔松对凯斯特纳的其他帮助相比，洗漱用品和零食几乎不值一提。多亏他的斡旋，凯斯特纳才能像战前一样继续做记者。1933 年，凯斯特纳的著作被诽谤为"反德意志精神"，列为禁书。人们在柏林歌剧院广场上公开焚毁这些书籍时，这位作家就在现场，眼前的景象令他瞠目结舌。尽管如此，埃里希·凯斯特纳（1899—1974）仍然留在了德国，整个纳粹时期，他都在用化名继续创作，主要写一些消遣读物和影视剧本。战争接近尾声时，他和一个电影摄制组一起逃往奥地利蒂罗尔州的迈尔霍芬，表面上是去拍摄电影《失去的面孔》(*Das verlorene Gesicht*)以鼓舞士气①，实则为了逃命。

1945 年 6 月 30 日，他在这里遇到了一个意料之外的人。"我们正在享用绝顶美味的奶酥蛋糕，"凯斯特纳写道，"这时有人来访，是美国新闻官鲍勃·肯尼迪（Bob Kennedy）和一位英国新闻官——竟然是彼得·门德尔松！'好久不见！'一点不夸张，我俩几乎异口同声地说出了这句话……他们问我是否愿意为一份筹备中的报纸工作，它会先在慕尼黑出版，每周一期。"² 就这样，凯斯特纳意外开启了新的生活。不久，他就搬到了这座巴伐利亚州的首府，并于 9 月开始担任《新报·文艺副刊》的主编。 [84]

与许多人不同，战后的凯斯特纳即便没有这份邀约，也无须为自己的职业前景担忧。先前出版的诗集、发表的讽刺性杂文和散文，尤其是根据他的作品改编的电影，早就替他打响了名声。身为讽刺作家的他曾在 1933 年到来前严厉抨击右翼分子，没有任何政治上的污点，诸此种种都注定了，1945 年的夏天，摆在他面前的，有不少职业机会：他很快接到了新的电影项目邀约，还是德累斯顿国家剧院经理一职的有力竞争者。此外，他还可以选择参与汉堡广播电台的筹备事宜。然而，他最

---

①斯大林格勒战役后，德军的颓势逐渐显现。为了增强民众对战争胜利的信心、鼓励他们坚持下去，纳粹宣传部门在戈培尔授意下炮制了一批所谓"坚毅电影"(Durchhaltefilm)，其中既有普通的娱乐电影，也有描绘以少胜多的战役或奇迹般转折的历史电影。凯斯特纳参与的这部就属于前者。

终还是选择了《新报》，重新回到了他赖以发家的写作上。[3]

　　凯斯特纳认为，重建新闻业是一项必要的工作，也是启发民众的途径。"零时"提供了一个重建新德国的机会，他自觉有责任为之贡献力量。在他看来，总要有人"处理鸡毛蒜皮的日常"，但是"愿意且有能力这么做的人还远远不够，大部头的战争小说对现在的我们毫无帮助"[4]。当然，他也为自己争取到了一份优厚的工作合同，除了能自由从事其他出版工作，凯斯特纳每月还能获得 2200 帝国马克的丰厚薪酬，并享有美国军事政府给予的特权，例如不受宵禁的限制。

　　迈尔霍芬的这次会面对凯斯特纳的职业生涯至关重要，也令彼得·德·门德尔松（1908—1982）念念不忘。这场对话"如激流一般，因为有十二年的空白亟待填补"[5]。"当晚驱车返回时，"门德尔松在 1974 年回忆道，"我重新找回了那个我曾经以为已经彻底失落、无可挽回的世界：一个理性的德国和它成熟的国民。哪怕这样的人只有他一个，也足以让我在经历如此之多的幼稚杀戮后，重新找回信仰和信心。"[6]

[85]　　门德尔松本人就深受纳粹的"幼稚杀戮"所害。这位有着犹太血统的慕尼黑人曾在柏林兼任记者和小说家，本已事业有成。然而 1933 年起，他受到的迫害愈演愈烈。他的犹太姓氏过于显眼，不得不换上听上去更"雅利安"的笔名。他投给《福斯报》（*Vossische Zeitung*）的一篇文章就以第一任妻子的娘家姓署名，那还是一个贵族姓氏。在冲锋队洗劫他的住所后，门德尔松登上去巴黎的夜班火车，踏上了流亡之路。他于 1939 年

93

进入英国政府,在信息部任职,1941 年取得了英国公民身份。1944 年 1 月,他被调到盟军远征部队最高司令部(SHAEF)的新闻与信息部门,最高司令部由艾森豪威尔领导,是英美军队的最高指挥机构。他先在伦敦的心理战部门工作了几个月,随即便被派往巴黎总部。1945 年 4 月,门德尔松随盟军进入德国,开始为慕尼黑的新闻审查办公室工作——"新闻审查只是个名义,"他写道,"实际上是在搜寻幸存的一切,为重新开始做准备。"[7]

作为新闻官,门德尔松的实际工作是为几份新报纸的创办做准备。他为其中一份得到授权的报纸即未来的《南德意志报》筛选出了一批候选编辑,威廉·埃马努埃尔·聚斯金德(Wilhelm Emanuel Süskind)① 就是他招揽来的人才之一。[8] 在他的协助下,还诞生了柏林的《每日镜报》和汉堡的《世界报》。他同时也在为美国筹办的《新报》招募人手。"当我得知凯斯特纳还活着并且知道他身在何处时,便立即跳上了吉普车。"《新报》的《文艺副刊》最终成为战后知识分子交流的重要平台,这也归功于门德尔松的倡议和推动。

---

①纽伦堡主要战犯审判期间,聚斯金德(1901—1970)是《南德意志报》的特约记者,日后成为该报政治版块的主编。详见后文第五章。

## 《新报》

尽管经历了战火，但慕尼黑谢林大街上的印刷厂还基本保存完好。这座曾被用于印刷纳粹党的机关报《人民观察家报》的印厂，如今则成了美军雄心勃勃的新计划——《新报》的摇篮。正像报纸的标题栏中写明的，这是一份"为德国人民服务的美国报纸"。美国占领区当时的军事总督德怀特·D.艾森豪威尔为1945年10月18日的创刊号撰写了导言，俨然将《新报》视为一份模范报纸，强调其应"通过客观的报道、无条件的求真精神以及高质量的新闻，为崭新的德国新闻界树立典范"。[9]出版人们希望将德国读者培养为成熟的公民，并向他们传达民主的价值观与规范。

[87] 凯斯特纳后来以其特有的口吻调侃道，报纸创刊的那几周忙得"简直像是在创世"。作为《新报·文艺副刊》的主编，凯斯特纳与助手阿尔弗雷德·安德施（Alfred Andersch）共同主持这一版块的编辑工作。创刊号一鸣惊人。一大原因是，其内容与纳粹灌输给民众的政治和文化教条截然不同，《新报》的报道不偏不倚，登载的评论审慎而富有洞见，很少做武断的价值判断。报纸的首任总编是汉斯·哈贝（Hans Habe），是他发现并向读者揭露了希特勒的真实姓氏"席克尔格鲁贝"（Schicklgruber）。在哈贝麾下，凯斯特纳涉足的体裁五花八门：讽刺杂文、诗歌、批评和评论，乃至讣告、生日祝词、深度报道和人物特写。他在文章中谈论集体罪责问题、盟军的去工业

化政策，谈论满目疮痍的慕尼黑住房状况和粮食供给；他提到自己在战争中化为灰烬的藏书，也提到美国动用集中营真实影像制作的纪录片。在文风上，他偏好使用感人的画面和生动的对比来传达主旨，间或插入几段个人逸事或一些看似无关紧要的细节，比如电影院里的一声口哨。在凯斯特纳笔下，这些细节都能触发一系列联想，从而获得象征性的意义。

　　除了自己的作品，凯斯特纳还在报纸上大量刊登纳粹时期遭禁的名家之作。为《新报》供稿的德语作家名单堪称战后文坛名人录：贝托尔特·布莱希特、马克斯·弗里施、赫尔曼·黑塞、斯特凡·海姆、亨利希·曼和托马斯·曼、安娜·西格斯、弗朗茨·韦尔弗以及卡尔·楚克迈耶均在其列。纳粹时期的外国文学资源极度匮乏，凯斯特纳也满足了读者在这方面的渴求：人们能在《新报·文艺副刊》中读到桑顿·怀尔德、安托万·德·圣-埃克苏佩里、安德烈·纪德、伊尼亚齐奥·西洛内和欧内斯特·海明威的作品（他的《老人与海》就曾在《新报》上连载），此外还有让-保罗·萨特和约翰·斯坦贝克的文章。凯斯特纳还为文坛新秀留出了版面，希望能为新文艺的萌发生长做些"园艺工作"。副刊的艺术版块则刊登那些曾被纳粹指责为"堕落"（entartet）艺术家的作品。至于阿尔伯特·爱因斯坦和马克斯·普朗克这样的知名科学家，凯斯特纳也为他们提供了发表的平台。《新报》成了精神自由的象征，它为战后初期的文学交流和公众讨论开辟了空间，有着不可取代的地位。很快，它就成为德国最具影响力的报纸，日发行量高达 250 万份。

[88]

在凯斯特纳 75 岁的生日致辞中,门德尔松表达了他的自豪。他很高兴是自己在 1945 年重新发现了凯斯特纳,间接促成了《新报》的成功。"并不是每个人都需要成就英雄般的壮举,如果只需按下一个开关,就能带来好结果,这也就足够了。"[10]

促使门德尔松 1945 年不辞辛劳、在蒂罗尔的群山中找到凯斯特纳的,还有他个人对这位年长他九岁的作家的敬佩。与凯斯特纳一样,门德尔松也致力于成为一名"文学记者"(écrivain journaliste),以新闻的标准要求文学作品,也将文学的笔法注入新闻写作。他曾多次将凯斯特纳称作他的榜样。将二人联系在一起的,除了专业上的敬重、情感上的惺惺相惜和同乡的情谊,还有共同的屈辱经历——1933 年柏林发生的焚书事件。

20 世纪 20 年代末,门德尔松是《柏林日报》的记者,凯斯特纳则是该报的自由撰稿人。二人初识于 1927 年;都来自萨克森州——门德尔松在海勒劳长大,德累斯顿近郊一座在生活方式改革运动中建立的社区[①],而凯斯特纳就出生于德累斯顿。共同的方言习语很快拉近了二人的距离。但到了 1933 年,随着"希特勒时代"(Hitlerei,门德尔松语)的到来,二人被迫就此分别。"他留下是因为他尚可留下,我离开是因为我不得不

---

①生活方式改革运动(Lebensreform)兴起于 19 世纪中叶的德国和瑞士,旨在对抗现代化、城市化和工业化浪潮,回归自然主义的生活方式。生活改革的思想反映在医疗、建筑、艺术等多个领域。20 世纪初,一批德国人秉承着这一理念展开了"田园城市运动"(Gartenstadtbewegung),在德国多地建立了实验性质的"田园城市"。他们构想的社区不仅强调人与自然的和谐共处,还带有一定的公社性质。文中提到的海勒劳建于 1909 年,是最早建成的一座。

走。"后来，门德尔松在巴黎一家影院的银幕上再次见到了凯斯特纳，那里正在播放德国的每周新闻。在柏林的夜幕下，书籍一本接一本被扔进熊熊燃烧的柴堆。门德尔松在一幅大特写中认出了凯斯特纳的小说《法比安》烧焦的封面，旁边赫然躺着他自己的一本书。焚书事件给二人带来了巨大的震撼，或许正因如此，它也重塑了他们的身份认同。被污名化为"破坏分子文人"（Zersetzungsliterat）的凯斯特纳自发前往现场，在狂热的人群中亲眼见证了这次公开处刑。"整个场面令人作呕……我感到极度不适。"他的著作就这样，"在某位戈培尔先生的授意下，在一场阴暗的狂欢中毁于一炬"。[11]

[89]

## 写作语言的改变

在柏林这场异端审判中发表讲话的约瑟夫·戈培尔虽已不在人世，但十二年后，他忠实的广播宣传员汉斯·弗里切和一干政界同僚替他坐上了纽伦堡审判的被告席。而方才提到的、著作被焚的两位作家，这次则端坐在媒体席上。这也是门德尔松第一次见到弗里切本人。战争期间，他曾作为伦敦广播电台的播音员与后者唇枪舌剑地隔空辩论过。[12]

1945年夏天的门德尔松全身心投入重建德国新闻界的组织工作中，但很快，亲自撰写报道的渴望就重新占据了上风。他一直与英美媒体保持着极为密切的联系，时间允许的情况下，他也会抽空写上几篇。纽伦堡审判是新闻界百年一遇的大事件，这也给了他重新专注于写作的契机。门德尔松出席了审判的开庭，并一直逗留到 12 月中旬，其间同时为《新政治家与国家》《观察家报》和《国家》杂志供稿。

与早年做记者时相比，门德尔松已经彻底转换了写作语言。早在流亡时期，他便已开始改用英语进行大多数创作。这门语言对许多流亡的德语作家来说都意味着一种巨大的风险，那些已经在母语写作中有所建树的作家通常不愿舍弃自己的独特笔调，用另一门语言从头来过，门德尔松则不然。他决心放弃自己成熟的德语写作风格，转而在英语中追求一种更简洁的文风。他甚至在给妻子希尔德·施皮尔写信时也坚持使用英语，尽管后者是土生土长的奥地利人。在国际笔会 1941 年召开的伦敦大会上，他发表了一篇题为《没有语言的作家》的演讲，演讲中他将作家分为两类，显然，他自己属于更注重文章的内容和效果，而不在意形式的那类。他的座右铭是："只要是工具，都能派上用场。"[13]

凯斯特纳显然认为，门德尔松改用英语写作一事值得在他为《新报》撰写的审判报道中占有一席之地。他在介绍媒体席上的重要人物时，借一名虚构的记者之口谈起了这件事："等等，您看到那边那个英国人了吗？戴着牛角框眼镜的那个？对，就是他！那是彼得·门德尔松，直到 1933 年，他都是一位德国作……啊，当然了，您听说过他……现在他改用英语写小说啦……"[14]

门德尔松在施泰因的记者营住得并不习惯，他时常心烦意乱，很难集中精力工作。在慷慨地帮助凯斯特纳重返职业道路后，他自己的工作问题也日益紧迫起来。1945 年 12 月 2 日，他从记者营写信给忧心忡忡的妻子希尔德·施皮尔："对于我的工作和明年的生活来源，我已经有了很多想法，其中总有行得通的。我觉得你不必担心。我会找到，而且会及时找到一份工作的……这座糟糕的记者营里汇集了世界各国这么多所谓精英，而我在这里的唯一发现就是，我并不逊色于他们中的任何一个。"[15] 希尔德·施皮尔的确无须担心。1946 年 3 月，审判还未结束，门德尔松就已经赶赴柏林，担任《电讯报》和《每日镜报》的新闻顾问，这两份报纸最初还是由他批准出版的。随后，他又当上了柏林版《世界报》的总编。希尔德·施皮尔也带着孩子们一同搬到了柏林，在格吕讷瓦尔德的别墅区过上了"殖民地高级官员"般的优渥生活。

[91]

在纽伦堡期间，门德尔松能见到凯斯特纳的机会并不多，后者是德国人，不能入住记者营。[16] 两人都忙于各自的工作，而且凯斯特纳毕竟只在纽伦堡待了短短几天。绝大多数情况下，他们只能在法院的走廊上简短地聊上两句。尽管二人都是纳粹主义的反对者，也都曾在法西斯统治下备受折磨，但审判对他们的意义截然不同。门德尔松在信中这样告诉妻子："我总是控制不住会想，我的一生中恐怕再也不会经历这样的场景了……这绝对是历史性的时刻……错过任何一个瞬间都是无法承受的损失。"[17] 他为此撰写的文章不计其数，而凯斯特纳却只旁观了审判的开端，然后为《新报》写下了仅有的一篇报道：《纽伦堡掠影》。[18]


## [92] 《纽伦堡掠影》

　　正如标题所示，凯斯特纳的文章是对时事漫不经心的一瞥。《纽伦堡掠影》刊登在 1945 年 11 月 23 日的《新报》上，这时距离审判开庭仅过去了三天。这是一篇带有强烈个人色彩的报道，凯斯特纳更多把目光投向一个个瞬间，以及自己在这些时刻的感受，并将它们付诸笔端。"高速公路，慕尼黑—纽伦堡方向……我们正驶向法庭，参加战犯审判的开庭……秋天的雾气笼罩在道路和山丘上。"自然向他低语，引发了阴郁的联想。"死去的田地"上盘踞着乌鸦，田间竖立着供啤酒花攀缘的长竿，后者"看上去就像是聚在一起的许多绞刑架，在开代表大会。"

　　凯斯特纳对法庭的观察不带有太过激烈的情绪。"明天将对 24 名男子提出起诉，这些人造成了数百万人的死亡……唉，为什么世人没有在千年前就举行这场审判呢？这样本能避免许多的流血和苦难……"这位和平主义者表达了虔诚的愿望：如果能让这些被告付出代价，"或许就能像消灭鼠疫和霍乱那样，彻底消灭战争……或许有一天，我们的后代会嘲笑这个时代，竟会有数百万人在自相残杀中丧命。"这种漫不经心的口吻是凯斯特纳的强项，他深谙如何遣词造句能够营造最好的效果。他以

101

闲聊般的语气挖苦，甚至是嘲弄道："顺带一提，被告已经不足24人了。莱伊自杀了，克虏伯据说正躺在床上等死。卡尔滕布伦纳脑出血。至于马丁·鲍曼？他是在从柏林逃往弗伦斯堡的路上<sup>①</sup>遇难了吗？又或者他还在德国，只是躲进了一片杉树林中，蓄起了胡子……？"

第二天，凯斯特纳放弃了他的广角镜头，转而聚焦在被告身上。他注意到，戈林瘦了，"一听到自己的名字，他就竖起了耳朵。""阿尔弗雷德·罗森堡还是那副老样子，他的肤色总是显得那么病态。"瓦尔特·冯克<sup>②</sup>则有一张"苍白而丑陋的蛤蟆脸"。凯斯特纳精准地捕捉到了被告进场时的形态：鲁道夫·赫斯神经质地抽搐着，威廉·凯特尔和阿尔弗雷德·约德尔<sup>③</sup>这两位不起眼的军方代表低着头，几乎要消失在人群中。凯斯特纳用了将近两页的篇幅，来描述被告的面貌、表情、体态和衣着，仿佛他是一位陪审员，要客观冷静地为他们打分。然而，他的描述仅仅停留在外表上，赋予了这些细节不应有的重要性。至于法庭上的经过，乃至这些被告令人胆寒的罪行，凯斯特纳仿佛有意避开了它们。他只是简短地复述了法国检察官宣读的指控，列出了一个个关键词："抢掠、驱逐、绝育、伴着音乐的集体枪决、酷刑、食物剥夺、人工诱发癌症、毒气、活体冰冻、

[93]

---

① 1945 年 4 月 30 日，希特勒自杀前任命海军元帅邓尼茨为继承人，后者当时正驻扎在弗伦斯堡，就地成立了一个短命的临时政府。5 月 7 日，弗伦斯堡政府向盟军投降。
②帝国新闻部长，后接替沙赫特成为帝国经济部长和帝国银行行长。
③德国陆军上将，国防军最高统帅部作战局局长。

机械脱臼、利用人体遗骸制作肥皂和肥料……泪水的海洋……
恐怖的地狱……十二点是午休时间。"

十二点是午休时间……凯斯特纳似乎为有机会中断这种列
举感到由衷的高兴。他在这些关键词后加入了一段虚构的情节，
仿佛通过舍弃新闻报道的手法，就能一并逃离现实。他写道，
他在大厅里同一位杜撰出的同僚攀谈，并状似好奇地询问对方，
在这场"喧闹的节会中是否认识几位熟人"。"为了本报的读者。
您懂的……"《新报》显然有一批热衷八卦、专爱读名单找名人
的读者。于是这位无名氏向他们介绍了在场的几位著名记者，
从约翰·多斯·帕索斯到艾丽卡·曼，再到彼得·德·门德尔松。
在《纽伦堡掠影》的另一部分，凯斯特纳再次插入了想象的画
面，这次是为了从未来的视角回顾这一场景的历史意义。他写
道："终于，我站在了即将举行审判的大厅里。几百年后，会有
某个老人站在这里，身边围满了惊奇的游客，干巴巴地念道：
'我们现在身处的大厅，就是 1945 年 11 月 20 日，首次战犯审
判开庭的地方。右侧的审判席上坐着美、英、法、苏四国的法官，
他们背后悬挂着四个国家的国旗……'"

在整篇报道中，凯斯特纳时而拉开距离，时而加以讽刺和
调侃，时而又加入虚构的元素，这种体裁上的犹豫不决大抵缘
于他一时难以理清思绪，来捕捉这一刻的历史沉重感。面对这
些不知如何应对的信息，他的情感仿佛被堵塞住了。他将法庭
审理与一场"喧闹的节会"相提并论，刻意用这种出格的比喻
在不合适的场合引人发笑，来形成一种黑色幽默。如果套用西

[94]

格蒙德·弗洛伊德的理论，这只是为了从压抑中获得片刻释放。


## 失语症

　　离开纽伦堡几个月后，凯斯特纳观看了美国纪录片《死亡磨坊》(*Die Todesmühlen*)，该片使用了集中营的真实影像。不久之后，也就是 1946 年 2 月 4 日，他为《新报》撰写了一篇题为《人的价值与无价值》的文章，梳理了自己试图为这部纪录片写影评时的种种思绪。面对片中的惨象，这位语言大师陷入了失语。在这篇文章中，他反思了语言本身的限制："每当我试图回想片中的画面，我的思绪就开始逃避它们。集中营里发生的事如此可怖，以至于我们不能沉默，却也无法言说。"[19]

　　这也正是凯斯特纳在写《纽伦堡掠影》时的感受。他的审判报道也是一种抽离，试图用新闻的方式把握这种恐怖的平庸之处。[20] 休庭后，记者踏上了回家的路。"我为听到的一切而心痛……我的耳朵也很痛。法庭上的耳机太小了……沿高速路回家……我望向窗外，什么都看不见，只有黏稠的、乳白色的雾气……"审判持续了将近一年，《新报》甚至是少数拥有固定席位的媒体之一，但凯斯特纳再也没有回过这里。在他的通信，尤其是他几乎每天都会写给母亲的信件中，对审判只字未提。

　　战后重回故土的门德尔松也经历了这种失语。在 1945 年 7 月 14 日发表于《新政治家》上的文章《穿越死城》中，他承认

[95]

自己找不到任何字眼，来形容他在这片废墟之海中看到的、彻底的毁灭。与凯斯特纳不同，门德尔松的失语症并没有在面对战犯的那一刻发作，而是在意识到童年生活过的地方已同所有的美好回忆一并灰飞烟灭之时向他袭来。

逗留纽伦堡期间，门德尔松反而一门心思扑在了他的书稿《纽伦堡档案：1937—1945 年德国战争政策研究》上。这是一部文献合集，汇编了英美两国检察官向法庭提交的书面证据。对于这些文件，门德尔松一一注释评论，1946 年该书英文版问世，次年又出版了德文版。他延续了自己在当时报道中的态度，将法庭本身视为主要焦点，专注于为审判辩护，回应那些从法学角度出发的批评[21]："那些多疑和吹毛求疵的人……说我们忽略了现行的法律，说我们绕过了，甚至在某种意义上违反了它，来创造新的法律……他们还试图证明，我们忽略了已有的判例，来创造新的判例——好像大量的判例不正是这么发生的一样——他们说，这样的先例从未有过，因此现在也不该这么做。对此，我们的回答是……"[22]

这是他与凯斯特纳的另一个不同。后者的《纽伦堡掠影》像是勉强交差，而门德尔松不仅写作了大量文章，还反思着审判的意义。为了写作这本书，他深入研究了纳粹的罪行。有时，他也会事无巨细地描述自己在纽伦堡老城散步的见闻，来暂时拉开一些距离，但他从不回避这些事件的沉重。

# 国内外的视角

彼得·德·门德尔松在西方战胜国的对德政策中承担了重要的角色，他是"再教育"计划的支持者，而这完全符合同盟国的意图。对德国人实施再教育意味着认可集体罪责论，即认为整个德意志民族都是法西斯主义崛起的同谋，并积极参与了法西斯主义的行动。战后关于集体罪责论的辩论总是情绪化的，人们分成了旗帜鲜明的两方：一方支持所谓"一个德国论"，坚持全体德国人都应对战争负责；与此相对，"两个德国论"的支持者则强调并非所有德国人都是纳粹。门德尔松倾向于前者。他对德国的知识精英阶层尤其失望，因为他们对第三帝国的崩溃展现出了"典型的德国式"冷漠。门德尔松起初还寄希望于他们想法的转变，但这种希望很快破灭。他在 1945 年 8 月的信中向妻子宣称："我个人对德国人，我指的是那些号称善良、聪明、受过良好教育的德国人的失望甚至鄙夷丝毫没有减少。"[23]他认为他们冥顽不化，脱离现实。埃里希·凯斯特纳是其中的例外。

不过，门德尔松可能也美化了凯斯特纳作为"内心流亡者"在纳粹时期的作为，这或许是因为，他也不打算了解心中偶像的全部过往。尽管凯斯特纳反纳粹的立场人尽皆知，尽管他的书籍遭到焚毁，还接到了出版禁令，但他与纳粹政权的关联比他后来承认的更深。当然，这位公开的反军国主义者从没有为纳粹分子说过一句好话，还曾几次被盖世太保传讯，然而，他也不止一次尝试加入帝国作家协会。在约瑟夫·戈培尔的特别许可下，他还用化名为电影《闵希豪森男爵》[①] 撰写了剧本。纳粹执政期间，他主要为电影界写一些喜剧，是第三帝国娱乐产业热心的"供应商"。由此，门德尔松的旧友克劳斯·曼对凯斯特纳颇有微词。1934 年在后者的小说《雪中三来客》出版后，他曾撰文攻击以道德家著称的凯斯特纳违背了自己提出的道德要求，讽刺这位"吹毛求疵的萨克森人"是如何能屈能伸的。

曼氏家族的敌意也延续到了纽伦堡。在媒体席上，凯斯特纳碰到了艾丽卡·曼，两人互相看不顺眼。在艾丽卡·曼看来，凯斯特纳"本质上仍是个德国人"，还是一名机会主义者，他没有对纳粹的行径做出什么反抗，反而与之妥协了。在她 1939 年与弟弟克劳斯·曼合著的《逃向生活》一书中，凯斯特纳被塑造成一个丑角，书中的他自嘲道："看吧，我现在被迫在写些什么荒唐的东西。人们竟然把我逼到了这种地步——你们都还记得，我曾经是多么的才思敏捷。"[24] 作为回击，凯斯特纳在《纽伦堡掠影》中通篇只用"托马斯·曼的女儿"来指代艾丽卡·曼。他否认她的国籍，甚至否认她的女性气质，把她称作"那位长脸美国记者，头发乌黑亮泽、剪得很短"。他只描写了她的外

---

① 德国作家鲁道尔夫·埃里希·拉斯伯以 18 世纪的闵希豪森男爵为原型虚构出的一个人物。他爱慕虚荣，喜欢向他人吹嘘自己不合常理的冒险经历。这些天马行空的故事很受读者欢迎，被改编为多部小说、舞台剧和电影，其中流传最广的版本是德国作家戈·比尔格于 1786 年和 1788 年先后出版的两卷本，国内通常译为《吹牛大王历险记》。戈培尔于 1943 年以此为蓝本委托拍摄了电影《闵希豪森男爵》，以庆祝全球电影股份有限公司（UFA，又称乌发公司）成立 25 周年。

貌——和他对待被告的方式没有什么不同。

战争结束后，凯斯特纳经常被问到，为什么他宁可在独裁统治的夹缝中求生，也没有离开德国。他回答的核心总是，他希望留在这里见证这一切，以便在日后用文字记录下它们，这也是他在接受美军询问时给出的理由。除此之外，他年迈的母亲已经受不了旅途辗转，凯斯特纳与她感情很深，不愿抛下她一人。战后的他将过去的十二年视为一种殉道者的受难，还积极为那些和他一样留在国内的德国人辩护。

战后初期的凯斯特纳曾批评占领当局的政策。他是"最先反对强制全体德国人接受再教育的人之一"，教育学家库尔特·博伊特勒（Kurt Beutler）写道，"因为他将一切强制和命令，无论是谁对谁施加的，都视作对人道主义的破坏。"[25] 凯斯特纳代表了战后德国人对外界的立场，他们"不会忘记有多少人在这些集中营里遭到了杀害，但德国以外的世界有时也应该想起，同样在那里被杀害的德国人有多少"。[26] 所谓"德国以外的世界"，实际上暗指纽伦堡审判中那些对针对德国人的暴行避而不谈的法官。最终，凯斯特纳认为，德国的新秩序只能由德国自行建立。对此，他在 1947 年的另一篇文章中称："我们已经做出了改变。"他也不赞同阿登纳的政策①，回顾他执政的年代，

----

①康拉德·阿登纳于 1949—1963 年担任联邦德国总理期间，积极推动西德融入西方世界，开启了西欧在经济和防务等方面的一体化进程。其间，苏联曾提出支持两德统一的动议，以换取一个中立的德国，但西方阵营并未考虑这一提议。因此，也有人批评阿登纳坚定的西向政策令德国错失了一些可能的历史选择。

凯斯特纳直言："例如，当时的德国根本没有独立的外交政策，只是在毕恭毕敬地满足美国人在政治等方面的种种要求……在我看来，阿登纳时代只是披着民主外衣的独裁。"[27]

门德尔松则恰好相反。自 1941 年以来就已是英国公民的他是战后德国"再教育政策的坚定拥护者"（妻子希尔德·施皮尔语）。在文化政策上，他也持相同的看法。在 1947 年柏林举办的第一届德国作家大会上，作为占领军的新闻审查员，他站在占领军的立场上发表演讲，推崇他理想中"西欧腔调的文学"。他说："这或许有些一厢情愿或是吹毛求疵，但简单来说，我会称其为一种'文明的腔调'。这意味着以更加文明开化的方式写作，我个人认为，也就是以和英国一样文明的方式写作。"[28]门德尔松的倡议和苏联人在柏林推行的文化政策相左，后者希望能借助文学改变这里的社会和经济结构；这番言论在德国听众中也受到了冷遇，在德国人眼中，这简直是指手画脚的傲慢行径，毕竟，门德尔松确实暗示大多数德国作家的写作都是未开化的。也难怪 1948 年的《柏林午间报》评论道，门德尔松"作为昔日的同胞，对我们德国人比英占区高级专员帕克南勋爵（Frank Pakenham）① 还要严格"。[29]

凯斯特纳和门德尔松对纳粹的罪行意见一致，但在如何实现对德国人的再教育问题上，二人的观点大相径庭。凯斯特纳相

---

① 自 1947 年起，帕克南勋爵作为副外交大臣负责英占区的各项事务。他为人正直，关心战后德国民众面临的生活条件恶劣、粮食短缺等实际困难，并主张对占领军的不当行为加以约束。

信，德国人能够凭借本国的文化积淀自行摆脱"纳粹的毒素"。他和助手阿尔弗雷德·安德施都反对集体罪责论。1945 年，他还在日记中写道，自认为"赢家"的占领国很可能阻碍了一场 "革命式的变革"。他认为德国文学和文化中存在着崇尚自由的传统，今日的人们依然可以从中借鉴。而在西方同盟国看来，德意志精神和自由的价值观本质上是相互抵触的，德意志民族性格正是纳粹主义崛起的主要条件。要想像卢修斯·D. 克莱将军所说的那样"解放德国人的精神"，改变其文化价值体系，就必须植入美国文化，这便是美国战后改造方针的依据。

关于德国文化有无价值的争议也波及了《新报》，该报的文化导向一度引发了争议。凯斯特纳对外国作家一视同仁，无论他们来自美国或是欧洲；同时，他也大力扶植当代的德国文学。这种对德国和欧洲文化的重视最终引发了出版方的质疑——毕竟，《新报》的目标是激起人们对"美国式生活"的向往。1946年 4 月，一位读者向美占区信息控制部负责人麦克卢尔将军投诉，称《新报》过于看重德国文化，甚至无意中"延续了戈培尔的宣传，称美国人是唯利是图的野蛮人，没有自己的文化生活"。[30] 但出于政治需要，新闻出版界被给予了广泛的言论自由，美方对此也无可奈何，《新报》的成功亦让他们不愿进行人事调整。而应为报纸文艺版面的内容选择负责的凯斯特纳则坚信，他教导德国人以开放的态度直面自己的文化，实际上是在协助美占领当局。

凯斯特纳继续担任《新报·文艺副刊》的主编，直到 1948

年 4 月。在之后的五年里，他还零星写过几篇文章，他在《新报》的发表总数最终达到了 107 篇。[31] 他与门德尔松的友谊一直维持到 1974 年凯斯特纳去世。门德尔松重新取得了德国国籍，并于 1970 年搬回了他的出生地、凯斯特纳所在的慕尼黑。他继续从事出版和翻译，还在文学界担任过一些重要机构，如国际笔会和德意志语言文学科学院的负责人。他的著作也得到了广泛的关注，其中包括分析极权主义的《专制主义下的思想者》，以及温斯顿·丘吉尔和托马斯·曼的传记。门德尔松也是最早——当然也是语带保留地——指出托马斯·曼同性恋倾向的人。

[100]

门德尔松始终对年长的凯斯特纳抱有崇高的敬意，不管是他的艺术成就还是他的为人。他认为，这位来自萨克森的同乡代表着德国在黑暗年代中理性的一面。凯斯特纳去世后，门德尔松参与了凯斯特纳协会的筹办。德国著名当代文学评论家马塞尔·赖希-拉尼茨基（Marcel Reich-Ranicki）曾称凯斯特纳为"名誉流亡作家"，同样，门德尔松也认可后者在纳粹统治期间道德上的无可指摘。然而，尽管二人在迈尔霍芬的重逢对《新报》和德国战后的文化生活意义深远，它却让门德尔松在回想时感到了失望，因为凯斯特纳坚持要从道德上为他留在国内一事正名。凯斯特纳去世后，人们曾多次向门德尔松问起他。门德尔松在一次采访中透露，凯斯特纳曾承诺要写一本书，专门讲述 1933—1945 年之事。当门德尔松问起他留在德国的原因时，凯斯特纳的解释是，总有人要像编年史家一样，从头到尾亲历这一切，好在事后如实描绘它们。而且，从始至终，他都在坚

111

持写日记，还在筹备一部伟大的小说。"你必须把这本关于希特勒统治下那十二年的书写出来。"门德尔松告诉凯斯特纳，"这本书必须由你来写，没有别的人选。答应我，你会把它写出来的。"凯斯特纳说："我答应你，眼下我满脑子都是它。"门德尔松回忆道："在这之后，我们就把他带到了慕尼黑，带进了《新报》的编辑部。我帮了些忙。后来，我们每年都要见上几次面。每次我都会问他，埃里希，那本书怎么样了？我等了又等，但那本书始终没有出现。想必他从没动过笔。"[32]

---

注释：

1. Peter de Mendelssohn, Brief an Hilde Spiel vom 26. 11. 1945.

2. E. Kästner, Werke, Bd. 6: *Splitter und Balken*, S. 461.

3. S. Hanuschek, *Keiner blickt dir hinter das Gesicht*, S. 323.

4. E. Kästner, *Gesammelte Schriften für Erwachsene*, Bd. 7, S. 76.

5. Peter de Mendelssohn, Brief an Erich Kästner vom 28.3.1961.

6. P. de Mendelssohn, *Unterwegs mit Reiseschatten*, S. 149.

7. 同上，S. 148。

8. M. Payk, *Der Geist der Demokratie*, S. 86.

9. S. Hanuschek, *Keiner blickt dir hinter das Gesicht*, S. 324.

10. P. de Mendelssohn, *Unterwegs mit Reiseschatten*, S. 149.

11. 摘自 F. J. Görtz/H. Sarkowicz, *Erich Kästner*, S. 180。

12. P. de Mendelssohn, *Der Geist in der Despotie*, S. 13.

13. W. Strickhausen, *Im Zwiespalt zwischen Literatur und Publizistik*, S. 172.

14. E. Kästner, *Streiflichter aus Nürnberg*, S. 499.

15. Peter de Mendelssohn, Brief an Hilde Spiel vom 2. 12. 1945.

16. 目前尚不知埃里希·凯斯特纳在纽伦堡审判期间住在何处。据他的传记作者斯文·哈努谢克（Sven Hanuschek）推测，他可能留宿在了某个朋友的私宅，在这一时期类似的旅行中，他经常会选择住在朋友家（参见斯文·哈努谢克 2020 年 11 月 9 日发给笔者的电子邮件）。拉德尔迈尔在《作为记者营的铅笔堡》一书中提到凯斯特纳会在记者营过夜（参见第 32 和第 41 页），但这一说法可能性不大，且无从证实。

17. Peter de Mendelssohn, Brief an Hilde Spiel vom 26. 11. 1945.

18. E. Kästner, *Streiflichter aus Nürnberg*, S. 493 ff.

19. 摘自 B. Wagener, *Inländische Perspektivierungen*, S. 204。

20. G. Reus, *Was Journalisten von Erich Kästner lernen können*.

21. 1945 年 11 月 25 日，门德尔松在《观察家报》上向读者报告了他在纽伦堡发现的大量文件资料，文章标题为《纽伦堡：被文件淹没》（Overwhelmed by Documents at Nuremberg）。

22. P. de Mendelssohn, *Eine schreckliche Stadt*, S. 155.

23. 摘自 M. Payk, *Der Geist der Demokratie*, S. 121 f。

24. 摘自 J. Görtz/H. Sarkowicz, *Erich Kästner*, S. 217。

25. K. Beutler, *Erich Kästner*, S. 132.

26. 摘自 S. Hanuschek, *Keiner blickt dir hinter das Gesicht*, S. 335, 346。

27. 同上，S. 354。

28. 摘自 M. Payk, *Der Geist der Demokratie*, S. 117。

29. 同上，S. 122。

30. 摘自 L. Feigel, *The Bitter Taste of Victory*, S. 228。

31. B. Wagener, *Inländische Perspektivierungen*, S. 195.

32. 摘自 S. Hanuschek, *Keiner blickt dir hinter das Gesicht*, S. 318。

# 第五章

## 艾丽卡·曼、她"亲爱的疯子"，
## 与一场不愉快的重逢

> 人们总说你是个好争执的人。但这个世纪的人们难道不
> 该如此吗？……不去抗争，也就无法担起任何责任。
>
> ——汉斯·哈贝在艾丽卡·曼60岁生日时的致辞

审判的最初几天里，21名被告的脸上大多写满期待，"好像他们是这出戏的观众，而不是演员"，约翰·多斯·帕索斯写道。他们中的一些人显得傲慢自大、事不关己，有人甚至暴跳如雷，对自己会被起诉感到难以置信。鲁道夫·赫斯对庭审过程可以说是毫不在意，大多数时间都在看书；曾经的波兰总督汉斯·弗兰克在两次自杀未遂后陷入了阴郁的沉默；尤利乌斯·施特赖歇尔此前担任弗兰肯大区长官，是纽伦堡毋庸置疑的主人，如今的他和往常一样孤僻地坐在被告之中，表情阴沉，用倔强的目光审视着法庭上的进展。

赫尔曼·戈林却不是这样。他明显很享受重新来到聚光灯

115

下的感觉，甚至为人们把他安排在被告席首位而沾沾自喜。这位前帝国元帅没有丝毫悔意，在这一阶段，还没有人敢肯定他的罪行能得到证明。那些美国官兵逮捕他时，不是还争先恐后地和他打招呼、同他握手、想请他赴宴吗？他不是早在战争结束前就被希特勒解除了一切职务吗？戈林还在一场记者会中强调，他已经与元首彻底决裂。"请务必突出这一点！它很重要。"[1] [102]

和所有被告一样，戈林在审判开始前坚称自己无罪。门德尔松写道，他厚颜无耻地自诩为"审判的明星"，认为自己近乎圣人，不需要听从控方的说教。

对控方而言，举证成了一项艰巨的挑战。直到 1945 年夏天，同盟国仍旧没能掌握足够的证据材料。罗伯特·H. 杰克逊派出成队的人手驻扎档案馆，搜寻流落的材料，希望能找到足够有力的证据。一场热火朝天的搜寻就此展开。短短几个月，美方就搜索了德国大部分档案室，收集到近 4000 份文件。然而，盟军内部的权力斗争与妒忌，尤其是美英两方的矛盾，使杰克逊的工作愈加复杂。这位首席检察官更看重书面证据而不是证人证词，因为他坚信受害者的证词是有偏见的——考虑到他们要当着加害者的面作证，很有可能会夸大其词；纳粹证人则有着道德上的污点，他们的证词更是缺乏采信的价值。

美方对书证的坚持让审判变得枯燥至极。为了追求法律上的严谨，法官杰弗里·劳伦斯要求控方在法庭上宣读提交的每一项书证。审判的观众不得不忍受一连几个小时的公文朗读。珍妮特·弗兰纳无奈地写道："简言之，我们的控方成功地让这场世界上策划最周密、最具戏剧性的战争听起来枯燥无味、支离破碎。"[2]

尽管庭审的枯燥与否不应影响法官对真相的探求，控方仍然需要回答这个问题：如何才能展现这些罪行的规模？要想直观呈现集中营内的大屠杀这般难以想象之事，只复述官方文件和谈话记录是远远不够的。这些干巴巴的文牍用语只能在极其有限的程度上唤起人们的想象。控方在此次审判中的任务不只是寻找证据、揭示真相，他们还要感染审判席上的法官，而理性的语言在法庭上显得苍白无力。因此，他们转而借助图像的力量，引入了一系列影像资料，让视觉冲击代替抽象的概念说话。在 1945 年 11 月 29 日下午的庭审中，控方播放了三卷题为《纳粹集中营》（*Nazi-Konzentrationslager*）的影像记录。这意味着他们提前出示了危害人类罪的相关证据，而审判前期的焦点一直是反和平密谋罪。

这次放映目的很明确。昏暗的法庭里，面前的影片中是一幅噩梦般的场景。人们对集中营内的罪恶行径不是没有耳闻，作为再教育计划的一部分，同盟军早在 11 月就开始在德国各地的影院放映纪录片《死亡磨坊》。但在法庭中，只有少数人亲眼见过集中营内的惨状。这些影像资料是在盟军解放集中营后当场拍摄的：尸体堆积如山，焚尸炉内还有残存的焦尸，重获自由的囚犯被剃光了头发，穿着侮辱性的条纹囚服，瘦骨嶙峋，面色苍白，凝视着镜头的眼神空洞极了，好像死亡早已激不起任何恐惧。在贝尔根–贝尔森集中营的镜头中，观众看到一名幸存者饿得蜷缩在地，旁边一辆推土机正将赤裸的尸体推入集体墓穴，为了抵挡尸体腐烂的恶臭，驾驶员不得不用手帕捂住鼻子。

这些影像如今已被无数次地拷贝和引用，成了"灭绝的图像"（科妮莉亚·布林克[①]语）。当它们在纽伦堡法庭上首次被公之于众时，其所带来的冲击是无可比拟的。很多人哭了起来，还有人因无法忍受而离场。这样的情感冲击正是控方安排此次放映的目的。影像放映期间，昏暗的法庭中只有被告席被一支特别安装的灯管照亮。人们事后得知，这并不只是出于安全考虑，也是为了让精神科医生和心理学家全程观察被告的反应。据两位专家的评估，影片达到了预期的目的，被告们在整个庭审期间从未表露过如此强烈的情绪。这些主要战犯第一次难以保持傲慢和冷漠。弗朗茨·冯·巴本和亚尔马·沙赫特刻意回避直视银幕，瓦尔特·冯克和汉斯·弗兰克彻底失控，泪如雨下。"所有被告都明显被触动了。"两位专家在报告中写道，"可以观察到，大多数人表现出深深的羞愧，他们意识到，这些画面在全世界面前将德国钉上了耻辱柱。"[3]就连在上午的庭审中还表现得游刃有余的赫尔曼·戈林也抬起右臂、遮住了脸庞，他在目睹酷刑的画面时表现得尤其激动。

不少记者都明白，影片的放映给辩方提出了一项几乎不可

[104]

---

① Cornelia Brink，历史学家，著有《灭绝的图像：1945年后纳粹集中营影像的公共使用》。

能完成的任务。与看到的画面相比，他们的一切努力都成了徒劳。这一时刻成为庭审的转折点。艾丽卡·曼在其为《晚间标准报》撰写的文章中写道："在（辩方）用晚餐时，桌上鸦雀无声，没人真的有胃口。人们脸色惨白地回到住处，但不是去睡觉，而是去苦苦思考，如何为无可饶恕的罪行辩护。"[4] 影片放完后，一位律师甚至表示："我的委托人应该上绞刑架，越早越好。"


## 时异势殊下的重逢


影像放映期间，当媒体席上的托马斯·曼的长女看向威廉·弗里克时，她在想些什么？弗里克和其他被告坐在一起，同样神情僵硬、面若死灰，显然，他承受着极大的情绪压力。这对艾丽卡·曼（1905—1969）来说是一场不同寻常的重逢，因为她与这位前内政部长的角色已经彻底调转。十二年前，处在聚光灯下的是她自己，而弗里克则坐在人群中，暗自做着笔记。

[105]

1933 年 1 月 1 日，希特勒被任命为德国总理前不到一个月，艾丽卡和弟弟克劳斯、特蕾泽·吉泽（Therese Giehse）与马格努斯·亨宁（Magnus Henning）共同创办的政治卡巴莱剧团"胡椒磨"在慕尼黑顺利完成了首演。当时人们尚能对希特勒做这种"笑声中的宣战"[5]，因为巴伐利亚的亲天主教政府还在不遗余力地维护该州的独立。与此同时，一名希特勒的追随者正在人群中不怀好意地旁观。"弗里克先生也坐在我们一贯人满为患的大厅里，奋笔疾书。"艾丽卡·曼写道，"他是在编写黑名单。我们表演时，国会大楼正在熊熊燃烧[1]。"[6]短短几个月后，巴伐利亚也沦陷了。弗里克的举报名单派上了用场。曼氏家族和"胡椒磨"的其余成员是他名单上的头几个，他们全部被迫流亡国外。"胡椒磨"搬到苏黎世，成为最早的德语流亡剧团。

从母亲卡蒂娅一方继承了犹太血统的艾丽卡和克劳斯与父亲托马斯·曼一样，很早就成了纳粹宣传机器的攻击对象。1932年1月13日，艾丽卡·曼在国际妇女争取和平与自由联盟的一次慕尼黑活动上发言，《人民观察家报》对此做出了如下评论："艾丽卡·曼的出现是一段令人反感的插曲。她以演员自居，要把她所说的'艺术'奉献给和平事业，但她的做派完全是个傲慢的愣头青，胡言乱语，大谈什么'德国的未来'。"[7]战争期间，艾丽卡参与了英国广播公司（BBC）的"广播战"，负责撰写反法西斯文章并向德国听众广播，这也引来了《人民观察家报》更加恶毒的攻击。一位化名"兰斯洛特"的撰稿人在1940年10月8日的报纸中攻击她为"廉价的政治妓女，只有在腐败的角落，在头脑空空的蠢货和阴沟里的废物的结合中，才会诞生出这样的尤物"[8]。

同样在纽伦堡与纳粹官员们"重逢"的，还有艾丽卡·曼的伴侣贝蒂·诺克斯（Betty Knox, 1906—1963）。她也是专门报道纽伦堡审判的通讯记者，但她的背景与出身富裕市民家庭的 [106]

---

①此处为比喻，并非实指1933年2月27日的国会纵火案。

艾丽卡大相径庭。她生于堪萨斯州，1944年春天，和艾丽卡在巴黎相识。当时38岁的她是伦敦《每日快报》和《晚间标准报》的记者，审判期间则转而为美国《明日》杂志供稿。在成为记者前，她曾有过一段跌宕起伏的舞女生涯。贝蒂生性狂野而放诞，艾丽卡·曼甚至直接称呼她为"我亲爱的疯子"。她是三人舞团"威尔逊、凯佩尔和贝蒂"的一员，这个组合以身着仿埃及服饰、舞蹈融入埃及古典元素而闻名。他们在世界各大城市巡演，还在1936年造访了柏林。1938年《慕尼黑协定》谈判

期间，她和两位男舞伴还在官方安排下表演了余兴节目。贝尼托·墨索里尼对这场轻浮的演出饶有兴味，而以赫尔曼·戈林为首的纳粹高层并不觉得满腿汗毛的男人穿着超短裙跳舞有什么看头。约瑟夫·戈培尔尤其不满，指责这场以贝蒂·诺克斯的性感秀为核心的演出有伤风化。⁹

　　1941年，战争还在继续，贝蒂·诺克斯意外地踏入了新闻行业。《晚间标准报》的主编是她舞蹈模仿秀的忠实观众，他希望这位知名舞者能提供一种报道战争新闻的幽默视角。于是，贝蒂将舞团里的位置交给了女儿，自己则开始了战地记者的生涯。她的专栏《在这里》（*Over Here*）每周连载三期，在英国读者中大受欢迎，这与她文章中的美式俚语带来的文化冲击不无关系。她和艾丽卡·曼于1944年相识，自那以后，二人便形影不离。

## 大仇得报

艾丽卡·曼将纽伦堡审判视作对她的补偿。不只是因为她能在告密者威廉·弗里克面前宣告胜利——她在此之前就已经做到了。审判开始前，她独自前往卢森堡，去见关押在那里的战犯。"我最近一次出门去了蒙多夫莱班，"她在信中告知母亲，"去见那 52 个纳粹的'大人物'。我很难想象怎样的冒险能比这趟旅程更加阴森可怖。戈林、巴本、罗森堡、施特赖歇尔、莱伊——*世上所有的恐怖分子*（还有凯特尔、邓尼茨、约德尔等人）都被关在这里，这座曾经的酒店现在成了一所监狱，而它的囚犯干脆把它变成了一座疯人院。"

艾丽卡·曼必须让蒙多夫莱班的囚犯们知道她是谁，这对她至关重要。她不被允许同他们交谈，但她依次巡视了每个房间，注视着里面的囚犯，并让审讯官告知他们她的到来。据说，罗森堡在看到她时轻蔑地喊道："呸，真恶心！"艾丽卡的母亲称她"报复心强"[10] 并非捕风捉影，因为她显然陶醉于自己的胜利，而她的胜利感往往是从仇恨中诞生的。她后来的丈夫 W.H. 奥登也曾在 1939 年 5 月的一封信中劝告她"少些怨恨"。但她确实有足够的理由来仇恨纳粹，并为他们的结局拍手称快。毕竟按纳粹的安排，她再度踏上德意志的土地时就该被立刻消灭。 [108]

这位自诩的"激进自由派"1905 年出生于慕尼黑，她和她的兄弟姐妹有着相同的命运，都被迫生活在她们举世闻名的父亲的阴影下。艾丽卡年少时就表现得顽皮好斗、举止放肆，这也为她最亲近的弟弟克劳斯提供了效仿的对象。即便在孩提时期，他们两个也绝不是什么有教养的乖孩子，而是令人讨厌的那种。人们很快意识到，这个娇生惯养、性格诙谐又崇尚自由的姑娘会成为学校的隐患。她不愿迎合普通学校的要求和教育方式，她的父母因此特意把她送去了一所改革学校①，但即便如此，她也拒绝配合学校里的种种教育实验。不过，她还是通过了慕尼黑路易森文理中学那"令人作呕的毕业考"。她在父母位于波申格尔大街的家中、在艺术家之间成长起来，成了一名演员，尽管她认为自己"根本不适合舞台表演"。她嫁给了古斯塔夫·格林德根斯，但她真正爱慕的对象是帕梅拉·韦德金德和特蕾泽·吉泽。她在欧洲各地参加拉力赛，"跨越国界甚至比换衣服更勤"。[11]她总是留着短发、穿着男装，以中性形象示人，还做过旅行作家和儿童文学作家。

　　艾丽卡·曼放荡无度的快节奏生活集合了人们对"咆哮的二十年代"②中艺术家的一切刻板印象，其中也包括吸毒。和许多同代人一样，她很晚才开始对政治感兴趣。威廉·埃马努

---

① 19世纪末在德国兴起的教育改革运动反对此前机械灌输、权威压制的教育方式，主张以儿童为中心，通过艺术教育、劳动和社区活动促进人格的全面发展。这一时期诞生的诸多改革学校（Reformschule）就是推行这些教育理念的试点。
② Roaring Twenties，即第一次世界大战结束至1929年经济大萧条爆发前的十年。这一时期美国经济高速发展，欧洲也在战后重建的同时经历了一段短暂的繁荣，社会财富增加、城市人口增长塑造了这一时期丰富、自由而喧嚣的文化生活，叛逆、享乐、女性解放、爵士乐、表现主义艺术等都是这个时代的关键词。

埃尔·聚斯金德在献给艾丽卡·曼的一篇文章中将这代人称为"舞蹈的一代",认为他们大多既崇尚自由主义,又迷恋物质生活,和此前的战争一代形成了鲜明的对比——用舞蹈来象征这种享乐主义的生活方式再合适不过,艾丽卡·曼则被聚斯金德视为这一代的代表。 [109]

早在 20 年代末,尤其是在 1929 年全球经济危机爆发后,不祥的预感就开始笼罩在曼氏家族的孩子们头顶。1930 年,纳粹党在选举中大获成功,一跃成为德国第二大党派,真正的巨变也随之到来。艾丽卡·曼遭到的攻击不断升级,到了无法忍受的程度。她几乎得不到任何登台演出的机会;一些朋友遭到逮捕;而她本人尽管被保护在波申格尔大街 1 号的家中,却也并非绝对安全,时刻有被告密被出卖的风险。曼家的司机汉斯是纳粹党的眼线,他一直在定期向"褐宫",也就是纳粹党总部汇报曼家的一切动向。然而,1933 年,也正是这位"无耻却又怀有怜悯之心的司机"(克劳斯·曼语)在良心的折磨下向曼家的孩子们发出警告:如果他们不想被捕,最好尽快离开德国。艾丽卡和克劳斯立刻通知正在瑞士的父母切勿归国,之后便设法隐匿行踪,最终成功逃亡。

但是,如果对纳粹的挑衅置之不理,那她就不是艾丽卡·曼了。她继续率领"胡椒磨"剧团,在瑞士、捷克斯洛伐克和荷比卢地区举办了上千场演出。这些演出不能直接批评时事,但还是在文学的掩护下进行了大量大胆的政治影射。"为了对抗这种野蛮,她做的事比我们所有作家加起来还多十倍。"约瑟

夫·罗特在 1935 年春天评价道。[12] 就在这一年，她因"叛国敌
对行为"被剥夺了德国国籍，为了拿到有效的护照，她毫不犹
豫地与作家 W.H. 奥登结了婚，成了英国公民。

流亡期间，艾丽卡·曼先后在瑞士和美国发表时事评论，
并在各地巡回演讲，揭露德国的现实情况。她进一步深入政治
领域，尽管一度想要逃离写作这项"家族诅咒"，但她还是出版
了两本畅销书，一本介绍纳粹统治下的教育体系，名为《野蛮
人的学校》（德文版又名《一千万个孩子：第三帝国的青年教育》，
1938），另一本则是与克劳斯·曼合著的《另一个德国》（1940）。
在所有这些作品中，她都坚定地以无畏的斗士和道德捍卫者的
[110]　形象示人。1942 年，德军在战场上所向披靡，在局势的步步进
逼下，艾丽卡加入了美军的宣传部门——战时新闻局（OWI）。
1943 年，她更进一步，开始担任战地记者，代表多家美国和加
拿大报社奔赴各大战场报道。[13]

1944 年，身为美军军官的艾丽卡·曼先后抵达法国和德国。
她亲眼见证了巴黎和亚琛等地的解放，在解放区采访政治立场
各不相同的人们。她的报道不仅关心德国民众的心理状况和
物质条件，也涉及美国的再教育计划和重建措施。审判开始前
十四天，她就来到了纽伦堡，和贝蒂·诺克斯一同住进了记者
营的女寝。

艾丽卡无法忍受记者营的生活条件，尤其是食物匮乏和严
寒。只要有机会，她就会溜出营地。1946 年 2 月 3 日，她给如
今身在美国的儿时玩伴洛特·瓦尔特写信称："在纽伦堡的生活

125

也不尽如人意，我们搞砸的事情太多了。糟糕的生活条件（我们只能吃缺乏维生素的罐头食品……天气太冷了，还有不少烦心事）让我不得不在圣诞节时逃到心爱的瑞士，在那里待一个礼拜。"信末，她自豪地署名"战地记者 E.M."，至于联系地址，也就是"写下这封信的地方"，则是"I.M.T.（国际军事法庭）记者营，纽伦堡"。[14]

艾丽卡·曼没有向她的笔友提及的是，她是和贝蒂·诺克斯一同前往瑞士的。她们和克劳斯·曼、特蕾泽·吉泽一起度过了节日。她总是有些羞于提起贝蒂，后者在同她一起拜访洛特·瓦尔特的父亲、鼎鼎有名的指挥家布鲁诺·瓦尔特时举止"不够得体"，托马斯·曼和卡蒂娅·曼也对女儿的女友颇有微词。1944 年在加利福尼亚共度新年时，贝蒂就给卡蒂娅留下了不太愉快的记忆，这只"猫头鹰"（这是卡蒂娅对她的蔑称）在这座属于托马斯·曼的诗人圣殿中表现得怠慢无礼。艾丽卡·曼对生气蓬勃、美丽动人的贝蒂很是迷恋，但就连她都在写给弟弟克劳斯的信中自嘲，她与贝蒂"并不是天造地设的一对"。

在瑞士期间，艾丽卡患上了重病。德国的冬天寒冷刺骨， [111]
而正如她对克劳斯·曼所说的那样，她并未准备足够的冬衣。长期受冻的她忍受着口腔感染和药物成瘾的种种后遗症，还被传染了支气管炎，严重的病情使她不得不去瑞士一家疗养院休养几周。"猫头鹰和我在一起，"她在 1946 年 1 月 10 日写信给父母，"和我得了一样的病，但症状较轻。还不确定她会不会陪我去山上（疗养院）。"两人都担心病情会影响她们的工作。但最糟的情况没有发生，她们在疗养后顺利回到了法贝尔堡。


## 在施泰因"总部"

关于记者营和驻扎在那里的同事，艾丽卡·曼几乎没有留下任何文字记录，尽管她也曾和彼得·德·门德尔松以及威廉·夏伊勒一起，参加一些熟人聚会。她尽量和其他住客保持距离，在通信中也对私人生活绝口不提。当然，很可能与她正和爱人在女寝同居有关。记者营受美军管理，而同性恋在军中属于违法行为。在书信中，艾丽卡·曼要么将贝蒂·诺克斯的名字以某些方式转写，要么用"猫头鹰""汤姆斯基"等中性代号来指代。她还给在营地的联系官欧内斯特·塞西尔·迪恩留下了极其糟糕的印象。1946 年 3 月，她和贝蒂·诺克斯联合其他女性住客投诉女寝的居住空间过于狭小拥挤，迪恩不得不按规定在 3 月 17 日接受了她们严厉的问责。一天后，余怒未消的他在家信中写道："这是我参加过的最苛刻的'委员会会议'，最好这辈子都不要再经历这种场合了！女记者们本来就是个麻烦，而昨天会上的那些，像希金斯①、诺克斯和曼，更是难应付。"15

尽管难以忍受记者营的生活条件，艾丽卡·曼还是很认可

---

①玛格丽特·希金斯，美国战地记者，曾赴前线报道二战、朝鲜战争和越南战争。1951 年凭借朝鲜战争的相关报道获普利策奖。

设立这个营地的意义。1944 年下半年,她开始筹划一本名为《陌生的家乡》(*Alien Homeland*) 的书稿。书稿虽然未能完成,但留下了一份大纲和几个完整的章节,其中第十七章单独安排给了"记者营,一个独特的机构"。令人惋惜的是,她始终没有完成这一部分,但在构思中为其单独留出一章已然证明了她对这座新闻史上独一无二的设施的重视。她原本计划用这本书来记录她在德国期间的个人经历和发生的重要历史事件,可以想见,她大概将记者营视为一个民主、自由的新闻机构的典范,一片国际合作的绿洲。在她看来,无论对于德国这个国家,还是它的新闻媒体,记者营都能起到榜样的作用。

然而,当时身处法贝尔堡中的记者首先要面临的就是激烈的竞争,艾丽卡·曼也不例外。她在《陌生的家乡》第十六章的梗概中写道:"和这里的所有记者一样,笔者也不敢离开太久,以免她的床铺和位置被他人占去。"她的同事丽贝卡·韦斯特也提到了寝室里幽闭压抑的氛围:"每间寝室都挤满了人,而人们之所以赖在别人的房间,是因为她们自己的寝室也已经被躲清静的人占满了。"[16]

艾丽卡·曼在这段时间里四处奔波。从 1945 年夏末到 1946 年初春,她在她的"总部",也就是记者营同时为美国《自由》周刊和英国《晚间标准报》供稿。她为后者撰写的稿件中有二十一篇保存了下来。然而,这位纽伦堡的名人绝口不提的是,这家伦敦报社只把她当作候补。在这二十一篇报道中,只有关于蒙多夫莱班的那篇是以她的名字发表的,还经过了改动,其余稿件要么未被刊登，要么在修改后被不具名发表。《晚间标准报》派往纽伦堡的正牌首席记者是苏格兰人理查德·麦克米伦，此人之前在北非和诺曼底战场担任战地记者。[17]

相较于其他记者，艾丽卡·曼的特别之处不仅在于她出身名门、有着不同寻常的成长经历，还因为她的家族曾亲身遭受过纳粹的迫害。即便抛开记者的身份，也有很多人希望与她交谈。她在接受采访时多次强调审判的历史维度和教育意义。而对于烦琐的举证流程，她也不像同事丽贝卡·韦斯特和珍妮特·弗兰纳那样觉得它枯燥无聊，而是对它的必要性表示了认可。[18]

艾丽卡了解德国这个国家和她曾经的同胞，她对战后德国人的评价也最为负面。她坚持集体罪责论，尖锐地批评德国人缺乏自我反思、"固执地自怜"，主观上拒绝承认自己犯下的罪行。在信件中，她劝说身在美国的父母打消回德国的念头："我恳求你们，别再踏上这片失落的土地，一分钟都不要。这里已经面目全非。我指的并不是它的物质条件！！"

## 凶暴而罪恶的民族

艾丽卡·曼反感德国的一切。她在纽伦堡刻意隐藏了自己的出身和母语，全然以美国人自居，言谈中一再用"我们"指代美国。那些认识她的记者同行注意到了这种姿态，他们觉得这些行为有时会过于做作。在埃里希·凯斯特纳眼中，她完全是一个满腔爱国之情的美国人，前文提到过的形容（"那位长脸的美国记者"）也由此而来；维利·勃兰特则"有些恼火，因为艾丽卡·曼竟声称她已经不会说德语了"。[19] 为了隐藏真实身份，[114]她甚至会在采访德国人时化名为初出茅庐的美国记者"米尔德丽德"（Mildred）。同被告鲁道夫·赫斯的妻子伊尔莎·赫斯见面时，她就是这样自我介绍的。比起曾被纳粹追捕的、托马斯·曼的女儿，一个美国小镇姑娘想必更能让她放下戒备、坦诚相待。"米尔德丽德"的伪装奏效了，后者毫无保留地透露了许多信息。

这位曾经的演员将她的表演天赋运用到了采访之中，精心策划了她的出场。同样，她也会以强烈的戏剧感和故事性来丰富她的文章。[20] 她的报道常常像中篇小说一般，围绕着闻所未闻的事件或荒诞的情境展开。在展现人们反复提及的"平庸之恶"时，她也倾向于为之寻找直观的载体。一次庭审中，威廉·弗里克的妻子偷偷溜进法庭的观众席，向她的丈夫抛去飞吻。艾丽卡写道："老弗里克坚称自己对妻子未经许可的现身毫不知情，但他却立刻注意到了她，并毫不犹豫地回以飞吻。"[21]

艾丽卡·曼毫不留情地打量着德国和这个"凶暴而邪恶的民族"，她的文章中常常流露出愤懑和幻灭。连弟弟戈洛·曼都认为她有些过火，指责她在报道中过于尖刻，有时甚至偏离了事实。例如，艾丽卡声称德国人不缺食物，但实际上大多数人都填不饱肚子。[22] 然而，她始终坚持自己的立场。即使在阿登纳时期，她也从未改变对德国人的看法。她坚称，他们都有自我压抑的倾向和自怜自艾的情结，认为他们从未真正与纳粹统治划清界限——恰恰相反，许多曾经的纳粹分子仍然活跃在法律、政治、文化和经济领域。令她大失所望的是，这些人无处不在，即使是在纽伦堡的记者同事之中也有他们的身影。她的好友中就有这样一个变色龙式的人物，这一点令她如此愤怒，以至于当二人在法庭上相遇时，她干脆无视了他的存在。

[115]

## 一场不愉快的重逢

《南德意志报》的特约记者威廉·埃马努埃尔·聚斯金德正是日后的畅销书作家帕特里克·聚斯金德的父亲。前文提到过，他曾将艾丽卡·曼奉为"舞蹈的一代"的标志性人物。自称W.E. 聚斯金德的他早年作为作家和批评家活跃于文坛，与艾丽卡·曼和克劳斯·曼都是很好的朋友。据艾丽卡的传记作者伊尔梅拉·冯德吕尔（Irmela von der Lühe）考证，他还爱过艾丽卡，一度想同她结婚。[23] 然而，当曼家在纳粹的褐色恐怖下被迫流亡时，他却选择留在慕尼黑，顺应时势。

在纳粹时期，聚斯金德转行到新闻业。他的职业生涯堪称一帆风顺，先是担任波兰总督府唯一一份德语报纸《克拉科夫报》的文学版主编，随后又成了《克拉科夫月刊》的联合主编，用历史学家克努德·冯·哈布（Knud von Harbou）的话来说，这是一份"粗野的纳粹宣传杂志"。他还为戈培尔担任主笔的《帝国》周报撰稿，在文章中对臭名昭著的"波兰屠夫"、波兰总督汉斯·弗兰克大肆吹捧。他曾在1933年敦促托马斯·曼返回德国，因为这里"充满了欢乐、生趣和刺激"，在艾丽卡·曼听来，这无异于一种嘲讽。

战后，聚斯金德也和艾丽卡·曼口中"典型的德国人"一样，摇身一变，成了受害者。他对自己在纳粹时期的行为绝口不提，与一些同样有着纳粹背景的记者一起加入了《南德意志报》的编辑队伍。[24] 1957年，曾有人指控他在《南德意志报》中"不遗余力地宣扬纳粹文化"[25]，但他的职业生涯却没受到丝毫影响，反而更进一步。1963年，他将在纽伦堡的报道结集成书，命名为《法庭上的巨头》，该书一经出版便大获成功。他将自己在书中的形象定位为置身事外的记录者，而不是历史学家，以免提及自己在这段历史中扮演的角色。50年代，他甚至一度想要将前纳粹记者卡尔·齐泽尔（Karl Ziesel）告上法庭，只因后者在一本书中指责他和其他《南德意志报》编辑隐瞒他们的过往经历。

[116]

此外，聚斯金德还与多尔夫·施泰因贝格尔（Dolf Steinberger）和格哈德·施托尔茨（Gerhard Storz）合著了一本名为《非人者词典》（1957）的参考书。这本杰出的著作详细分析了第三帝国的用语习惯，意在揭露语言的暴政，从出版领域驱散纳粹恐怖统治的阴影。在这份词汇表中，聚斯金德负责的词条恰巧是"政治宣传"（Propaganda），这一安排在今天看来未免有些不妥。无论如何，聚斯金德履行了他的责任。纽伦堡的法官要在法庭上审判纳粹的罪行，他则审判了他们的语言。

不可否认，聚斯金德在写作方面造诣匪浅，还是一位才思敏捷的评论家。在出席审判的记者中，他也是少数注意到纳粹文牍用语给翻译带来的困难的人。他在《南德意志报》上发问：该如何在法庭上解释"大规模部署"（Großeinsatz）和"纵队式部署"（kolonnenmäßigen Einsatz）之间的区别？法官能意识到这些无害的官僚用语背后隐藏着特别行动队的屠杀吗？[①] [26]

在纽伦堡的德国记者中，聚斯金德的人缘算相当不错的。他是《纽伦堡特刊》编辑部的四名成员之一——这是一份由德国记者编写的幽默刊物，图文并茂，充斥着对审判过程和工作环境的嘲讽和自嘲。1946 年 9 月 30 日，该刊物出版了唯一一期，发行了三百份，其中刊载了聚斯金德为调侃德国新闻办公室的糟糕设施、戏仿席勒的《散步》写成的诗歌："永远故障的霓虹灯管像患了哮喘般闪烁不停"，无法忽视的"汽车噪音穿透格格作响的窗玻璃"，空荡荡的墙面上，唯一的装饰是电话上方"加斯顿·乌尔曼博士的肖像——此外唯有沉默"。

[117]

聚斯金德战后写下的文章在政治上并无不当之处。他支持纽伦堡审判，并呼吁在罪犯和消极旁观的人们之间做出区分。或许也是为了避免自我怀疑，他不赞同将罪责推广到大多数人身上。他认为辩护的目的应当是"从茫茫人海中找出少数真正

---

① "部署"（Einsatz）与党卫队特别行动队（Einsatz gruppe）的名字是同一个词，后者在纳粹时期主要执行种族灭绝相关的任务，参见后文第十三章。

的罪魁祸首,并尽量将有罪判决集中在他们身上"[27]。

即便在纳粹时期,聚斯金德也坚守着个人独特的写作风格,这使他在战后被认定为"内心流亡者"的一员,却也给了艾丽卡·曼更多憎恶他的理由。在她看来,聚斯金德不但毫无悔意,还借着"内心流亡"的幌子摇身一变成了受害者,而他分明从未站到过纳粹的对立面。

艾丽卡曾在一封写给小说家阿尔弗雷德·诺伊曼(Alfred Neumann)的信中详细谈及聚斯金德。诺伊曼也是犹太人,也在纳粹迫害下被迫流亡。当时有人指控聚斯金德在曼家逃亡后不久在一本柏林刊物上发文攻击托马斯·曼,诺伊曼希望艾丽卡能对此发表看法。因此,她在回信中对这位旧友进行了一番评价,其中的嘲讽之意无以复加:"即便他(聚斯金德)在1943年11月1日接手了'血腥总督'弗兰克一手创办的《克拉科夫报》的文学编辑部,他在'内心派'眼中还是清清白白。尽管他的上司满手鲜血,尽管在其治下有数百万波兰人和犹太人惨遭屠杀,无畏的 W.E. 聚斯金德仍然敢在这位'总督'面前说着文雅的德语。他是他们最好的'斗士',他的事迹让冯·莫洛(Walther von Molo)、瓦尔德马尔·邦泽尔斯(Waldemar

Bonsels）和蒂斯（Frank Thiess）<sup>①</sup> 望尘莫及。而且，当时的聚斯金德收入颇丰，也无须上战场，而是在施塔恩贝格湖畔新建的美丽庄园里过着安逸的日子。"<sup>28</sup>

　　这番话的前情是一场始于 1945 年 8 月的论战，起因是"内心流亡"的鼓吹者、作家瓦尔特·冯·莫洛发表了一封致托马斯·曼的公开信，信中要求托马斯·曼返回德国。"请像个好医生那样尽快归来。"冯·莫洛写道。他希望托马斯·曼理解那些"无法离开家乡"的人们，他们不能被笼统地以善恶论之。这封信轰动一时，但托马斯·曼却认为这番说辞"软弱无力"，他还未能从流亡这场"心源性哮喘"中恢复过来。他发表了名为《为什么我不返回德国》的公开答复，而这点燃了流亡作家和"内心流亡者"的激烈争论。托马斯·曼在文中直截了当地表示，他不理解人们怎么能在希特勒手下从事文化工作，而不会"双手掩面、夺门而出"。<sup>29</sup>

　　作家弗兰克·蒂斯的文章最终将这场论争激化为了对曼氏家族的直接攻击。他站在"内心流亡者"一方，尖锐地指责托马斯·曼，信誓旦旦地称他受"一种极为可怖的（仇恨）驱使，那是对整个德国的仇恨"。<sup>30</sup> 他说，比起那些"在异国他乡的剧

---

①三人均被视为"内心流亡"派的代表人物。其中，蒂斯是"内心流亡"这一概念的提出者，他与冯·莫洛一道，在与托马斯·曼的论战中为那些留在第三帝国坚持写作的作家辩护（此事始末详见后文）。邦泽尔斯则是 20 世纪 20 年代德国最畅销的作家之一，也是一名公开的反犹主义者。和另外两人不同的是，邦泽尔斯在纳粹时期的出版和写作从未受到影响。

院或包厢里"旁观德国的悲剧的人，亲身经历过夜间空袭和饥荒的人获得的经验和认识才更加宝贵。

艾丽卡·曼与父亲亲密无间，自然也紧随其后加入了这场辩论。她带着讽刺和怀疑剖析"内心流亡者"，称他们是"傲慢的兄弟会"，被他们奉为英雄的诗人维尔纳·贝根格林（Werner Bergengruen）则企图将"德国的一切罪责都溶解在人性的普遍罪恶中"。很快，伪君子弗兰克·蒂斯的真面目就得到了揭露，而艾丽卡在《内心流亡》一文中扬眉吐气地宣告了这位"俱乐部创始人"的失势。她写道："几家德国报纸重新刊登了他发表于纳粹掌权初期的一篇文章，他在文中盛赞'全国革命'①，称它是一件不可思议的、划时代的壮举——就这样，'内心流亡派'失去了他们最重要的成员之一。"[31]

艾丽卡大概希望聚斯金德也落得无处容身的下场，但后者有一个有力的靠山，那就是《南德意志报》的联合出版人弗兰茨·约瑟夫·舍宁（Franz Josef Schöningh）。此人同样有纳粹背景，他在主编的报纸中总是小心翼翼地回避着纳粹罪行的话题。不过，即便没有他的包庇，聚斯金德的绝大部分亲纳粹文章也已经在战火中遗失、不见踪影。它们曾在克拉科夫大肆传播，但克拉科夫离当下的南德意志太远了。 [119]

身为德国记者的聚斯金德无权入住记者营，但艾丽卡·曼还是在司法宫见到了他。[32]这是二人分别多年后首次重逢，她

---

①指 1933 年纳粹党上台执政。

却刻意无视了他，仿佛此人并不存在。聚斯金德多次试图与她取得联系，甚至拜托她的弟弟戈洛做中间人，但均未果。戈洛·曼当时在为法兰克福广播电台做审判相关的报道，他在1946年1月16日写信给母亲道："聚斯金德坐在我后面，他突然拍了拍我的肩膀道：'你不会不认得我了吧？'之后，像是要释放出友好的、渴望和解的信号，他又说：'人们总是忽略一点，你的父亲并没有真正流亡国外，他只是在事情发生时碰巧不在德国罢了！'他似乎认为我会对这种解释感兴趣，因为他还指望我在他和艾丽卡之间斡旋，但我们和这种人又有什么好谈的呢！"[33]

聚斯金德上了曼氏家族尤其是艾丽卡的黑名单。1955年，《南德意志报》刊登了他悼念托马斯·曼的文章，而这再度激怒了曼氏一家。在这篇悼文里，他只字未提托马斯·曼和纳粹的对立，也没有对其文学成就给出应有的赞誉，而是着重强调了他在家中"大祭司"一般的地位，还旁敲侧击地指出他"不可动摇的自我中心"。[34]二战后，托马斯·曼曾与聚斯金德保持通信，在后者职业生涯初期给予了不少支持。尽管他也在信中直言，不赞成聚斯金德在纳粹时期的立场和态度，但他仍然在1946年7月的一封信中认可他是一个"才华横溢的人"，有着"迷人的文学才能"。没想到，从未想要切断这种联系的托马斯·曼，得到的回报却是这篇侮辱般的悼词，这触及了艾丽卡·曼的底线。在她看来，聚斯金德不仅在道德上背信弃义，在政治上随波逐流、毫无责任感，还贪图享受、反复无常。对他而言，纳粹势力的兴起只是一个长久满足他喜新厌旧的享乐欲望的机会。她承认他的智慧和文学才能，但他的行为也因此显得更加恶劣。"他本来就是这样的人，"她在写给阿尔弗雷德·诺伊曼的信中评价道，"软弱，追求新奇和兴奋，道德感迟钝。一个纵情享乐的窥私癖，从一切轰动事件中……寻求刺激。"

说到底，在艾丽卡·曼眼中，聚斯金德才是"舞蹈的一代"真正的代表人物。后者在同名文章中曾这样描述这代人："出于某种原因，他们认为从政治上……塑造这个世界是不恰当的。他们根本不打算这么做。"[35] 这一描述显然不再适用于艾丽卡·曼，她已经从 20 年代的享乐主义者蜕变成了热心政治的斗士；聚斯金德曾居高临下地形容贝蒂·诺克斯的三人舞团是伴着"黑鬼爵士"在跳舞[36]，而就连这位曾经的舞女也在新闻行业尽己所能与纳粹势力抗争。至于聚斯金德本人，则被艾丽卡·曼永远打上了政治冷漠和"纵情享乐的窥私癖"的标签。

很长一段时间里，他仍在争取与艾丽卡·曼及其家人和解，这种倾向也流露在他收录审判相关报道的文集的字里行间。审判期间，一个尴尬的错误再次将注意力引到了托马斯·曼身上，聚斯金德也曾在背后推波助澜。某次庭审中，英国首席检察官哈特利·肖克罗斯以一段据说来自歌德的引文结束了他的陈述，引文中这样形容德国人："他们轻易地相信每一个疯狂的无赖，听凭他们摆布，这些流氓激发他们最卑下的品性，支持他们的种种不道德行为，使他们变得更加肆无忌惮，还教唆他们说，他们的民族意味着孤立和野蛮，这真是糟透了。"① 随后，他指向被告席，慷慨激昂地说："他（歌德）做出了多么准确的预言——坐在这里的正是那些疯狂的无赖，他们所做的正是这样的事。"37

人们事后才发现，肖克罗斯犯了个文学上的错误：这段话并非出自歌德，而出自托马斯·曼以歌德为主角的小说《绿蒂在魏玛》第七章。聚斯金德当时就在庭审现场，是最早发现这一错误的人之一，而艾丽卡·曼已经回到了美国。聚斯金德向他的读者幽默地表示，引文虽然不是来自歌德，但也相差不多，只是"在最崇高的文学殿堂中少拐了一个弯角"。他指出这一点，也是因为此事将来一定会成为"文学史中一则宝贵的趣闻"。38

1955 年 11 月，聚斯金德致信艾丽卡·曼，祝贺她迎来 50 岁生日。这封贺信已经佚失，但艾丽卡·曼的回信保存了下来。"W.E.S.，"她这样简洁地称呼他，"你再次主动尝试联系，无疑是友善之举。在我年过半百之际，你向我提起 1923 年 11 月 9 日的往事，当然，即便没有你的提醒，我的记忆也依然清晰。共同度过的童年和少年时光仍是我们之间的纽带——或者，它们本应联结你我，如果之后没有发生那些让人极为寒心之事的话。对此，我问心无愧，也无意谴责你。我不是任何人的法官，但我也已经下定决心，不会再与你有任何交集。没错，哪怕我放下了关于克拉科夫的芥蒂（这是无法想象的！）——你那篇

①托马斯·曼：《绿蒂在魏玛》，侯浚吉译，上海译文出版社 2006 年版，第 238 页。

盛气凌人的《与逝者的对话》（聚斯金德为托马斯·曼所写的悼文）也令我无法释怀。'这个世界主要建立在忠诚这一观念上。'这是你1927年写在送克劳斯那本《托迪斯》上的话，它出自约瑟夫·康拉德。这句话不适用于你。无论如何，多谢挂念。"

艾丽卡·曼无意和解，与德国也是如此。1946年5月，她离开出生的故土，前往加州专心陪伴身患肺癌的父亲接受治疗。当时的美国正处于麦卡锡主义时期，政治气氛压抑肃杀，令人难以忍受。与此同时，曼家还得知，他们被怀疑从事共产主义颠覆活动，正处于监视之下，这促使他们在1952年举家离开美国，搬到了苏黎世附近的基尔希贝格。直到1969年逝世，艾丽卡一直居住于此，她成了托马斯·曼口中"副官般的女儿"和父亲的遗产管理人。终其一生，她再也没动过回德国定居的念头。

在和解问题上，她的女友贝蒂·诺克斯与她看法相左。没有人知道她们的恋爱关系结束于何时。1949年时，卡蒂娅·曼还在信中意有所指地向女儿提起，"但愿"贝蒂"还没有"随她来到加利福尼亚的住处。人们可以从中推断，当时这段关系仍在继续，只不过变成了异地恋。但艾丽卡·曼"亲爱的疯子"最终还是留在了德国。她继续参与了对纽伦堡后续审判的报道，对这种"胜利者的正义"感到愈发强烈的质疑。1948年，她在莱希河畔兰茨贝格的战犯监狱见证了三名犯人的死刑执行，记录下了他们的遗言和无罪声明。弗雷达·厄特利（Freda Utley）在她对同盟国占领政策的批判性研究《复仇的高昂代价》(1949) 中回顾了这段历史，她提到，这段经历深深震撼了贝蒂·诺克 [123]

斯。[39] 50 年代初期，贝蒂·诺克斯在波恩主持过一个国际记者俱乐部，之后还为多家加拿大报纸撰稿。人生的最后几年，她和母亲、女儿一起住在杜塞尔多夫，1963 年去世，享年 56 岁。

---

**注释：**

1. 这场新闻发布会在奥格斯堡召开，当时克劳斯·曼也在现场，还向戈林提过一个问题。克劳斯·曼在自传中提到了这件事。参见 K. Mann, *Der Wendepunkt*, S. 680。

2. J. Flanner, *Brief aus Nürnberg, 17. Dezember 1945*, S. 177 f.

3. 摘自 W. Shirer, *Berliner Tagebuch. Das Ende*, S. 391。

4. 摘自 I. von der Lühe, *The Big 52*, S. 34。

5. H. Habe, *Brief nach Kilchberg*, S. 14.

6. E. Mann, *Briefe und Antworten*, Bd. 1, S. 30.

7. 摘自 I. von der Lühe, *Erika Mann*, S. 88。

8. 摘自 I. von der Lühe, *The Big 52*, S. 27 f。

9. A. Weiss, *In the Shadow of the Magic Mountain*, S. 202.

10. I. von der Lühe, *Erika Mann*, S. 252.

11. 艾丽卡·曼在 1931 年 6 月 1 日从罗马寄往柏林的信件中提及了此事。参见 I. von der Lühe, *Erika Mann*, S. 77。

12. E. Mann, *Briefe und Antworten*, Bd. 1, S. 66.

13. I. von der Lühe, *Erika Mann*, S. 260.

14. 书中所引艾丽卡·曼的信件都可以在慕尼黑市图书馆的网站上找到：https://www.monacensia-digital.de/nav/classification/41691。

15. Ernest Cecil Deane, *Brief an seine Frau Lois vom 18.3.1946*.

16. R. West, *Gewächshaus mit Alpenveilchen*, S. 54.

17. I. von der Lühe, *Erika Mann*, S. 407 f.

18. 1945 年 12 月，她在一次广播采访中说道："（开展这场审判）为的不是取悦或娱乐当下的大众，而是为了未来的教育，为了历史。因此，必须冷静且不加戏剧化地将这规模庞大的事实材料呈现出来，时间会证明这种学术研究一般谨慎、有时甚至过分死板的方式具有巨大的价值。"参见 E. Mann, *Blitze überm Ozean*, S. 362。

19. W. Brandt, *Links und frei*, S. 403.

20. I. von der Lühe, *The Big 52*, S. 34.

21. E. Mann, *Überraschender Besuch*, in: S. Radlmaier (Hg.), *Der Nürnberger Lernprozess*, S. 143.

22. T. Lahme, *Golo Mann*, S. 182.

23. I. von der Lühe, *Erika Mann*, S. 278.

24. 关于《南德意志报》创立初期对纳粹历史的回避，参见 K. von Harbou, *Als Deutschland seine Seele retten wollte*。

25. 同上，S. 82。

26. S. Radlmaier (Hg.), *Der Nürnberger Lernprozess*, S. 183.

27. *Süddeutsche Zeitung*, 27. 8. 1946, abgedruckt in: W. E. Süskind, *Die Mächtigen vor Gericht*, S. 161. 亦见 R. André, *W. E. Süskind beim* Nürnberger *Prozess*。

28. Erika Mann, Brief an Alfred Neumann vom 3.6.1946.

29. H. Kurzke, *Thomas Mann*, S. 530.

30. K. von Harbou, *Als Deutschland seine Seele retten wollte*, S. 67.

31. E. Mann, *Blitze überm Ozean*, S. 382 f.

32. 驻纽伦堡期间，聚斯金德借住在菲尔特大街上一对姓韦恩（Wern）的锁匠夫妇家一间"供暖极差的小屋"里。在法庭上，人们给他安排的座位和那些大多身穿制服的同盟国记者隔开，但据他观察，由于有禁止亲善的政策，这些同行本来也不愿与他有任何接触。参见 W. E. Süskind, *Die Mächtigen vor Gericht*, S. 18。

33. 摘自 K. von Harbou, *Als Deutschland seine Seele retten wollte*, S. 85 f。

34. W. E. Süskind, *Gekannt, verehrt, geliebt*, S. 51.

35. W. E. Süskind, *Die tänzerische Generation*, S. 593.

36. W. E. Süskind, *Die tänzerische Generation*, S. 591. 他紧接着写道："人们不应该把这些跳舞的姑娘当作艺术家，同理，要是把爵士乐标榜为一门艺术，那才是待它不公……"

37. T. Taylor, *Die Nürnberger Prozesse*, S. 575.

38. W. E. Süskind, *Die Mächtigen vor Gericht*, S. 153.

39. F. Utley, *The High Cost of Vengeance*, S. 188 f. 关于贝蒂·诺克斯的生平，参见 A. Stafford, *Wilson, Keppel and Betty*。

# 第六章
# 威廉·夏伊勒与"好德国将军"

一本伟大的书。

——对威廉·夏伊勒的《第三帝国的兴亡》，

戈洛·曼如此评价道

　　记者营中恶劣的供给条件是否出于报复？美军驻巴伐利亚的军管政府是故意把记者们安置在简陋的环境中，来回敬他们报道中过于苛刻的批评吗？在《纽约先驱论坛报》上，威廉·L.夏伊勒（1904—1993）道出了部分同事的心声。当然，他也补充了营地大多数人的意见，即这一猜测未必成立。美军士气低落、管理松散，即便想报复也没有相应的能力。无论如何，威廉·夏伊勒借这篇文章以不寻常的方式和法贝尔堡糟糕的生活条件算了总账。这番抨击更像是求救：他必然已经走投无路，才会在1945年12月将种种情况公之于众。夏伊勒写道，报道审判的记者中，半数都因"令人作呕的饭菜"而患病，美军绝不会这样苛待德国战俘。痢疾在营地蔓延。"八到十个人关在一个房间，挤在一座摇摇欲坠的建筑里，这就是所谓记者营。人们被迫生活在极差的卫生条件下，连纽约的兴格–兴格（州立监狱）都不会允许这样的事情发生。"[1]

这座在威廉·夏伊勒眼中"摇摇欲坠的建筑"倒是受到了外国同僚们的欢迎。中国记者萧乾对记者营印象很好，称赞城堡"颇有宫廷派头"[2]；"令人作呕的饭菜"也被记者们友善地接受了，至少没有人觉得它有损健康。摄影师埃迪·沃思甚至夸奖食物"美味得令人难以置信"，《真理报》记者鲍里斯·波列伏依也在日记中提起法贝尔堡丰盛的晚餐，并称厨房为此"花了不少心思"。尽管他也认为厨师过于看重菜品的外观，对口味则不够上心，还用了太多罐头食品，但他还是吃到了"著名的美式牛排，手掌厚的肉排煎得鲜嫩多汁，还佐以豌豆"。[3]

当然，对生活条件的要求因人而异。在《纽约先驱论坛报》上公然发难的这位先生习惯了更高的生活标准，哪怕住在记者营也不例外。1944 年巴黎解放后，夏伊勒等记者都在斯克里布酒店落脚，那里有提供热水浴的舒适客房和豪华的餐厅，连酒吧的护墙板都由桃花心木制成。夏伊勒是施泰因营地的明星记者之一，他本人对这一光环再清楚不过。他结合切身经历写下的《第三帝国的兴亡》后来成了享誉全球的畅销书，还被拍成了电影。与他人共用一个房间、睡行军床，这样的环境对芝加哥前地区检察官的儿子来说太过陌生了。

夏伊勒的文章一出，一片哗然，美国全国广播公司（NBC）也推波助澜，宣称记者营疑似暴发了流行病。欧内斯特·塞西尔·迪恩完全不理解这些抱怨从何而来，他将记者们的愤怒归结于他们夸大其词的习惯。他在 1945 年 12 月 6 日的信中向妻子洛伊丝愤愤不平地澄清：的确有些住户出现了腹泻的症状，但没有发展成严重的疾病。"那些记者总是危言耸听，没一句话是真的。"[4]

但夏伊勒关心的也不只是糟糕的食物和肠胃不适，他带头抗议的根本目的是向军方指出，他和同事们的工作没有得到足够的重视。美军能为百老汇经纪人比利·罗斯（Billy Rose）安排出行，方便他往来德国各地，却没有为记者提供任何交通工具，好让他们前往关键地点参观和报道。

如此看来，夏伊勒的抗议的确理由充分，作为享誉美国的人物，他的发声也颇具分量。在营地记者中，他是近乎传说般的存在。夏伊勒是少数真正亲历了历史的人，直到 1940 年，他都在纳粹德国的中心报道，起初为报纸供稿，后来则主要通过电台广播。从 1934 年到 1940 年 9 月，他先后作为环球新闻社和哥伦比亚广播公司（CBS）纽约分社的驻地记者，驻扎在帝国首都柏林，与新闻审查不懈斗争，以向美英大众报道希特勒的战争部署和纳粹统治下真实的生活状况。他定期采访纳粹高层，尤其与赫尔曼·戈林相熟。他在环球新闻社的上级曾试图邀请戈林成为该社的专栏作家，夏伊勒作为代表参与了谈判，但由于戈林索要的报酬过高，此事最终不了了之。[5]

夏伊勒是纽伦堡的常客，他曾多次来此报道纳粹党代会，称其为"条顿人那种伤风败俗的集体狂欢，借此机会，德国的

145

男人和女人愉快地放弃了个性、体面和身为人类的自尊"[6]。那些重大军事行动——攻陷法国、敦刻尔克撤退、不列颠空战——都有夏伊勒的生动报道。他的知名度还得益于他是电台实时广播方面的先驱者。彼时电台新闻刚刚蹒跚起步，夏伊勒的声音就已传入了无数英国和美国家庭的起居室。他从柏林播音的广播节目有着固定的开场白："这里是柏林。"夏伊勒的电台报道开创了"实时播报"这一形式。电台不再仅限于播送各通讯社的新闻、报纸头条或背景性报道，而是直接来自新闻发生的第一线。1940 年，夏伊勒正是从贡比涅森林报道了那份令法国人蒙羞的停战协议①，这是货真价实的现场报道。无线电在美国跻身大众媒体之列，也要归功于他的开创性工作。

到了 1940 年冬天，从事新闻工作的条件恶化到了令人难以忍受的地步，夏伊勒不得不从德国撤离。纳粹要求他播送他们的官方报告，但他清楚这些报告不是有所隐瞒，就是纯属捏造。当他得知盖世太保正试图以间谍罪审判他时，他别无选择，只能动身离开。回到美国后，他终于能将他的《柏林日记：二战驻德记者见闻，1934—1941》（后文简称《柏林日记》）整理出版，以清算纳粹德国的罪行。这本书不仅畅销全球，而且至今都被

[128]

---

① 指《第二次贡比涅停战协定》。1940 年 6 月，德军在法国连连得胜，新上任的法国政府首脑贝当元帅向德国投降，并于 6 月 22 日与希特勒在法国北部贡比涅森林附近的一节火车车厢里签署了停战协定。之所以选择这里，是因为这正是德国在一战中签署停战协定的地点。二战时，为了把屈辱还给法国，希特勒命令将那节车厢从博物馆拉出，放在二十二年前的同一位置，签署第二次停战协定。

视为重要的历史文献——即便今天人们已经知道，夏伊勒在出版前对日记进行了大幅修改，删去了他早年为希特勒执政欢欣鼓舞的全部段落。[7]

美国曾经的"柏林之声"在 1945 年 11 月改头换面，成了"纽伦堡之声"。夏伊勒在弗兰肯地区待得并不愉快，他几乎全程都在生病，并将其归咎于记者营的生活条件。他总在发烧，只能尽可能长时间卧床休息，勉强出现在法庭、新闻工作室和播音室时也总是病怏怏的。他的室友，同时也是他在 CBS 的同事霍华德·史密斯，时常向他伸出援手给予支持。

夏伊勒原本计划报道审判的开端，几周后便离开。但生病让他错过了审判的高潮之一，即杰克逊的开庭演说。11 月 27 日，史密斯又给他带来一个晴天霹雳：夏伊勒的母亲在前一天去世了。作为家中长子，他本应在她墓前致悼词，但他此时甚至无法出席葬礼。夏伊勒在自传中回忆，他当时拼命想要回国，但军医强硬地劝他打消这个念头。最终，他只得留在施泰因，仅仅发去一封电报，请牧师在葬礼上代为宣读。

随后的日子里，夏伊勒继续报道审判的进展，他所服务的[129]美国民众却已经厌倦了有关战争的新闻。在戏剧性的第一周后，法庭也陷入了沉闷。霍华德·史密斯评价道："这在历史上或许无关紧要，但对一位试图挽留读者兴趣的记者而言却绝非小事，毕竟，他的读者可能只是皮奥里亚的一位送奶工。"[8]夏伊勒本人也很难专注在法律程序上。他的私生活正陷入动荡，这也加重了他在纽伦堡期间的低落情绪。他当时已为人父，却与奥地利舞蹈演员蒂利·洛施（Tilly Losch）有了婚外情，洛施曾是维也纳国家歌剧院的独舞演员，二人 1941 年在美国相识。是否应与他的妻子、一位维也纳摄影师离婚，同时也必然与孩子们分开，这个问题不断折磨着夏伊勒，内心的煎熬和愧疚令他的精神痛苦不堪。[9] 工作成了逃避现实的唯一方式，他几乎是强迫自己拖着病体、一头扎了进去。

在纽伦堡逗留期间，夏伊勒收集了大量审判相关文件的复印件，这些资料对他日后撰写关于第三帝国的专著助益良多。这位因滑雪事故失去了一只眼睛的记者除了为 CBS 播音，还给《读者文摘》撰写了大量文章。他在记者营里还遇到了同行约翰·多斯·帕索斯，夏伊勒对帕索斯的文学作品赞誉有加，但二人的报道角度却大相径庭。在对德国人的看法上，多斯·帕索斯态度友善，强调"站上审判席的美国人也并不清白"；与他相反，夏伊勒则是坚定的范西塔特主义者。[10]

## 范西塔特的拥护者

20 世纪 30 年代，英国外交官罗伯特·范西塔特男爵曾极力反对内维尔·张伯伦的绥靖政策。他不仅对希特勒好战的野蛮本性坚信不疑，也从根本上对德国人缺乏信任。二战期间，他成为"仇德"一派的代表人物，这一立场也因此得名"范西塔特主义"。他认为军国主义深植于德国的历史，好斗就是德国人的"民族性格"。在 1941 年出版的小册子《黑色纪录：德国的过去与现在》中，他将纳粹主义视作德意志民族自罗马帝国以来始终具有的侵略性在当下的反映。因此，在德国战败后，必须剥夺其所有军事能力，包括重工业。此外，德国人还需要在至少一代人的时间内接受盟军严格的监督与改造。

在范西塔特看来，单纯的非纳粹化还不够。以普鲁士军官团和德国参谋总部为首的德国军事精英是战争的根源所在，必须予以铲除。1943 年，他在给自己的《人生教训》(*Lessons of my Life*) 一书的推荐语中是这么写的："在笔者看来，认为德国的右翼、左翼和中间派，天主教徒和新教徒，工人和资本家之间存在差别，这样的想法是一种幻想。他们都是一样的。要想确保欧洲和平，唯一的希望就是让德国经受一场惨痛的军事失利，再在各国的联合监督下对一整代人实施再教育。"

[131]

记者营中，除了维利·勃兰特明确反对范西塔特主义，并将其称为"反向的种族主义"外，大多数人都赞同范西塔特的观点。[11] 玛莎·盖尔霍恩在写给欧内斯特·海明威的信中对这种强硬立场表示理解；艾丽卡·曼曾在 1942 年代表《时尚》杂志专访过范西塔特本人，1944 年，她还在《国家》上发表文章《为范西塔特辩护》，公开维护他的著作。此外，艾丽卡还曾与他通信探讨过所谓"德意志民族性"。然而在流亡海外的德国人中，也不乏对范西塔特的批评声。共产主义者们就指出，德国也有针对希特勒和军国主义的抵抗运动，而范西塔特彻底无视了这股抵抗力量的存在。

149

威廉·夏伊勒和艾丽卡·曼交好，还是托马斯·曼的崇拜者。[12] 但在支持艾丽卡仇德情绪的同时，他也有所保留。1940年离开德国前，夏伊勒在他的《柏林日记》中写道，他当然也有想从德国带走的东西。"比如对德国音乐——巴赫和贝多芬，还有奥地利的海顿、莫扎特和舒伯特——的热爱，又或是几位文学巨匠的伟大著作——歌德、席勒、海涅，后来的托马斯·曼、里尔克（出生于布拉格）和卡夫卡……他们也代表了一种德意志精神，如果要沿用这个说法的话。我不介意让它们陪我回到盎格鲁–撒克逊的故乡。"[13]

然而，这些德意志文化的伟人只是例外，不能代表德国人的普遍面貌。1945年底，夏伊勒回到了这个曾经不可一世的国家，他先抵达了曾经的帝国首都柏林，随后来到纽伦堡，这一行令他极为失望：德国人表现出极端的冷漠，他们不是为发动战争而懊悔，而是为输掉了它而悔恨。他们哀叹饥饿和寒冷，却对战时德占区人民经受的更为深重的苦难缺乏同情，甚至毫无兴趣。更不用说他们对纽伦堡审判的兴味索然，以及对民主制度明显的冷淡态度了。[14] "有些人会说，德国的故事还没有结束，德国的问题还没有解决，德国挑起第三次战争并非不可能……这些说法是有道理的，因为德国的故事永远不会结束。"[15]

夏伊勒所谓"德国的故事"核心特征之一便是德国人军事化的特质。在战争结束前不久制作的一部关于希特勒青年团的电影中，夏伊勒向美国公众展示了德国年轻人惊人的狂热。人们在战争游戏中训练他们，为将来的军事冲突做准备。他指出，如果不将这些野蛮的思想从战后年轻人的头脑中根除，人们恐怕很快又将被迫拿起武器应战。为此，夏伊勒付出了实际行动。战争期间，他就加入了"预防第三次世界大战学会"的董事会，该学会主张对德国人采取强硬立场，一劳永逸地消除来自德国的军事威胁。

夏伊勒的悲观还源于他对历史的理解，他认为，德国历史上存在着一条连贯的脉络，注定会通向希特勒的掌权。他在《第三帝国的兴亡》中指出，这种尊崇暴力的倾向甚至可以追溯到马丁·路德。这位宗教改革家对德国人的影响无出其右，他有着大量能改变世界的优秀品质，但也有粗野、暴躁、狂热、偏执和暴力的一面。[16]夏伊勒在此沿袭了托马斯·曼的理解，后者在 1945 年华盛顿国会图书馆的演讲中也突出了路德的"狂暴和粗野"，尤其是他对诸侯镇压农民起义的支持。[17]"他声称要把农民像疯狗一样打死"，而他们渴望的不过是自由。不同于基督教徒的自由，路德从心底里反对国民的政治自由，托马斯·曼认为，正是他所鼓吹的"远离政治的谦卑"，以及那保罗箴言式的"当顺服在上者"①的教诲，造就了几个世纪以来德国人卑躬屈膝的性格。

在夏伊勒看来，黑格尔承袭了路德关于政治臣服的理念，并将国家奉为人类生活中至高无上的主宰。黑格尔认为，国家

[133]

---

① 语自《新约·罗马书》："在上有权柄的，人人当顺服他，因为没有权柄不是出于神的，凡掌权的都是神所命的。"

高于个人，个人最崇高的职责就是做一个国家的国民；战争则是重要的净化力量，能让在长期和平中腐化的民众恢复伦理上的健康。至于历史学家海因里希·冯·特赖奇克，则更是普鲁士军国主义狂热而坚定的支持者。他在柏林大学的系列讲座"大受欢迎"，从学生、参谋部军官到普通官员都趋之若鹜。"特赖奇克比黑格尔更极端，他宣称战争是男性气质的最高体现……战争不仅是一种实际上的必要，也是一种理论上的必要，一种逻辑的要求。"[18]


## 法庭上的抵抗运动将军


这位普鲁士–德意志军事传统的猛烈抨击者在 1945 年 11 月 30 日的法庭上感到了震惊。在这里，夏伊勒见到了一位与他预想中截然不同的德国国防军将军——埃尔温·冯·拉豪森（Erwin von Lahousen），控方宣读完起诉书后传唤的第一位证人，他曾与海军上将威廉·卡纳里斯密切共事。卡纳里斯是德国军事情报机构"阿勃维尔"（Abwehr）的负责人，该机构主要从事敌后破坏活动和情报收集。卡纳里斯一开始就对希特勒和纳粹政权持反对态度，他曾参与过 1944 年 7 月 20 日刺杀希特勒的行动，并因此被捕入狱。战争结束前夕，希特勒特别下令将其处决。冯·拉豪森高大瘦削，曾领导阿勃维尔的第二处（Abteilung II）。法庭里几乎没有人听说过他，夏伊勒也不例外。直到这位战犯站上证人席、介绍他的秘密任务，英国和苏联人才惊讶地得知，早在战争爆发前德国空军的一支特殊侦察机中队就已开始在伦敦和列宁格勒高空做侦察飞行。

[134] 拉豪森出生于奥地利，是控方的关键证人之一。被告们对他在"阿勃维尔"长期扮演的双重角色一无所知。"证人之家"的女主人卡尔诺基（Kálnoky）伯爵夫人注意到了他和其他证人的不同，她在回忆录中写道："他总是独自一人，像是沉浸在自己的思绪中。"[19] 拉豪森经历过两次世界大战，战争给他留下了深刻的创伤。同样住在"证人之家"的还有另外几位将军，他们都察觉了他脆弱的精神状态。某天，客厅的收音机突然响起了亨德尔歌剧《薛西斯》中的咏叹调《绿树成荫》（Ombra mai fu），拉豪森竟落下泪来。他告诉伯爵夫人，这首咏叹调是他最喜欢的曲子之一，他已经几个月没有听到过了。

拉豪森全名埃尔温·拉豪森·埃德勒·冯·维夫尔蒙，是抵抗运动的一员，也是少数从希特勒的报复中幸存下来的人。
[135] 1943 年 3 月，抵抗组织针对希特勒策划了一次因技术原因未能成功的炸弹袭击，拉豪森正是此次行动的关键人物。他设法将炸药和英国生产的无声雷管偷渡进了位于斯摩棱斯克的集团军总部，炸弹随后被送上了希特勒乘坐的飞机，但由于高空中货舱的温度过低，雷管受到损坏，未能成功起爆。倘若没有在之后被派往东线战场，又在前线身受重伤，拉豪森想必难逃一死。1945 年 4 月，盖世太保发现了卡纳里斯上将的秘密日记，并以残忍的手段处决了他和一干同伙。与此同时，拉豪森正因严重

的伤势躺在战地医院里，并因此成了情报部门的同谋者中唯一活到战后的人。

拉豪森在纽伦堡出庭作证，也是出于对他敬仰的卡纳里斯上将的忠诚。对被告，他只有蔑视："我必须代表所有那些被他们谋杀的人作证——我是唯一的幸存者。"服役期间，他曾代表卡纳里斯参加会议，与希特勒、凯特尔和里宾特洛甫同桌议事。他掌握着大量关键情报，也敢于在法庭上毫不避讳地揭露纳粹的虚假宣传。有人称波兰袭击了一座德国广播站？纯属捏造。无论是对苏联战犯的大规模处决、针对波兰知识分子的灭绝行动，还是对华沙有预谋的轰炸和凯特尔授意下对两名法国将军的处决，拉豪森都列出了确切的数字、事实和参与者名单，并一一予以证实。对控方来说，这无疑是喜从天降。

拉豪森的证词打动了众多听众，威廉·夏伊勒也是其中之一。这位将军和被告们的区别再明显不过。"他的神情令人动容，"夏伊勒在日记中写道，"那种诚实、正直和人类最基本的良知叫人不由得注目……因为这让人们突然意识到，那些坐在被告席上、在证人面前显得忧虑不安的纳粹高层脸上缺乏的，正是这样的神态。"[20]一位德国少将竟敢在全世界面前挺身而出，用纳粹分子造成的灾难将他们钉在耻辱柱上，夏伊勒惊叹不已。在早年的记者生涯中，他曾多次前往纽伦堡报道纳粹党的集会，对他来说，这座城市一度是德国军国主义的象征。他在自传中描述过一场集会中的游行和阅兵式，并紧接着写道："我意识到，外界常说的德意志军国主义并不只是斯巴达般的普鲁士和霍亨

[136]

索伦王朝造成的……它深深扎根于这些人心底，并且毫无疑问，并没有随1914到1918年那场战争的失利而消亡。"[21] 然而，同样是在纽伦堡，一位德国将军向他证明，即便在希特勒统治下的德国，依然有人能够保有端正的品德和强烈的道德责任感。

## 夏伊勒的警告

1945年12月10日，夏伊勒离开了纽伦堡。后来他坦言，直到纽伦堡审判时，他才真正了解到"犹太人问题的最终解决方案"这一恶魔般的计划。他在自我反思后承认，在纳粹德国做记者时，他从未意识到对犹太人的灭绝行动实际规模竟如此之大。[22] 这一年，夏伊勒在日记中写道，他希望能在余生中专注于一些不那么丑陋、残忍和灾难性的事情。然而，正是他对德国和德国人的了解成就了他的声誉和财富，这不得不说是一种苦涩的讽刺。

回到美国后不久，他便因一些私人矛盾和政治上的分歧被CBS解雇，还被公开指责为亲共分子，不得不退隐康涅狄格州的一座农场，从此以作家身份谋生。在政治上，他与曾经的室友约翰·多斯·帕索斯走上了完全相反的道路。多斯·帕索斯成了麦卡锡政策的拥护者，而在夏伊勒看来，自己在与CBS的纠纷中正是沦为了这一政策的牺牲品。因此，他无法原谅多斯·帕索斯对麦卡锡主义的支持和对苏联的敌意。[23] 夏伊勒并没有将苏联人视作敌人。在纽伦堡的记者营中他就发现，自己与苏联同行"有许多共同点"，并认为他们头脑聪明、消息灵通，有很高的文化修养，是些很好相处的人。

夏伊勒最关注的主题依然是那个他作为记者旅居多年的国家——德国。回到美国后，他首先尝试成为小说家。他的小说《叛徒》和《异客归乡》都带有自传的色彩，主人公都是一位身在柏林的美国记者。《异客归乡》对现实的影射尤其明显，其中的主角也极力反对麦卡锡主义。然而，这两次涉足文学的尝试在商业上并不成功，夏伊勒职业生涯的辉煌要等到他从记者转型成为（大众）历史学家后才真正到来。他撰写了多部纪实作品，讲述战舰"俾斯麦号"的沉没、介绍圣雄甘地和托尔斯泰夫妇，还写下了三卷本的回忆录。但真正令他成名的还是 1960 年出版的《第三帝国的兴亡》，这部超过 1000 页的鸿篇巨制是美国有史以来销量最高的历史读物。该书获得了美国国家图书奖，在美国畅销书榜连续几个月占据榜首，被翻译成多国语言，还让夏伊勒终于还清了离开 CBS 后欠下的债务，过上了富裕的生活。

这本书也不可避免地引来了批评。历史学家指责夏伊勒没有参考已有的重要研究成果，几乎完全忽略了反对希特勒的政治抵抗运动，还简化了德国的历史及哲学传统与纳粹主义的关联，使其看上去比实际更为紧密直接。[24] 然而，夏伊勒遇到的最大的麻烦还是这本书在德国引发的争议。1961 年，《第三帝国的兴亡》德文版面世，同样畅销，却遭到了德国媒体的猛烈抨击，甚至被打上了"反德"的标签。据说，该书出版前还有人试图通过临时禁令阻止其发行。[25] 传言还称，该书最大的反对者不是别人，正是时任联邦德国总理的康拉德·阿登纳。他不仅在媒体采访中，也频频在与有影响力的美国人交流时攻击此书。据夏伊勒所说，这位总理曾在出访纽约时将《视界》杂志（*Look*）的出版人麦克·考尔斯（Mike Cowles）请到他下榻的酒店谈话，并指责这位客人在杂志上刊载了《第三帝国的兴亡》的选段和夏伊勒的文章《假如希特勒赢得了战争》。考尔斯表示，如果阿登纳能证明夏伊勒的文章与事实不符，他愿意发布撤稿声明。据传，阿登纳当时是这样回答的："这并不是事实如何的问题。关键在于，这会极大地破坏德美之间的关系。这本书会煽动美国人对德国人的仇恨。"[26]

[138]

夏伊勒把这些言论自豪地收录在了自传中。这些说法当然有失偏颇，但夏伊勒的确曾在该书出版时有意煽动人们对德国的再度崛起及其侵略性的不安，从而更好地推销自己的作品。终其一生，他都扮演着卡珊德拉① 一样的角色，呼吁人们警惕德国人。在晚年的著作中，他再也没有像《柏林日记》中一般，为拉豪森将军这样的正面例子惊叹不已，即便偶然提到，也只是一带而过。另一方面，现有资料证明，波恩政府的确对《第三帝国的兴亡》发起了宣传战，他们编写了一份长达24页的合集，全部是该书的负面书评。[27]

---

①卡珊德拉是古希腊神话中的特洛伊公主，也是一位有预言能力的女祭司。她触怒了阿波罗，后者于是诅咒她的预言永远不会被人听信。

怀着对这些遭遇的不满，夏伊勒继续以犀利的眼光剖析德国，直到 1993 年去世。1985 年，他借美国总统罗纳德·里根对德国进行国事访问的机会重游故地。在德国政府的请求下，里根向比特堡的军人公墓献上了花圈，这里埋葬着大量曾经的党卫队士兵。夏伊勒将此事视为丑闻，认为这是在为党卫队洗白，是德国为政治目的篡改历史记忆的手段。"我在 1985 年春天带着沉重的心情离开了柏林。"他在自传中写道。[28] "水晶之夜"五十周年之际，时任德国联邦议院议长的菲利普·延宁格（Philipp Jenninger）在国会发表演讲时言辞失当[①]，在夏伊勒看来，这再度证明人们应该对德国人保持极度戒备。[29]

---

[①] 延宁格的演讲内容在事实和道德上都没有太大的错误，只在演讲开头的表述中误将"犹太人"和"我们德国人"说成了两个不同的群体。问题出在演讲的语气。延宁格的演讲大量引用《非人者词典》（详见前文第五章）中的纳粹用语，还在末尾引用了一连串修辞性的反问——"难道他们（指犹太人）没有在过去扮演一种他们不配拥有的角色吗？难道他们现在不是终于应该有所收敛吗？他们如今受到约束，难道不是应得的吗？"——但没能在语气上做出足够的区分，使听众误以为这些是他自己的观点。延宁格在这次风波后的第二天主动卸任。

**注释：**

1. W. Shirer, *Zustände wie in Sing-Sing*, S. 137.

2. X. Qian, *Vor dem Prozess*, S. 20.

3. B. Polewoi, *Nürnberger Tagebuch*, S. 76. 托马斯·多德（Thomas Dodd）曾在 1945 年 9 月被邀请去法贝尔堡参加晚宴，他也称这里的食物"棒极了"。参见 T. J. Dodd, *Letters from Nuremberg*, S. 132。

4. Ernest Cecil Deane, Brief an seine Frau Lois vom 6.12.1945.

5. K. Cuthbertson, *A Complex Fate*, S. 127.

6. W. Shirer, *Berliner Tagebuch. Das Ende*, S. 359.

7. M. Strobl, *Hitler will Frieden*, in: *Die Zeit*, 2.8.2012.

8. K. Cuthbertson, *A Complex Fate*, S. 312.

9. 同上，S. 294 ff., 313。

10. 参见此书后记：W. Shirer, *Berliner Tagebuch. Das Ende*, S. 456。

11. W. Brandt, *Links und frei*, S. 353.

12. 1950 年，艾丽卡·曼请她的朋友"比尔"（Bill）（她对威廉·夏伊勒的昵称）为她已故的弟弟克劳斯·曼写一篇文章，夏伊勒欣然答应，并为克劳斯·曼的自传《这个时代的孩子们》（*Kinder dieser Zeit*）撰写了后记。

13. W. Shirer, *Berliner Tagebuch. Das Ende*, S. 434 f.

14. 同上，S. 439。

15. 同上，S. 357。

16. W. Shirer, *Aufstieg und Fall des Dritten Reiches*, S. 89.

17. T. Mann, *Deutschland und die Deutschen*, in: ders., *Essays*, Bd. 5: *Deutschland und die Deutschen*, S. 268.

18. W. Shirer, *Aufstieg und Fall des Dritten Reichs*, S. 97.

19. C. Kohl, *Das Zeugenhaus*, S. 59.

20. W. Shirer, *Berliner Tagebuch. Das Ende*, S. 399 f.

21. W. Shirer, *Twentieth Century Journey. The Start*, S. 176.

22. W. Shirer, *Twentieth Century Journey. A Native's Return*, S. 26.

23. 同上，S. 303。

24. 关于夏伊勒《第三帝国的兴亡》中追溯纳粹主义思想根源的一章招致的批评，参见戈洛·曼为该书德语版撰写的前言：W. Shirer, *Aufstieg*

*und Fall des Dritten Reiches*, S. XVII, und K. Epstein, *Shirer's History of Nazi Germany*。

25. M. Fisher, William Shirer at ‹Journey's› End, in: *The Washington Post*, 10.8.1989.
26. W. L. Shirer, *Twentieth Century Journey. A Native's Return*, S. 260.
27. G. D. Rosenfeld, *The Reception of William L. Shirer's The Rise and Fall of the Third Reich in the United States and West Germany, 1960–62*, S. 118.
28. W. L. Shirer, *Twentieth Century Journey. A Native's Return*, S. 450.
29. 同上，S. 453 ff。

# 第七章

# 阿尔弗雷德·德布林的谎言：
# 　　法贝尔堡不存在的客人

报纸上有时净是些胡言乱语。

——欧内斯特·塞西尔·迪恩，

1946 年 4 月 9 日致妻子洛伊丝的信

[139] 今天所说的"假新闻"在纽伦堡主要战犯审判期间也屡见不鲜。1946 年 4 月 10 日，《星条旗报》刊登了一篇报道，其标题很容易被误以为苏联首席检察官罗曼·鲁登科在法庭上枪杀了赫尔曼·戈林。这一标题随后被一些新闻机构直接转载并广为传播，谣言逐渐演变成：戈林在法庭上怒斥斯大林为战犯，被激怒的鲁登科失去理智，拔枪射击。当然，操纵读者的方式多种多样，一些假消息甚至是各国高层刻意散播的，例如，苏联媒体中就充斥着卡廷森林惨案系德国人一手炮制的新闻。另一些假消息则是源于记者的无知，他们会将错误信息原封不动地照搬和传播，甚而在此基础上肆意发挥。尤其是美国的小报

161

记者，往往无所不用其极，他们甚至开始凭空捏造。"美英士兵激战德国人"这样一则标题与实情不符，但的确吸引眼球。还有报道宣称戈林已在一家美军战地医院死于心肌梗塞。还有一些记者则通过编造假新闻来提升自己的形象，比如那位声称自己在浴室里遇到了海明威、斯坦贝克和多斯·帕索斯三位世界级文学巨匠的美国记者。这种欺骗或许还称得上无害，但另一些则是切实的政治煽动，意在诋毁政敌。法国的斯大林主义者埃尔莎·特里奥莱就为她信仰共产主义的读者们编造了一段不存在的证词。

[140]

和其他人相比，阿尔弗雷德·德布林（1878—1957）误导读者的方式可谓别出心裁。他的写作直接面向德国民众，对这位受过深造的精神科医生来说，偏离事实是为了达到教育的目的，甚至是改造民众唯一可行的方式。他所写的既不是普通的文章或报道，也不是专著，而是一本教育手册。1946 年 2 月，他的《纽伦堡教育性审判》出版，这是一本 33 页的小册子，其中包括十张战犯的全页照片。[1] 该书初版便印刷了 20 万册，这无疑是一次野心勃勃的尝试。

德布林当时正作为法国教育部官员驻扎在巴登-巴登，为法国占领军工作。既是犹太人又是社会主义者的他深受纳粹迫害，奥斯维辛集中营的死难者中就有他的亲人。然而，他也是最先返回德国的流亡作家之一。他在 1936 年就加入了法国国籍，之所以回到德国，就是希望为德国的文化重建贡献力量。回国后，德布林负责审查待出版的稿件，除此之外，他还身兼多职，一边筹办文学月刊《金门》，一边为《新报》撰稿，还在为西南广播电台提供艺术和伦理方面的指导。当时最重要的新闻事件——纽伦堡的战犯审判自然也在他的关注范围。"我见到、听到也读到许多，"他在一篇自传性的文章中写道，"它们令我反感、令我恶心，但目睹人们的贫困和饥饿更加令我心痛。必须把有良知的人聚集起来，为此，我写了一本简单易懂的小册子，

[141] 命名为《纽伦堡教育性审判》。是的，这场公开审判应当教会人们一些东西。"[2]

　　审判本身的教育意义只是一方面，另一方面，德布林希望自己的报道也能给读者以启发。为此，他特意以一个平平无奇的假名"汉斯·菲德勒"为这本册子署名。读者对此毫不知情，直到 1968 年，人们才发现它出自德布林之手。[3] 更为重要的是，德布林刻意营造出一种作者曾亲临审判现场的假象。"法官们头发花白，神情严肃，"他以在场听众汉斯·菲德勒的口吻写道，"他们的态度冷静而疏离，说话声音不大，不带任何感情……"然而，德布林在审判期间从未到过纽伦堡。[4] 至于他为何没有加入"审判观光"的队伍，后世不得而知。人们只能猜测，他或许只把这篇文章当作一项任务来完成，却并不想见到战犯本人。

[142] 他对最终的成品也评价不高，只是在 1945 年 12 月 13 日的日记中随口提到，自己刚把那篇关于纽伦堡审判的作品"糊弄完"。

　　德布林不在乎真实性的随意态度也体现在他对引文的处理上。文章以一句塔西陀的名言开头："自愿成为奴隶的人制造的僭主，比僭主制造的奴隶还要多。"然而这句话在这位罗马历

史学家的作品中根本无处可寻。德布林有意要把这句话与塔西陀关联起来，显然是考虑到后者在纳粹统治时期极其重要的象征意义。他的《日耳曼尼亚志》鼓动了纳粹狂热的日耳曼情结，甚至被他们奉为本民族的《圣经》。塔西陀称赞日耳曼人的勇敢、真诚和简朴的生活方式，是为了和罗马人的堕落形成对比，但他同时也在这个民族身上看到了潜在的奴性。德布林编造的引文想必正是为了揭示这一点：是奴隶自愿创造了僭主。他利用纳粹自己的宣传武器，来攻击他们的种族主义宣传，借这位曾为日耳曼的优越性背书的权威人物之口斥责他们。事实上，这句名言并非出自塔西陀，而是法国启蒙思想家米拉波伯爵的主张。

那么，用假名发表作品又是出于怎样的考虑？这位创作了《柏林，亚历山大广场》的德国作家在1933年就被迫举家流亡，先后抵达瑞士和法国，在德军入侵法国后，又再度逃往美国。可以说，他用假名写作是为了和德国人拉近距离。为了达到教育的目的，德布林采用了一位过去十二年都在德国生活之人的视角。他知道，他的真实身份一定会引发读者的抵触情绪，他不希望以自以为是的评判者姿态出现在留在德国的人们面前。文章开篇，他便表明他的受众是那些"在德国度过了过去十年的人"，他们有理由将当前发生的事当作一件大事来对待，因为那些"这个国家曾经最有权势的人物"像普通罪犯一样坐上了被告席。德布林谨慎地避免让读者感到自己是被指责的对象，为此还特意安排一位"明智之人"在结尾叹息道："他们奴役我 [143]

164

们，迫使我们做了那些可怕的事，这种耻辱将长久压在我们身上。"德布林关注和试图鼓舞的，正是这些仍有良知的人。

## 以"教育剧"对抗"纳粹剧"

在文章中，德布林采用了剧场观众的视角："我们"——汉斯·菲德勒和德国人——是纽伦堡审判这场"盛大演出"的观众。剧作的第一幕是引入（Exposition），德布林介绍了舞台布景、指控内容和控方成员，此处的控方指的不是同盟国的控方代表，而是数百万死难者。被告席上的罪犯们绝对想象不到，德布林还为这出戏设计了第二幕，这一幕的主题是赎罪、悔过和"人性的重建"。戏剧的比喻并不只是为了配合审判听众的视角，在德布林看来，第三帝国本身就像一出戏剧，纳粹是剧中的演员，他们用假象蛊惑了德国人，宣称他们是"主宰者民族"。"他们的把戏奏效了。"这不禁让人联想到莎士比亚的《驯悍记》，一个醉酒的农夫被有意误导，以为自己是富有的大地主。与莎剧截然相反的是，纳粹统治不是什么喜剧，"而是一场由谋杀和种族灭绝组成的恣意狂欢"。

在纽伦堡，这种种族主义的妄想必须经受现实的拷问。"那是道德和理性，"她拾级而上，登上舞台，"款款坐下——落座在法官的位置上！"堕落的纳粹戏剧被一出道德教育剧所取代。德布林是道德相对主义的抨击者，他自称曾得到上帝的启示，并因此在 1941 年 11 月 30 日改信天主教，此处，他就借鉴了耶稣会教育剧丰富的寓意。他不打算就此放过这些曾经的第三帝国公民，他不仅要鼓动和批评，也要教育他们。他直截了当地点破了许多德国人对审判的排斥和敌意。"怎么人人都在这里谈论正义？"一个闷闷不乐的德国人小声嘟囔，"这里什么时候成了个法庭？"他还将矛头对准了牧师马丁·尼默勒（Martin Niemöller）①，称他为"昨日的德国人"，因为他虽然反对纳粹主义，还曾被关进集中营，却在 1939 年出于爱国热情申请志愿参战。德布林还引用了法国作家阿尔方斯·德·拉马丁（Alphonse de Lamartine）的一句格言作为文章的题词，对于读者中的那些投机分子，这句话无异于一记耳光："可悲啊，懦弱的人！没有勇气面对自己的勇敢，人便会堕落。"正因为德国人缺乏这样的勇气，德布林才会站在维利·勃兰特的对立面，反对德国法官参与审判。德国人曾经错失了将罪犯绳之以法的机会，如今，全世界自然也有理由拒绝他们的要求。

此处，德布林插入了一段补充说明，追溯第三帝国的历史和德国人崇拜权力的思想之由来，最后，戏剧在"明智之人"的悲叹中收尾。在他看来，审判象征着对更好的未来的期望。这篇文章应当从伦理上证明审判的合理性，让人们了解纳粹犯

①路德宗牧师、神学家。在魏玛共和国时期，尼默勒曾是一位保守的民族主义者，并因此对纳粹党和希特勒表示过支持。战后，他多次在公开场合忏悔自己在纳粹上台之初对其迫害行为的视而不见，这段自白被整理成诗作《我没有说话》（"起初，他们追杀共产主义者……"），并被广泛引用。

下的罪行，引导德国人回归到民主的道路——毫不夸张地说，其最终目的正是"人性的重建"，人们正是为此在纽伦堡建起了一座前所未有的、"法律的摩天大楼"。因此，《纽伦堡教育性审判》才是这样的面貌，既有告诫和冷静的分析，也不乏热情的鼓励。

## 一场旷日持久的骗局

这本册子是否起到了作用？"在我看来：几乎没有。"1953年，德布林失落地写道。人们购买它的理由和作者的用意背道而驰，他们只是"为了其中的图片，即几名主要被告在法庭上的照片"[5]，用来满足自己的猎奇心理。毕竟，读者可以在这里看到曾经的纳粹高官在监狱和法庭中的大幅特写。当然，读者的反应也不是毫无来由，德布林对此也有责任。他为每张照片写下的说明虽说是事实，但那幽默的讽刺很难说不是吸引读者的噱头。在一张戈林的照片下，他写道："赫尔曼·戈林，帝国航空部长，国会大厦纵火员，布痕瓦尔德和达豪地狱的缔造者，高明的强盗，享乐主义者，芭蕾发烧友。"

德布林宣称到过审判现场的骗局直到今天仍然鲜有人识破，人们甚至还不断以讹传讹。文具品牌辉柏嘉在官网上将德布林列入了旁听审判和记者营住宿人员名单，不少全国性的报刊和杂志甚至着重强调了这一点。[6] 理论上说，身为法国公民的德布林完全有资格入住记者营。但和出席庭审一样，没有任何证据表明确有此事。

纪录片《世纪审判：名人眼中的纽伦堡审判》的制作团队在这件事上表现得尤为草率。这部拍摄于2016年的影片中出现了纽伦堡法庭为德布林出具的记者证，上面的日期是1946年3月5日，此外还有一幅法庭速写，画面上是戴着耳机的德布林和另外两名听众坐在一起。[7]这些无疑可以作为德布林出席审判的证据，补上迄今为止的空白。然而，关于德布林生平的权威研究文献中并未提到任何相关内容，考虑到这一点，本书作者特地联系了德国电视二台（ZDF）《当代历史》节目组负责该片的编导，询问德布林记者证的来源。他的回答是，在可能的情况下，他们尽量使用原始文件作为素材。他还记得，"马库斯·沃尔夫的记者证就是他的妻子提供给我们的"。但可以想见，寻找的过程并不总是这么顺利。因此，画家有时难免需要在现有资料的基础上自由发挥，"来为这些人物赋予相应的个性。毕竟，它们出现在这里，主要是为了补充直观的画面，好从视觉上将纪录片涉及的各个人物区分开来"[8]。

克里斯蒂娜·阿尔滕（Christina Althen）是评注版《纽伦[146]堡教育性审判》的出版人，她对这条信息较起了真，因为纪录片中的记者证也出现在了德布林的维基百科词条中，还注明是在纽伦堡审判中使用的。一番追根究底后，阿尔滕发现，记者证上使用的照片是从柏林的德意志历史博物馆的网站上得来的，网站上的资料显示，该照片由席尔纳新闻图片社于1947年

7 月 9 日拍摄于柏林——那时纽伦堡主要战犯审判已经结束数月之久。阿尔滕将这一发现告知了纪录片的负责人，后者随即在 2021 年 5 月 19 日邮件致歉，承认他们轻信了谣传。他表示，该纪录片已从媒体资料库中下架，节目组将会负责任地清除这些误导性信息在网络上留下的痕迹。

要是德布林能预见到他这番"糊弄"引发的后果就好了。

**注释：**

1. H. Fiedeler, *Der Nürnberger Lehrprozess*.
2. A. Döblin, *Autobiographische Schriften und letzte Aufzeichnungen*, S. 491. 关于《纽伦堡教育性审判》一书，亦可参见 W. Schoeller, *Döblin*, S. 655 ff。
3. 参见克里斯蒂娜·阿尔滕为此书撰写的后记：A. Döblin, *Kleine Schriften* IV, S. 670。
4. 关于德布林并未在纽伦堡旁听主要战犯审判一事，已由其子克劳德·德布林在 1992 年 4 月 29 日发给克里斯蒂娜·阿尔滕的一封电子邮件中予以证实。笔者在此对阿尔滕女士提供的线索表示感谢。
5. A. Döblin, *Autobiographische Schriften und letzte Aufzeichnungen*, S. 491.
6. https://www.faber-castell.de/corporate/historie/press-camp; L. Heid, *German Schrecklichkeit*, in: *Die Zeit*, 19. 11. 2015; *Nürnberger Prozesse. Pressecamp im Schloss des Bleistiftkönigs*, in: Der Spiegel, 17.11.2005.
7. 这部纪录片目前仍可在 YouTube 上观看。所谓德布林的记者证出现在影片第 15 分 47 秒，题为"法庭上戴着耳机的德布林"的插图出现在 16 分整。
8. 摘自彼得·哈特尔 (Peter Hartl) 2021 年 2 月 23 日发给笔者的电子邮件。

# 第八章
# 珍妮特·弗兰纳对戈林庭审的质疑

> 同盟国的胜利可以在德国的两幅画面中得到戏剧性的证明，一幅是化为灰烬的城市之全景，另一幅则是坐满纳粹战犯的被告席。

> ——珍妮特·弗兰纳

"我渴望大写的、真正的美……对欧洲之美的饥渴吞噬了我，我渴望那数不胜数的建筑和诗歌、文明和知识，渴望那美丽的花园，美丽的宫殿。"[1]

美国记者珍妮特·弗兰纳（1892—1978）这样解释她与爱人索丽塔·索拉诺一起迁往巴黎的决定。弗兰纳是一位新教贵格派殡葬业者的女儿，这次远渡重洋也让她逃离了一段不幸福的婚姻和她所厌恶的中产阶级生活。1922 年，随着艺术家与知识分子迁居巴黎的潮流，二人也来此定居，并开始创作小说。还在美国时，弗兰纳就做过文艺专栏作家，积累了一些写作经验。尽管写作后来为她带来了诸多荣誉——1947 年，她被法国政府授予荣誉军团勋章，1966 年又获得了美国国家图书奖——但她始终怀疑自己的艺术才能，终其一生，她都以记者自居，而不是作家。

事实上，尽管弗兰纳出版于 1925 年的自传体小说《格子间之城》广受赞誉，但她的志向很快便从创作小说转向了新闻。对此，她的解释是："我缺乏那种描绘虚构之物的创造力，那种处子般的天赋。"作为记者，她积累了足够丰富的素材，但她并没有因此降低对自己的要求。她以独特的"弗兰纳笔法"闻名，在文章中混合了新客观主义①的描写和犀利风趣的议论、对氛围的生动描摹和碎片化的短句。她常常在一个句子中途突然切换话题，以这种不寻常的方式在截然相反的事物之间建立联系。哈罗德·罗斯和简·格兰特夫妇二人于 1925 年创办杂志《纽约客》时，便委托弗兰纳从巴黎为其定期撰写通讯文章。弗兰纳此前曾在写给简·格兰特的信中绘声绘色地描写过欧洲艺术家和知识分子的生活，给格兰特留下了深刻的印象，后者于是建议丈夫将这些信件发表在新创办的杂志上。就这样，弗兰纳以中性笔名"热内"（Genêt，罗斯起初误以为这是珍妮特在法语中的写法）发表的《巴黎来信》（*Letters from Paris*）成了杂志的固定版块。在长达半个世纪的时间里，弗兰纳差不多每两周就会发表一封信件，直到 1975 年。

[148]

---

①新客观主义是 20 世纪 20 年代德国出现的一种文学与艺术潮流，主张以冷静、客观的方式描写现实，反对表现主义主观和情绪化的风格。在文学中，它强调简洁、准确的语言，真实的内容和细节，以及对社会现实的关注。

弗兰纳之所以能常驻《纽约客》，是因为她长于以无法复制的风格带领读者一窥"旧世界"的社会生活。文章中的她往往抽着香烟、端着一杯咖啡坐在最时兴的咖啡馆里，以一个美国外来者的视角点评目之所及，从高级定制的服装到流行的音乐、芭蕾舞演出、卓别林最新的电影、达达主义和超现实主义的当代艺术，再到政治。在散文式报道的发展历程中，弗兰纳的专栏文章功不可没。

弗兰纳的公寓坐落在波拿巴街上，她生活在一群波西米亚艺术家之间，也将自己视为他们中的一员。与她交好的众多艺术家中，不少和她一样是移民，如格特鲁德·斯泰因[①]、欧内斯特·海明威、艾丽丝·托克拉斯和朱娜·巴恩斯[②]。除此之外，她还与一些致力于突破一切社会规范的女性为伍，她们中有画家、诗人、出版人、记者、摄影师和艺术赞助人，每一个都无所畏惧、独立自主，受过很好的教育。美丽的女歌手诺埃尔·墨菲（Noël Murphy）和奥斯卡·王尔德性情乖张的侄女多莉（Dolly）都曾是弗兰纳的情人。她和索丽塔·索拉诺保持着开放关系，在朱娜·巴恩斯介绍巴黎女同性恋世界的指南《淑

[149]

①美国作家、诗人，艺术收藏家，20世纪初现代主义文学与艺术的重要推动者。1903年起定居巴黎，并与伴侣艾丽丝·B.托克拉斯共同主持沙龙活动，吸引了包括毕加索、马蒂斯、海明威、菲茨杰拉德等一众先锋艺术家和作家。斯泰因以其前卫的文学风格和独到的艺术眼光，为许多现代主义创作者提供了支持和启发。人们普遍认为，"迷惘的一代"这一说法便源自她口。
② Djuna Barnes，美国作家、插画家，现代主义重要人物之一，擅长刻画边缘人物，以晦涩的语言捕捉性少数群体的爱欲与情感，代表作《夜林》是女同性恋文学的经典之作。

女年鉴》中，这对情侣被戏称为"针与锋"（Nip and Tuck）。

对于这个群星荟萃、在 20 年代的巴黎活跃一时的女性群体，弗兰纳传记的作者布伦达·维纳普尔（Brenda Wineapple）是这样描述的："作为美国人的她们，在法国社会中同时享受着两个世界的好处。在家乡时的她们，都感到自己生活在阴影中——被忽视、被谴责，因为不同寻常的性取向遭到鄙视或轻蔑的对待。但在巴黎，她们成了另一种少数群体：身处异乡的美国女性。无论她们是共同生活、工作，还是同彼此保持开放的关系，都与她们的家人朋友不再相干。"[2] 这个独一无二的女性团体主要活动于塞纳河以南，也因此被称为"左岸女性"。她们一起写作、聚会、讨论问题，频繁更换伴侣，极力追求着不受拘束的生活。

然而，她们刚来欧洲时对这里的想象是不切实际的。1929 年，随着全球经济危机的到来和法西斯势力的抬头，这种自由的生活宣告终结。弗兰纳感知时代剧变的方式也充满了 20 年代的色彩，她写道，在移民们的圣殿、丽兹酒店富丽堂皇的酒吧里，"漂亮的女士们如今得自己为鸡尾酒买单了"。在 1929 年 12 月 4 日的专栏中，她还在将股市崩盘形容为"华尔街暂时的不愉快"[3]。而到了 1930 年，法国人开始正式沿边境修筑被称为"马奇诺防线"的防御工事，以防备邻国的进攻，局势的危机四伏已经不容忽视了。

为了丰富自己的观察角度，也是为了考察那里的真实情况，弗兰纳于 1931 年来到了柏林。为表达对德国民族主义的讽刺，她以一句简洁的德语作为报道的标题：《高于一切》<sup>①</sup>。然而，在她关于柏林文化和夜生活的报道中，她也惊讶于这座城市的生命力和它多样的文化，那些新潮的酒吧放射出无拘无束的、"犹太式的风情"。"这段时间以来，柏林人致力于——虽然他们除此之外也没有别的工作可做——培育一个新的种族。或许，世界大战之前那些粗脖子德国人已经在战争中阵亡了，他们那般配的胖老婆也悲痛而死。不管怎么说，他们已经从这座首都消失了，如今只有讽刺漫画中还能看到他们的身影。"<sup>4</sup>

和绝大多数人一样，弗兰纳也花了很长时间才意识到纳粹对世界构成了怎样严肃的威胁。她在 1936 年还为希特勒撰写过一篇拿腔捏调的侧写，记录了一些"元首"的逸事，例如他的饮食品味、他土气的举止和他对禁欲的推崇。在弗兰纳笔下，他更像一个可笑而非危险的人物。她这样描绘他的人生起点："1889 年 4 月 20 日，阿道夫出生于奥地利边境小镇因河畔布劳瑙的一座房子里。这座房子如今是一间廉价旅馆，只是被大量粉红色涂料重新粉刷了一番。"<sup>5</sup>

弗兰纳在事后回顾时解释道，她未能预见到纳粹的危险，是因为局势直到 30 年代中期才变得严峻起来。这一转变是渐进且不易察觉的，没有人能预料到事态的突然恶化。<sup>6</sup> 到了 1939 年秋天，《巴黎来信》也遭到了审查，弗兰纳意识到是时候离开法国了。9 月 16 日，她逃离巴黎，经波尔多中转，最终挤在

[150]

---

①这是第三帝国国歌中的一句，也是纳粹经常使用的标语。详见第三章注释。

一群逃亡的外籍人士之间，于10月初抵达了纽约的避难港口。1940年，德国人占领了巴黎，左岸的女性社群就此成为历史。

回到纽约的弗兰纳感到无所适从、流离失所。她生活的支柱已经悉数倒塌，无论是巴黎这片知识分子的乐土、她的信件、她的工作惯例还是她的交际圈都已不复存在。大部分美国人将欧洲视为异域，他们的猎奇目光让她感到格格不入，祖国在她的眼中显得愈发狭隘、庸俗、物质崇拜，还极度缺乏教养。二战期间，她和来自罗马的娜塔莉亚·穆拉伊（Nathalia Murray）在纽约同居，继续为《纽约客》撰稿。她四处演讲，为托马斯·曼写过一篇小传，还特意撰文对克劳斯·曼新创办的流亡杂志表示支持。1944年巴黎解放后的几个月里，她还参与了美国广播公司（ABC）的前身"蓝网"制作的系列广播节目，该节目每周播送，名为《倾听：女性之声》（*Listen: the Women*）。[151]

## 官方战地记者

1944年11月，弗兰纳以美国官方战地记者的身份乘军用飞机抵达欧洲。这时的她已与从前判若两人。她也改变了一贯的报道风格——那种无所不知的骄傲口吻，蔑视传统道德的尖锐讽刺，以及仿佛不会对任何事物感到震惊的游刃有余已不复存在。她有关二战的报道表现出更多的真诚和强硬，对她曾经轻率地品头论足的巴黎人，则流露出真挚的温情。

在伦敦稍作停留后，弗兰纳于深冬抵达了她此行的目的地——解放后的巴黎，但她几乎认不出这里了：巴黎的街头，人们饥肠辘辘、伤痕累累、充满戒备。他们正在追捕维希政府中与纳粹合作的官员。"巴黎的气氛并不欢快，"弗兰纳写道，"它焦躁不安、阴沉易怒。"这位敏感的美学家选择住在斯克里布酒店的国际记者营，与其他记者为邻。她在这里遇见了欧内斯特·海明威和威廉·夏伊勒，后者不久之后于纽伦堡再次见到了她。弗兰纳知道，下榻斯克里布酒店意味着每天早上八点到十点间都可以享受热水浴，这也是她愿意在此逗留一阵的原因。然而，此时的她并未预料到，她很快就将入住德国的另一处记者营，届时连简单洗漱都意味着一番苦战。

在结束对里昂、拉罗谢尔以及解放后的莱茵地区的报道后，弗兰纳回到了巴黎。她对莱茵地区的印象并不好，科隆人令她感到厌恶，因为他们缺乏"理性思考和说真话"的能力。她筹备了一些人物特写和报道，但很快又搁置了大部分计划。1945年4月16日，她参观了布痕瓦尔德集中营，并在给索丽塔·索拉诺的信里写道："它突破了人们想象力的底线。"她无法写下关于集中营的任何东西。

[152]

1945年圣诞节前夕，弗兰纳来到慕尼黑，为《纽约客》撰写一篇报道，但在那之前纽伦堡吸引了她的注意力。12月13日，她从巴伐利亚州首府赶赴纽伦堡法庭，旁听了当天下午和次日上午的审判，之后才返回慕尼黑。这段短暂停留给她留下的印象刊登在了12月17日的《纽约客》上。弗兰纳在文章中采取了全景式视角，从废墟中的城市写到法庭上的被告、检察官和法官，再到《纽伦堡新闻》对审判的报道和当天的各项时事。在这篇层次丰富的报道中，她还提到了庭审中展示的影像和照片，它们记录了德国士兵在华沙犹太隔都的暴虐行径。震惊的弗兰纳写道，一名军官从人行道上扶起一位饿得骨瘦如柴的犹太妇女，只是为了将她再次打倒在地；赤裸的犹太男女在虐待他们的"大笑着的德国士兵"面前走动，仍然保持着"噩梦般的尊严"。

她也将见闻分享给了爱人娜塔莉亚·穆拉伊，但在与后者的通信里，弗兰纳更多是在借审判之机，批评男性和他们的自我中心。和阿根廷作家维多利亚·奥坎波一样，弗兰纳也认为这场审判过于"男性主导"。她曾经将德国比作一个"身形庞大的男人"，正在流血、呻吟，"最终被彻底打垮"，如今这怒火迁移到了她的男性同胞身上。"这场审判是何等重要，然而就连它也要为一些男专家令人厌烦的自负所妨碍。尤其是那些美国人，他们在法庭上不遗余力地浪费时间，企图用滔滔不绝的废话来'创造历史'。"[7]

1946 年 2 月底，也是弗兰纳 54 岁生日临近之际，哈罗德·罗斯派她前往纽伦堡进行长期报道，《纽约客》需要一位驻地记者。欧内斯特·塞西尔·迪恩为她的到来满心欢喜，他是杂志的忠实读者，"热内"的笔名并没有妨碍他认出这位名记。3 月 5 日，他向妻子写道："顺带一提，珍妮特·弗兰纳也住进了营地，她是《纽约客》派来的记者，一个满头银发、个子矮小的老妇人，精力充沛，是一流的好作家……当我告诉她阿肯色州的人们很喜欢这本杂志时，她显得十分惊讶。"迪恩的好感没有持续多久，因为不久之后，弗兰纳就和其他女记者一起，给了他一番劈头盖脸的批评。

记者营的条件和斯克里布酒店可谓天壤之别。城堡公园的别墅里住着 30 名女性，弗兰纳将这里的生活愤怒地形容为一种"效率低下的苦难"。迪恩手下的工作人员只为她们准备了一间浴室和两个男用小便斗，还抱怨她们很难伺候。"既然你只肯给她们小便斗，那她们想必是真的很难伺候。"在 3 月 17 日联合艾丽卡·曼、贝蒂·诺克斯等人向迪恩提出抗议后，弗兰纳讽刺地写道。这里其他女性住客也让她有些不快，尤其是俄国人，[154]她们总是五六个人一起霸占浴室，并留下一片狼藉。热衷于政治讽刺的弗兰纳自然没有放过这个机会，她把俄国人喜欢抱团的行为解释成共产主义的影响。"我们这些民主人士在她们面前毫无胜算。我们习惯自己一个人进浴室、一个人洗澡，而俄国人每次出现都是集体行动。"[8] 弗兰纳还需要和另外两人同居一室。她对记者营唯一的正面印象来自一位从卡尔斯巴德流亡来到施泰因的女按摩师，女寝的所有住客都光顾过她的生意，弗兰纳也不例外，"多亏了她，我的坐骨神经痛好受了许多。"

弗兰纳也会跟同行们开些粗俗辛辣的玩笑。某天早餐时，她抛出的问题惊呆了同桌的女记者们：如果万不得已，她们愿意和哪位被告上床？[9] 不管怎么说，被告们的确是记者之间永恒的话题。弗兰纳对其中一位尤其感兴趣，但这与性无关，而

179

是因为他矛盾的性格和与众不同的举止，那就是赫尔曼·戈林。弗兰纳走进法庭时，第一眼就注意到了这位曾经的帝国元帅，在她笔下，那是"法庭上最难搞的人物"。

## 戈林的交叉询问

赫尔曼·戈林在战争临近尾声时被美军逮捕。被擒后，他做的第一件事就是要求面见艾森豪威尔将军——他希望美国人能将他视为德国的代表。他被允许召开新闻发布会，但事情并未如他想象般发展：艾森豪威尔根本不打算见他。在这位美占区军事总督眼中，戈林只是一个战犯，没有任何其他身份。他很快便被送进了纽伦堡的牢房，在那里，他只能在其他被告面前摆摆领袖的架子。

戈林入狱后不久，医生们就对他展开了戒毒治疗。他被禁止再在每天早晚各服用 20 片帕腊可丁<sup>①</sup>，鸦片制剂的使用剂量被逐渐降低到医学上可接受的范围。与此同时，人们还控制了他的饮食，以解决他严重的超重问题。最终，审判开始时，戈林的身体状况相当不错，看上去比过去几年更加精神焕发、头脑敏捷。大部分被告仍然把他视为头领，少数（如亚尔马·沙赫特和弗朗茨·冯·巴本）则打定主意对他视若无睹。同盟国把

[155]

①即双氢可待因，一种镇痛药，药效弱于吗啡，略强于可待因。

戈林列为头号战犯,为他在被告席上安排了与之相应的位置——第一排过道旁的边角。在这里，穿着一身褪色的空军制服，没佩戴任何军衔的他，可以看到全场，还能用右肘撑在较低的扶手上以便书写。

戈林是个野心勃勃的虚荣之人，他深谙如何继续利用第三帝国的权力关系，向其余被告施加影响。他试图说服他们和自己采用相同的辩护策略：谨言慎行，避免对纳粹政权做出不利的证词，坚信这次审判不过是"胜利者的正义"。他抓住共同用餐的机会宣扬他的理念，发号施令、鼓励他的追随者、以轻蔑的态度惩罚背离他的人。这种行为愈演愈烈，以至于狱方不得不把戈林同其他被告隔离开来。

戈林不仅是位精明的操纵者，也是个出色的演员。他口才出众、反应机敏，在法庭上，他总是全神贯注地倾听着每句话，以辩论的激情予以回击。只要不在证人席上，他就在记笔记，或是给自己的辩护律师递纸条。事实上，他的辩护大部分都是亲自完成的。他坦率地承认了滥用暴力和与盖世太保勾结的指控，也对自己在德国恢复武装中扮演的角色供认不讳，然而在他看来，接受审判的不是纳粹的领导层，而是整个德国。他质疑国际法庭的合法性，因为他受到的指控很多都属于国家内政的范畴。总的来说，他的辩护策略就是不断诉诸爱国情怀和对希特勒的忠诚。"即便不能说服法庭，我也要让德国人民相信，我所做的一切都是为了德意志帝国。"

[156]

同理，戈林也不认为所谓德国问题①能通过惩处纳粹领导层得到解决。在他看来，这个问题还远没有画上句号，德国仍然需要一个救世主式的人物来改变局面。"谁知道呢，或许就在此时此刻，那个能够统一我们民族的人刚刚诞生了。"他坚称应为种种暴行和"种族迫害"负责的另有其人，主要是希姆莱和马丁·鲍曼。至于他自己在1941年7月命令莱因哈德·海德里希组织施行"犹太问题的最终解决方案"一事，他辩解道，真实发生的罪行被掩盖了，他对这"骇人听闻的大屠杀予以最强烈的谴责"。无论是他还是希特勒都没有意识到，党卫队完全按字面意思理解了这项"最终解决方案"。他还以愤世嫉俗的语气补充道，任何伟大的政治举措都伴随着犯罪。

戈林在法庭上给人留下的印象是软硬不吃、厚颜无耻，不过人们也承认，这个人的确无所畏惧。但这种无畏不能说明他勇敢，而是因为他足够聪明地意识到，他已没有什么可失去的，他的结局已然注定。他在"千年帝国"中的领导地位显而易见，没有任何否认的余地。但他不想被视为懦夫，而是想在史书中为自己争得一席之地。阿尔伯特·施佩尔在回忆录中这样写道："下面这段话中就能看出戈林种种言行真正的意图。他说，胜利者或许能处决他，但再过五十年，德国人民就会把他的遗骨安放在大理石棺中，把他奉为民族英雄和殉道者。这也是不少犯

---

① 即如何建立一个统一的德国的问题。这一问题在19到20世纪的欧洲政治中表现为不同的形式，但都围绕着这一核心展开。

人共同的幻想。戈林其他论点的影响力则要小得多。他说,我们这些人没什么不同,都从一开始就被判了死刑,谁都没有脱罪的希望。为辩护而烦恼没有任何意义。对此,我的评论是:'戈林想带着大批随从进入英灵殿。'然而事实上,戈林后来在自我辩护时的顽固远甚于我们。"[10]

1946 年 3 月 18 日,对戈林的交叉询问在纽伦堡司法宫拉开帷幕。万众瞩目。美国首席检察官杰克逊坚持亲自询问戈林,他在一番成功的开庭演说后得到了全世界的认可,审判的两位主要人物就此展开了正面对决。杰克逊本想借此次庭审动摇这位被告中的头号人物的可信度,但事情并不如他计划的那般顺

[157]利。杰克逊在庭审过程中表现出罕见的分神和准备不足,他错误解读了一份材料的内容,还在戈林的挑衅下勃然大怒。杰克逊从一份冗长的文件中找出了一段有力的证据,本想杀戈林个措手不及,但后者却反过来要求他提供文件的全文,并成功从中找出了与之相悖的另一个段落,某种程度上削弱了杰克逊指控的可信度。

戈林的狡猾之处还在于,他会将话题引向美英两国历史上明显的自相矛盾和种种不光彩事件。当杰克逊询问他战争动员的相关细节,并强调这些准备对他国完全保密时,戈林回击道:"就我所知,我不记得美国曾经公开过它为发动战争所做的准备。"面对戈林无耻但又机智的回应,以及他咬文嚼字的辩论技巧,杰克逊显得无从招架。交叉询问进行到高潮时,他甚至愤

[158]怒地将耳机摔在了桌上。他数次请求法庭对被告加以约束,在

旁人看来，这反而暴露了他的窘迫。

这场唇枪舌剑的交锋也是媒体密切关注的重大事件，许多记者都是特意为此前来。不少听众直言，杰克逊低估了他的对手。总的来说，美国人被视为这场对决的输家，而戈林的举止则为他赢得了在场者，甚至法官和律师的敬意。英国法官诺曼·伯克特认为戈林给人留下了"正面印象"，称他机智聪明、脑筋灵活。鲍里斯·波列伏依的每篇文章都要提交苏联审查机关检查，即便如此，他也在报道中承认，这个"恶棍"是位杰出人物，"当然，这是相对他那个可憎的、非人的体系而言，也就是纳粹主义的体系"。

弗兰纳则更进一步，为这"仍然在世的恶人中最重量级的一位"（伯克特语）赋予了魔鬼般的气质。在 3 月 15 日，也就是交叉询问开始前的报道中，她就已经注意到，法庭上的每个人都或多或少感受到了戈林的聪明才智。"他没有向法官认罪，而是就权力的运作机制发表了一番宏论。站在证人席上时，他根本等不及同盟国的检察官向他提问，就抢先用德语做出了回答。在这位帝国元帅面前，马基雅维利笔下的君主都显得像无聊的卫道士。戈林比他们卑劣得多，也有趣得多。"

在 3 月 22 日的文章中，弗兰纳把杰克逊和戈林的这场"殊死决斗"视同一部情节跌宕起伏的剧本，一场善恶之间的终极决战，一个聪明绝顶的魔鬼与文明世界的较量，后者只能在极为艰苦的斗争后艰难取胜。除她之外，没有任何一位记者对戈林有如此之高的评价。在弗兰纳笔下，戈林是一名"角斗士"，他初期占据上风的辩护是一场"辉煌的胜利"。他在法庭上展现出"非凡的记忆力"和"魔鬼般的狡诈",完全是一个"奇异的、令人毛骨悚然的人物"。

在抬高戈林的同时,弗兰纳也贬低了杰克逊。后者提纲挈领的开庭演说惊艳了包括约翰·多斯·帕索斯在内的许多人,弗兰纳却认为他和一个"乡镇律师"没什么差别。"即便从外表上看,杰克逊也让人难以恭维。他敞穿着西装外套,插在后裤兜里的双手将衣摆拢在臀部以上,像个乡镇律师那样左摇右晃。他看上去不仅缺乏背景知识和智慧……连对欧洲局势的认识也漏洞百出。他试图给戈林设下陷阱,自己却栽了进去。"[11]

[159]

## 反美的灾难性后果

弗兰纳的报道并没有打动《纽约客》的编辑总部。她不仅大肆批评被视为国家英雄的杰克逊,同时还试图美化戈林这位纳粹头目。更糟的是,她将整个美国控方团队描绘得头脑简单、技不如人。"总的来说,美国代表团由一群单纯的大卫王组成,他们面对纳粹歌利亚没有丝毫武装,只凭信念作战。而之所以称他们为大卫王,是因为在如此艰巨的任务面前,这些人就像巨人脚下的人类一样渺小。"在她看来,欧洲人的表现要出色得多。在紧要关头,苏联首席检察官鲁登科和英国控方代表马克斯韦尔·法伊夫出庭加入询问,成功"控制住了"戈林。弗兰纳暗示道，多亏了欧洲代表的帮助，美国人才终于从戈林口中拿到了首份供词，就连斯大林派来的人都比杰克逊更称职。"美国可能要失去它在审判中的主导地位了。"[12]

这样的言论对美国读者来说太过刺耳。毕竟，是美国的参战对希特勒战败起到了决定性的作用，美国也已然成为世界头号强国。哈罗德·罗斯在 20 年代聘请弗兰纳为《纽约客》撰稿时曾明确告诉她，她应当"关注法国人的想法，而不是自己的"，不要成为"那种该死的社论作家，这种人我们已经有太多了"，这份杂志创立的初衷在于新闻报道，而不是时事点评。[13] 读者应当形成自己的观点。罗斯的目标读者是受过良好教育的城市群体，他们要么本就是上层阶级的一员，要么正在为跻身其中而努力。弗兰纳的任务应当是满足他们对娱乐和资讯的需求，而不是改变他们的政治见解。尽管她此前也会在尖锐讽刺、一语中的，有时甚至略显恶毒的文风掩护下隐晦地表达观点，但在这些有关审判的报道中，她不再掩饰她的立场。审判和所涉议题的严肃性再次改变了她的写作风格，她开始做出自己的评判，而这明显违背了罗斯当初对立场中立的要求。

[160]

弗兰纳的纽伦堡系列报道收获了一些积极的反馈，但总体而言，美国的城市精英还是难以接受她的批评。她对同胞之"天真"的指责和对欧洲优越性的认可引来了相应的后果：哈罗德·罗斯决定将她调离纽伦堡。[14] 在调动的理由中，罗斯还翻出了她抱怨记者营条件的旧账，这让弗兰纳十分恼火。自认受了侮辱的她于 4 月 5 日离开纽伦堡，前往克拉科夫考察。

为了接替弗兰纳，罗斯请来了英国新闻界的泰斗丽贝卡·韦斯特，她于1946年夏天抵达了纽伦堡。令美国的爱国人士们满意的是，她很快就让事情"回到了正轨"。韦斯特同样不吝于使用尖刻的言辞，在回顾苏联人对戈林的交叉询问时，她批评前者的表现是"幼稚的"，尽管当时她根本不在庭审现场。至于被弗兰纳视作恶魔般的英雄人物戈林，在韦斯特笔下不过是个滑稽角色。"软弱是他最突出的特点。他要么穿着德国空军制服，要么穿着一身品味低俗的浅色休闲西装，两种装扮都让他显得像个孕妇。他有着年轻人般浓密的褐发，皮肤粗糙发亮，像往脸上涂了几十年油彩的演员，还长着瘾君子特有的那种异常深陷的皱纹——合起来看，简直像是一个腹语手偶的脑袋。"在10月26日的《纽约客》中，她将他称作一个"魁梧的小丑"，甚至不惜用女性化的方式来贬低他。"在历史上，戈林与不同女人的风流韵事曾多次左右纳粹党的发展进程，但他看上去却像一个绝不会对女性出手的人——除非是出于某种更加病态的动机。但他也不像已知的同性恋中的任何一种。"弗兰纳称赞戈林的杰出头脑，认为他是马基雅维利主义者的鲜活代表，韦斯特却反过来称他"头脑简单"。[15]她对美国人没有半句批评——据说不久后，她还和美国法官发展了一段私情——倒是按当时的政治正确对苏联人和苏联法官"令人难堪"的表现大加批判。韦斯特完全颠覆了弗兰纳的判断，她几乎把戈林这位曾经的帝国元帅贬到了谷底。

　　珍妮特·弗兰纳为她在纽伦堡表现出的、泛欧主义的身份认同付出了代价。无论从文化还是思想上，她都更认同旧世界而不是新世界，她也从不掩饰对美国人的轻视。她在给娜塔莉亚·穆拉伊的信中写道，美国人的主要兴趣就是挣钱，他们缺乏教养和知识，只在口头上尊崇自己继承的文化传统，却没有真正理解它。她不想回到这样的环境中，也根本无法与这类人为伍。[16] 精神故乡巴黎是她唯一的选择，尽管那里如今的气氛也是阴郁低落、如临大敌，她还是在不久后回到了那座城市，继续为《纽约客》工作。尽管有过龃龉，哈罗德·罗斯终归不愿放弃这块巴黎风情的招牌。对弗兰纳来说，回到法国也意味着回到她在索丽塔·索拉诺之后的情人诺埃尔·墨菲身边，后者在德国占领期间躲进了自己的乡间庄园，勉强逃过一劫。在这之后，弗兰纳游走于巴黎和纽约、诺埃尔和娜塔莉亚之间，这段三角关系持续了数十年之久。

赫尔曼·戈林和他那离经叛道、无法无天的生活方式仍对弗兰纳充满吸引力，在他服氰化物自杀引起轩然大波后，这种吸引力愈发强烈。戈林此举不仅戏弄了狱方，还使他逃脱了处决。在他身上，弗兰纳看到并惊叹于欧洲文化史上一个经典形象的复苏：文艺复兴时期那种道德败坏、诡计多端，残暴却又极具艺术品位的君主，也就是马基雅维利最欣赏的那种人物。

　　1946 年 3 月到 5 月，弗兰纳在与"寻宝者"①的一次接触后，开始着手写作系列报道《罪恶年鉴》，介绍纳粹对艺术品和文化财富的掠夺。她先写了一篇关于希特勒计划在林茨建造的艺术博物馆的文章，随后将目光转向了戈林的艺术收藏——这些艺术品大多被安置在他位于绍尔夫海德的乡间官邸卡琳宫中。弗兰纳为这篇《执掌空军的收藏家》搜集了太多素材，以至于她不知道该如何为之收尾。她公开承认自己难以驾驭这些材料，并再度流露出对这位前帝国元帅的痴迷。她后来告诉《纽约时报》，戈林一度计划打造一个以北欧艺术为主题的收藏，他卓越的艺术品位也体现在他盗走的那些克拉纳赫②的画作上。1948 年，弗兰纳在柯尼希施泰因报道了非纳粹化法庭对弗里茨·蒂森③的审判，这位工业巨头最后被归为"轻从犯"（minderbelastet）。在文章中，她特意用一部分篇幅记录下蒂森提起的一则关于戈林的趣事。当时他们被戈林带去自己的猎场狩猎，戈林派蒂森和他的猎场看守一起去猎鹿，无论有意还是

---

①"寻宝者"（The Monuments Men and Women）是二战期间美军古迹、艺术品和档案部门（MFAA）的别称，成员多为历史或艺术史学者、建筑师和博物馆工作人员。该部门在战后追回了大量被纳粹掠夺的艺术品，其事迹曾在 2014 年被拍成同名电影《盟军夺宝队》。
②指德国文艺复兴时期的重要画家老卢卡斯·克拉纳赫，他曾在萨克森担任宫廷画家，后来创办了个人的绘画作坊。克拉纳赫运用其娴熟的技巧创作了大量生动的肖像画，对德国的文艺复兴艺术和宗教改革运动都产生过重要的影响。
③德国垄断资本家，其父奥古斯特·蒂森创办的蒂森联合公司是当时欧洲最大的采矿与冶金联合企业。20 世纪 30 年代初，弗里茨·蒂森曾经出资支持纳粹党，后来由于反对其犹太人政策和战争计划而与纳粹政权决裂，在流亡途中被盖世太保逮捕。

无意，蒂森总是射不中猎物。最终，猎场看守不得不为他射杀了一头鹿，并"带着歉意解释道，如果客人空手而归，元帅（指戈林）就会大发雷霆"。

这样的趣事逸闻如果发生在普通的德国人身上，弗兰纳想必不能，也不愿在报道中提及它。和大部分同事一样，她也没有从德国人身上看到任何反思的迹象。"纽伦堡审判将纳粹的阴暗计划公之于众，但普通德国人还是可以称他们和这场集体性的谵妄无关。"她在1947年写道，"'过去是战时，现在可是和平年代。'这句话已成为柏林人挂在嘴边的万金油。这句古怪的话大致意思是，人们不愿为战争负责，那已经是遥远的历史了，至于和平年代中的贫穷和混乱，则全是同盟国的过错。"[17]为了对抗这种逃避历史、缺乏罪责意识的倾向，弗兰纳坚持德国人负有集体罪责。在她的描述中，盟军士兵不是在与希特勒或纳粹，而是与德国和德国人作战，最终，这两者对她而言已经毫无分别。[18]

[163]

抛开对集体罪责的共识不谈，弗兰纳与其他驻纽伦堡记者的分歧在于她对另一个问题——男人的看法。作为一名坚定的女权主义者，弗兰纳认为，无论是在德国、苏联还是美国，由男性和军国主义主导的世界都阻碍着人们贯彻和维护真正普世的人道主义价值观。纽伦堡审判失败的根源在于男人。整场审判的法理基础都建立在民主原则和对全人类的普遍责任之上，这两点在一个全部由男性组成的法庭中都无法实现。在这样的条件下，所谓战后政治和道德的新起点根本无从谈起。

这些观点不能出现在交给哈罗德·罗斯的稿件中，弗兰纳只能在私人信件中抱怨这"缓慢扩散的愚昧，无处不在的迷茫和这一本能反应：永远做出错误的决定，用官僚主义，男性特有的自负、嫉妒和妒忌将一切复杂化，好把他们宣称要做的一切都悄悄扼杀在他们的军装、胡子、足球队员般的滑稽臂章、酒杯、情人、虚荣心和对欧洲的错误理解之下。眼下的所有让我越来越悲观。"在另一封信中，她更加沮丧地写道："我厌倦了在谈话中迁就这些男人的层次，也受够了他们所谓的层次，毕竟他们每个人都是如此浅薄。有人相对好些，但肤浅是他们的通病。"[19]

纽伦堡主要战犯审判结束后，弗兰纳大多数时间都生活在她为自己选择的家乡——巴黎。直到 83 岁高龄，她依然在为《纽约客》撰稿。1975 年，也就是她去世前三年，备受尊崇、荣誉加身的她才回到了纽约。

**注释：**

1. «I wanted beauty, with a capital B.» 摘自 Z. P. Lesinska, *Perspectives of Four Women Writers on the Second World War*, S. 55。
2. 摘自此书后记：J. Flanner, *Paris, Germany*..., S. 222。
3. 同上，S. 224。
4. J. Flanner, *Paris, Germany*..., S. 13.
5. J. Flanner, *Führer*, in: dies., *Janet Flanner's World*, S. 6–28, hier: S. 14.
6. A. Weiss, *Paris war eine Frau*, S. 200.
7. J. Flanner, *Darlinghissima*, S. 50, 63 f.

8.  Janet Flanner, Brief an Natalia Murray vom 12. 3. 1946, vgl. dies., *Darlinghissima*, S. 73.

9.  B. Wineapple, *Genêt*, S. 197 f.

10. 摘自 E. Benda, *Der Nürnberger Prozeß*, S. 342。

11. 弗兰纳对纽伦堡审判的报道收录在 J. Flanner, *Paris, Germany...*, S. 111 ff。

12. 同上，S. 138。

13. J. Flanner, *Darlinghissima*, S. 106.

14. C. Rollyson, *Reporting Nuremberg*.

15. 丽贝卡·韦斯特为纽伦堡审判所写的绝大多数报道，经她本人整理和稍加修改后，以《栽满仙客来的花房》为题，收录在了1955年出版的《一列载满炸药的火车》（*A Train of Powder*）中。此处的引用来自1995年出版的德文版，参见 R. West, *Gewächshaus mit Alpenveilchen*, hier: S. 35, 12, 34。韦斯特刊载在 1946 年 10 月 26 日的《纽约客》上的报道亦有德译，见 S. Radlmaier (Hg.), *Der Nürnberger Lernprozess*, S. 325–328。

16. B. Wineapple, *Genêt*, S. 200.

17. 参见弗兰纳为 1947 年 7 月 12 日的《纽约客》撰写的关于柏林的报道：J. Flanner, *Paris, Germany...*, S. 176。

18. B. Wolbring, *Nationales Stigma und persönliche Schuld*, S. 346.

19. 摘自此书后记：J. Flanner, *Paris, Germany...* , S. 232。

# 第九章
## 法国的斯大林主义者：埃尔莎·特里奥莱

> 我是山鲁佐德，伟大的叙述者。
>
> 我是缪斯，是诗人的灾难。
>
> 我是美丽的，也教人憎恶。
>
> ——埃尔莎·特里奥莱

 

1946 年 5 月，当埃尔莎·特里奥莱（1896—1970）走进纽伦堡审判的法庭时，这位法国著名作家和抵抗运动成员不会预料到，她此刻的声誉将在不久的将来黯然失色，她将会逐渐遭到冷遇，沦为政治骂战和人身攻击的靶子。就在 1945 年，她刚刚被授予法国文学最高奖项龚古尔奖，是史上第一位获奖的女性作家。"我很快就赚到了足够买下一栋乡间别墅的钱。人们逐渐喜欢上了我的书，应该说，他们开始追捧这些作品。剧院、影厅、报纸和杂志都对我敞开了大门。"在当时的环境下，一位女性获得这样的成功已经很不寻常，更为罕见的是，她还是首位赢得这项荣誉的非母语作家。埃尔莎·特里奥莱原名埃拉·尤里耶芙娜·卡甘（Ella Jurjewna Kagan），1896 年出生于莫斯科。为了能用法语写作，她费尽了心力。

要介绍埃尔莎·特里奥莱，就不得不提到她的丈夫路易·阿拉贡（1897—1982）。人们或许会说，这种关联受到了传统男性主导的文学史叙述的影响，有将特里奥莱矮化为一位知名男作家的附庸之嫌，但事实并非如此片面。阿拉贡生前就已被奉为传奇人物；夫妻二人都是著名作家的情况在法国历史上比比皆是——从法国爱侣的守护神阿伯拉尔和爱洛伊丝①，到乔治·桑和阿尔弗雷德·德·缪塞，再到让-保尔·萨特和西蒙娜·德·波伏娃——特里奥莱和阿拉贡显然也在有意塑造这样一种文学伴侣的共生关系。二人在巴黎近郊选定了一座旧磨坊改建而成的乡间庄园，作为躲避尘嚣的住所，也是最终的安息之地。二人合葬之处的墓碑上刻着这样一段话："当我们并肩安息于此，我们交织的作品将在某个未来把我们结合在一起，一个我们曾如此期待，也如此担忧的未来。到那时，这些白纸黑字、不分你我的书本将会手握着手，对着妄图分开我们的人挺身而出。"[1]

自 1964 年起，特里奥莱与阿拉贡轮流出版作品，二人组成了一套罕见的双人作品集，并将之命名为《交织的小说集》。这

[166]

①阿伯拉尔是法国中世纪最重要的经院哲学家之一，在巴黎主教座堂任职期间与其学生爱洛伊丝相恋并秘密结婚。这段师生之恋引发的误会最终导致阿伯拉尔遭到阉割。此后，两人分别遁入修道院，却始终保持书信往来，这些信件被后世奉为法国书信体文学的经典。

套四十二卷的文集构成了一场丰碑般的文学对话。阿拉贡为特
里奥莱创作的情诗被许多著名香颂歌手（如乔治·布拉桑和莱
奥·费雷）谱曲传唱，成为法国人共同的文化记忆。那段坚毅
的墓志铭也是二人一生的写照。1928 年，特里奥莱和阿拉贡初
次邂逅，两个"局外人"终于找到了彼此。他们于 1939 年结
婚，在相识后的四十二年里始终形影不离，直到特里奥莱去世。
将这对被后人理想化地称为"世纪恋人"的爱侣联结在一起的，
既有相同的志趣和对俄国文学的热爱，又有相似的政治观点，
但最重要的，还是他们共同的抗争意志。

　　从初次见面起，活泼的特里奥莱始终关照着敏感的、中性
气质的阿拉贡。二人相遇的几个月前，他刚在威尼斯因一段失
败的恋情自杀未遂。这位先锋派作家起初是达达主义者，随后
成为超现实主义文学的代表人物，与友人安德烈·布勒东齐名。
关于他与妻子的初遇，阿拉贡后来回忆道：1928 年 11 月 6 日
的晚上，他正坐在蒙帕纳斯大道上的"穹顶"咖啡馆，"突然，
有人叫我的名字，对我说：'诗人弗拉基米尔·马雅可夫斯基请
您坐到他那边去。'……第二天晚些时候，咖啡馆里已经不剩几
个人，我再次遇见了埃尔莎·特里奥莱。从那以后，我们再也
没有分开过。"特里奥莱读过阿拉贡运用蒙太奇式拼贴技巧创作
的小说《巴黎土包子》，它是超现实主义的代表作，也是一首
感官和想象力的颂歌。自那以后，她一直渴望结识作者本人。
因此，好友马雅可夫斯基托她去和阿拉贡打招呼，其实正合她
的心意。

此时的特里奥莱已经有过一段婚姻。1919 年，她嫁给了法国骑兵军官安德烈·特里奥莱（André Triolet），两人 1921 年之前都生活在塔希提岛。然而，埃尔莎·特里奥莱才智过人，对文学有着浓厚的兴趣，早在她开始在莫斯科学习建筑前，她就与罗曼·雅各布森等形式主义者<sup>①</sup>有过来往，还曾短暂地与革命诗人马雅可夫斯基相恋。这样的她很快厌倦了与一位思想上毫无共鸣的丈夫共同生活。"将一个人和伴侣联结在一起的，不能只有爱情。"与安德烈·特里奥莱离婚后，她一直在莫斯科知识分子圈和欧洲各大城市间漂泊辗转，前往西方是她逃避俄国艰苦生活的方式。这些年间，她的姐姐莉莉娅取代她成了马雅可夫斯基的情人和缪斯，但特里奥莱仍然仰慕着这位生性浪荡的诗人。马雅可夫斯基于 1930 年去世后，她将他的诗作译成法语，还为他撰写了一部传记。

[168]

1921 到 1922 年，特里奥莱先后住在柏林（当时俄国侨民的主要聚居地）和伦敦，并最终在巴黎的艺术家世界里找到了自己的归宿。她的文学之路始于一批意外泄露的文稿：作家维克托·什克洛夫斯基（Wiktor Schklowski）是特里奥莱狂热的仰慕者，他没有告知她，就擅自将她的几封书信收入了自己的文

---

①形式主义是 20 世纪初至 30 年代兴起于俄国的一个重要文艺理论流派，它反对传统文学研究中对作家生平和社会背景的过度关注，主张文学研究应当以"文学性"，即文学文本在语言使用上的特殊性为核心，探究文学的内部规律。什克洛夫斯基的陌生化理论、雅各布森对诗歌的语言学分析、普罗普的故事形态学等都是形式主义运动重要的理论贡献。

集《动物园，或不谈爱情的信札，或第三个爱洛伊丝》。马克西姆·高尔基读到了这本书，认为特里奥莱的书信是其中最具文学价值的篇章，并鼓励她投身写作。她先是用俄语出版了关于塔希提时光的回忆录，又在1926年发表了带有自传色彩的小说《野草莓》。1938年，已经小有成就的她改用法语写作，出版了《晚安，特蕾莎》一书，但她始终没有把自己视为法国作家，而是自称"用法语写作的俄国人"。

和她迷恋马雅可夫斯基的理由一样，特里奥莱不仅被阿拉贡的文学天赋，也为他拒绝随波逐流的局外人特质所吸引。马雅可夫斯基和阿拉贡都是花花公子式的人物，举手投足如演戏般浮夸，开口时仿佛倾注了毕生的热情，二人都同时热衷于政治和艺术，都刻意以离经叛道的形象示人，甚至用挑衅博取关注。阿拉贡甚至在1928年出版的《论风格》中塞满了粗鲁的谩骂。这位杰出的语言大师明白，特里奥莱在他身上看到了1930年自杀身亡的马雅可夫斯基的影子，她看到了他们在思想上的亲合，甚至从某种程度上将他视为马雅可夫斯基思想和艺术的继承者。他后来写道："弗拉基米尔·马雅可夫斯基在埃尔莎十五岁时就遇见了她，那时他还没有什么名气，几乎无人知晓。他不只影响了她的人生，还成为一个持续困扰着她的形象。不难发现，这种困扰发展成了对特定主题的执念，反复出现在她的一部又一部作品中。"[2]

# 斯大林主义

马雅可夫斯基为人特立独行、生活放荡不羁，却是斯大林十分赏识的作家。虽然他与苏共的关系时好时坏，但始终是这一政权的重要喉舌。德米特里·肖斯塔科维奇在回忆录中毫不留情地批评道，马雅可夫斯基性格"虚伪浮夸，他喜好自我吹嘘，贪图享受，以及最主要的，对弱者趾高气扬，对强者奴颜婢膝"。他补充道："他也是第一个表示希望斯大林在党代表大会上发言时谈谈诗歌的人。"这种奉承也使马雅可夫斯基成了斯大林个人崇拜的传声筒。[3] 他还和苏联秘密警察"格鲁乌"的高级官员雅科夫·阿格拉诺夫（Jakow Agranow）相熟。后者负责监视苏联的文化工作者，特里奥莱的姐姐、马雅可夫斯基的情人莉莉娅就是他的眼线之一。

埃尔莎·特里奥莱也是斯大林的崇拜者，近年对苏联档案的研究证实，她与格鲁乌也来往密切。[4] 马雅可夫斯基造访法国期间，也就是特里奥莱替他和阿拉贡牵线的时候，她还肩负着格鲁乌的任务，要确保这位任性的诗人回到苏联。[5]

当特里奥莱于 1946 年来到纽伦堡时，她的共产主义信仰在人们眼中仍是一个正面的标签。特里奥莱和阿拉贡是法国抵抗运动的文人代表，而抵抗组织的架构很大程度上就借鉴自苏共。因此对很多法国人来说，共产主义几乎就意味着抗击希特勒的胜利，特里奥莱则是法国的民族英雄，一位偶像般的人物。1940 年法国沦陷后，这位犹太裔的共产主义者和被纳粹划分为

"半犹太人"的阿拉贡一同逃往未被占领的南法地区。在尼斯，他们为抵抗组织承担了信使的工作，常常需要长途跋涉。阿拉贡还短暂地领导过一个由作家组成的抵抗小组。意大利人占领尼斯后，这对夫妇转入地下，继续以化名发表作品。"房间一间接着一间／夜晚一晚连着一晚／仿佛杀戮天使的手臂扼向我们的喉咙。"阿拉贡的这首诗就写于这一时期。

[170]

战争期间，阿拉贡是《法兰西文学报》的核心成员——该报创办于 1941 年，最初是抵抗组织的秘密刊物。这段时间他和特里奥莱仍保持着创作上的高产。他们撰写地下读物，用文字与占领者对抗。阿拉贡 1940 至 1942 年间创作的诗集《埃尔莎的眼睛》中就或多或少地隐含着对反抗的呼吁（"巴黎，只有在横飞的铺路石中，那才是巴黎"）。1943 年，特里奥莱化名洛朗·达尼埃（Laurent Daniel）发表了短篇小说《阿维尼翁的恋人》，描述了地下生活的艰难。她后来获得龚古尔奖的中篇小说集——《第一个窟窿赔偿二百法郎》的标题，就是 1944 年 8 月盟军登陆诺曼底的消息在普罗旺斯传播时使用的暗号。阿拉贡在占领时期创作的诗歌战后成为抵抗运动的象征，尤其是《幸福的爱情并不存在》和《埃尔莎的眼睛》，诗人在其中将妻子的眼睛比作惨遭践踏的祖国，将对祖国之爱寄托在对妻子的爱上。

战后的特里奥莱享有极高的声望，在她获得龚古尔奖后人们甚至将她视为崇高道德的化身。尽管如此，战争甫一结束，社会上就出现了攻击她的政治信仰的声音，讽刺的是，这样的声音正来自超现实主义运动的圈子。他们指责这位斯大林主义者让超现实主义的新星阿拉贡远离了他文学上的同伴，投向了共产党的阵线。

为了理解这种指责，我们有必要简要回顾此事的背景：

从1927年起，很多法国超现实主义运动的参与者纷纷加入了法国共产党，那是当时唯一的反战党派，阿拉贡也在其中。但很快，共产党的干部就对他们超现实主义同志的某些追求产生了不满。因为超现实主义者们不愿同萨尔瓦多·达利描绘性与欲望的怪诞作品割席，这位画家一度成为冲突的焦点。1930年，在特里奥莱的鼓动下，阿拉贡参加了在哈尔科夫举办的第 [171] 二次国际革命作家代表会议。这次经历彻底改变了他的政治立场和艺术创作，也最终导致了他和安德烈·布勒东以及后者所设想的超现实主义艺术的决裂。从哈尔科夫归来后，阿拉贡在一篇文章中呼吁，超现实主义应当"承认辩证唯物主义是唯一革命性的哲学思想，并理解和毫无保留地接纳这种唯物主义"[6]。他在哈尔科夫参与签署了一份声明，称未来的艺术创作应当处于党的管控之下。这一主张对布勒东来说绝对无可容忍，因为在他看来，共产党内的官僚体系与他激进的自由理念天然相左。斯大林政权所要求的服从和集体意识与超现实主义追求的彻底解放有着无法调和的矛盾。

布勒东坚信，是特里奥莱将他的旧友变成了"叛教者"。他在1952年的一次电台采访中说："请注意，这次出乎意料——而且后果严重——的旅行（指哈尔科夫之旅）根本不是阿拉贡自己的主意，他是在刚刚结识的特里奥莱的怂恿下陪同前去的。

如今这件事已经过去一段时间，根据特里奥莱事后的解释，我们完全可以推测她在当时曾强烈要求前往，事情也如她所愿……如果没有这些情形的推动……我所认识的阿拉贡绝不会冒着与我们决裂的风险，主动做出这样的决定。"[7]

出访哈尔科夫后，阿拉贡投向了斯大林的党派路线，布勒东则依然坚定地支持托洛茨基主义。他和托洛茨基合作起草了《宣言：创造自由而革命的文艺》，强调即使在革命之中，也要捍卫艺术的独立性。阿拉贡的写作风格也发生了转变。布勒东依旧忠于超现实主义文学的理想，拒绝逻辑、句法和任何美学形式，阿拉贡则转向了现实主义。1935 年，阿拉贡在一篇文章中呼吁法国作家以社会主义现实主义风格写作，这也是 1934 年[172]以来在苏联唯一被允许的创作方法。当然，阿拉贡并没有完全遵从教条，而是在现实主义风格的灰色地带继续探索着语言的多重可能。

特里奥莱同样坚守着对语言这门"手艺"的重视，也依然忠实地践行着俄国先锋派，尤其是马雅可夫斯基的创作原则。[8]在为抵抗组织斗争期间，阿拉贡和特里奥莱深切地体会到，越是具体的语言，越能为政治运动提供空间。他们通俗易懂的文章在民众中引起了强烈的反响，这让二人看到了文学创作如何能为社会带来实质性的助益，也意识到超现实主义在社会和美学层面的排外性注定了其只能是象牙塔中的空谈。

近年来，特里奥莱究竟在多大程度上引导甚至操控了阿拉贡的问题得到了更为详尽的讨论，其中也不乏情绪化的内容。

但阿拉贡是在特里奥莱的影响下成为一名斯大林主义者的，这点毋庸置疑。1931年，他竟然狂热到写下一首名为《格鲁乌万岁》的诗，颂扬苏联的秘密警察，甚至希望在法国也增设类似的机构。在诗中，他还为他们迫害政敌的行径辩护，将其美化为"必要的残酷"。

## 法官的华尔兹

战争结束后，阿拉贡成了《法兰西文学报》的主编，这份刊物逐渐成为阿拉贡和特里奥莱发挥政治和文学影响力的阵地。和许多知名报刊一样，《法兰西文学报》也向纽伦堡审判派去了驻地记者，他们选中了特里奥莱。她之所以愿意接受这项委派，很大程度上是为了亲眼见到那些主犯，正是这些人给她的家人和朋友带来了无法言说的苦难。1946年5月底，特里奥莱旁听了庭审，并将见闻写成一篇报道，题为《法官的华尔兹》[9]。文章附有漫画插图，于1946年6月7日和14日分两部分发表。

审判期间，特里奥莱住在纽伦堡大酒店，但也曾造访法贝尔堡的记者营，还在报道中专门拿出一段来描写这座营地。她对法贝尔堡不以为意，只看到了这里的苍凉和极度虚荣。她讽刺地提到，这里"为辉柏嘉的老板准备了一个真正的王座"，来批评城堡的资本主义气质；餐厅里还有一幅在她看来充斥着军国主义意象的壁画。"画中两名全副武装的骑士正以铅笔为长枪

[173]

展开决斗，拿着辉柏嘉牌武器的那位显然已经刺穿了他的对手……法贝尔家族究竟卖出了多少根铅笔，才能造出这座丑陋至极的城堡？"她对城堡的公园倒是赞赏有加，因为"即便种在法贝尔家的宅邸，树也依然是树"。

不悦与愤怒贯穿了整篇文章，它融合了多种文体：既是一篇极具个人色彩的拼贴式报道，主要围绕着对巴尔杜尔·冯·席拉赫的庭审展开；又是一篇自传式的叙述，记录了她赶来纽伦堡所克服的困难；还穿插进蒙太奇的片段，描写被德国人杀害的抵抗运动成员雅克·德库尔（Jacques Decour）。在文章中，特里奥莱惊骇于席拉赫在法庭上的发言；法官和审判参与者的表现在她看来也过于轻率，令人不适。例如，他们习惯于在一天的工作之后纵情享乐。到了晚上，法官们会出现在大酒店的大理石厅，摇晃着身体起舞，在特里奥莱看来，考虑到白天的审理内容是如此可怖，这种行为是严重的失职和冒犯，为此，她直接将这种"法官之舞"选为了文章的标题。

特里奥莱将文章分成了几部分：庭审、在记者营、工作、最高法院、工作之后、赤裸的现实、命运。文章中充斥着大量的隐喻和修辞，具体的描写则少之又少。特里奥莱的部分表达方式受到超现实主义画作的启发，在她的笔下，纽伦堡是"一座像压烂的大脑一般的城市，　团融化的黄油中混杂着粉红与灰色"。她还常常使用反语（praeteritio）：通过宣称自己本想省略某事，来达到强调它的目的。这样的迂回并没有削弱她的语言本身的尖锐、讽刺和轻蔑。特里奥莱把文章变成了对审判的

[174]

审判。

特里奥莱在纽伦堡见证的这场庭审和她的一位朋友——皮埃尔·戴(Pierre Daix)有着直接的关联。他是特里奥莱的老相识。在 2010 年出版的回忆录中，戴回顾了他和特里奥莱在 1945 到 1971 年间的交往。戴既是抵抗运动的成员，也与特里奥莱一样都是共产主义者。二战期间，他被德国占领军逮捕，并于 1944 年被转移到毛特豪森集中营关押。特里奥莱从纽伦堡归来后，二人曾有过一次谈话。特里奥莱记得他曾被囚禁在毛特豪森，这个在纽伦堡审判中成了重要议题的集中营，她于是主动与他谈起了此事。

特里奥莱在纽伦堡旁听了席拉赫的证词，他声称对集中营内灭绝人性的种种行为毫不知情，因为他参观毛特豪森时，看到的是一个模范的惩教设施。特里奥莱在文章中引述了席拉赫的如下发言："我见到一栋大楼，楼内还有一个设施极其完备的牙医诊疗室。紧接着，我被带到一个宽敞的房间，里面的囚犯正在演奏音乐，他们组成了一个完整的交响乐团。当时还有一位男高音正在演唱。"[10] 这位纳粹党全国青年领袖试图在法庭上表现得像一个文化人。为了帮他脱罪，辩方还提交了诗人汉斯·卡罗萨（Hans Carossa）的一封信，信中对冯·席拉赫的文化修养赞叹不已，还提到他曾试图帮助作家鲁道夫·卡斯纳（Rudolf Kassner），而后者的妻子正是一名犹太人。特里奥莱将这封信译成法语，全文引用在了报道中。法庭在传唤卡罗萨时称他为诗人，在她看来，这无异于一种"严重的亵渎"，因为将

卡罗萨的作品译成法语的，正是她惨遭纳粹杀害的朋友、《法兰西文学报》的创始人雅克·德库尔。但卡罗萨出庭作证可不是为了德库尔，特里奥莱苦涩地讽刺道。"或许是因为汉斯·卡罗萨从未与德库尔来往，也对他的文化修养一无所知。同样的文<sup>[175]</sup>化修养在冯·席拉赫先生那里倒是叫他大为惊叹，毕竟，这位先生出生于一个高贵而富有的家庭。"

在谈话中，戴试图向特里奥莱解释，冯·席拉赫关于毛特豪森集中营的证词可能并没有说谎，因为集中营的负责人的确使用了不少障眼法，来掩盖这里的真实情况，这是他亲身经历过的。红十字会视察毛特豪森期间，被囚禁在那里的他还曾被要求在他们派来的瑞士代表面前美化集中营的生活。为了营造假象，人们甚至还在集中营内摆上了天竺葵。红十字会没能识破这场精心策划的骗局。

席拉赫的证词成了特里奥莱质疑整场纽伦堡审判的导火索。在她看来，审判给席拉赫这样的人提供了在全世界面前伪装自己的机会，就像纳粹在毛特豪森所做的那样。更糟的是，审判还给了他们为自己的世界观辩护的平台。"纽伦堡发生的事让我出离愤怒。"她对戴说，"你敢相信吗，整场审判、整座城市都只服务于一个目的，那就是让他们（指主要战犯）为自己的意识形态开脱。"[11]

这种观点几乎一字不差地出现在她发表在《法兰西文学报》上的文章中。她将这场"怪物审判"的失败归咎于它的组织者，尤其是英美两国。"奥斯维辛、达豪……集中营的存在不需要任何证据。我们已经有了足够的证人，来判决一种意识形态和一个政权有罪……这场审判真的有利于世界的非纳粹化吗？答案是否定的，因为它给这些精通政治宣传的男人提供了为他们的意识形态辩解的机会。"

在其他西方记者比如汉斯·哈贝的报道中，也不乏对审判中种种不妥之处不加掩饰的批评，但没有人像特里奥莱这样坚定地站在与英美相左的立场上，全面否定这场审判，甚至将其视为阴谋和破坏。除了质疑审判过程，特里奥莱还委婉地对不立刻执行死刑判决表达了不满："为什么不做应做之事？……世界已经走入了泥潭，却还在不遗余力地让自己陷得更深、更彻底。和来到纽伦堡之前相比，我现在更加清楚地看到，我们正处于战争之中。"她指的是不断迫近的冷战。在她看来，英国和美国人在纽伦堡为纳粹的东山再起提供了舞台，甚至与他们勾结，这也让冷战的形势变得更加严峻。[176]

特里奥莱这篇文章的现存版本是经过编辑和修订的，现有的德语译文亦基于此修订版，阿拉贡不久后选编的、于1960年出版的《特里奥莱作品选集》中的同样是这个版本。研究显示，特里奥莱手稿中一些最具争议性的政治言论在修订中被删去了。[12] 她在原稿中认为英美两国正显示出反民主的倾向，并且已经受到纳粹意识形态的传染，甚至开始宽容犯罪，与纳粹串通一气。她写道："纳粹是一种败血症，它正在蔓延……反民主势力总能辨认出彼此，他们乐于伸出援手，包庇彼此的罪行。"这些内容在最终刊印时则被弱化为："这表明纳粹的遗毒是何等深远。"然而，文字不允许表达的内容，终究还是披上讽刺漫画的外衣，出现在了《法兰西文学报》上。报道中插入的讽刺漫画遵循了特里奥莱最初的意图，矛头直指英美法官。其中一幅漫画里，巴尔杜尔·冯·席拉赫坐在证人席上，一名身穿黑袍的法官友好地指向他道："现在有请我们的好同志冯·席拉赫发言。"

既然不能直接攻击组织审判的英美人，特里奥莱便不惜用上了夸张和偏激的表达，来让他们丧失信誉。例如，她在文章中三次错误地声称审判是在"由纳粹建造的"司法宫中举行，以唤起对法官立场的猜疑。然而事实上，司法宫早在 1916 年就已竣工，此时距离纳粹上台还有很长时间。她还用真假参半甚至纯粹虚构的信息抹黑审判的负责人："证人席上的是巴尔杜尔·冯·席拉赫，希特勒青年团的领头人。他今日出庭是为霍斯（不要和赫斯混淆）作证……人们竟要听取一个本身就是罪犯之人的证词，还把它当成合法证据接受。"这一说法并不属实。纽伦堡法庭并未审判鲁道夫·霍斯（Rudolf Höß），对他的审判到了 1947 年才于华沙举行。因此，冯·席拉赫不可能作为证人出席对霍斯的审判，更遑论证词被法庭接受一说。真正作为证人被纽伦堡法庭传讯的反倒是霍斯，他在 1946 年 4 月 15 日对恩斯特·卡尔滕布伦纳的庭审中为辩方出庭作证。特里奥莱试图表现得像她在现场亲眼见到了霍斯，还特意用上了"今日"一类的词，但这也是不可能的，因为她 5 月底才抵达纽伦堡。[13]

特里奥莱的报道无疑是在刻意操控读者。她不惜歪曲事实，

[177]

来为她将审判斥为"病态"的观点增加说服力。审判在她眼中
和毛特豪森集中营掩人耳目的把戏没什么不同，其存在只是为
了掩盖唯一的真相：英美两国和纳粹分子的暗中勾结。在此事
上，她不认同所谓法治原则："法律在这种情形下是软弱无力
的。""直观的感受，"她评论道，"比法律正义千倍万倍。"

路易·阿拉贡在这场争论中也表现得情绪激动。和特里奥
莱一样，他也认为合法性和司法原则对局势无益。战后不久，
他就在《法兰西文学报》上发表过一篇煽动性的檄文，题为
《吉尔桑的招牌》。这一标题源于法国国宝级画家安托万·华托
（Antoine Watteau）绘制的同名画作，该画作当时收藏于柏林夏
洛滕堡宫。在文章中，阿拉贡要求德国归还这幅画，尽管它并
非在战争中遭到掠夺，而是普鲁士国王腓特烈大帝在1744年合
法购得的。阿拉贡激愤地号召，要为他的祖国在德国人手中经
受的屈辱复仇。德国必须归还全部法国艺术品，以弥补他们为
法国人带来的不可估量的苦难："因此，我提议，不要将任何一
本法国的书籍、任何一幅法国的画作、任何一座法国的雕塑留
在德国人手中。和平条约中必须明确规定，德国应将一切法国
艺术品运回法国，无论它们存于公共博物馆还是私人手中。法
国的艺术必须回归法国。但凡还有一名战俘、一件被掠夺的物
品留在德国，这场战争就没有结束。法国的艺术是法国的一部
分，它绝不能留在德国的土地上。在这里，在我们的复兴中，
它扮演着不可或缺的角色。我们需要这种精神上的输血。这鲜
活、炙热的红色血液不应在柏林、慕尼黑和德累斯顿流动。就

像此前说的那样，我们将会要求这个犯罪者的民族付出可怕的、但也是悲剧性的代价，我们会给德国人民套上前所未有的沉重枷锁。"[14]

德国流亡作家施泰凡·赫尔姆林（Stephan Hermlin）既是一名共产主义者，又是阿拉贡的仰慕者，但他也公开反对后者的主张。他的理由是，道德堕落的德国正是这些艺术品发挥教化功能的地方。为此，阿拉贡又发表了第二篇文章重申立场。两篇文章后来被合为一册，在瑞士以豪华精装本的形式出版，以供收藏之用。

## 反对与纳粹结盟

阿拉贡和特里奥莱以传道者的热忱和好战的姿态宣传着他们的思想，即便和他们同样支持斯大林的苏联同事相比，他们的态度也激进得令人吃惊。比如，特里奥莱在纽伦堡遇到了苏联知名作家伊利亚·爱伦堡，二人都住在纽伦堡大酒店，长期跟踪审判的进展。在法国共产党人的眼中，爱伦堡是一个标杆式的人物，其作品备受推崇。作为传播爱伦堡作品的重要平台，《法兰西文学报》选译并发表了不少他的小说。特里奥莱1946年6月7日关于纽伦堡审判的报道旁边，就刊登着爱伦堡《暴风雨》的节选。

爱伦堡是斯大林忠实的追随者，战争期间，他就在为苏军机关报《红星报》撰稿，以针对德国人的仇恨宣传闻名。根据斯大林的指示，他在报纸中宣扬"杀死德国人"的口号，大肆煽动仇恨情绪。用 BBC 驻莫斯科记者亚历山大·沃思（Alexander Werth）的话来说，他"在激起对德国人的敌意这方面堪称天才"。维利·勃兰特在纽伦堡见过爱伦堡后，也对他煽动情绪的能力和"夸张的胡涂乱写"印象深刻。但即便是爱伦堡，也没有在他的报道《在纽伦堡》中对审判的合法性提出任何质疑。在他看来，审判毫无疑问是必要且正当的。"没有人能剥夺我们的这项（审判的）权利，而我们将其赋予了几位法官。因为我们相信，法律始终站在良知一方。"[15]

雅罗斯拉夫·加兰（Yaroslav Halan）也是一名苏联记者，来自乌克兰。他也从未产生过质疑审判本身的念头。在文章《我们在此控告》中，他还着重强调了自己看到苏联检察官鲁登科在法庭上的表现后油然而生的自豪感。[16] 马库斯·沃尔夫甚至在他审判结束后的总结性评论中称赞法庭的工作"堪称典范"。

[180]

在苏联同行中，没有人像特里奥莱这样，对西方国家与纳粹结盟的阴谋论坚信不疑。反对以美国为首的英语国家对她来说是反法西斯斗争的一种延续。她担心，丘吉尔在 1946 年 3 月 5 日的富尔顿演讲给了纽伦堡的被告们翻盘的机会。丘吉尔在这次演讲中正面攻击了苏联，并指责他们在欧洲降下了一道"铁幕"，这无疑给纽伦堡审判的控方埋下了分裂的隐患，也向被告暗示了审判潜在的转机：他们可以寄希望于同盟国和苏联决裂、新的战争爆发，届时，德国又将成为西方阵营的盟友。

特里奥莱对英美国家的妖魔化自然也是基于对现实政治局势的担忧，她担心法国从解放的喜悦中冷静下来后，会更倾向于追随美国的政治路线，而不是苏联的。事实也的确如此。随着解放带来的狂喜逐渐退去，法国政坛上的意识形态裂痕再度显现。共产党人最初还能在法国政府中担任部长职位，但到了1947年，社会党的总理上台，政府中的共产党人又纷纷遭到解职。双方的分歧在于，社会党和人民共和党选择逐渐向英美奉行的"遏制战略"靠拢，也就是将实力政策①扩展到整个防御同盟（指北约）；共产党则无条件地支持斯大林"保卫社会主义阵营"的要求。

在很长一段时间里，阿拉贡和特里奥莱一直对斯大林政权下残酷的政治迫害置若罔闻，尽管其行径之恶劣已经逐渐到了无人不知的程度。1953年3月，斯大林去世后，《法兰西文学报》还专门发行特刊，再次表达对他的崇敬之情。特刊首页

[181] 上除了阿拉贡满怀敬意的悼文外，还刊登了毕加索为斯大林绘制的肖像。

为什么这位抵抗运动的英雄会不加分辨地倒向苏联独裁者阵营，这对许多特里奥莱曾经的崇拜者来说仍是难解之谜。然而，特里奥莱对共产主义的确怀有一种特殊的情愫，对她

---

①实力政策（Politik der Stärke）是联邦德国总理阿登纳提出的冷战方针，强调西欧各国加强联合、共同发展经济，以在苏联为首的东方阵营面前取得优势，遏制后者的扩张。遏制战略（containment）则由美国外交官乔治·F.凯南提出，意图通过经济、军事、外交等手段联合或控制社会主义阵营周边国家，以达到牵制苏联的目的。

来说共产主义不是一种政治纲领，而是如她的传记作者翁达·赫纳（Unda Hörner）所说，是一种"准宗教意义上的、灵魂的特质"。[17] 在她眼中，斯大林作为共产主义运动的领袖，也笼罩着相似的光环。另一方面，欧洲在美国，尤其是马歇尔计划的推动下开始了一体化进程，这使得共产党在法国被不断边缘化，特里奥莱和阿拉贡也随之成了边缘人。随着共产主义在政坛上失势，两位昔日的抵抗运动英雄也双双走向了极端。

为此，二人也遭到过不少恶毒的诽谤。早在特里奥莱被授予龚古尔文学奖时，就有人将她的获奖斥为"赤色阴谋"。[18] 还有人攻击二人信奉的是某种"沙龙共产主义"，这也让不少肤浅的批评者闻风而至。不可否认的是，这对夫妇的确生活得十分体面，家中还雇有佣人。特里奥莱总是穿着入时，在20世纪30年代，她还曾短暂地为巴黎的高级定制服装品牌设计过首饰，以满足富人的需求；阿拉贡也以喜爱圣罗兰设计的天鹅绒西装闻名，甚至在妻子去世后也是如此。在纽伦堡期间，特里奥莱选择住在大酒店，而不是像其他法国记者那样住进记者营，这也被视作她习惯于上流生活的证据。

1953年，特里奥莱发表了反乌托邦小说《红马》，小说围绕着第三次世界大战和原子弹的使用展开，勾勒出一幅末日景象。然而，这部作品却被评论家指责具有客观主义的倾向——该哲学流派主张思想的客观性，认为其正确性与作出判断的主体无关。面对这种指控，特里奥莱愤愤不平地表示："无论我写出什么，都无济于事。人们对我们两个的成见已经根深蒂固，我们作品的命运在出版前就已经注定了。"[19]

直到许多年后，特里奥莱和阿拉贡才开始重新审视他们的
政治观点，并意识到他们在抵抗运动时期所坚持的"毫不妥协
的共产主义"与现实中的斯大林主义相去甚远。1962 年，特里
奥莱在写给姐姐的一封信中承认："轻信让我犯了大错。"[20] 然
而，直到 20 世纪 60 年代末，她才公开表明自己思想上的转变。
她为苏联驱逐索尔仁尼琴出境一事发声，将此举称为"重大的
错误"；1968 年，她和阿拉贡共同谴责苏联军队进入布拉格，
法共因此撤回了对《法兰西文学报》的资助。1970 年，《法兰
西文学报》被迫停刊。

冷战期间，特里奥莱，这位过去在纽伦堡被顶礼膜拜的偶
像，因对斯大林政治路线的忠诚遭到排挤，成了边缘人。然而，
政治上的污名化并非她唯一的困扰，阿拉贡的"埃尔莎"这个
过度神化的形象也成了她的负担。晚年，特里奥莱的身体每况
愈下，她愈发频繁地和阿拉贡前往他们位于巴黎西郊的乡间别
墅避世疗养。1970 年，她在别墅中逝世，比丈夫早了十二年。

特里奥莱对德国的浪漫主义文学十分欣赏，却始终对德国
人持负面甚至悲观的态度。1965 年，她在小说《绝不》中得出
结论，冷战同样是非纳粹化失败的原因之一。她坚信德国人从
未改变，纳粹主义的阴影仍然潜伏在德国美丽的山林之间。[21]

告诫者、悲观者和局外人：埃尔莎·特里奥莱矛盾的性格
正是她异乡人身份的写照。她从未真正归属于任何地方，而她
身边的人们也察觉到了这种矛盾，这更加深了她的痛苦。晚年

的她灰心丧气地写下了这样的自述："我有埃尔莎的眼睛。我有一位共产主义者的丈夫。这是我的错。我是苏维埃的工具。我是个养尊处优的人。我是泰斗，也是耻辱。我是社会主义现实主义的信徒。我既是名道德家，又是个轻浮的家伙，编织着，幻想着。我是山鲁佐德，伟大的叙述者。我是缪斯，是诗人的灾难。我是美丽的，也教人憎恶。"[22]

---

**注释：**

1.  摘自 U. Hörner, *Elsa Triolet und Louis Aragon*, S. 171。

2.  摘自 S. Nadolny, *Elsa Triolet*, S. 54。

3.  D. Schostakowitsch, *Die Memoiren*, S. 367.

4.  T. Balachova, *Le Double Destin d'Elsa Triolet en Russie*.

5.  A. Vaksberg/R. Gerra, *Sem' dnej v marte. Besedy ob emigracii*, S. 176.

6.  R. Nestmeyer, *Französische Dichter und ihre Häuser*, S. 122.

7.  摘自 U. Hörner, *Die realen Frauen der Surrealisten*, S. 184。

8.  M. Stemberger, *Zwischen Surrealismus und Sozrealismus*, S. 84.

9.  M. Delranc-Gaudric, «*La Valse des juges*».

10. 摘自 E. Triolet, *Der Prozess tanzt*, S. 257 f。

11. P. Daix, *Avec Elsa Triolet*, S. 35.

12. M. Delranc-Gaudric, «*La Valse des juges*».

13. 没有证据表明特里奥莱在纽伦堡停留了几天。多年后，她在一本小说的前言中表示，自己早在 1945 年就到过这座城市。Vgl. M. Delranc-Gaudric，«*La Valse des juges*». 但考虑到她对巴尔杜尔·冯·席拉赫的庭审做了异常详尽的描写，人们普遍认为她当时就在庭审现场。

14. 摘自 F. Raddatz, *Traum und Vernunft*, S. 114 f。

15. I. Ehrenburg, *In Nürnberg*, S. 169 f.

16. S. Radlmaier (Hg.), *Der Nürnberger Lernprozess*, S. 200.

17. U. Hörner, *Die realen Frauen der Surrealisten*, S. 202.

18. U. Hörner, *Louis Aragon und Elsa Triolet*, S. 129.
19. S. Nadolny, *Elsa Triolet*, S. 130.
20. 同上，S. 204。
21. M.-T. Eychart, *L'Allemagne entre mythe et réalité*.
22. M. Gaudric-Delfranc (Hg.), *Elsa Triolet*, S. 210.

# 第十章
## 维利·勃兰特、马库斯·沃尔夫
## 与卡廷森林惨案

在这样一场审判之后，谁还能做出剥夺他人自由之事？

——马库斯·沃尔夫在纽伦堡审判闭庭后总评道

　　君特·纪尧姆被马库斯·沃尔夫的人格魅力深深折服。这位被安插在西德总理身边的间谍回忆道："每次见面时，他既是我的朋友米沙①，又是我的上司、'将军同志'。他能敏锐嗅到人们的心事，总在私下里关心我们，询问我们生活中是否遇到了困难，是否需要帮助。"显然，纪尧姆也感受到了沃尔夫"与他手下的'侦察员'们自然的、真挚的联结"。[1]

　　君特·纪尧姆就是这些"和平侦察员"（Kundschafter des Friedens）中最著名的一位。不同于被物质财富驱动的"间谍"们，在东德的情报部门中，只有那些出于理想主义投身这份事业的

―――――――――――

①沃尔夫少年时期随家人搬到莫斯科后，俄国朋友给他起的别名。

人才会被冠以这样的称呼。在他的最高领导、东德国家安全部对外情报局局长马库斯·沃尔夫（1923—2006）的指示下，纪尧姆在西德最轰动的间谍丑闻中扮演了主要角色。他与妻子都是史塔西的情报人员，两人都接受了伪装渗透的训练。1956年，他们接到命令，要假扮东德难民逃往西德，并渗透进社会民主党（SPD）中。纪尧姆先是为社会民主党的法兰克福分部工作，并在1969年的联邦选举中展现了出色的组织能力，协助格奥尔格·莱贝尔（Georg Leber）坐上了交通部长的位置。随后，他顺利进入总理府，逐渐取得了高层的信任。1972年，纪尧姆成为联邦总理维利·勃兰特（1913—1992）的私人助理，专门负责党内事务。

[184]

东德就这样把一只"鼹鼠"送进了西德的权力中心。然而，纪尧姆经手的文件究竟具有多大的实际价值，至今仍存在争议。刚抵达法兰克福时，纪尧姆只是一家摄影店的老板，没有人能预料到，他竟能打入波恩政权的最核心。他出人意料的崛起对马库斯·沃尔夫来说是一次巨大的胜利。纪尧姆通过无线电和废弃邮箱定期向东柏林发送情报，直到一封被破译的贺电给他带来灭顶之灾。

尽管从1973年5月起，德国联邦宪法保卫局（BfV）就掌握了纪尧姆可能从事间谍活动的线索，但总理维利·勃兰特并不觉得有必要与这位助理切割。他没有提前得到通知，而是在1974年4月结束一次中东访问落地后，才震惊地得知纪尧姆被捕的消息。此时的他尚未意识到这一事件的政治影响。这位社民党的代表人物已经心力交瘁了。他曾在 1972 年的联邦议院选举中以 45.8% 的得票率为社民党赢得了历史性的大胜，如今的他却抑郁缠身、长期酗酒。他的国内政策屡屡受挫，这耗尽了他的精力；他与社民党党团主席赫伯特·魏纳（Herbert Wehner）的关系也走向破裂……层层因素下，勃兰特于 1974 年 5 月 6 日宣布辞职。他的原话如下："我会为纪尧姆间谍案中的疏忽承担相应的政治责任，并辞去联邦总理的职务。"纪尧姆的丑闻更多是他卸任的契机，而非真正的原因。

马库斯·沃尔夫在回忆录中指出，东德国家安全部看似取得了一次惊人的胜利，实则制造了一起乌龙。纪尧姆的暴露累及的，恰恰是最支持两德关系缓和的人。在勃兰特提出新东方政策<sup>①</sup>前，西德的外交政策一直坚持所谓"哈尔斯坦主义"，任何非东方国家只要承认民主德国的主权、与之建立外交关系，就会被视为敌对行为。东德领导层深知勃兰特的重要性，甚至经由沃尔夫向他施以援手。1972 年，基督教民主联盟（CDU）的总理候选人赖纳·巴泽尔（Reiner Barzel）在国会对勃兰特提出不信任案，这次弹劾以失败告终，因为至少有一位基民盟的国会代表接受了史塔西的贿赂，在投票时选择了弃权。维利·勃兰特保住了西德政府首脑的位置。然而短短两年后，他

[185]

---

① Neue Ostpolitik，也称东方政策，是勃兰特自 1969 年起推行的一项外交方针，旨在通过外交对话改善联邦德国与东欧社会主义国家，尤其是民主德国的关系，在坚持和平与统一愿望的同时，承认战后欧洲的政治现实和边界现状。在这一方针下，西德在 1970 年先后与苏联和波兰签署了承认波德边界的《莫斯科条约》和《华沙条约》，又于 1972 年与东德缔结《基础条约》，变相承认了对方的主权。

就因一个暴露的东德间谍被迫下台，这让沃尔夫十分恼火。他在 1974 年 5 月 7 日的日记中写道："勃兰特真的辞职了。这真是命运的捉弄：我们花了那么多年来炮制对付他的计划，现在我们不再希望，甚至害怕他下台了，却发生了意外：是我们自己，触动了扳机，射出了子弹。"[2]

颇具讽刺意味和悲剧性的是，勃兰特和沃尔夫最初的政治立场和职业道路在很多方面都十分相似。二人的交情始于二十九年前纽伦堡审判期间，二人曾在记者营共同度过了几个月。

1945 年秋天的勃兰特还是一个无名小卒。这个吕贝克人早年曾是社民党中的左翼分子，1931 年，社民党在保守派政府面前的懦弱表现令勃兰特失望至极，这位社民党日后的代言人因此愤而退党，加入了从社民党中分裂出的社会主义工人党（SAP）。1933 年纳粹取缔社工党后，他投身抵抗运动，最终被迫流亡海外。流亡挪威期间，他继续以社工党成员的身份参与反法西斯斗争。他放弃了本名赫伯特·弗拉姆（Herbert Frahm），改以维利·勃兰特自称，并开始在政治活动之余从事新闻工作。1937 年，他作为战地记者报道了西班牙内战。德国占领挪威后，他又逃往瑞典，继续他的事业。

1945 年 11 月 8 日，也就是德国投降半年后，勃兰特作为奥斯陆《工人报》及其他几份工会报纸的特派记者飞抵德国。[3] 审判开始前不久，他才从不来梅出发，经法兰克福抵达这座名 [186] 歌手之城，以挪威公民的身份入住记者营。他的新闻许可证还

220

是从英国驻挪威公使馆获得的。九年的流亡生涯后，迎接勃兰特的是已成废墟的德国，种种景象令他沮丧不已，像是一场"阴森的梦境"，一种"会在半梦半醒间袭来的、恐怖的幻觉"。[4]

与年长十岁的勃兰特一样，马库斯·沃尔夫也在1933年逃离了纳粹迫害，跟随家人踏上了流亡之路。然而，与日后的对手相比，沃尔夫的家庭条件要优越得多，还有着几乎与生俱来的文学基因。勃兰特是私生子，从未见过自己的父亲，他由继祖父抚养，在工人运动的氛围中长大成人；沃尔夫则出身于教养良好的市民家庭。他的父亲弗里德里希·沃尔夫（Friedrich Wolf）是一名支持自然疗法的医生，同时也是一名剧作家，其剧本《氰化物》在1929年的公演中大获成功——这部戏剧的故事发生在柏林工人阶层中，抨击当时德国将堕胎定为非法的刑法第218条，认为它造成了社会不公。作为坚定的共产主义者，弗里德里希·沃尔夫在剧中公开谴责这条法令，指责它每年让八十万名母亲沦为罪犯。关于该剧的政治宣传色彩评论界褒贬不一。后来和马库斯·沃尔夫在纽伦堡审判初期有过接触的埃里希·凯斯特纳当时曾在《新莱比锡报》上发表剧评称，《氰化物》是一部"毫无艺术技巧的作品"。它的成功与美学无关，而是有赖于"真实的社会情感和素材呈现"。[5]

弗里德里希·沃尔夫政治上的激进早有显现。1928年，他在文章《艺术即武器》中阐述了自己的创作纲领：艺术绝不是没有目的的，艺术是消除当时亟待解决的社会和政治弊病的重要工具。1933年，他在流亡期间写下剧本《马姆洛克教授》，向反犹主义发出了激烈控诉，这也让他在德语世界之外声名鹊起。《人民观察家报》在1931年就将他称为"对公众危害最深的东欧犹太布尔什维主义的代表"之一。既是共产主义者、又是犹太人的弗里德里希·沃尔夫承受着双重的敌意，1934年，他便举家去莫斯科定居。

弗里德里希的儿子马库斯出生于施瓦本小镇黑兴根。他最初立志成为一名航空工程师，并顺理成章地进入了莫斯科一所航空学院学习。但随着德军在1941年向苏联推进，他被迫中断学业，转入共产国际执行委员会设在偏远地区的一所党校。这所学校专门培训各国骨干人才，既是为了让他们赴德执行秘密任务，也是为战后做准备。在党校期间，这些共产党干部接受了全面的磨炼和培养，他们需要学习共产国际历史、武器使用、手枪射击，还有辩论和说服技巧。然而，沃尔夫刚刚完成第一年的学业，执行委员会就宣布解散，这很大程度上是对同在反法西斯阵营中的西方盟国的让步。[6]

在父亲的影响下，沃尔夫在德国人民广播电台找了一份电台记者的工作，该电台由德国共产党（KPD）的流亡党员创办，也向德国境内广播。沃尔夫成了一名播音员，负责播报战事评论，还参与了针对德国的心理战。在此期间，他加入了德国共产党。战争结束后，他和六位同事一起被瓦尔特·乌布利希[①] 派

[188]

---

① 德国共产党（后与社民党合并为德国统一社会党）核心人物之一，1960—1973年担任东德最高领导人。他于二战期间流亡苏联，战后回到柏林，负责在苏占区为德国共产党建立权力基础，并协助组建行政管理机构。

往柏林，在苏占区筹建一个反法西斯的德国电台——柏林广播电台。他不太情愿地接受了这项工作。就这样，马库斯·沃尔夫突然成了曾经的帝国广播电台的主管之一，手下一度管理着六百名员工。作为苏占区政府指派的人员，沃尔夫的事业进展顺利，他以米夏埃尔·施托姆（Michael Storm）的笔名发表外事评论，后来又逐步接管了电台几档主要政治节目的审查工作。

## 在记者营

据沃尔夫日后回忆，无论在职业生涯的哪个阶段，他总是同事中年纪最小的那个。他作为记者来到纽伦堡时只有 22 岁，成为东德对外情报局局长时年仅 29 岁。他的职业道路离不开父亲的支持，这把"理解马库斯·沃尔夫的钥匙"[7]返回东德后在文化政治领域颇具影响力，并在 1949 年被任命为东德驻波兰大使。

1945 年 11 月，马库斯·沃尔夫作为柏林广播电台和《柏林日报》的特派记者，和两名苏联军官一同前往纽伦堡旁听审判。这个机会还是他毛遂自荐得来的。然而，由于路况不佳、行程延误，他错过了首日的庭审。登记入住也是一件意料之外的麻烦事，沃尔夫这时才知道，德国人根本不被允许入住记者营。于是，他干脆自称苏联人——他的确在年满 16 岁后得到了一本苏联护照，但这本护照已经过期了。不过，记者营的美军军官在这方面并不严格，把守法庭的也是如此。沃尔夫不但顺利入住了记者营，还拿到了一张署名"马克·F. 沃尔夫"的记者证，听起来完全是个美国人。他是少数几位在纽伦堡驻留到审判结束的记者之一。

沃尔夫把记者营的部分经历写进了 1995 年出版的《俄餐的秘密》中，这是一本货真价实的菜谱，其间还穿插有俄罗斯风土人情的介绍。在《纽伦堡的下酒菜》一章中，沃尔夫以轻松诙谐的口吻回忆了在纽伦堡时品尝过的美食。在点评菜品质量之余，他提到，城堡的美国厨师对这些俄国客人大惊小怪——沃尔夫和他的同事们是记者营第一批苏联住客。"我们的到来简直是轰动新闻。俄国人竟然和普通人一样用刀叉吃饭，甚至都不吧唧嘴！"这些新来的客人对培根和罐头玉米组成的标准美式伙食不以为意。沃尔夫略带揶揄地提起，某天晚上，他陪苏联著名作家符谢沃洛德·维什涅夫斯基（Wsewolod Wischnewski）在大酒店用晚餐——"那里的饭菜比较可口"——结果，维什涅夫斯基喝得酩酊大醉、当众出丑，第二天就被苏联代表团责令提前飞回了莫斯科。

沃尔夫住在分配给苏联人的"红房子"里，和三名室友共享一间宿舍，其中就有作家鲍里斯·波列伏依，他当时正在埋头创作《真正的人》。小说讲述了一位苏联战斗机飞行员的英雄事迹：这位"真正的人"在一次坠机事故中失去了双腿，装上假肢后，他重操旧业，加倍英勇地与德军的战机缠斗。在记者营，波列伏依文思泉涌，很快突破了最初的瓶颈，短短十九天

[189]

[190]

就完成了这个激动人心的故事。他回忆道："在白天的审判中，所有人都在用平淡的口吻谈论最为凶残的罪行。在夜间，写作《真正的人》成了一种心理治疗。"这本小说大获成功，售出数百万册，不仅拍摄了同名电影，还被谢尔盖·普罗科菲耶夫改编成歌剧，在西方名噪一时。

沃尔夫和波列伏依等人在城堡中度过了不少愉快的夜晚，当然也少不了酒精的陪伴。"我的室友鲍里斯·波列伏依、谢尔盖·克鲁钦斯基（Sergej Kruschinski）和尤里·科罗利科夫（Juri Korolkow）日后都成了知名作家，他们当时常常为彼此朗读新写的手稿。有时迷人的女翻译尼娜也在场，每当这时，他们就会像瓦尔特堡的歌手那样较起劲来①。这样的夜晚也少不了食物：一根硬香肠、一罐腌黄瓜或腌蘑菇，甚至一块面包、一颗洋葱，只要能当下酒菜（Sakuska），我们来者不拒。"[8]


## 《罪犯与其他德国人》


和沃尔夫的室友们一样，维利·勃兰特也计划写一本书，但不是文学作品，而是一本面向北欧读者、名为《罪犯与其他德国人》的普及读物，这本书给日后的他带来了不小的风波。

---

① 瓦尔特堡歌手之争的典故起源于 13 世纪的中古高地德语文学，传说几位当时最著名的歌手曾聚集在图林根赫尔曼一世的宫廷，演唱自己创作的诗歌，一较高下。瓦格纳的著名歌剧《唐豪瑟》也是基于这一传说创作而成。

在书中，勃兰特将纽伦堡审判中被追究责任的罪犯与"另一个德国"区分开来，对将罪名加诸全体德国人的范西塔特主义提出了尖锐的批评。他指出，德国的现实远比这些观点复杂得多。他详细描述了纳粹是如何以一种魔鬼般的缜密推进他们的计划，将无数他曾经的同胞变成了共犯。这些德国人并不是"天生的罪犯"，而是在极端的环境下沦为了纳粹的工具和牺牲品。他对同盟国不允许德国法官参与纽伦堡审判一事感到遗憾，因为这剥夺了德国人民以自己的名义追究纳粹罪行的机会。在全书末尾，他还呼吁建立相应的社会和制度保障，以防止民族主义的回潮。[191]

这本书于 1946 年在挪威出版，同年又推出了瑞典语版本。但在勃兰特生前，这本书从未有过正式的德文版，只有少数片段被译成德语，又被勃兰特的政敌用以诋毁他。1961 年，时任巴伐利亚基督教社会联盟党（CSU）主席的弗朗茨·约瑟夫·施特劳斯（Franz Josef Strauß）就曾恶意发难道："人们至少有权问问勃兰特先生，您在国外的十二年里都做了些什么？"勃兰特的政敌们散布谣言，称勃兰特曾在 1946 年用外文写过一本丑化德国人的书，名为《德国人与其他罪犯》，并声称他在书中暴露了自己支持集体罪责论的真实想法。他们引用的文段断章取义，显然是为了破坏勃兰特的声誉。[9]

该书德文版已于 2007 年面世。事实上，勃兰特写下它正是为了应对挪威当时的反德情绪。1946 年，挪威人仍对德国战时的占领政策记忆犹新。挪威也不乏范西塔特主义的拥趸，其中包括诺贝尔文学奖得主西格里德·温塞特（Sigrid Undset）和保守派政治家卡尔·约阿希姆·汉布罗（Carl Joachim Hambro）。[10]温塞特曾叱责德国人发展出了一种"部落心性，也就是极端的残忍"，勃兰特写作此书也是为了反驳这种观点。

　　勃兰特当然不是德国人无条件的辩护者。弗兰肯地区的人们就没有给他留下什么好印象。"在纽伦堡及周边城市逗留的几周里，我们要花上很久，才能找到肯承认自己认同纳粹的思想，而不是空有一张党员证的人。"一天，勃兰特身着挪威军服、戴着战地记者的袖标，陪一位丹麦同事前往科堡采访当地的公爵夫人。据他回忆，这位尊贵的女士当时声泪俱下地控诉，她的丈夫遭到了怎样骇人听闻的不公正对待；人们把他关押起来，只是因为他在纳粹时期做过德国红十字会的主席；他所做的一切都是为了祖国与和平，只是"为理想主义所累"[11]。然而事实上，这位萨克森−科堡公爵不仅是希特勒狂热的追随者[12]，甚至还是冲锋队的上级集团领袖。战后，他被控犯有危害人类罪。

　　勃兰特在罪责和责任之间做出了明确的区分。即便是那些无须承担集体罪责的人，也必须肩负整个社会的共同责任。对于那种将纳粹暴行等同于一场自然灾难的观点，他拒不接受。

　　这位未来的联邦总理在纽伦堡总共盘桓了数月之久。1945年，他从秋天待到了圣诞节，新年一过，他又回到了这里，这次一直待到1946年2月底。同年春天和晚夏，他又两次重返纽伦堡。他在1945年给同事奥拉夫·索吕姆斯莫恩（Olaf Solumsmoen）的信中写道："这里有趣极了。"但兴奋之余，勃兰特也感到孤立无援。自己的文章是否抵达了奥斯陆，究竟有没有见报，他一无所知。两地之间的通信条件差得出奇：没有直通电话线，电报也须经伦敦或哥本哈根中转。考虑到这一点，勃兰特的报道不能包含时效性强的内容，因为它们往往要在几天之后才能发表。这迫使他调整写作方式，以适应这些限制。因此，《工人报》上仅发表了六篇署名勃兰特的文章，也就并不奇怪了。[13]

　　这些文章以事实性报道和法庭记录为主，很少进行深入的分析，这从它们直白的标题中可以见得。1945 年 11 月 24 日的报道为《美国检察官昨日在纽伦堡提交了曝光希特勒计划的新文件》，11 月 25 日的是《纽伦堡将迎来重大揭秘》，12 月 5 日 [193]的则是《纽伦堡罪犯一览》。正如最后这则标题暗示的那样，在这篇报道中，勃兰特将被告放在放大镜下逐一审视。"戈林瘦了不少，看起来比过去十二年健康多了。过去的权力和地位在他身上杳无踪影……里宾特洛甫整个人都垮了，或许他那酒商的光鲜外壳里本来就空无一物……绍克尔是图林根的大区代表，在战争期间管理着 1200 万名外籍劳工，他看起来心情不错，总是微笑着坐在那里。他那可憎的容貌几乎与施特赖歇尔不相上下。"[14] 至于是什么让绍克尔的面目如此可憎，勃兰特就没有再展开解释了。他有意避免了任何形式的深入分析，只止步于描写。

　　像许多记者一样，在纽伦堡，勃兰特也为自己的情感套上了一层盔甲。面对审判中揭露的骇人罪行，即便是最坚强的人也难免会被逼往崩溃的边缘。勃兰特后来承认，有不止一次，他差点像那位美国同行一样绝望地向家人发去电报："我再也受不了了，我已经无话可说了。"[15]

在新闻报道中，勃兰特力求与他受到的这些情感冲击保持距离，客观追踪审判的进展，但他在纽伦堡写就的《罪犯与其他德国人》却完全是另一番面貌。这本书是勃兰特深入思考和探索的媒介，他将主要精力都放在了上面，孜孜不倦地写作，只为尽早出版。[16]在书中，勃兰特特意摒弃了报道里那些详细的外在描写，他不再是新闻的记录者，而是一位一针见血的政治观察家、一个严谨的研究者。

这本书致力于呈现"废墟中的清理工作"，这种清理"不只发生在街上，也发生在人们的头脑中"。驻纽伦堡期间，勃兰特在德国满目疮痍的土地上四处走访，在这本书中，他将对纽伦堡审判的印象与旅途中的见闻结合起来，以求解答一个问题：德国是否有过真正的抵抗运动？除此之外，他还深入分析了西方同盟国和苏联的政策，并以他的实地采访为基础，勾勒出战后德国人的生活状况。他还关心不同占领区内的具体情况，思考德国未来在欧洲的位置。这本书的正文共七章，只有两章直接与纽伦堡审判相关，其中第二章几乎逐字记录了控方四位检察官举证的过程。勃兰特离开纽伦堡几个月后，审判结果才最终宣布，这也是《罪犯与其他德国人》不应被视为一本常规审判纪实的原因所在。

[194]

# 卡廷

令人惊讶的是，勃兰特在书中对美苏关系流露出的态度与他日后在联邦总理任上表现出的亲西方、反极权和反共的立场截然不同。当时的他仍乐观地认为，苏联和以美国为首的势力不会走向决裂，因为"这对双方都没有好处"。1945 年到 1946年，他对苏联的态度一直格外温和和小心。1945 年 2 月，距苏联红军对芬兰采取军事行动刚刚过去六年，勃兰特却表示："巴尔干、芬兰和波兰的经验并不意味着俄方打算以强硬、粗暴的方式干涉这些国家的社会生活。"[17] 1945 年的勃兰特还坚信苏联不会对波兰的自由构成任何威胁，甚至提出，苏联是可以与之和平合作的国家——尽管他早在西班牙内战期间就见证了共产主义者是如何借助苏联秘密警察的力量清除异己的。1944 年，他在北欧流亡时写道："作为社会主义者，我们尤其希望与苏联保持紧密的友好关系。"在他看来，这样的关系是"德国人民的未来及欧洲和平稳定的关键前提之一"。[18]

这种立场也影响了他在纽伦堡的报道。无论是在新闻报道还是《罪犯与其他德国人》中，他都对斯大林授意下的卡廷森林大屠杀只字未提，尽管这是审判的焦点议题之一。1940 年春天，在斯摩棱斯克近郊卡廷的一座森林中，大约 4400 名被俘虏的波兰军官惨遭杀害。自 1943 年起，勃兰特曾多次与波兰社会党的代表会面，卡廷事件在国际上引发强烈关注的数周也是如此。但无论是在战时还是战后发表的文章中，他都从未提及这一

[195]

事件。这种沉默直到 1989 年出版的他的回忆录中才被打破。[19]

第二次世界大战期间，苏联境内共有约 2.2 万至 2.5 万名波兰人遭到杀害。卡廷森林的集体枪决只是个开始，在这之后，还发生了多起针对波兰军官、警察和知识分子的屠杀。1943 年春，占领卡廷地区的德军挖出了这些尸体。纳粹政权随即公开指控苏联，一方面是为了宣扬从布尔什维主义的压迫中"解放"苏联人民的论调，另一方面也是为了迫使西方同盟国关注苏联的恶行。对戈培尔和他的喉舌们来说，最重要的是要借此事之机，在战时的反法西斯同盟中制造分裂。

对此，莫斯科的反应则是反将德国人指为元凶。斯大林担心，卡廷事件可能会损害苏联的国际声誉，并因此坚持将此事列入对主要战犯的指控。其他盟国检察官曾极力劝说苏联首席检察官罗曼·鲁登科将军放弃这一指控，因为这将给辩方留下反驳的空间，让他们有机会指控主持审判的国家犯下了令人发指的罪行。然而，鲁登科还是执意将卡廷大屠杀列为纳粹罪行的一个重要例证，并将受害者人数夸大到 1.1 万人。他声称，屠杀事件的始作俑者是一个代号"537 部"的工兵营，由一位名为阿尔内斯（Arnes）的军官指挥。

[196]　　一位曾经的德军军官，赖因哈特·冯·艾希博恩（Reinhardt von Eichborn）在《新报》上读到了鲁登科的指控。他立刻意识到这是子虚乌有的罪名：鲁登科所说的军官实际上名叫弗里德里希·阿伦斯（Friedrich Ahrens），他提到的 537 号部队是一个信号团（Nachrichtenregiment），艾希博恩本人曾在其中服役。

1941 年 12 月到 1943 年 1 月，这支部队一直驻扎在与卡廷森林相距甚远的军营。他随即前往纽伦堡作证，希望为自己所属的部队洗清谋杀嫌疑。阿伦斯本人也专程来到纽伦堡，并于 1946 年 7 月 1 日出庭作证。除此二人外，还有一名德国前军官作为辩方证人出庭。苏方则紧急找来了三名苏联证人，在庭上提出了相反的证词。

纽伦堡审判期间，弗里德里希·阿伦斯也住在诺瓦利斯街上的"证人之家"，可以在市内自由行动。一天晚上，一个自称苏联记者的男人向他搭话，在随后返回住处的途中，他感到有人跟踪他，所幸，当时还有其他同行者。阿伦斯担心苏联情报部门威胁他的生命安全，便在次日向法庭秘书处（Generalsekretariat）报告了此事，并随即被禁止离开"证人之家"。[20] 对法庭而言，这件事正变得愈发混乱而棘手，因为随着波兰方面的证据逐渐浮出水面，西方同盟国也意识到，苏联才是惨案的幕后黑手。最终，庭长劳伦斯决定放弃这项指控。直到 1990 年，时任苏联总统的米哈伊尔·戈尔巴乔夫才最终承认大屠杀是斯大林政权犯下的罪行，并为此向波兰人民公开致歉。

然而在 1946 年，苏方驻纽伦堡审判的评论员不仅坚持将卡廷森林大屠杀的罪责推给德国，还为德国战犯在证词中反驳鲁登科的指控激愤不已，马库斯·沃尔夫正是其中最激动的声音之一，他强硬有力的发言想必让他的上级十分满意。在 1946 年 7 月 3 日为柏林广播电台撰写的每日评论中，他写道："这帮胡编乱造的无赖（即有纳粹背景的记者）最喜爱，也是唯一的伎俩，就是把自己的罪行栽赃给别人。巧合的是，针对汉斯·弗里切的辩护刚刚结束，卡廷事件就被推上了风口浪尖，这正是纳粹最卑鄙的挑拨。尊敬的各位听众，我建议您仔细阅读纽伦堡系列报道中与卡廷大屠杀有关的部分，以见识弗里切所用的那些令人发指的手段。当他在麦克风前怒斥所谓'他人的罪行'时，他再清楚不过，这些波兰军官是被帝国保安总局奉上级之命杀害的。"[21]

借卡廷惨案这一话题，沃尔夫也警惕他的听众，要警惕"胡根贝格派"①中弗里切的帮凶。这些人没有被法庭起诉，但人们必须提防他们日后会发起复仇式袭击。审判过去六十年后，沃尔夫在《每日镜报》的一次采访中提起了当年关于卡廷的报道。"我当时也相信此事是德国所为，"他带着歉意承认道，"（除此之外，）苏联检察官什么都没有告诉我。"[22]

## 斯大林的媒体攻势

在纽伦堡，这位年仅 22 岁的年轻人谨遵斯大林分辨敌友的原则："不和我们站在同一立场的，就是我们的敌人。"沃尔夫的报道始终从阶级立场出发，严格遵守苏联宣传部门事先制定

---

①阿尔弗雷德·胡根贝格（1865—1951）是一名极右翼媒体巨头，曾在魏玛共和国时期利用手下的新闻机构煽动舆论、发起宣传攻势，成功帮助纳粹党上台。胡根贝格集团掌握着德国大量重要报刊、杂志和文化产业，战后仍在持续发挥影响力。

的方针，要"借这场审判掀起舆论的浪潮，让（德国）人民兴起（对被告的）仇恨和鄙夷"。[23] 审判开幕之际，苏占区人民教育管理处曾要求电台广播一档特别节目，并规定了这样一句特定的话作为结束语："纽伦堡的被告是德国最恶劣的敌人。"[24] 为此，必须将谴责的对象类型化，人们唾骂的不是具体的个人，而是他们所代表的抽象概念。相关报道中刻意抹去了这些人的具体性格和特征。沃尔夫明确提醒他的听众们，关注这些战犯在监狱图书馆中读了什么书、是否参加礼拜是毫无意义的，因为这相当于"给予他们一种他们不配得到的荣誉"。[25] 他一再强调，资本主义制度才是纳粹罪行的根源所在。 [198]

沃尔夫有意采用了一种感情充沛的报道风格。在评论中，他用生动而真挚的语言历数德军在苏联造成的不计其数的破坏和灾难。1946 年 1 月 28 日，他在《柏林报》中摘录了奥斯维辛幸存者玛丽-克劳德·瓦扬-库蒂里耶的证词，她强大的内心和她在庭前镇定自若的表现打动了许多人，沃尔夫也对她深表钦佩。他呼吁对全体被告判处死刑，并在 1946 年 7 月 31 日的每日广播中表示："这 21 名被告无一例外都犯下了死罪。"这样的判决正符合"进步的人性"的期望。

沃尔夫是斯大林的崇拜者，不惜为之摇旗呐喊，并始终坚定贯彻他的新闻政策。他没有忽视斯大林在"大清洗"中杀害了数万人的事实，但这并未动摇他对这位苏联独裁者的信仰。很多年后，他依然坚称："斯大林是我们事业的化身，一项有益而崇高的事业。"[26] 然而，审判的结果与沃尔夫的期望背道而驰。

只有 12 名被告被判处死刑，3 人被判无期徒刑，4 人被判长期监禁，另外 3 人则被无罪释放。西方国家的法官无法满足沃尔夫的期望，苏联法官虽然极力争取全体死刑的判决，但在投票中仍以少数落败。判决宣布后，沃尔夫在他的评论中对后者表示了支持。

勃兰特对盟军的非纳粹化政策始终持怀疑态度，甚至称其为"官僚主义的猎巫行动"[27]。沃尔夫则不然，他主张在此事上采取强硬立场。沃尔夫是集体罪责论的支持者，勃兰特强烈要求的德国法官参与审判在他看来完全不值得考虑。在他于审判结束之际写下的评论《世界法庭判决已定》中，沃尔夫认为，德国人民既没有觉悟，也没有力量去"清除自己结下的恶果"，因此，必须有一个国际法庭代为裁决。

[199] 回顾整场审判，沃尔夫在文章中给出了正面评价，并呼吁全体德国人从他们的错误中汲取教训。柏林广播电台不仅向德国，也向奥地利播送了这篇评论。但沃尔夫想必也预料不到，这些话竟会被拿来审判他自己。1993 年，联邦法院以叛国罪和从事谍报活动罪起诉沃尔夫，在庭审中，检察官就引用了这篇评论中的语句向他发难。当时的他曾在文中反问道："在这样一场审判之后，谁还能做出剥夺他人自由之事？"如今批评者以此来向他证明，作为东德政权的高层领导之一，他所做的正是当年不齿的事：剥夺他人的自由。

在纽伦堡记者营期间，沃尔夫和勃兰特经常擦肩而过，但两人都没有留意过彼此。"我后来才知道，勃兰特当时也在那

里为挪威媒体做报道，当时还没有什么人认识他。"沃尔夫在
2005年《每日镜报》的采访中回忆道，"我那时在举行审判的
司法宫里有一间工作室，在那里，我学会的第一件事就是使用
电传打字机。我每天要向柏林发送两段十五分钟的报道，分别
关于上午和下午的庭审。从1946年起，这些署名'柏林广播电
台特派记者'的报道还会同步刊载在《柏林报》上。只有在特
殊情况下，我才会直接通过电话线路播音。"记者营的生活还给
沃尔夫留下了"终身纪念"：1945到1946年的跨年夜，他在城
堡的宴会厅被一颗落下的水晶球击中额头，留下了一道永久的
疤痕。当时一群记者酒精上头、失去自控，跑去摇晃大厅的枝
形吊灯，酿成了这场"流血事件"。在纽伦堡这段插曲后，沃尔
夫继续在柏林广播电台工作，直到1949年。这一年，他开始在
政坛上光速崛起，从东德驻莫斯科大使馆参赞一路升至对外情
报局的局长。

　　至于勃兰特，纽伦堡成了他一生中重要的转折点。1945年，
他正在为生活在挪威还是德国犹豫不决。当时的他是挪威公　　[200]
民——他在战时被剥夺了德国国籍，直到1948年才重新入籍德
国——他的事业和人际关系都已深深扎根于斯堪的纳维亚。他
的妻子和孩子都住在挪威，那里还有他的情人露特·伯高斯特
（Rut Bergaust），后者后来成了他的第二任妻子。然而，勃兰特
对祖国仍旧怀有深厚的感情，因此在法贝尔堡逗留期间，他也
在试探自己留在德国的可能性。他写信给当时正在着手重建社
民党的库尔特·舒马赫（Kurt Schumacher）；借外出旅行之机与

亲人和曾经的同志们恢复联系；1945 年 5 月，他还在自己的出生地吕贝克发表了题为《德国与世界》的演讲，同年更是收到了出任吕贝克市长的邀请。

今天的人们将勃兰特称为"务实的远见者"，面临人生抉择时，他也的确做出了最务实的选择。他决定先以挪威公民的身份在柏林工作——对他来说，吕贝克还是太狭小了。他先是被任命为挪威驻柏林军事代表团的外交专员，1949 年，他又作为社民党议员进入了德国联邦议院。一段辉煌的政治生涯就此展开。尽管他 1944 年就加入了社会工人党，但后者很难称得上是一个正统的共产主义政党[28]。勃兰特真正认识到现实存在的共产主义意味着什么，是在 1948 年春天："二月事件"[①]后，共产党在捷克斯洛伐克全面掌权，这也标志着民主制度在事实上的终结。这一事件对勃兰特立场的转变有着决定性的影响，正如彼得·默泽布格（Peter Merseburger）所写，他从"团结共产党、组成反法西斯联盟这一路线的支持者变成了一名'冷战人士'"。[29]这一立场一直持续到柏林墙建立后的头几年。

东德和平革命行至高潮之时，据说沃尔夫曾以改革派的身份出现在 1989 年 11 月 4 日的柏林亚历山大广场——针对统一

---

[①]二战后，捷克斯洛伐克共产党和社会民主党、国家社会党和人民党等党派组成了联合政府。然而，随着冷战局面逐渐形成，捷共和联合政府中其他党派间的冲突也愈发严重。1948 年 2 月，政府中十二名非共产党人部长辞职，以促使政府重新选举。捷共随即组织群众集会和全国性罢工，向当时的总统贝奈斯施压，迫使其签署通过了全部由共产党人组成的新政府名单，史称"二月事件"。

社会党的大型示威活动现场。当时这位前国安部对外情报局局长在政治上已经成了少数派。不过，在此后的数年间，他在媒体上成功将自己包装成了一个绅士般的东方间谍和知识分子，并从1986年起投身写作。他在文学上最成功的作品名为《三驾马车》，讲述了他的弟弟康拉德和另两位朋友截然不同的人生轨迹。该书于1989年同时在东德和西德出版，他在书中以批判性的视角回忆了30年代斯大林恐怖统治下的莫斯科生活，引起了不小的轰动。 [201]

如果沃尔夫所言非虚，他在晚年曾试图与勃兰特和解。关于这位诺贝尔和平奖得主①，他在回忆录中写道："我曾亲自向维利·勃兰特道歉。我领略过他伟大的人格，当时是1992年，也是他去世前夕，那时他曾出言反对对我提起刑事诉讼。但我并没有如愿见到他，他认为这会勾起太多痛苦的回忆。"30

------

① 1970年12月7日，勃兰特在访问波兰期间，于华沙犹太区起义烈士纪念碑前献花后，自发下跪致意，这一举动被称为"华沙之跪"，象征德国对纳粹受害者的忏悔。此举不仅赢得了国际社会的广泛认同，也为勃兰特推行"新东方政策"、改善与东欧国家的关系奠定了基础。1971年，勃兰特被授予诺贝尔和平奖，以表彰他这一外交政策的贡献。

## 注释:

1. 摘自 A. Reichenbach, *Chef der Spione*, S. 112 f。

2. 摘自 M. Wolf, *Spionagechef im geheimen Krieg*, S. 496。

3. W. Brandt, *Verbrecher und andere Deutsche*, S. 12.

4. P. Merseburger, *Willy Brandt*, S. 227.

5. A. Reichenbach, *Chef der Spione*, S. 29.

6. 同上, S. 49。

7. 同上, S. 31。

8. M. Wolf, *Nürnberger Sakuska*, S. 89.

9. 记者约阿希姆·西格里斯特（Joachim Siegerist）20 世纪 80 年代末出版了《罪犯与其他德国人：维利·勃兰特的丑闻之书》。Vgl. J. Siegerist, *Verbrecher und andere Deutsche. Das Skandal-Buch Willy Brandts*, Bremen 1989.

10. 参见此书序言：W. Brandt, *Verbrecher und andere Deutsche*, S. 11。

11. W. Brandt, *Links und frei*, S. 405.

12. J. Oltmann, *Seine Königliche Hoheit der Obergruppenführer*, in: Die Zeit, 18. 1. 2001, https://www.zeit.de/2001/04/Seine_Koenigliche_Hoheit_der_Obergruppenfuehrer/komplettansicht?utm_refrrer=https%3A%2F%2Fde.wikipedia.org%2F.

13. W. Brandt, *Verbrecher und andere Deutsche*, S. 13.

14. W. Brandt, *Nürnberger Verbrecher-Revue*, S. 129 ff.

15. W. Brandt, *Erinnerungen*, S. 145.

16. 勃兰特在 1946 年还写下了两本小册子，分别名为《纽伦堡审判中的北欧问题》和《纽伦堡、挪威与审判》，同年分别于斯德哥尔摩和奥斯陆出版。Vgl. A. Bourguignon, *Willy Brandt et le procès de Nuremberg*.

17. 摘自 R. Behring, *Normalisierung auf Umwegen*, S. 48。

18. 同上, S. 47。

19. 同上, S. 49。

20. A. Kohl, *Das Zeugenhaus*, S. 164.

21. A. Diller/W. Mühl-Benninghaus (Hg.), *Berichterstattung über den Nürnberger Prozess gegen die Hauptkriegsverbrecher*, S. 185.

22. M. Wolf, *Göring versuchte noch, den Chef zu spielen*, in: Der

Tagesspiegel, 1. 11. 2005, https://www.tagesspiegel.de/kultur/goering-versuchte-noch-den-chef-zu-spielen/655412.html.

23. A. Bartlitz, Von «*gewöhnlichen Ganoven*» und «*erbärmlichen Kreaturen*», S. 87.

24. H. Krösche, *Zwischen Vergangenheitsdiskurs und Wiederaufbau*, S. 62.

25. 摘自 C. Bartlitz, Von «*gewöhnlichen Ganoven*» und «*erbärmlichen Kreaturen*», S. 69。

26. 摘自 A. Reichenbach, *Chef der Spione*, S. 41。

27. P. Merseburger, *Willy Brandt*, S. 227.

28. R. Behring, *Normalisierung auf Umwegen*, S. 40.

29. P. Merseburger, *Willy Brandt*, S. 282.

30. M. Wolf, *Spionagechef im geheimen Krieg*, S. 294.

# 第十一章
# 丽贝卡·韦斯特与法官的婚外情

法西斯主义是在借幻想盲目地逃避必要的政治思考。

——丽贝卡·韦斯特

当人们意识到，审判显然要持续到 1946 年晚夏时，沮丧和无聊的情绪笼罩了整个法庭。经过了戈林的交叉询问引起的风波，对其余被告和证人漫长的询问显得格外难熬。犹太记者列维·沙利坦（Levi Shalitan）将其称为"口香糖审判"，不仅因为被告和安保人员都有嚼口香糖的习惯，更因为"口香糖完美概括了审判的现状：甜味和薄荷的刺激早已消散，留下的只有口腔里无聊的拉扯和吮吸"[1]。英国助理法官诺曼·伯克特也认为这些堆积如山的文件和长篇累牍的证词毫无意义，1946 年 5 月 23 日，他在笔记中写道，自己的生命正在白白流逝，这种浪费时间的荒谬行为让他近乎绝望。

在其他德国城市也有针对纳粹官员的小规模审判，但往往几周之内就能做出判决。纽伦堡则完全是另一副情形。最令法官和律师们头疼的莫过于一丝不苟的法律程序，他们不得不长时间面对着大量枯燥的细节。除此之外，同盟国的法官之间也毫无信任可言。英美法官怀疑苏联证人证词的真实性，也不赞同苏联控方团队的行事方式。诺曼·伯克特称苏方的诉讼策略"极其原始"。然而，他也无法改变这一状况，只能找些新鲜的消遣，来排解内心的极度郁闷。

[204]

这位文学爱好者最终找到了一个独特的排遣方式：偷传写有即兴诗句的纸条。伯克特和几位法官同事关系不错，常在晚间结伴打牌、参加晚宴，他也乐于用押韵的诗句表达对一天中这些高光时刻的渴望。在一次庭审中，他给美国法官弗朗西斯·比德尔（Francis Biddle，1886—1968）写下了这样一首诗：

> 伯克特致比德尔
> 　　写于一个枯燥的下午之后
> 四点半过，我无精打采，
> 脑中尽想昏沉睡去；
> 但天啊！我是多么期待，
> 七点半能与弗朗西斯欢聚。[2]

伯克特晚间消遣的希望所在，弗朗西斯·比德尔，是美方的法官。审判开始前，这位年逾花甲的老人本有希望成为法庭

242

庭长，但出于一些外交上的考虑①，这个位置最终交给了英国法官杰弗里·劳伦斯爵士。这一结果并没有打击比德尔的自信。他在日记中写道，尽管如此，他依然会"把持全局"，因为缺乏经验的劳伦斯必然完全仰仗他的帮助。嫉妒和权力较量也同样体现在他和美国同胞罗伯特·H.杰克逊的相处中。杰克逊比比德尔年轻，但他的晋升之路始终更快一步。1940年，杰克逊升任美国司法部长时，比德尔还只是副总检察长。如今，二人的地位发生了反转，杰克逊必须证明控方的各项指控，但最终的裁决权掌握在法官比德尔手中。

在杰克逊的团队看来，比德尔是个完全不受欢迎的角色。控方的托马斯·J.多德（Thomas J. Dodd）在杰克逊返回美国后接替他担任首席检察官，他在私人信件中对比德尔及其能力极为不屑。他在写给妻子的信中抱怨道："比德尔的卑鄙简直没有[205]底线，但这里的所有人都清楚他不过是个草包，甚至毫无人品可言。他会把这场审判变成一场闹剧。"在信的末尾，他绝望地感叹道："人们竟然把如此重大的责任交到了这样一个人手上！"³ 和多德的悲观形成鲜明对比的，是比德尔在杰克逊对戈林的交叉询问后表现出的幸灾乐祸。他在信中洋洋得意地向妻子描述，这位同胞在这场言辞较量后是如何呆坐在法庭中，看上去"沮丧、受挫，对自己的惨败心知肚明"。⁴

---

①美方在审判前期的准备工作中起到了绝对的主导作用，控方的首席检察官杰克逊也是美国人。为了不引起把持法庭的嫌疑，美方放弃了推举比德尔成为庭长的计划。

比德尔出生于费城一个古老而有名望的家族，在法官同事面前，他通常一副绅士做派，但有时也会流露出傲慢之气，甚至不惜以贬损他人的方式抬高自己。他和英国人诺曼·伯克特的共同点在于，二人都对自己在法庭上的角色感到不满。比德尔没能成为庭长，而伯克特本应是英国正式法官，却被降为助理法官，失去了投票权。比德尔没有掩饰他的不忿，正因如此，在控方成员特尔福德·泰勒看来，他并不适合担任庭长，因为他"无论如何也无法像劳伦斯那样，自然地流露出公正的气质"[5]。 [206]

丽贝卡·韦斯特（1892—1983）对比德尔则完全是另一番看法。韦斯特是英国新闻界的泰斗，她的到来在纽伦堡备受关注。[6] 1946年7月底，她抵达了这座弗兰肯小城，接替珍妮特·弗兰纳为《纽约客》撰稿，后来又为《每日电讯报》提供报道。韦斯特原名西西莉·费尔菲尔德（Cicily Fairfield），"丽贝卡·韦斯特"的笔名取自易卜生剧作《罗斯莫庄》中的同名女角色。"要去生活、去工作、去行动，不要坐在这里苦思冥想"，她的这句宣言也被韦斯特奉为自己的座右铭。在伦敦，她先是接受了戏剧表演训练，同时投身妇女参政运动，但不久就离开了舞台，开始用笔名发表文章，并自此走上了女权主义者和文学评论家的道路。年仅20岁，她就以机智犀利的文风名扬天下。

韦斯特和她激烈批评过的作家之一——赫伯特·乔治·威尔斯有过一段感情。二人最初结识只是出于好奇，但很快就成了文学上的知交，最终发展为恋人，并育有一子。然而，威尔斯当时已经处在一段开放婚姻当中，韦斯特只是他众多情人中的一个，他拒绝为她改变这种生活方式。韦斯特同意对儿子生父的身份保密，她自己也对外宣称这个孩子是她的侄子，这使得母子二人的关系始终十分紧张。作为报复，她的儿子后来在一本影射小说中公开了父母的身份。

1928年，韦斯特结识了后来的丈夫，银行家亨利·马克斯韦尔·安德鲁斯（Henry Maxwell Andrews），二人于1930年结婚。这段婚姻让韦斯特的生活稳定了下来。她在新闻和写作事业上都卓有成就，在写作上也愈发自信，勇于打破传统，出版了几部针砭时弊的小说。工作为她带来了大量的物质财富，但她的情感生活却陷入了停滞。在七年的婚姻之后，安德鲁斯开始逐渐与她疏远。二人都有过婚外情，但至少对韦斯特来说，这种关系并不能带给她长久的满足。1946年夏天的纽伦堡之行正是她所期待的转机，这位"世界上最优秀的女记者"（这一称赞来自美国总统杜鲁门）正在寻求全新的冒险。

[207]  然而，在纽伦堡迎接她的却与这种期待相去甚远。韦斯特见识到的审判，正是它让伯克特和比德尔灰心丧气的那一面。她写道："纽伦堡绝佳的象征是一声哈欠。"[7]这种被局限在狭小空间内、与世隔绝的生活让所有参与审判的人都情绪烦躁。"住在纽伦堡本身就像一种监禁，即便对胜利者来说也是如此。"韦斯特也很快意识到，晚间的聚会是这里仅有的消遣。抵达这里几天后，她就在一次晚宴上与弗朗西斯·比德尔重逢，这让她十分喜悦。他们在美国见过两面，最近一次是在1935年，当时韦斯特正在为大萧条后的经济和社会改革做系列报道。早在那

时，二人就聊得十分投机，也都隐约被彼此拨动了情弦。

韦斯特告诉比德尔，她在纽伦堡是在为《纽约客》报道。这让比德尔感叹道，这本杂志是他在审判期间少有的慰藉之一。他一直关注着韦斯特，通过作品了解她的生活。比德尔本人也是一名文学爱好者，还在 1927 年出版过一本小说。他们的对话很快转向了审判本身。当韦斯特提到，她担心自己对审判的背景了解不足时，比德尔便顺理成章地邀请她到自己的别墅做客，以便为她做更详细的介绍。两人交流甚欢，关系逐渐拉近，见面也愈加频繁，还在周末一起于附近的森林和村庄漫步。韦斯特为比德尔的魅力深深着迷，还向他的一位同僚提起："审判席上唯一的贵族竟是个美国人，这不是很有趣吗？"[8]

韦斯特和比德尔很快发展成了恋人。他们试图对这段关系保密，但流言还是迅速在法庭周围传播开来，毕竟，韦斯特时常离开记者营，去比德尔的别墅过夜。巧合的是，别墅卧室的床铺上方正好悬挂着一幅被韦斯特形容为"极具色情意味"的油画，描绘了爱神陪伴下的维纳斯。她和比德尔在这段关系中这样毫无顾忌，也与当时笼罩着纽伦堡的、"懒洋洋的色情氛围"（菲利普·费尔语）不无干系。韦斯特日后回忆道："当时城里的每个男人背后，都有一个女人在美国等待着……但除了渴望与人肌肤相亲，他们还渴望得到安慰和安慰别人。"在对情感慰藉的渴求下，人们更容易屈服于欲望，即便这样的关系通常并不长久。"这些短暂的爱情往往是纯洁的，但也有人不愿满足于此。"[9]

[208]

韦斯特的同行格雷戈尔·冯·雷佐里就是后一种，他毫不美化自己在审判期间的滥交行为。"那是一段混乱的日子，我只是顺应了当时的气氛。"这个花花公子日后在自传中承认道，"我们的第三个儿子，也就是最小的那个在汉堡出生（1946 年），几天后，另一个女孩也在同一家诊所来到人间。两位母亲都在麻醉后的昏沉中指认我是那呱呱坠地之人的父亲。"[10]

　　比德尔和韦斯特此前都在性生活中感到了压抑。53 岁的韦斯特与丈夫已有多年未曾有过肌肤之亲，比德尔则告诉她，为了报复生育第二个孩子时承受的痛苦，他的妻子凯瑟琳从一年半前也开始拒绝与他发生关系。[11]韦斯特和比德尔让彼此感受到，尽管都已青春不再——比德尔当时也已有 60 岁——他们仍然值得被爱慕和追求。他们在纽伦堡找回了在家中无法获得的激情与慰藉。他们的关系从那一年的 8 月 6 日起中断了几周，因为韦斯特需要返回英国。这段短暂的分离催生出了许多充满柔情的书信，其中也不乏挑逗的傻话。韦斯特会把她为《纽约客》撰写的稿件发给比德尔修改，后者则会点评她的作品。当她在文章中描写到纽伦堡司法宫时，她特意提到，走廊里陈设着一个爱欲的符号——一只狗的大理石雕像，它象征着当时身处纽伦堡的人们孤独的情感状况，因为它也"正在等待它的主人"。比德尔催促她早日归来，他已经迫不及待，想要再次听到她用英式口音对他说："可爱，弗朗西斯，真可爱。"

　　韦斯特在 9 月 26 日返回纽伦堡后，就与比德尔恢复了肉体上的亲密关系，这也在她的写作中得到了反映。正如历史学家安内克·德·鲁德尔（Anneke de Rudder）指出的那样，韦斯特在文章中"彻底性化了纽伦堡审判"[12]。无论她是想以此为噱头引发争议，还是试图以一种不同寻常的视角看待被告，没有一位记者像她这样强调戈林的情色魅力。汉斯·哈贝将这位前帝国元帅比作"失业的司机"，威廉·夏伊勒的比喻是"船舶报务员"，菲利普·费尔则形容他像文艺复兴时期的切萨雷·波吉亚①那样的雇佣兵队长，而韦斯特则在《纽约客》的报道中写道："戈林的外表暗示着一种浓重但又隐晦的性魅力……有时，尤其是在他情绪高涨的时候，他会让人联想起一位老鸨。人们在马赛那种倾斜街道两旁的大门边还能见到类似的人物，她们总在上午晚些时候出没，即便只是站在那里休息，脸上也牢牢挂着职业性的假笑。她们养的胖猫在主人扬起的裙子上蹭来蹭去。"在9月7日发表在《纽约客》上的报道中，她甚至将审判比作一场历史性的脱衣舞秀，被告们纷纷拉低了裤子供人窥视。她还称曾经的全国青年领袖巴尔杜尔·冯·席拉赫"像个女人"，这种贬低方式显然是有意为之。[13]

[209]

在战争时期的宣传中，缺乏男性气概、同性恋、阳痿或"娘们儿一样"是侮辱敌军的常见方式。一首在英国士兵中非常著

[210]

---

①一位极具传奇色彩的贵族与军事将领。他是教皇亚历山大六世的私生子，凭借家族势力和个人的政治手腕迅速崛起，成为教皇国的军事统帅。在父亲的支持下，他率领雇佣军在意大利中部展开大规模军事征服，将原本由封建领主割据的土地收归教皇国控制。以手段果决冷酷知名。马基雅维利在《君主论》中对其政治才能与权术手段给予了高度评价。

248

名的小曲就给《波基上校进行曲》填进了这样的歌词："希特勒，他只有一个蛋；戈培尔，有俩但非常小；戈林连蛋都很无聊，可怜的老希姆莱一个都没有！"女权主义者丽贝卡·韦斯特把这套充满大男子主义和性别歧视的话语以比较文雅的方式吸纳进了报道中。在她看来，语言之战并未随着战争结束。在她的情人忙于评判控辩双方的法庭交锋时，她也继续在自己的阵地上战斗。

## 栽满仙客来的花房

　　韦斯特惯于从私人生活中汲取写作的灵感。她如地震仪一般捕捉着外界的刺激，从中发散出一连串的联想。与比德尔恋爱期间，她常常往来于记者营和他在纽伦堡的住处康拉迪别墅。一天，城堡公园里的花房引起了她的兴趣，她以此为题，写下了《栽满仙客来的花房》一文。她写道，在一个金灿灿的秋日傍晚，她在散步时偶然发现以往从未留意过的花房敞着门。她走了进去，眼前的景象让她惊奇不已：花房内整齐排列着一株又一株花卉，有山萱兰、报春花，还有大量的仙客来。惊讶之余，她也感到十分荒谬。在满目疮痍的德国，商业已经彻底瘫痪，纽伦堡的人们连鞋子、水壶和毯子这样的生活必需品都买不到，但在记者营的公园里竟有一桩红火的花卉生意。这里的园丁是一位从东线战场归来的退伍老兵，只有一条腿是完好的。在伯爵一家的许可下，他开始管理这间花房，还成功将鲜花兜售给了同盟国的顾客。在与韦斯特的交谈中，这位勤奋的花匠最关心的问题竟然是在判决即将宣布的当下，是否会举行其他后续审判，因为这关系到他能否在重要的销售旺季——圣诞节赚上一笔。

城堡公园中的这番对话给了韦斯特剖析德国人的性格与心态的契机。在她看来，这位园丁称得上是德国人的某种原型："在他的自我奉献中有某种独特的德意志色彩。"与英法工人不同，这位德国园丁并不把工作视为生存所迫的苦差事，而把它看作能将他带到"另一个维度"的避难所。这种心态积极的一面在于，它会带来高质量的工作成果，但这"并不意味着他是个和善的人。事实上，人们完全可以提出这样的批评，他之所以要在工作中寻求寄托，正是因为他这样的人根本无力改变生活的其他部分，让它们变得可以忍受"。韦斯特指出，这种孤僻的单打独斗意味着责任感的缺失，以及社会和道德意识方面的不足。 [211]

在韦斯特写作这篇报道的几个月前，托马斯·曼也得出过相似的结论。1945 年 5 月 29 日，他在华盛顿那场名为《德意志国与德意志人》的演讲中就曾试图解释德国及其人民在过去几年中酿成这场灾难的原因。他的核心观点是，"德意志本质与魔性（das Dämonische）之间存在着某种隐秘的关系"，毁灭性和创造性的力量在他们的性格中此消彼长。这番分析的一大重点在于音乐，托马斯·曼将其视为德意志灵魂的最高体现。这种灵魂给音乐注入了前所未有的深邃，却也为此"在人类共同生活的领域中"付出了沉重的代价。内向性（Innerlichkeit）往往造就了德国人狭隘和避世的倾向，而他们性格中易受引诱的一面则会滑向卑躬屈膝。德国人和世界的关系是"抽象而神秘的"，他们不像其他民族那样，在社会生活中彼此凝聚。

在韦斯特看来，托马斯·曼的所谓"神秘"源自德国人对童话的热爱。法贝尔堡正是一种"建筑学的幻想"，一篇石刻的童话，同时也是德国人心态的象征。她在文章中这样概括纳粹时期代表性建筑的特点："对童话的过度痴迷催生出了这些奇怪的造物，因为建造这些别墅都是为了它背后的幻梦。这一点在这座城堡（指法贝尔堡）中尤其明显。塔楼上的窗户几乎毫无用处，除非长发公主打算从那里垂下她的头发；高层那些古怪的房间……似乎只有童话里坐在纺车边的祖母才能居住；台阶是为了某位王子牵着他的公主走进城堡设计的，'如果他们没死的话，说不定现在还活着。'"

## 刻板印象

韦斯特显然熟读格林童话，但她对建筑和装饰风格就显得不那么在行了。事实上，新城堡及其扩建于1903—1906年的塔楼绝不是另一座新天鹅堡那样的"童话城堡"。这座建筑的确隐约带有中世纪风格，就像它的建筑师特奥多尔·冯·克拉默（Theodor von Kramer）在回忆录中写的那样："按委托人的

251

要求，整座建筑群呈现出城堡般的特点。"[14] 但促使城堡主人亚历山大·冯·法贝尔-卡斯特尔伯爵采取这一设计的，与其说是童话，不如说是对其家族可以上溯到 11 世纪的悠久历史的致敬。韦斯特向读者描述的那种"古德意志式的浪漫"与法贝尔堡的实际风格相去甚远，尤其是它的内部装饰。城堡的室内装潢构成了一个独特的整体，体现了艺术上的开放包容和国际化的视野。不同风格的装饰艺术在此交融：舞厅楼座的装饰借鉴了意大利文艺复兴时期的元素；[15] 伯爵夫人的卧室被称作"柠檬之屋"，全部采用路易十六风格装饰而成；此外还有一间爪哇风格的房间和一间陈列挂毯的大厅。伯爵为修建和布置城堡请来的艺术家也来自世界各地。[16] 韦斯特给她的英语读者呈现了一座刻板印象中的德式城堡，但这并不属实。

她对德国人的印象则不只是陈词滥调，还带有强烈的敌意。 [213]在记者营，持这种态度的人不在少数。当时在战胜国之间本就存在着不成文的规矩，禁止向战败国的民众表现出同情，来达到一种事实上的隔离，但韦斯特的偏激还要更进一步。她有意迎合当时英美媒体中的主流话语，即对德国人再度挑起战争的恐惧。《读者文摘》1946 年 3 月的一篇文章写道，过度的同情只会让"一个因战败和屈辱怀恨在心的德国从废墟中崛起，第三次尝试征服世界"[17]。

在公开发表的文章中，韦斯特的态度还相对温和，但私下里，她便不再掩饰对他们的仇视。早在纳粹实施其恶劣罪行之前，她就抱有这种偏见。她在 20 世纪 30 年代造访德国时，曾在写给姐姐的信中表示不解，为什么英国人在第一次世界大战后没有把这个"令人厌恶的民族"的每一个男人、女人和儿童都消灭掉。她表示："《凡尔赛和约》那种不可理喻的慈悲和仁爱让我难受得咬牙切齿。"[18]

如果说在德国的恶劣行径面前，这种论调还情有可原，那么韦斯特的其他言论进一步坐实了她的争议性。1936—1938 年，她来到巴尔干半岛，并成为塞尔维亚民族主义狂热的支持者。她为"斯拉夫民族的纯洁性"摇旗呐喊，指责克罗地亚人背叛了这种民族性，"像染上疾病一样被奥地利的影响侵蚀"。[19]这些表述悉数载于她 1941 年出版的《黑羊与灰鹰》一书中，这是一部介于游记和叙事文学之间的作品。由此可见，当代研究者批评她"在对种族主义刻板印象的笃信和对暴力的宽容上几乎与纳粹无二"，也并非空穴来风。[20]考虑到这些"前科"，人们或许也应当重新评判她在纽伦堡见到被告席上的阿尔伯特·施佩尔后，评价他"黑得像只猴子"一事。[21]

无论韦斯特是否有种族主义的倾向，她对德国人这个"痴呆的民族"的偏见都是根深蒂固的，尤其是对德国女性。在她 [214] 看来，她们既不聪明，也没有持家的能力。[22]她也注意到了审判由男性主导的情况，但媒体席的情况则与审判席截然相反，女记者在这里占据着相当大的比例。像韦斯特一样的女性不仅有发言权，更主导着审判的新闻报道。她同样没有放过这个讽刺法贝尔堡设计者的机会："对这座城堡最大的冒犯，莫过于这些女记者的到来。它的大厅是为那些被束缚在牢笼般的胸衣里的女性所建……她们的双脚被困在无法快步行走的鞋里，这样的鞋子昭示着，它们的主人注定要享受永远的清闲。"[23]

城堡里的女记者们无福消受这样的清闲，她们必须在快节奏的工作中完成一篇又一篇报道。韦斯特将这些勤奋的女记者视为某种教育工作者，认为她们为女性解放和"再教育"树立了典范。法国犹太女记者马德莱娜·雅各布是她们中尤其突出的一位。韦斯特写道："马德莱娜·雅各布匆匆忙忙地穿过城堡的走廊，几乎在虚空中留下了一道焦痕……她那属于犹太人的美丽脸庞难掩憔悴，却也因知识分子的争强好胜熠熠生辉。这座城堡的建造者想必很难理解当下的局面——这些满手墨渍的吉普赛人竟然赢得了在他们筑起的要塞里安营扎寨的权利。"[24]


## "你是个好孩子，但我真正爱的是我的妻子"


和法贝尔堡那些已故的伯爵夫人相比，韦斯特无疑过着更加独立自主的生活，在她看来她们简直像囚犯一般。然而，身居高位的男性对女人的看法却几乎没有改变，她很快就在同弗朗西斯·比德尔的情感关系中体会到了这一点。后者从未打算给她比情人更高的地位。至少在美国，完美无瑕、忠贞不渝的 [215] 恩爱夫妻的表象仍然不容动摇。当比德尔得知妻子计划来纽伦堡探望时，他立刻感到了不安。他的妻子凯瑟琳·加里森·蔡平（Katherine Garrison Chapin）是一位极富声望的诗人，她的诗作曾被改编成乐曲，由纽约爱乐乐团这样的著名乐团演奏。夫妻二人都是美国公共视野中的知名人物，比德尔也计划在纽伦堡审判后回到美国继续他的事业。他绝不希望自己在弗兰肯积累下的功绩被一场离婚官司消耗殆尽，更不会让任何丑闻妨碍自己在司法界的光辉前程。毕竟，正是他让自己的弟弟、画家乔治·比德尔（George Biddle）在司法部大楼的壁画《法律之生命》（Life of the Law）上，将自己描绘成了一位在道德上无可指摘的一家之主。

[216]

他告诉妻子，他在纽伦堡结识了著名作家丽贝卡·韦斯特。他试图营造出深情的假象，仿佛他与这位英国女作家往来，不过是因为她能代替妻子凯瑟琳填补纽伦堡文学世界的空白。因为缺乏远途旅行的条件，凯瑟琳最终取消了探望的计划，这让他如释重负。

在此期间，韦斯特应《纽约客》的要求去了柏林。面对繁重的工作，也是因为清楚自己肩负的重大责任，比德尔几乎每个工作日都在法官团队中度过，为即将到来的判决做准备。在长达218个审判日的马拉松后，审判终于接近尾声。正是在这段时间，他改变了主意，让阿尔伯特·施佩尔免于一死。在对这位前帝国军备部长的判决上，他起初和苏联法官立场相同，支持对他判处死刑，这就造成了僵局——英法两国的法官都倾向于只判处他长期监禁。最终，比德尔改变了立场，同意判处施佩尔二十年监禁。他在判决理由中写道："法庭认可将以下情形作为减刑的理由……在战争的最后阶段，被告是少数有勇气向希特勒指出德国败局已定，并采取行动防止被占领国和德国领土上的生产设施遭到无意义破坏的人之一。"[25]

从柏林回到纽伦堡后，韦斯特立刻来到了比德尔的别墅。比德尔发现，她变得羞涩而矜持，和在充满激情的书信中截然不同。韦斯特以旅途疲惫为由搪塞了过去，但实际上，她已经预感到他们的关系即将走向终结。在八月写给友人埃曼尼·阿林（Emanie Arling）的信中，韦斯特提到，如果比德尔的妻子一直陪在他身边的话，自己不会有任何机会。此外，在判决即将宣布之际，二人的精神都十分紧绷。个人的感情生活此刻已无关紧要。这是全世界都屏息以待的历史性事件，比德尔必须为此承担切实的责任，而韦斯特则需要找到合适的语言把它载入史册。

[217]

10 月 1 日，判决宣读时，韦斯特就在法庭现场。她观察到，被告们在听取判决时都保持了镇静。她在宣判完毕后写道："我们已经毫无疑问地了解了他们所做的一切，这是纽伦堡审判的伟大成就。任何有读写能力的人都再也不能否认，这些男人是寄生在残忍暴行上的脓疮。"[26]她只对其中一项判决不满，那就是戈培尔宣传部的广播司司长汉斯·弗里切的无罪释放。她认为这是一件"令人遗憾的事"。

宣判之后，比德尔和韦斯特结伴前往布拉格旅行，这座城市比她此前见过的都要美。然而，他们的相处已然被忧郁所笼罩，即将到来的离别奠定了这段旅程的基调。他们在布拉格一起观看的电影像是一则预言，那是大卫·里恩执导的爱情电影

《相见恨晚》，讲述了一段无望的恋情。故事的男女主人公都已结婚，他们清楚地知道这段关系不可能有未来，却还是爱上了彼此。影片虚构的情节与这两位观众眼前的现实几乎如出一辙。

在比德尔最终返回美国前，他陪伴韦斯特回到了她的家乡英国。二人在小镇伊布斯通告别。分手显然对韦斯特的触动更大。她与丈夫的婚姻本就名存实亡，与她一直来往密切的赫伯特·乔治·威尔斯在这一年的8月去世，如今，她又永远失去了比德尔。她在日记中心灰意冷地写道："凯瑟琳赢得了他。"胜利的不是别人，正是那个在她看来善于操纵人心、"鳄鱼一般"的女人。在这样的打击下，她的身体也出现了问题。早在1941年，她就曾在病中写道，身体为了求救"会尽可能强烈地发出警告"。[27] 在与威尔斯的关系中，她也常常在遇到情感危机时患上与他相似的重病，有一次，她彻底失聪了整整一个月。她的[218] 日记中记录了这一次的症状：牙龈感染，左臂和肩膀的中毒性神经炎，还有高烧。

不久后，韦斯特开始撰写《栽满仙客来的花房》一文。她在文中写道，纽伦堡那些处在短命恋情中的人们和被告有着相同的愿望：希望这场审判永远不要结束。[28] 然而，纵使悲伤，他们也不得不承认这样的现实：随着判决宣布，他们的爱情也被宣判了死刑。但韦斯特不愿让比德尔轻易脱身。让她感到恼火的是，她不过是他闲暇时间的玩伴、床伴和抚慰者——也就是说，和纽伦堡许多其他女性一样，只是打发时间、排解欲望的工具。同年8月，她还在写给朋友多萝西·汤普森（Dorothy Thompson）

的信中表示，她梦想与丈夫分开，搬到美国生活。[29] 她不知道的是，比德尔是以最俗套的方式看待这段关系的：婚外情。在他看来，感情本就无关紧要，更遑论爱情。因此，不知道比德尔真实的想法，对韦斯特来说反而是件好事。在 1946 年 7 月 21 日的日记中，比德尔冷漠而轻蔑地写道："明天晚餐，与丽贝卡·韦斯特见面。如果她没变得太胖，就和这个英国女人睡觉。"[30]

在《栽满仙客来的花房》中，韦斯特让一位匿名男子在纽伦堡和情人分手前对她说："你是个好孩子，但我真正爱的是我的妻子。"[31] 这很有可能是比德尔对她说过的话。除此之外，她再也没有在任何作品中提到过他。

---

**注释：**

1.  L. Jockusch, *Justice at Nuremberg?*, S. 131.

2.  摘自 L. Feigel, *The Bitter Taste of Victory*, S. 187 f。

3.  T. J. Dodd, *Letters from Nuremberg*, S. 202, 215, 310. 多德还称，比德尔是一个"极其不可靠的人……一个机会主义者"，甚至是"一个混蛋"。约翰·多斯·帕索斯也称他是个"伪君子"。参见 J. Dos Passos, *Das Land des Fragebogens*, S. 85。

4.  L. Feigel, *The Bitter Taste of Victory*, S. 171.

5.  T. Taylor, *Die Nürnberger Prozesse*, S. 271.

6.  杰弗里·劳伦斯的妻子曾写道，她不理解为什么纽伦堡的人们对丽贝卡·韦斯特的到来如此大惊小怪。参见 C. Rollyson, *Rebecca West*, S. 248。

7.  R. West, *Gewächshaus mit Alpenveilchen*, S. 18.

8.  C. Rollyson, *Rebecca West*, 248.

9.  同上，S. 28。

10. G. von Rezzori, *Mir auf der Spur*, S. 287.

11. Rebecca West, Brief an EmanieArling vom 13. 8. 1946, in: dies., *Selected Letters*, S. 214.

12. Anneke de Rudder, *Ein Prozess der Männer*, S. 53.

13. R. West, *Gewächshaus mit Alpenveilchen*, S. 12 f.

14. 摘自 *Faber-Castell. Zum Jubiläum 1761–2011*, Stein 2011, S. 107。

15. 同上，S. 104。

16. 韦斯特口中那幅挂在餐厅里的"满是女人胸脯的镶金壁画，展现了一个德国女人一生的各个时期"，实际上是由来自密尔沃基的美国画家卡尔·冯·马尔（Carl von Marr）创作的。城堡内的静物画则出自出生于索菲亚的画家拉扎尔·比嫩鲍姆（Lazar Binenbaum）之手。参见 K. Kuehl, *Das Schloss Faber-Castell in Stein*。

17. 摘自此书后记：J. Dos Passos, *Das Land des Fragebogens*, S. 139。

18. 摘自 L. Feigel, *The Bitter Taste of Victory*, S. 190。

19. 摘自 A. Hastings, *Special Peoples*, S. 382。

20. 同上，S. 383, 385; A. Knezevic, *Inhabitants of the Proud Bosnia*, S. 134。

21. R. West, *Gewächshaus mit Alpenveilchen*, S. 10.

22. L. Feigel, *The Bitter Taste of Victory*, S. 190. 在此意义上，《黑羊与灰鹰》中的德国女主角格尔达也被赋予了负面的特质。

23. R. West, *Gewächshaus mit Alpenveilchen*, S. 53.

24. 同上，S. 53 f。

25. 摘自 T. Taylor, *Die Nürnberger Prozesse*, S. 689。

26. R. West, *Gewächshaus mit Alpenveilchen*, S. 124.

27. L. Feigel, *The Bitter Taste of Victory*, S. 208.

28. R. West, *Gewächshaus mit Alpenveilchen*, S. 28.

29. R. West, *Selected Letters*, S. 216.

30. 摘自 T. Taylor, *Die Nürnberger Prozesse*, S. 631。

31. R. West, *Gewächshaus mit Alpenveilchen*, S. 28.

# 第十二章
## 玛莎·盖尔霍恩、海明威的阴影和达豪的冲击

你太勇敢了，勇敢的人是决不会有事的。

——玛莎·盖尔霍恩

1946 年 6 月，也就是玛莎·盖尔霍恩（1908—1998）抵达纽伦堡的几个月前，她的话剧在伦敦大获成功。这完全出乎她的预料。毕竟，这部剧本最初不过是一个冲动的念头，只是友人说服了她，让她将之付诸笔端。在此之前，这位 38 岁的女作家从未涉足过剧本写作，也没有这种打算。她发表过一些长篇和短篇小说，但她首先是一名坚定的新闻记者。盖尔霍恩热爱新闻事业，因为新闻总能带给她"见识和学习新事物的机会"[1]。更重要的是，她有着强烈的使命感，要通过报道揭示社会的不公。

1941 年，战事正紧，同事约翰·多斯·帕索斯的一番言论激怒了盖尔霍恩，因为他在伦敦的国际笔会大会上表示，作家不应当在这个时代继续写作。对此，盖尔霍恩在一封写给出版

商麦克斯·珀金斯（Max Perkins）[①] 的信中愤怒地反驳道："只要一个作家还有一丝勇气，他就应当在任何时代都坚持写作。世界越糟糕，作家就越应该努力创作，因为即便做不了什么建设性的事，来让这个世界更适合人们生活，或是减少世间的残暴和愚蠢，他至少可以记录。除他之外，没有人会做这件事，但这又是一件必须完成的任务。对那些遭到侮辱的人来说，这是他们唯一能够指望的复仇：有人会白纸黑字地记录下他们的遭遇。"[2] 盖尔霍恩不是一般意义上那种客观中立的记者，相反，[220] 她的文章从来都观点明确、立场鲜明、满怀关切。她的报道既是对人类苦难的动情描绘，也是一种愤怒的控诉。对她而言，新闻报道是教育那些位高权重之人的一种手段。

盖尔霍恩为人们的悲惨遭遇和当权者对权力的迷恋愤愤不平，正是在这个动荡的战争年代，她找到了她的使命：战地记者。她后来写道："若不是身处战争那普遍的混沌中，我个人的无序便无处安放。"作为战地记者，她常年随军奔赴前线。从西班牙内战到越南战争，再到 1989 年美军入侵巴拿马，她的报道从未缺席，但第二次世界大战始终是她关注的焦点。盖尔霍恩是这场战争最忠实的记录者之一，此外，她还是女性战地记者

---

①美国最负盛名的图书编辑之一，供职于斯克里布纳出版社。他发掘并培养了 20 世纪上半叶最重要的一批美国作家，包括菲茨杰拉德、海明威和托马斯·沃尔夫等，许多经典之作正是在他的鼓励下诞生，并在他敏锐的判断和悉心编辑下臻于完美。在珀金斯的推动下，斯克里布纳出版社由一家注重传统的出版机构转型为现代文学的重要阵地。

的先驱，在这个几乎全由男性霸占的领域，她的存在有着极为特殊的意义。她的成就不仅要归功于她卓越的写作能力，还得益于她无止境的好奇心、勇气和杰出的社交能力。她非常善于倾听，即便是在炸毁的地下室或是泥泞的田地间，伴着廉价的威士忌和来自五六个不同国家的士兵用英语、德语或法语七嘴八舌地聊天，她也乐在其中。

同样是这份好奇心，让她在1936年的圣诞节和欧内斯特·海明威走到了一起。他们是在基韦斯特的一间酒吧里偶然相遇的，当时她正和母亲在那里度假。一天下午，一个"身材高大、不修边幅，穿着皱巴巴、沾着污渍的白短裤和白衬衫的男人"坐在了她对面。她鼓起勇气和这位她仰慕的作家攀谈起来。他外表邋遢，当时已与第二任妻子结婚，但这没能阻碍他们把谈话变成一场调情。这种关系很快便更进一步。1940年，海明威与妻子离婚，和盖尔霍恩步入了婚姻的殿堂。

玛莎·盖尔霍恩出生于圣路易斯，有一半德国血统。她的父亲是一名德裔妇科医生，有着犹太血统的他为了躲避反犹主义的浪潮移居美国；母亲则来自上流社会，是一位知名的女权主义者，还是美国总统夫人埃莉诺·罗斯福的朋友。盖尔霍恩后来常常提到，父母在这段婚姻中的地位是平等的，这种耳濡目染也间接导致了她与海明威婚姻的破裂。她的童年很优渥，接受的是私立学校的教育，还常去欧洲旅行。长大后，盖尔霍恩顺利升入距离费城不远的布林莫尔女子学院（Bryn Mawr College），但她很快就发现那里令人窒息的氛围和中西部的家

[221]

263

乡别无二致——终其一生，她最害怕的便是无聊。

年轻的盖尔霍恩于是中断了学业，踏上了记者之路。她在几家报社工作过，还在巴黎生活过一段时间，和海明威相遇时，这位活泼的年轻人已然成为当时文学界的新星。她的短篇小说集《我亲眼见过的艰难时世》（1936）大受好评，她在书中描绘了一系列在大萧条中挣扎求生的人物，从年轻的妓女，到依靠社会救济生活的老妇人，他们的故事都相互勾连。格雷厄姆·格林（Graham Greene）在书评中对这部作品赞赏有加，还称盖尔霍恩的文风"毫无女性化的色彩，令人吃惊"。媒体将她的写作风格与海明威相提并论。正是因为有这层渊源，当自信而迷人的盖尔霍恩主动与海明威攀谈时，后者也十分受用，更不用说她还将他视为文学上的大师。早在 1931 年，盖尔霍恩就在文章中提及，她的座右铭正是海明威的小说《永别了，武器》中的一句话："你太勇敢了，勇敢的人是决不会有事的。"

不久后，这对情侣决定一同前往西班牙，报道内战的情况。盖尔霍恩发表在《柯里尔周刊》上的电讯报道很快引起了轰动，主要是因为她新颖的视角。她的报道满怀使命感和战斗的热情，追求生动直观的呈现，力求为读者带来身临其境的阅读感受。这种报道风格最初被她称为"写你所见"，随后，她又找到了另一种比喻，将自己比作一台"长眼睛、会移动的磁带录音机"。她要求自己，付诸纸面的，必须是一丝不苟的、真实的感知。[3]

在接下来的几年里，盖尔霍恩一直在德国追踪报道希特勒的崛起。1938 年春天，也就是《慕尼黑条约》签署短短几个月前，

[222] 她还曾去到捷克斯洛伐克实地采访。第二次世界大战爆发后，这些经历都被她写进了小说《被蹂躏的土地》（1940）中。战争期间，她持续为《柯里尔周刊》撰写报道，为此到过芬兰、香港、缅甸、新加坡、爪哇、加勒比海和英国。由于没有获得官方的记者证，她不被允许随军亲眼见证诺曼底登陆。于是，她躲进了一艘医疗船，并在登陆时假扮担架工混入军中，成为 D-Day，也就是 1944 年 6 月 6 日登陆诺曼底的唯一一名女记者。

## 海明威的阴影

1940 年 12 月，盖尔霍恩与海明威结婚，在此之前，二人已经共同生活了四年，其中大部分时间都在古巴。然而，随着时间的推移，海明威对盖尔霍恩的长期离家愈发不满。在她 1943 年离开哈瓦那附近的庄园、赶赴意大利前线报道时，他写信质问她："你究竟是个战地记者，还是我床上的女人？"诺曼底登陆前夕，他自己也来到了欧洲前线。盖尔霍恩有自己的任务，但他总是试图阻挠她的行程。最严重的背叛发生在 1944 年春天，海明威也向她工作的《柯里尔周刊》自荐，想要成为战地记者，而编辑部在欧洲前线只需要一名记者，名气更大的海明威得到了这份工作。很长时间以来，他都对她的独立和他眼中的种种挑衅行为有所不满，这次背叛更是让盖尔霍恩倍感受伤。但盖尔霍恩也以自己的方式予以回击：她之所以在诺曼底登陆时"偷渡"上那艘医疗船，就是为了写出比海明威更真实的报道。

他们的竞争也延伸到了报道的内容上。海明威的报道乐于渲染战争英雄主义的一面，而盖尔霍恩则把战事还原到它的本质，好似有意要与丈夫对立："一场战役就是这些元素组成的七巧板：战斗的男人、困惑而恐慌的平民、噪声、气味、笑话、疼痛、恐惧、戛然而止的对话和烈性炸药。"[4] [223]

盖尔霍恩和海明威再次相见是在 1944 年的平安夜，一位美国上校出于好意，在卢森堡小城罗当堡举办了一场圣诞晚宴。这个夜晚沦为了一场灾难。海明威和盖尔霍恩恶语相向，前者在所有宾客面前侮辱她，还否认了她的写作才华。随后不久，她在一次危险的航行后回到了被战火摧残的伦敦，随即告知海明威，她受够了。她不适合扮演"天才的妻子"，她一生中也从未在男人的自负面前退缩。面对这段已然在恶意中分崩离析的婚姻，她提出了离婚。

海明威尝试过控制盖尔霍恩，遏制她的职业抱负。据盖尔霍恩所说，他甚至希望她以"玛莎·海明威"为作品署名，好让她所有的创作都和他产生关联。她的一半德国血统也成了海明威攻击的对象，盖尔霍恩选择离婚并改回她的德国姓氏时，他斥责她流着"普鲁士的血"，是个"泡菜佬"。[5] 二人离婚后，[224] 盖尔霍恩再也没有给过他一句正面的评价。她将自己描绘成单方面的受害者，但她的性格比起海明威也不遑多让。许多人认为她死板、严厉，不够通情达理，她的固执和专横连亲近的家人也难以忍受。她在 1969 年写给养子桑迪的信中尖刻地批评他："动力来源于勇气、想象力和意志力，是由内而生的。而你什么都没有。"她直言道："在我看来，你是个愚蠢的可怜虫。如果我是你，我会羞愧得从悬崖上跳下去。"[6]盖尔霍恩报道中体现出的同情心和共情能力只留给了战争的受害者。她的养子在寄宿学校长大，染上了毒瘾，还有过犯罪经历。

在与海明威正式离婚前几个月，盖尔霍恩已和美国的詹姆斯·加文将军（General James Gavin）有了外遇，后者是美军第82空降师师长，也是战后美国驻柏林占领军总司令。他的身份对盖尔霍恩很有意义，因为通过这位前线指挥官，她能够直接了解战场上的情况。二人的相遇堪比电影：在阿登战役[①]期间，第82空降师的士兵在战场上意外发现了盖尔霍恩，她当时既没有记者证，也没有穿任何制服，正独自在雪原上跋涉。士兵于是把她带到了加文所在的指挥部。盖尔霍恩和这位美军最年轻的师长迅速陷入热恋，爱火从被解放的巴黎燃起，一直烧到废墟中的柏林，直到其后主演《纽伦堡的审判》的玛琳·黛德丽出于嫉妒散播了有关盖尔霍恩的谣言，自己则与加文展开了另一段恋情为止。已有家室的加文原本打算与盖尔霍恩结婚，但她完全无法接受作为军属的生活，便以加文出轨黛德丽为契机，在1946年结束了这段关系。

---

①指二战末期德军在比利时瓦隆的阿登地区发动的大规模攻势，也是其在西线战场的最后一次重大反击战。德军试图通过突袭突破盟军防线、迫使西方盟国进行停战谈判，但最终未能实现这一战略目标，以美军为主的盟军部队也在激烈交战中损失惨重。

## 《情迷新闻》

尽管盖尔霍恩一生中有过好几段恋情，也曾再婚复又离婚，但在旁人眼中，她人生中最重要的男人还是海明威。人们总是仅仅把她视作海明威的妻子，不断在她面前提起他，这让盖尔<sub>[225]</sub>霍恩十分苦恼。在很长一段时间内，夫妇二人都是战地记者，这样的生活带来了诸多问题——竞争心理、长期分居，以及一方对性别角色太过刻板的理解，它们都悉数体现在了盖尔霍恩的唯一一部剧本、1946 年 6 月在伦敦大使剧院首演的《情迷新闻》中。这出戏也是她对前夫的一次隐秘的报复。

这出喜剧的两名主角，安娜贝尔和简，是两位著名的美国战地记者。她们的爱情生活都很不顺心，却反倒在战争中如鱼得水。故事发生在南意大利前线的一处记者营，两位主角置身于一群男记者中。安娜贝尔正在考虑和同为战地记者的丈夫重归于好，但后者总是给她的生活制造麻烦，窃取她最精彩的"故事"，并把它们当作自己的亲身经历发表，还声称：前线报道这份差事本来就太过危险，不适合女性。简则爱上了一名负责公关的军官。但当后者向她描绘即将到来的战后生活，并畅想要在一座无聊至极的庄园里定居时，一度被肾上腺素蒙蔽的她果断抽身离去。

《情迷新闻》是盖尔霍恩和同事弗吉尼亚·考尔斯（Virginia Cowles）于 1945 年在伦敦共同创作的，剧本的创意来自考尔斯。盖尔霍恩在戏单中写道，这部作品并不严肃，只是为了博观众一笑，顺便赚些钱。故事的背景取自盟军收复意大利期间，二人在南意塞萨奥伦卡记者营的真实经历，而两名主角的原型显然是这两位记者本人。尽管盖尔霍恩强调，剧本中的男性角色纯属虚构，无意影射任何人，但剧中安娜贝尔的丈夫乔·罗杰斯显然是在暗讽海明威。乔是一位知名作家，同时也是个酒鬼（"整天都醉醺醺的"），对妻子的成功耿耿于怀，还抄袭她的作品。用安娜贝尔的话来说，"现在看来，他娶我就是为了让这位对手闭嘴"[7]。旁人曾提到过一则逸事，称盖尔霍恩和海明威曾偶然目击了一枚德国 V2 导弹从他们上空飞过。据说，盖尔霍恩当即记下了时间和地点，并警告海明威，这则"故事"是属于她的——在这位叙述者看来，此事足以证明她是多么担心他会抢先一步。[8]

[226]

　　早在 1944 年海明威逗留伦敦期间，他也写过一则关于两位女战地记者的小品文，嘲讽她们轻浮放荡、道德败坏。可以想见，他在塑造珍妮特·罗尔夫这个优雅而野心勃勃的金发女郎时，心中所想正是盖尔霍恩这位"亲爱的、虚伪的婊子"。实际上，尽管晚年的盖尔霍恩不愿再被问及与海明威的婚姻，但她年轻时的确利用过后者的名声，来推进自己的职业生涯。在《被蹂躏的土地》的书封简介中，她骄傲地自称为"玛莎·盖尔霍恩（海明威夫人）"。[9]《情迷新闻》在某种意义上也是对海明威这则小品的回应。

　　今天看来，这部作品在女性主义视角下有着重要的意义。当时的美国文学多以"没有女人的男人"为主题，盖尔霍恩和考尔斯则反其道而行之，在《情迷新闻》中创造了一个由"没有男人的女人们"组成的小社会，以讽刺的方式展现了她们眼中的世界，也借此抨击了男性对女性的刻板印象，以及当时的种种性别规范。


## 男性世界中的女记者

虽然《情迷新闻》的创作时间在盖尔霍恩入住记者营之前，但这部作品中展现的女记者处境与施泰因的实际情况在许多方面都有重合。二战期间共有 140 名女记者随美军奔赴战场，学界近年来出现了一批关注她们的生平和成就的著作，她们面对的种种偏见也逐渐为人所知。长期以来，她们的工作都没有得到男性的认真对待。[10] 盟军远征部队最高司令部（SHAEF）规定，一场战役一旦打响，女记者就应当与护士一样驻守后方，禁止深入前线。女性被禁止独自出行，人们不愿为她们配备司机和吉普车，甚至连她们的职业道德也遭到了质疑。新闻官查尔斯·马达里，也就是后来施泰因记者营的负责人，曾在卢森堡的一次采访中向对方保证，这些女记者工作勤奋，不会给他造成"太多麻烦"。但他也透露了几则逸闻，以取笑她们的工作态度。据他所说，女记者们在巴黎期间完全无心工作，她们宁可去看时装秀。[11]

玛莎·盖尔霍恩对这样的偏见和性别刻板印象并不陌生。

[227]

不仅是海明威,她的主编们也一度对她怀有成见。《柯里尔周刊》给她的文章撰写的导语中常常给她贴上"小妞记者"的标签。她的部分报道配有手绘插图,但这些插图在今天看来明显带有性别歧视的意味。例如,1940 年 1 月 20 日发表的一篇文章的
配图就把盖尔霍恩描绘成了一位美艳动人的女记者,金发蓬松、涂着口红,穿着凸显身材的紧身长裙,宛如新闻界的丽塔·海华丝①。[12]事实上,在现存的照片中,她的衣着始终朴素而轻便。

即便是在施泰因的记者营,盖尔霍恩的男性同行也对女记者抱有偏见,只当她们是外表好看的花瓶。欧内斯特·塞西尔·迪恩抱怨女寝的住户要求太多,认为女记者"本身就是一种麻烦",尤其是她们的虚荣。一位《时代周报》的记者显然是看到了弗兰纳的抱怨,在文章中嘲笑女记者们:"在一旁的女寝,那些母鸡一样聒噪的美国记者指责法国和俄国的女士们(后者的人数明显占优)垄断了浴室,把所有其他国家的人都关在门外。"[13]

## 达豪的冲击

如果这位记者所言属实,那么被关在门外的人里也包括英

①美国著名影星、舞蹈演员,主要活跃于 20 世纪 40 年代,出演过《碧血黄沙》《吉尔达》等多部经典电影,以性感迷人的银幕形象闻名。

国人丽贝卡·韦斯特。她和盖尔霍恩在纽伦堡的确见过面，尽管双方都没有留下相关记录。盖尔霍恩在 1946 年 9 月底抵达纽伦堡，二人都出席了判决的宣布，并且在这之前就彼此认识。对于盖尔霍恩来说，这次重逢多少有些尴尬，因为韦斯特儿子的生父赫伯特·乔治·威尔斯 1935 年向盖尔霍恩求过婚。[14] 甚至有流言称二人之间有过一段情史，而韦斯特对此一无所知。盖尔霍恩虽然钦佩韦斯特的写作才华，但还是与后者保持了距离。她很难与这位年长的记者建立情感上的联系。尽管这并不影响她对她的尊重，她还是认为韦斯特有些神经质，而这还只是"过于温和"的说法。1987 年，韦斯特去世三年后，盖尔霍恩致信前者的传记作者维多利亚·格伦迪宁（Victoria Glendinning），向她表达了对韦斯特成就的敬仰，也直白地提到了同她沟通的困难之处："你是怎么看待她对八卦的热衷的？⋯⋯我不擅长议论别人，我觉得恶毒和仇恨之间有着很大的不同，后者至少值得尊重。" [229]

然而，善于仇恨也正是盖尔霍恩和韦斯特的共同点——尤其是对德国人的仇恨。"这是一个怎样的种族啊，这群德国人？既然我们试图根除疟疾，那为什么不花些时间，把德国人也彻底消灭呢？他们造成的死亡更多，手段也更恶劣。"这是盖尔霍恩在 1944 年 8 月写给朋友霍滕丝·弗莱克斯纳（Hortense Flexner）信中的一段，那时她刚在意大利目睹了她从未见过的最残酷的景象。[15] 那是一个万人坑，里面埋着 320 名被德国人枪决的人质。写信时的她还不知道，更为可怖的场景还在后面。

1945 年 4 月 29 日，盟军解放了达豪集中营。几天后，盖尔霍恩便抵达了现场，展开报道。那一天是 5 月 7 日，德国投降日。盖尔霍恩在战争中从未受过伤，甚至连擦伤都没有，但达豪的见闻刺伤了她。她后来回忆，那时的感受如同跌下了悬崖。作为战地记者，盖尔霍恩的足迹遍布半个地球，常常见到满地尸体像包裹一样躺在街上。"但没有一处能与这里相提并论。那些饥饿的、受虐的、赤裸而无名的尸体横陈着，没有一场战争中出现过如此丧心病狂的景象。"[16] 她写道，幸存者们看起来一模一样，失去了任何个人特征，也分辨不出年龄。在那些枯瘦的面孔上，已经很难找出足以区分他们的相貌特点。一些囚犯曾被用作人体实验：纳粹把他们暴露在低氧环境下，以测试飞行员在高空中的生存极限；把他们浸入冰水中，研究极端的低温对人体的影响；给他们注射疟疾病原体，寻找为德国士兵研发对应疫苗的可能；另一些人则被强行阉割或绝育。

盖尔霍恩在写给《柯里尔周刊》的报道中详细记录了这些暴行，还采访了一位集中营的波兰医生，他本人也曾是囚犯。人类竟能做出这种魔鬼般的行径，这让他感到既愤怒又羞耻。

[230]

谈话中途，盖尔霍恩一度因无法继续而中断了采访，只能转而查看集中营的其他地方，然而在铺天盖地的恐怖之中，她几乎找不到任何喘息之机：和电话亭一样狭小的审讯室、堆满尸体的毒气室——党卫队还没有来得及焚烧它们。在踏进毒气室时，甚至有人劝她用手帕遮住鼻子。她还在达豪见到了一名布痕瓦尔德死亡行军的幸存者："他的身体或许会活下去、再度恢复力气，但很难想象他的眼睛还能找回普通人那样的神采。"一些囚犯在获救的狂喜下猝死，还有人因为饥饿过久而暴饮暴食，他们的身体却已无法承受。一些人欣喜地奔向他们的解放者，却在途中被电网夺去了生命。盖尔霍恩正是在达豪听到了欧洲胜利的消息，她也因此将这里视作战争的象征。达豪就是战争的缩影，而胜利只有在所有的达豪都彻底消失时才会到来。

至少有 39 名德国卫兵被美军当场射杀，他们当时已经投降。玛莎·盖尔霍恩对此由衷称快。"在成堆这样的死尸后面，躺着那些衣冠楚楚、身体健康的德国士兵的尸体。他们驻扎在集中营，在美军突入时被当场射杀。见到死人第一次成了一件值得高兴的事。"她没有提到的是，这些死者属于一支不久前才被征召的预备役，其中一些士兵还是少年，而负责管理集中营的党卫队骷髅总队早已逃之夭夭。或许盖尔霍恩对此并不知情，即便如此，报复的念头对她来说也并不陌生，甚至成为贯穿在她作品中的母题。

基于达豪的见闻，盖尔霍恩在小说《覆水难收》中描绘了一段彻底的复仇幻想。小说出版于 1948 年，它带领读者跟随欧洲战场上一个美军步兵营经历了"二战"最后的几个月，从阿登战役到死亡集中营的发现。主人公雅各布·莱维是一名来自圣路易斯的年轻士兵，在此之前，他从未关心过政治、世界局势或自己的犹太出身。但在亲眼见证达豪集中营的解放后——他在集中营内走过的路线几乎和盖尔霍恩的亲身经历一模一样——他被迫直面超乎他想象的非人行径。幸存者海因里希已

[231]

经在集中营中被关押了十二年，他向莱维平淡地讲述了酷刑和大屠杀的种种细节，这已经成为他的日常，而在莱维眼中，这种命运本可能降临在他自己头上。在此之前，他也对针对犹太人的种族灭绝有所耳闻，但从未真正意识到它恐怖的规模。他迄今为止的人生都建立在一种幻想之上，认为自己只要像普通人一样生活，就能生存下来，甚至取得成功。然而这些犹太人身上又发生了什么？他们想要的也不过是正常的人生。

达豪的冲击彻底改变了莱维。回到吉普车上，他看到一群说说笑笑的德国女人站在路中央，听到他的喇叭声却无动于衷。仇恨席卷了他，他失控地发动汽车，猛踩油门，冲向那群女人，把她们碾在车轮之下，自己则撞上了一棵树。在医院里，莱维承认自己犯下了谋杀罪，但这对他来说是一个象征性的举动，意味着他终于接受了自己的犹太人身份。相应地，他也感到有义务牺牲个人的幸福，来让世人直面他们在大屠杀发生时袖手旁观的罪责。莱维最终被判过失杀人，免予监禁，故事也在此落下帷幕。

盖尔霍恩在后记中写道，她创作这部小说是为了驱逐那些挥之不去的画面，她已经无法再背负着它们生活。和莱维一样，她也没能在战争期间关注到集中营的惨状，没能为之发声，她也曾拒绝直面事实，因为她根本想象不到会发生这样的事。然而，无论盖尔霍恩如何想方设法为书中这起虚构的谋杀辩解，它依然是一种无差别的报复。同样，她固然有理由感到愤怒，有时却难免片面和偏颇。与盖尔霍恩的大部分作品不同，《覆水难收》从未被翻译成德文。

## 在纽伦堡

1946 年 9 月底，盖尔霍恩抵达了这座位于弗兰肯的城市，此时达豪之行已经过去一年有余。9 月 30 日，她第一次进入法庭旁听，那是整场审判的倒数第二次庭审。她在笔记中写道："戈林有着我见过最丑的拇指——说不定也有最丑的嘴巴。"[17]在她看来，他的微笑与整张脸完全不协调，更像是一种习惯动作。法庭内的空调开到了最大，室内很冷，仿佛是在呼应法官的语气。没有任何同情的余地，盖尔霍恩写道，面对全无人性的纳粹分子，人们只能回以冷酷。

审判闭庭后，盖尔霍恩很快为《柯里尔周刊》写出了一份正式报道。在文章开头，她先是勾勒了被告们的神态：戈林勉强挤出的微笑，里宾特洛甫僵硬的姿态，凯特尔石像一般的面孔。邪恶在这里获得了具体的面貌，但"它们都不过是脸。一些人的长相更加粗鲁，但都比人们想象的更加平平无奇。毕竟，这些人终究只是人类，长着两条腿、两只手臂和两只眼睛，和其他人并没有什么不同。他们既不是十英尺高的巨人，也没有戴着麻风病人的丑陋面具。坐在那里、注视着他们，会让你的心中油然生出一股令人窒息的愤慨。这 21 个人，这些微不足道的存在，这些不知疲倦的、曾经不可一世的怪物，就是那个曾经统治着德国的小帮派仅剩的成员"。盖尔霍恩希望她的读者看到这些男人作为个体的渺小，而不是把他们当作纳粹主义的恐怖化身。

与此相对，她惊叹于法官们的威严，尤其是英国法官劳伦斯。她在报道的第二部分写道，他的声音就是正义的"象征"，和第一部分中的被告们形成了鲜明的对比。在她看来，劳伦斯的声音正是历史的声音，他在确立一项原则：个人应当为反人类的罪行承担责任。

在法庭午休的两小时里，盖尔霍恩在纽伦堡的废墟中漫步。她再次为破坏的规模所震撼。在《覆水难收》中，她把轰炸后的老城区形容为"一座巨大的垃圾场"，却把叙述者的身份让给了一名经验丰富的美国老兵，让他操着士兵之间简练的黑话轻描淡写道："我们用的炸弹可不是那种咣当作响的小玩意儿，空军像搭巴士一样，往纽伦堡来回跑。飞机的噪声来得太勤，很快就注意不到了。"

[233] 9月30日晚，盖尔霍恩与记者营的其他记者前往安斯巴赫做了一次短途旅行。在那里，他们和一个年轻的德军士兵交谈了起来。那是个无可救药的爱国主义者，他坚持认为，德国之所以加入战争，是因为英国人早已准备发动袭击。"那么德国最先进攻的为什么是波兰，而不是任何一座英国城市？"他无言以对，却还是坚信他的政府一定有充分的理由。他说，集中营的死亡人数一定是被夸大了，把犹太人送到那里，是为他们自己的安全考虑。杀害犹太人是错误的，但这些人从来没有做过

真正的工作，据他观察，他们自有一套狡诈的敛财手段。在他心中，希特勒青年团仍是一段美好的记忆，当发现这些话完全没有打动听众时，他显得十分困惑。

第二天，法庭宣布了对全体战犯的判决结果。[①] 下午的宣判仅仅持续了 47 分钟，宣判结束后，盖尔霍恩感到了空虚。对她来说，没有任何刑罚足以与罪行的规模相当。在她看来，纽伦堡审判只是在最低限度上维护了基本人权，它的确象征着希望，但她对此并不抱不切实际的幻想。审判无法保证未来的安全，只是表达了一种期许，"希望这种法律架构能够成为抵御集体性的卑劣、权力欲以及任何国家疯狂行径的防线"。

盖尔霍恩对纽伦堡审判的报道显得中规中矩。相较于她笔下的其他新闻报道，这篇文章更像是一种例行公事，缺乏深刻的洞见、评论或惊人的发现。"愤怒和同情会让她发挥出最佳的水准。"海明威在 1947 年 10 月写给查尔斯·斯克里布纳四世（Charles Scribner IV）[②] 的信中如是评价。[18] 而纽伦堡主要战犯审判唤起的既不是愤怒，也不是同情。

盖尔霍恩在施泰因的记者营只待了几天。或许是觉得这里的生活乏善可陈，她留下的文字中从未提过这段日子。作为一

---

①纽伦堡审判的宣判分两天进行。9 月 30 日宣读了判决书的绝大部分，包括审判的总体情况、对纳粹历史和战争行为的回顾、审判的法律依据、对各项起诉理由的解释和对被告集团和组织有罪与否的认定。对被告个人的判决结果则安排在第二天 10 月 1 日宣布。

②又称小查尔斯·斯克里布纳，是斯克里布纳出版公司创始人查尔斯·斯克里布纳一世的曾孙，曾在海明威创作生涯晚期担任其编辑。

名战地记者，她已经习惯了比这更恶劣的居住条件。西班牙内战期间，她与海明威和其他记者同行住在马德里的佛罗里达酒店，那里是炮火的固定目标，部分房间已经被炸毁，电梯常常失灵，连热水都是一种奢侈品。她在前线住过临时营房，经常只有罐头食品充饥。和从未做过战地记者的威廉·夏伊勒不同，对她而言，法贝尔堡的生活条件已经称得上舒适，哪里值得大惊小怪？盖尔霍恩的写作总是为了表达她的关切，她宁可把笔墨用于记录达豪的恐怖和这场世纪审判。对她来说，纽伦堡也只是一个中转站。审判刚结束不久，她已经准备动身前往巴黎，去参加即将闭幕的巴黎和会①。

## "我为何决定不再重返此地"

德国之行给盖尔霍恩留下的是对一切德国事物的反感，这样的反感伴随了她一生。在长达十六年的时间里，她都尽可能远离德国，直到 1962 年，在耶路撒冷参加艾希曼审判②的半年

①此处指二战结束后召开的巴黎和会。会议于 1946 年 7 月 29 日至 10 月 15 日在巴黎卢森堡宫举行，同盟国与除德国之外的欧洲战败国（包括意大利、罗马尼亚、匈牙利、保加利亚和芬兰）就战后赔款、边界调整和军备限制等问题展开谈判，并于次年 2 月 10 日正式签署了和平条约。盖尔霍恩根据此次会议的见闻撰写了《他们谈及和平》(They talked of Peace) 一文，发表在 1946 年 12 月的《柯里尔周刊》上。
②艾希曼审判是以色列于 1961 年对逃亡被捕的纳粹战犯阿道夫·艾希曼进行的公开审判。艾希曼是"最终解决方案"的关键执行者，这次审判也展示了纳粹是如何在现代工业国家的运行逻辑下实施大规模种族灭绝的。

之后，她在《大西洋月刊》的委托下再次踏上了一场"短暂的地狱之行"，以考察新一代德国人的面貌。她在德国逗留了三周，造访了从汉堡到慕尼黑的多所大学，与那里的学生们交谈。然而，就像此前的丽贝卡·韦斯特一样，盖尔霍恩事实上也坚信德国人"无药可救"。早在 1943 年，她就在给海明威的信中提到过，她读完了范西塔特勋爵的著作，并十分赞同他对德国的看法。[19] 她向一位熟人提到，现在的德国人或许看上去像是"休憩的绵羊和老虎"，但这只是因为他们被黄油和奶油喂得体态臃肿，又得到了消费主义的安抚。"一旦把这些统统拿走，他们又会变成疯狂嗜血的绵羊和吃人的老虎。"[20] 那些女学生尤其令她震惊。她们保守、无趣、毫无幽默感，对权威俯首帖耳，堪比"西方的阿拉伯妇女"。在《新德国是存在的吗？》一文的结尾，她以坚定的否定回应了标题提出的问题："在我看来，没有什么'新德国'，有的只是'另一个德国'。德国需要一场迄今为止从未有过的革命，还没有任何迹象表明它会到来。那不是一场血腥的传统革命——先是行刑队，再是监狱，最后以建立另一个独裁政权告终——而是一场内在的、头脑和良知的革命。"

在那之后又过了二十八年，盖尔霍恩才再度踏上德国的土地。1990 年，德国统一之际，她重新走访了当年的几座大学。她想知道，在此期间是否又诞生了新一代的德国人。她在《我除外：我为何决定不再重返德国》一文中写道，起初，这种希望的确得到了印证。[21] 她观察到了某种心态上的变化，这意味

[235]

着"六八运动"①确实对德国产生了影响。"他们接受的教育已经彻底改变了,他们如今能够独立思考并表达自己的观点。"但接踵而至的就是霍耶斯韦达的种族主义暴动②、罗斯托克新纳粹团体针对外国人的袭击,以及蔓延整个东德的新纳粹主义游行。在盖尔霍恩看来,德国政府对这一系列颠覆活动的遏制远远不够,而在政府的不作为之外,更令她不解的是,新一代的学生们去了哪里?"那些好孩子在哪里呢?"为什么大学里没有人对无能的政府和新纳粹分子的举动发出抗议?她失望极了。在这种挫败下,她甚至将德国人的无所作为归结于基因问题,并倒向了一种看似从生物学出发,但归根结底仍带有歧视意味的解释:"我想他们一定是某个基因出了问题,尽管我不知道是哪一个。"²² 既然如此,她表示,自己绝对不会再重返德国了。盖尔霍恩信守了诺言。1998 年,她在伦敦离开了人世。

①"六八运动"是 20 世纪 60 年代席卷欧美多国的一系列由左翼学生群体掀起并逐渐扩展的社会抗议活动的统称,在不同国家表现出不同的侧重点。在德国,这场学生运动以反权威、反纳粹为核心目标和特征。但在 1968 年前后的一系列暴力冲突事件后,运动的参与者开始逐渐分化,抗议方式也趋向极端。

②霍耶斯韦达是萨克森州西北部的一座城镇,也是东德重要的工业城市。两德统一后,该工业区的地位下降,许多企业被迫倒闭或缩减规模。1991 年 9 月 17 日至 23 日,当地新纳粹分子先后袭击了一栋煤矿工人宿舍和一座难民收容所,在警方的不作为和部分居民的支持下,此次暴动最终造成了 32 名来自越南、莫桑比克和罗马尼亚等地的难民和外籍合同工受伤。其后两年间,这类袭击事件在德国不断爆发,后文中提到的罗斯托克暴动也属此列。

**注释:**

1. M. Gellhorn, *Reisen mit mir und ihm*, S. 72.

2. Martha Gellhorn, Brief an Max Perkins vom 17. 10. 1941, in: dies., *Selected Letters*, S. 118.

3. 盖尔霍恩的文章也会将主观的价值判断融入状似客观的观察中，但她对此绝口不提。关于盖尔霍恩这种有争议的客观性，参见 K. McLoughlin, *Martha Gellhorn*, S. 59。

4. M. Gellhorn, *Die Gotenlinie*, S. 234.

5. C. Rollyson, *Beautiful Exile*, S. 176.

6. Martha Gellhorn, Brief an Sandy Gellhorn vom 5. 9. 1969, in: dies., *Selected Letters of Martha Gellhorn*, S. 350.

7. M. Gellhorn/V. Cowles, *Love Goes to Press*, S. 19.

8. C. Rollyson, *Nothing Ever Happens to the Brave*, S. 208.

9. 据传海明威曾说，盖尔霍恩比拿破仑更有野心。参见 C. Moorehead, *Martha Gellhorn*, S. 305。

10. C. M. Edy, *The Woman War Correspondent, the U. S. Military, and the Press.*

11. G. Mellinger/J. Ferré (Hg.), *Journalism's Ethical Progressions*, S. 123.

12. K. McLoughlin, *Martha Gellhorn*, S. 149.

13. 摘自 S. Radlmaier, *Das Bleistiftschloss als Press Camp*, S. 17。

14. Martha Gellhorn, Brief an Victoria Glendenning vom 22. 9. 1987, in: dies., *Selected Letters*, S. 467.

15. M. Gellhorn, *Selected Letters*, S. 170.

16. M. Gellhorn, *Dachau*, S. 316.

17. L. Feigel, *The Bitter Taste of Victory*, S. 390.

18. C. Rollyson, *Nothing Ever Happens to the Brave*, S. 172.

19. Martha Gellhorn, Brief an Ernest Hemingway vom 1. 12. 1943, in: dies., *Selected Letters*, S. 155.

20. Martha Gellhorn, Brief an Adlai Stevenson vom 26. 12. 1962, in: dies., *Selected Letters*, S. 297.

21. M. Gellhorn, *Ohne mich*.

22. 同上，S. 206。

# 第十三章

# 为逃离恐惧作画：沃尔夫冈·希尔德斯海默与特别行动队审判

> "人"和"男人"在德语中是两个不同的词，这足以让它成为一门很好的语言。
>
> ——沃尔夫冈·希尔德斯海默

判决执行后，主要战犯审判迅速成为历史性事件。作为一次对世界政治局势意义重大的审判，它不仅在纸媒和广播中得到了大肆宣传，还在 1946 年被拍成不止一部电影，向东西方观众展映。苏联人和美国人都利用手中的影像资料制作了自己的纪录片。这一年年底，美国驻德军管政府办事处（Office of Military Government for Germany）委托制片人斯图尔特·舒伯格（Stuart Schulberg）为审判拍摄了一部官方纪录片，名为《纽伦堡审判启示录》（*Nuremberg: Its Lesson for Today*）。如片名所示，这部影片正是服务于美方把审判作为教育手段的意图。

舒伯格精通故事片的编剧手法，他选取了一个人格化的视角，将美国首席检察官杰克逊作为影片的主角加以塑造。纪录片开头便是杰克逊开庭演说的镜头，演说长达几分钟，在这之后，他的身影也反复出现在片中。卡尔·楚克迈耶也受美国战争部之邀，作为文化顾问参与了剧本的编写。《纽伦堡审判启示录》在简要回顾了纳粹主义的崛起后，遵循审判的结构，按四项罪名的顺序来组织影片。影片内容虽以法庭实录为主，但也 [238] 引入了其他影像资料作为证据，来反驳被告的说辞。旁白平静而客观的解说与部分令人不安的画面形成了鲜明的对比，前者仿佛就是（美国之）理性的声音。1948年，这部影片在南德上映，次年又在西柏林公映。

苏联的对垒之作名为《人民的法庭》，是由曾经的战地记者罗曼·卡门（Roman Karmen）拍摄制作的。他当时也曾暂住在记者营，白天在法庭拍摄，晚上则留宿施泰因。[1]卡门是斯大林的宠儿，在苏联享有盛誉。他曾跟随前线部队，用镜头记录下德国第六集团军在斯大林格勒的投降，以及苏军攻占柏林的时刻。他1937年在西班牙内战中拍摄的纪录片《燃烧的马德里》为他在国际上也赢得了声望。卡门为审判拍摄的纪录片除了使用庭审期间拍摄的素材，还插入了《德国新闻周报》①中的画面，以及苏军进军和解放集中营的影像。在动人之余，它也体现出导演辩证的思考。今天看来，卡门应该算利用构图的先驱。他

---

① 《德国新闻周报》（*Die Deutsche Wochenschau*）是纳粹德国1940—1945年制作的新闻节目，通常在电影院贴片放映，内容包括前线战况和政治宣传。

不仅注重影片的情感表达，还通过重复插入关键图像，来精准呈现想要传达的信息。这部纪录片在苏联占领区的影院中引起了很大反响。

主要战犯审判的结果已经宣判，相关事件也被归入史册，但法律对纳粹罪行的追责并未结束。早在 1945 年 12 月，同盟国就颁布了《管制委员会第 10 号法令》，为各国追究其占领区内的战争罪行提供了统一的法律依据，也为其后的纽伦堡审判奠定了基础。和国际军事法庭主持的主要战犯审判不同，这一系列的后续审判完全由美国的军事法庭负责。主要战犯审判结束后，杰克逊辞去了首席检察官一职，由主审判中行事可靠的特尔福德·泰勒接任。从 1946 到 1949 年，共有针对 177 名被告的 12 场后续审判在纽伦堡举行，被告涵盖高级医生、法官、实业家、党卫队长官、军官、公职人员和外交官，这些审判揭示了德国精英阶层在纳粹独裁权力体系中的参与之深。

[239]

这些被告中没有国际知名的"大人物"，全部是所谓"二等战犯"，这直接使得国外媒体的兴趣大幅减弱。被告的知名度也决定了报道者的阵容。在后续审判中已经见不到那些知名作家和记者的身影，他们已经离开了纽伦堡，报道工作由"第二梯队"接手，尽管其中部分人后来也成了杰出的作家。[2] 主要战犯审判宣判时人满为患的记者营也冷清了下来。1948 年 1 月一份由战争罪行委员会的长官委托编撰的电话簿显示，在当时纽伦堡所有的审判相关人员中，只有 70 人左右住在法贝尔堡。[3]

这些客人中，有一个从 1947 年 1 月起就住在那里的年轻

285

人。当时的他在文学界还是个默默无闻的小人物，然而不久之后，他将在德国的战后文学中写下浓墨重彩的一笔，成为道德良知和独立精神的代表——他就是沃尔夫冈·希尔德斯海默（1916—1991）。那时的他不会预料到，自己未来会获得毕希纳奖[①]，更不会想到 1977 年出版的《莫扎特》会被翻译成多国语言，让他成为享誉全球的畅销书作家，并彻底改变了传记这一体裁的面貌。纽伦堡时期的他还丝毫没有成为作家的志向，没有写下过任何一篇正经的文学作品，更遑论发表。此前，他用英语发表过一些新闻报道、诗歌和文学评论，就在 1946 年，他还在自嘲这些短小的"破烂"是多么"差劲"。一直到 1950 年，他才开始用德语进行文学创作。[4] 在后续审判期间，他的热情还完全倾注在视觉艺术上。纽伦堡的经历彻底扭转了这位文学家的人生。而他会参与到审判之中，完全是出于兴趣和偶然。 [240]

希尔德斯海默出生于汉堡，他的祖父是一位犹太教拉比的孩子。1933 年，17 岁的希尔德斯海默随家人迁往当时仍由英国托管的巴勒斯坦，在那里接受了木工学徒的训练，但他的兴趣很快转向了视觉艺术。他在伦敦学习了绘画和舞台设计，还曾旅居法国和瑞士，之后返回巴勒斯坦，在二战期间担任英国政府驻耶路撒冷新闻办公室的新闻官。战后，他回到伦敦，做过画家、插画家和舞台设计师，过着放浪而又拮据的生活。

---

①毕希纳奖以 19 世纪德国著名剧作家格奥尔格·毕希纳命名，创立于 1923 年，是德语文学界最重磅的奖项之一。

"有一天，出于对当时从未见过的同声传译系统的兴趣，我参加了（伦敦的）美国大使馆组织的口译考试，被录用为纽伦堡法庭的口译员。"希尔德斯海默在 1953 年写给海因里希·伯尔①的信中回忆道。⁵考试的内容是将一段希特勒的演讲翻译成英语，他顺利通过，得到了一份年薪 850 英镑的优厚合同。"我接受了这份工作，因为我想说服自己相信当时人人都挂在嘴边的'集体罪责'，而不是打算回德国定居。"希尔德斯海默究竟是真的由于对集体罪责成立与否的好奇中断了自己的艺术家生涯，还是出于经济上的考虑做出了迁往德国的决定，尚无定论，但他提到的这种好奇的确是当时许多人共有的心态。

[241]

## 战后的罪责之争

尽管盟军几乎没有公开指控过德国人的集体罪责，但在战后初期的公众舆论中，罪责问题无疑是绝对的核心。德国人无从回避盟军四处张贴的宣传海报，海报上印着集中营被解放时的画面，并配以文字："无耻的行径：你们的罪行"。这些明确指责德国人犯有共谋罪的宣传，加之德国战后社会的全面崩溃，

---

①德国战后最著名的作家之一，"废墟文学"代表作家，1972 年诺贝尔文学奖得主。其小说具有强烈的现实主义风格，关注战后初期普通民众的生活，敏锐地捕捉战后社会心理的变化，强调历史记忆的重要性，被誉为"德国的良心"。代表作有《一声不吭》《小丑之见》《丧失了名誉的卡塔琳娜·勃罗姆》《流浪人，你若到斯巴……》等。

使得许多德国人对罪责问题表现得异常敏感。整个社会的情绪愈发激烈。阿道夫·格里梅（Adolf Grimme）当时是下萨克森州的教育事务专员，他在 1946 年 5 月 21 日的《世界报》中谈道："德国的政治生活尚未复苏，大多数德国人仍在旁观。他们已经受够了所谓政治。只有两个概念是哪怕最迟钝的人也在关注的：共谋罪与民主化。这两个概念像是透镜的焦点，将过去和未来聚焦在一处。"

在 1946 年冬天一项由美国军管政府组织的民意调查中，92% 的受访者都否认了集体罪责的存在。[6] 围绕这一问题更为深入的讨论在《呼吁》《转变》等专攻文化政治的杂志上展开，辩论的发起者通常是托马斯·曼、弗朗茨·韦尔弗（Franz Werfel）和汉娜·阿伦特这样的流亡作家。哲学家卡尔·雅斯贝尔斯也对盟军的这些海报做出过评论。在 1946 年海德堡大学举办的系列讲座中，他与公众舆论中对罪责的浅薄理解划清了界限，并对此提出了自己的观点。这些讲座的讲稿后来被整理出版为《罪责问题：论德国的政治责任》一书。雅斯贝尔斯明确反对一种笼统的、诋毁性的集体罪责概念，认为它"像一个糟糕的法官做出笼统的判决那样，把所有罪责不加分辨地放在了同一个层面"。[7] 他将罪责区分为四种不同范畴，依次为刑事、政治、道德和形而上学，罪责的严重程度则分别由对应的四种审判主体——法律、战胜国的强权和意志、个人的良知、上帝——裁决。

雅斯贝尔斯的罪责概念在哲学界并非毫无争议，他的学生

［242］

汉娜·阿伦特就持怀疑态度。她曾为写作短文《有组织的罪过》与他保持过信件往来。在 1946 年 8 月的一封信中阿伦特批评雅斯贝尔斯的分类，认为将纳粹的所作所为仅仅定义为犯罪（即刑事罪责）是不够的。她认为，纳粹的罪行已经超出了法律的边界，而这正是它的骇人之处。对于这样的罪行，根本没有足够严厉的刑罚。因此，她顺理成章地对纽伦堡审判的目标和判决产生了质疑。她对雅斯贝尔斯写道，即便盟军绞死戈林，那也远远不够。纳粹高层的罪责在任何一个法律体系中都无法得到恰当的惩罚，这对现有的法律体系也意味着毁灭性的打击。但雅斯贝尔斯看到了这种观点的危险之处，他指出，认为纳粹的罪责超越了刑事层面，反而会赋予它一种宏大的意义，令人忽略被告的庸常。他在 1946 年 10 月 23 日的回信中写道："细菌引发的瘟疫可能会灭绝一个种族，但它们依然只是细菌。"[8]

希尔德斯海默在纽伦堡期间没有费心做出这种区分。审判的有效性在他看来毋庸置疑。和他身在巴勒斯坦的父母一样，他也以批判的目光审视着全体德国人。在 1947 年 4 月 10 日从记者营写给父母的信中，他直言道："我已经不再想和德国人打交道了，也无法理解别人为什么愿意这么做。"在另一封信中，他甚至表示："即便抛开他们的肮脏不谈，德国人看上去也令人生厌。"更糟糕的是，德国民众仅剩的情绪就是自怜，"而这种自怜彻底挤占了负罪感的位置"。[9]

然而，在纽伦堡的几年使希尔德斯海默的态度产生了变化。他私下结识了一些德国人，主要是艺术家和博物馆工作者，和他们成了朋友，还公开称这些人为家人。他的父母迫切希望他在口译员的工作结束后返回巴勒斯坦，而他在信件中试探性地暗示他们，他计划留在自己出生的国度，并在这里建立自己的艺术事业。为此，他也需要以更加友善的眼光看待身边的人。在1949年9月15日的家信中，他写道："虽然不能高估这一比例，但大部分德国人都是无辜的。"[10]

希尔德斯海默的态度转变也与当时英美的德国政策相吻合。这两个国家逐渐停止了对德国的污名化，他们需要将曾经的敌人转化为盟友。1947年5月18日，英国驻德军事总督布赖恩·罗伯逊（Brian Robertson）向英占区内的监督委员会发布了一项新的指令，要求其下属改变对德国人的态度，"像一个文明的基督教民族对待另一个那样"。"他们和我们的利益在很多方面都是一致的。我们不再抱有敌意。"这一命令也被他的下属称为"善待德国人条例"。[11] 与此同时，美国人也颁布了新的法令，以取代此前禁止同德国人亲善的参谋长联席会议1067号令（JCS 1067）。1947年7月，新颁布的第1779号令正式生效，提倡建立一个"稳定而繁荣的德国"。印有集中营受害者照片和提醒人们不要同德国人接触的警示标语——"记住这些！不要通敌！"——的海报也消失了，取而代之的是鼓励人们帮助新生的德国重获国际认可、让德国人重建国家认同的宣传。

希尔德斯海默在口译工作结束后留在了德国，这就是他对这场席卷战后德国社会的罪责之争的回应。然而数十年后，这场辩论再度将他卷入其中。1979年，弗里茨·J.拉达茨（Fritz [244]

J. Raddatz）在《时代周报》上发表了一篇回顾德国战后文学之开端的批评文章。拉达茨开篇就提出了一系列挑衅性的问题："君特·艾希①曾是纳粹党的一员吗？彼得·胡赫尔②是不是加入过帝国文学协会？埃里希·凯斯特纳有没有创作过纳粹电影？沃尔夫冈·克彭③有没有在第三帝国出版过作品？彼得·苏尔坎普④是不是刊印过纳粹的颂歌？"文章反对战后德国文学"砍光伐尽""新开端"⑤之说，并号召掀起一场报刊辩论，来讨伐那些做过纳粹"同路人"的知名作家。马塞尔·赖希-拉尼茨基在《法兰克福汇报》上发文，试图平息争端。很多作家都被要求表明立场——其中就包括希尔德斯海默。

　　1951 年，希尔德斯海默加入了四七社，这是一个由汉斯·维尔纳·里希特组织起来的结构松散的作家群体，旨在为德国

---

①德国诗人、剧作家，著有诗集《雨的消息》、广播剧《梦》等。曾在 1933 年的一封私人信件中表示自己加入了纳粹党，但也有研究表明他的入党申请可能未被批准。
②德国诗人、文学编辑，以描写自然景物的抒情诗闻名。曾为帝国广播电台创作广播剧，二战期间应征入伍，在空军服役，后被苏军俘虏。
③德国小说家，同时也是德国战后文学的代表作家之一，代表作为"战后三部曲"，即《草中鸽》《温室》和《死于罗马》。二战期间，他曾为乌发公司和巴伐利亚电影公司撰写剧本。他创作于 1935 年的小说《墙在摇摆》曾在 1939 年被改名《责任》，在第三帝国出版，但他本人对此并不知情。
④ Peter Suhrkamp，德国出版商。纳粹时期，苏尔坎普接手了犹太出版商塞缪尔·费舍尔创办的费舍尔出版社（S. Fischer Verlag），在此基础上创立了苏尔坎普出版社（Suhrkamp Verlag）。二战后，苏尔坎普出版社出版了大量当代作家和思想家的著作与译作，扶植当代文学和新兴思想流派，深刻塑造了战后联邦德国的精神生活。
⑤二者均为战后一代德语作家的创作理念。所谓"砍光伐尽"和"新开端"之"新"，自然包括与纳粹文学的决裂，但更强调"砍伐"已有的美学陈规，以平实的语言和敏锐直接的观察接近战后的社会现实。

文学的重建提供平台。希尔德斯海默与拉达茨攻击的很多作家都有过交情，尤其是君特·艾希。他的介入有着特别的分量，因为他在四七社中始终扮演着局外人的角色，也"不像个德国人"——这是一种肯定而非批评。《明镜周刊》为他撰写的讣告把他称作"幸运儿"，因为他没有受到"四七社这一社交圈中"普遍存在的、"极富德意志色彩的沉郁、负罪感和狭隘的地域性"的影响，而是保持着独特的想象力和独立的政治观点，自由地探索着不同的艺术形式。

这位"独行侠"对这番争论的回应刊登在1979年11月9日的《时代周报》上，题为《我的朋友们曾是纳粹吗？》。文章中，希尔德斯海默承认朋友们犯过错，但他既没有为他们开脱，也回避了道德上的评判。"罪行会给罪犯烙下永久的印迹，错误却不会就此定义犯错的人。我们不再是二十、三十甚至四十年前的我们了。当我反思自己的错误时，我只能说：感谢上帝。至于那些亲近之人，他们在和我相熟之前的过往与我无关，但这并不意味着人们不应在相关的语境中提及它们。那么，我的朋友们曾是纳粹吗？这个问题暗含了一种过去完成时的笃定，它拒绝任何评判，不仅仅是我的。正确的问题应该是：纳粹曾是我的朋友吗？答案是明确并且唯一的：不是。"[12]

希尔德斯海默是德国战后文学的局外人，因为他既不是从 [245]
战俘营，也不是从流亡生活中归来的，更不是"内心流亡"作家的一员。此外，他独特的角色和"灰衣主教"①般的地位也来源于他是个犹太人。他清楚这一点，但他对自己的犹太人身份始终有些矛盾。他在一篇文章中坦言，尽管他以犹太人自视，但他并没有扎根于犹太教传统中，而是被"无辜"地赋予了犹太人的身份，这个身份只有在被他人意识到、并招致反犹主义的攻击时才会对他产生意义。[13] 正因如此，纽伦堡审判的经历才显得格外关键："犹太身份最残酷的含义，以及种族所属（Rassenzugehörigkeit）、异质性（Artfremdheit）②等属于这套表达中的词语，我是在为纽伦堡审判担任同声传译时才终于直面的。这段历史直到那时才被系统性地、结构化地揭示出来，而在其发生的那些年里，我只能在报道和流言中窥见一角。"[14]

希尔德斯海默一家在 1933 年迁往巴勒斯坦也并不是为了躲避纳粹的迫害，尽管他们也和所有犹太人一样，遭遇了反犹主义带来的敌意。他的父母怀有犹太复国主义的理想，很早就计划要前往巴勒斯坦。直到纽伦堡后续审判期间希尔德斯海默才真正面对纳粹的恶行，系列审判中的第九场——特别行动队审判，给他带来了尤其强烈的情感冲击。在这场被美国媒体称为"史上规模最大的谋杀案审判"中，他为奥托·奥伦多夫（Otto

---

①通常指在幕后发挥重大影响力的政治顾问或决策者，他们自身很少公开露面，但会通过提出意见和建议操控局势。该称谓源自嘉布遣会的修士弗朗索瓦·勒克莱尔·杜特朗布莱，他是红衣主教黎塞留的告解神父和亲密顾问。由于他身着嘉布遣会特有的棕灰色修士服，遂被称为"灰衣主教"。
②两者都是纳粹创造出来、用于种族主义宣传的词语。纳粹规定，拥有 25% 的非雅利安血统的人就属于"异质"（artfremd）分子。

Ohlendorf）担任口译员。今天，此人已然成为高智商和技术化屠杀者的化身。

## 特别行动队审判 [246]

　　奥托·奥伦多夫是党卫队旅长，在德军进攻苏联期间担任过特别行动队 D 支队队长。他在纽伦堡受审时给法庭留下了深刻的印象。[15] 相貌英俊、不到四十岁的奥伦多夫接受过学术深造，战争期间，他大部分时间都在经济部担任对外贸易专家，只在其中一年，也就是 1941 至 1942 年指挥 D 支队作战。"特别行动队"这个看上去中性无害的概念不过是纳粹对参与灭绝行动的部队的一种美化。奥伦多夫手下的士兵不是在战场上和同等武装的敌军作战，而是为达到纳粹种族灭绝的目的射杀手无寸铁的平民，其中包括犹太人、罗姆人、共产党员、被指控为游击队员和反社会分子的人，以及精神病人和残疾人。这些特别行动队最初由海因里希·希姆莱组建并投入到针对波兰的行动中。自 1939 年起，他们在国防军知情的情况下杀害了超过 6 万名波兰人，受害者以国家精英阶层为主。随着德军的推进，他们的屠杀行为进一步扩展到苏联境内。

　　奥伦多夫此前已经在 1946 年 1 月 3 日的主要战犯审判中出庭作证过，他当时的证词震撼了整个法庭。美军上校约翰·阿门（John Amen）向奥伦多夫提问："你知道，在你的指挥下，特别行动队 D 支队（在苏联）一共清算了多少人吗？"这位党卫队成员不假思索道："九万人。"阿门追问道："这其中是否同时包括男人、女人和孩子？"奥伦多夫简短地回答："是的。"阿门上校还想知道，对德国占领下苏联地区的犹太人和共产党员的具体指示是什么。"清算。"奥伦多夫答道。阿门难以置信地问道："你所说的'清算'，就是'杀死'的意思吗？"奥伦多夫说："就是'杀死'的意思。"赫尔曼·戈林是当时庭上的被告，听完这番毁灭性的证词后，他怒不可遏。据说，这位前帝国元帅在庭审休息时破口大骂："那只猪猡以为这么做能得到什么？他反正都会被吊死。"戈林说得没错。但在此之前，奥伦多夫必须先接受法庭的审判。

[247]

　　奥伦多夫的案件对法庭来说颇有些棘手，因为在后续审判中，他在律师的建议下推翻了先前的证词，还试图拉拢其他被告配合他的辩护策略。他为脱罪找出的法律借口名为"推定紧急防卫"（Putativnotwehr），也就是说，他当时认为存在紧急防卫的必要条件。奥伦多夫声称，杀戮的指令是由党卫队的人事部长布鲁诺·施特雷肯巴赫（Bruno Streckenbach）下达的，而后者传达的是希特勒本人的命令。这种说法不只是为了把责任推卸到当时被苏方羁押的施特雷肯巴赫头上，奥伦多夫还试图证明，如果违抗元首的命令，他和手下部队的生命安全都会受到威胁。他把自己描绘成一个仅仅执行命令，还为此承受着巨大压力的人。

　　此外，他还试图以军事安全为由为这些谋杀行为辩护。

1948 年 10 月，他提到自己的任务是"通过杀害犹太人、茨冈人（即吉普赛人）、共产主义官员、活跃的共产主义者和其他可能危害安全之人，为国防军免除后顾之忧"。他的策略并未奏效。德国一些政治家及宗教人士为他发起了呼吁赦免的运动，但也不了了之。1951 年 6 月，奥伦多夫在莱希河畔兰茨贝格的战犯监狱被处以绞刑。

希尔德斯海默是负责将奥伦多夫的话从德语译成英语的口译员之一，这项工作绝不轻松。"我们拿到的材料，以及在医生审判中听到的证词，超乎了一切可能的想象。"他在 1947 年 10 月 8 日写信给父母："今天早上，我在对主犯奥伦多夫的庭审中担任翻译。这令人极其疲惫，我到现在仍感觉筋疲力尽。不过，接下来我又可以休息五天了。"[16] 纽伦堡审判中的口译员几乎无一例外，都是流亡到欧洲其他国家的犹太人，其中也包括尤利娅·克尔（Julia Kerr），她是作家阿尔弗雷德·克尔（Alfred Kerr）的妻子。审判期间，他们的任务是不去反驳这些罪犯的粉饰、借口和谎言，而是专注于以最高的精确度和专业精神完成翻译。他们不能受个人情感的左右，但这些情感也并非总能得到压抑。阿尔曼德·雅库波维奇（Armand Jacoubovitch）就是一个例子，他在同声传译室内当场崩溃了。他在大屠杀中失去了几乎所有的家人。最终，雅库波维奇申请转去笔译部门。另一位女口译员在 2005 年的一次采访中回忆道，她开始在纽伦堡工作时只有 21 岁，但四个月后，当她离开这座城市时，她感觉自己仿佛老了十岁。[17]

面对这一切，希尔德斯海默选择了绘画。艺术对他来说成了一种补偿和治疗，一道抵御恐怖见闻的堤坝。1947年夏天时，他已经完成了一幅抽象风格的油画和一幅肖像。他用油彩、水粉、蘸水笔、火柴和任何手边可得的工具作画，还计划在1948年春天在慕尼黑举办一次展览。大约三十年后，他回忆道，他在纽伦堡为自己建起了一座画室，"用速写和绘画来将我的注意力从那些骇人的事件和人们挖掘出的每一个细节上转移开，这也的确奏效了"[18]。

晚年的希尔德斯海默对世界的部分看法变得极其悲观，甚至有末世论的色彩。他为自传体小说《马尔博》（1981）撰写了一篇最终没有被收录进书中的后记，它的开头是这样一句话："地球正在走向末日，这一进程的速度正以小时为单位倍增。"[19] 20世纪80年代末的生态破坏、军备竞赛和第三世界的冲突让他本就抑郁的情绪进一步恶化。长期以来，他饱受心理问题的困扰，经常失眠。如果说他晚年的抑郁完全是在纽伦堡担任口译员的经历造成的，未免言过其实，但他应对内心震荡的方式的确与当年如出一辙：他转向了视觉艺术。

1984年，希尔德斯海默宣布，他将因可预见的环境灾害停止写作。他把很多亲身经历融入了文学作品，包括失眠和对独裁者幸存爪牙的恐惧（《廷瑟》）。但如今，他沉默了。他在《亮点》周刊的一次采访中说，他无法理解，"在当下的世界中要如何坐下来写一个虚构的故事"[20]。在公众眼中，他成了满口灾难的"先知"，也遭到了作家同侪的疏远。面对这一切，希尔德斯

297

海默回到了艺术生涯的起点。他开始专注于创作拼贴画，视觉艺术再度成为拯救他的那片净土。

绘画也是促使他 1947 年 12 月从法贝尔堡搬到纽伦堡大酒店的原因之一。前文提到的画室就坐落在纽伦堡市中心，可以从酒店步行抵达。在此之前，他已经在记者营度过了近一年的愉快时光。

虽然主要战犯审判期间的很多记者都抱怨过记者营的拥挤和糟糕的生活条件，但作为占领军的雇员，希尔德斯海默却觉得这里的生活堪称奢华。他在城堡内有一个单人间，每月配给的酒水中还包括三瓶香槟。他兴奋地写信告知父母："上个月收到的是凯歌<sup>①</sup>……还有杜松子酒。"城堡为他单独配备了酒具和毛巾。"我用画作和地图装饰了房间的墙面，这周还会收到新的窗帘。"他还补充道："我早就去看过牙医了，就在这里，还配了一副新眼镜。顺带一提，这些都是免费的。人们把这一切安排得相当妥当。"唯一让他感到失望的是城堡的审美。他评价道，这是"一座糟糕的老房子，毫无品位可言，是青年风格和洛可可的一锅烩。但它舒适极了，房间很大，还配有浴室。有美味佳肴、酒水、休息室，还有随时都能调用的汽车"<sup>21</sup>。

[250]

---

①法国的高档香槟品牌，也是世界上历史最悠久的香槟品牌之一。

# 在同声传译室中

希尔德斯海默在纽伦堡的最初几周都在接受培训。在正式承担口译任务前，他需要先为之做些练习。德语的同声传译尤其具有挑战性。希特勒的口译员、当时被关押在"证人之家"的保罗·施密特（Paul Schmidt）曾对此评论道："翻译的困难……在于德语独特的句式，这使它不同于其他国际会议的常用语言。德语的动词通常位于一个相当冗长且结构复杂的句子末尾，译成法语或英语时，却需要在名词后立刻说出动词……这种差异在时间上造成了几乎无法克服的障碍。"[22]

同声传译是一种全新的工作方式，它正起源于纽伦堡审判期间。它的兴起得益于当时技术条件的进步，有线的同声传译设备为实时翻译提供了可能。译员坐在一个小房间内，通过旋转设置盘激活不同的语言选项。房间与法庭大厅之间只有一层玻璃隔开；设备上装配了信号灯，黄灯亮起是在提示发言者放慢语速，红灯亮起则是出现了技术问题之类的突发状况，示意法庭口译暂停。在此之前，译员只能采用交替传译，即在原文讲完后再进行翻译，并使用一种特殊的速记方式记录原文。然而在纽伦堡，人们没有时间等待交替传译，因为这会严重拖延审判的进度。

同声传译的译员承担着巨大的压力。时间压力只是一方面。在这场历史性的战犯审判中，他们还必须在极其有限的时间内给出尽量准确的译文。完美是不可能实现的，这一点在希尔德斯海默的同事、上司兼好友西格弗里德·拉姆勒（Siegried Ramler）的自传中也得到了印证。他指出，同声传译员最重要的能力是不要追求完美，第二或第三准确的词也是可以接受的。但被告们并不会如此宽容，毕竟对他们而言，这是攸关性命的大事。弗里茨·绍克尔是主要战犯审判中的被告之一，他浓重的弗兰肯口音让译员十分头疼。他直到死前都一直坚信，自己是因为口译中的错误才被判处死刑的。

即便是检察官也无法避免错译带来的影响。罗伯特·H. 杰克逊询问戈林时遭遇的窘迫也和翻译有一定关系。他试图指控戈林参与了战争的谋划，并援引了一份文件，其中提到了"解放莱茵的准备工作"（preparation for the liberation of the Rhine，德语原文为 Vorbereitung der Befreiung der Rheins）。戈林立刻察觉了翻译中的疏忽，并指出这段内容和德军 1936 年对之前被非军事化的莱茵河沿岸地区的重新占领无关。实际上，所谓"解放"（liberation）是对德语中"Befreiung"一词的错译，后者原本是指"清除"（Freimachung）莱茵河上的障碍。

在纽伦堡，每个词都要经过反复推敲，因为正确的措辞可能关乎被告的生死。在选拔译员时，必须确保他们能够满足这一严格的要求。除了出色的语言能力外，候选人还必须具备广博的文化背景知识，熟悉法律、政治和医学的专业术语。与此同时，他们还要能承受环境的高压。口译工作需要注意力高度集中，但同声传译室没有配备任何隔音措施，译员不得不在持续的高分贝噪声中完成翻译。希尔德斯海默在信中反复抱怨这 [252]

种极度的劳累，他在给姐姐的信中写道："你可以想象，这是怎样一份消磨神经的工作。"1947 年 7 月，他又向父母提起："我已经心力交瘁了，尽管工作时间并不长，但压力依然极大。"[23]

审判的口译员分为三组，每组十二人，按几乎完全固定的轮班制度交替工作。由于工作强度高，实际的净工作时长相对较短。希尔德斯海默需要每天上下午各工作一个半小时，轮班后的第二天则相当于休息日，只需校对庭审记录。但就连校对也是一种心理层面上的挑战，因为译员工作时全神贯注在翻译上，几乎无法理解内容本身的含义。只有在事后阅读庭审记录、将审判时的笔记同录音进行比对时，他们才会意识到这些话的分量，那时，这些被暂时压抑的感受便会向他们袭来。译员有时甚至会在语调上和被告趋同。"特别行动队审判时的气氛尤其严肃。翻译工作非常费力，但也很有趣，因为翻译们会下意识地模仿被告人的语气。"希尔德斯海默提到，"我已经熟练掌握了如何模仿从嘲讽到愤怒，最后泪流满面的过程，人们会不自觉进入表演的状态。"[24]

希尔德斯海默的工作不仅限于法庭以内，有时他也需要为法庭之外的审讯工作做口译。1948 年，他曾为此前往哥本哈根出差。此外，因为实际的工作时间较短，他有大把的空闲时间，不但可以在德国境内旅行，甚至还能短暂前往奥地利和意大利。在美国红十字会的组织下，他还参加了一个针对儿童的教育项目，教孩子们画画。他是音乐会、歌剧演出和艺术展览的常客，最重要的是，他完成了自己的第一个视觉艺术作品集。

直到 1949 年任期结束，希尔德斯海默一直是法庭的口译员，但他的工作重心逐渐转移到了文本编纂上——他承担了一部文献总集其中两卷的主编工作。在一项旨在提高审判透明度、促进公众理解的政策下，美国人决定将后续审判的过程以文献形式加以记录，而且不能仅仅不加筛选地抄录晦涩难懂的庭审过程。这部由美国政府发布的十五卷本文献集有一个烦琐冗长的名字：《管制委员会第 10 号法令下纽伦堡军事法庭对战犯的审判》。作为官方档案，它收录了每一项指控、判决和行政文件。

作为编辑团队的一员，希尔德斯海默负责第三卷（司法官员审判）和第四卷（特别行动队审判）的文本选编、整理和校对工作，还为其制作了索引。他后来提到，这段以翻译和编辑身份高强度钻研语言的经历对他日后的文学创作至关重要。他实际上是在回到德国后，才在与其他语言的比较中真正了解了德语这门语言，也认识到了它的丰富和优长的。

1948 年 4 月 10 日，针对奥托·奥伦多夫的判决宣布后，希尔德斯海默还间接与奥伦多夫有过一次接触。据当时的另一位译员彼得·于贝拉尔（Peter Uiberall）回忆，译员们收到了一份注明寄给他们的信件，是奥伦多夫寄来的。他在信中向他们致谢，并表示，多亏了他们的工作，他的发言才能在法庭前得到公正的对待。[25]

1949 年 10 月，结束了编辑工作的希尔德斯海默搬到了施塔恩贝格湖畔的安姆巴赫。1957 年，他放弃了继续留在德国的念头，移居瑞士，在那里过上了隐居生活，直到 1991 年去世。

他这次迁居或许与纽伦堡噩梦般的经历有一定的关系——至少他在纽伦堡的译员同事亨利·A. 莱亚（Henry A. Lea）是这样认为的。莱亚后来成了美国的德语文学研究者，经过对希尔德斯海默作品的深入研究，他推测，是战后德国的复辟倾向唤醒了希尔德斯海默对反犹主义的恐慌，并促使他做出了迁居的决定。在特别行动队审判期间，莱亚曾和希尔德斯海默并肩工作多日，近距离观察了他的反应。"当他在 1964 年被问起为什么不在德国定居时，他回答道：'我是犹太人，而三分之二的德国人都是反犹主义者。他们过去如此，未来也将一直如此。'"这位昔日的同事援引的这些话出自赫尔曼·凯斯滕（Hermann Kesten）编纂的文集《我不住在联邦德国》。在一次采访中，希尔德斯海默承认这项指控出自他口，并补充道："反犹主义是德国人与生俱来的，它永远无法根除。"[26]

巧合的是，正是一位纽伦堡审判被告的儿子，让希尔德斯海默在去世前一年对政治重燃希望，他就是联邦总统里夏德·冯·魏茨泽克。据现有的史料推测，希尔德斯海默和他可能早在纽伦堡就有过交集，当时后者曾在所谓"威廉大街审判"[①]中为父亲恩斯特·冯·魏茨泽克[②]出庭辩护。1990 年，柏林墙

---

①纽伦堡后续审判中的第 11 场，被告为纳粹政府的各部官员，因纳粹时期的帝国总理府和外交部都坐落在柏林的威廉大街上而得名。

②德国政治家、外交官，曾于 1938—1943 年在纳粹德国外交部中担任国务秘书，职位仅次于部长里宾特洛甫。

倒塌的几个月后，他邀请希尔德斯海默在柏林的贝勒维宫①做一次朗读会。这次活动在德国历史上一个极富象征性的时刻举行，出席者几乎都是文化界和政界的知名人士。希尔德斯海默朗读了《马尔博》中的部分段落。将一位曾因反犹主义离开德国的犹太作家请来这场庆祝两德统一的活动，这对希尔德斯海默无疑是一种补偿。与此同时，它也向整个德国社会发出了明确的信号。

里夏德·冯·魏茨泽克夫妇十分重视这次邀请，双方为确定日期花费了很长时间。这种尊重是相互的。希尔德斯海默将魏茨泽克称为"特奥多尔·豪斯以来最好的总统"，以赞扬他最令人称道的公共举措：在 1985 年 5 月 8 日纪念战争结束 40 周年的历史性演讲中，这位政治家明确将这一天定为解放的象征——毫无疑问，他指的同时也是德国人自己的解放。[27]

---

① 又译贝尔维尤宫、美景宫，现为德国总统府。

## 注释：

1. 关于罗曼·卡门在记者营留宿一事，参见 F. Hirsch, *Soviet Judgement at Nuremberg*, S. 136。

2. 这些人中包括《时代周报》的创始人之一里夏德·廷格尔（Richard Tüngel），后来的知名传记作家哈罗德·屈茨（Harold Kurtz）和高校教师保罗·G. 弗里德（Paul G. Fried）等。

3. *Directory of the Nuremberg Military Tribunals' Personnel in January 1948*, http://www.rijo.homepage. t-online.de/pdf/EN_NU_45_occwc.pdf.

4. S. Braese, *Jenseits der Pässe*, S. 152.

5. Wolfgang Hildesheimer, Brief an Heinrich Böll vom 7. 9. 1953, in: ders., *Briefe*, S. 39.

6. A. Merritt/R. L. Merritt (Hg.), *Public Opinion in Occupied Germany*, S. 160 ff.

7. K. Jaspers, *Die Schuldfrage*, S. 19.

8. H. Arendt/K. Jaspers, *Briefwechsel, 1926–1969*.

9. W. Hildesheimer, *Die sichtbare Wirklichkeit bedeutet mir nichts*, S. 292, 332 f.

10. 同上，S. 486。

11. L. Feigel, *The Bitter Taste of Victory*, S. 237.

12. 摘自 S. Bräse, *Jenseits der Pässe*, S. 463 f。

13. 希尔德斯海默曾在 1978 年一篇为广播所写的随笔《我的犹太身份》中谈及他作为犹太人的身份认知，1984 年，他在法兰克福举办的第九届国际乔伊斯研讨会上发表演讲《布鲁姆先生的犹太性》，再次探讨了这一问题。亦可参见 W. Hirsch, *Zwischen Wirklichkeit und erfundener Biographie*, S. 107 f。

14. W. Hildesheimer, *Gesammelte Werke in sieben Bänden*, Bd. VII: *Vermischte Schriften*, S. 163.

15. 关于特别行动队审判，参见 R. Ogorreck/V. Ries, Fall 9: *Der Einsatzgruppenprozess (gegen Otto Ohlendorf und andere)*。

16. W. Hildesheimer, *Die sichtbare Wirklichkeit bedeutet mir nichts*, S. 278, 341.

17. *Wissenswertes über die Dolmetscher und ihre Arbeit. Begleitinformation*

*zur* BDÜ Fotoausstellung Dolmetscher und Übersetzer beim Nürnberger Prozess 1945/46, https://he.bdue.de/fileadmin/verbaende/he/Dateien/PDF-Dateien/fotoausstellung/BDUE_Fotoausstellung_Frankfurt_Begleitheft_Web.pdf.

18. 摘自 S. Bräse, *Jenseits der Pässe*, S. 145。

19. W. Hirsch, *Zwischen Wirklichkeit und erfundener Biographie*, S. 261.

20. 摘自 S. Bräse, *Jenseits der Pässe*, S. 518。

21. W. Hildesheimer, *Die sichtbare Wirklichkeit bedeutet mir nichts*, S. 285, 288, 295.

22. P. Schmidt, *Der Statist auf der Galerie*, S. 45.

23. 摘自 S. Bräse, *Jenseits der Pässe*, S. 138。

24. W. Hildesheimer, *Die sichtbare Wirklichkeit bedeutet mir nichts*, S. 344.

25. 同上，S. 342。

26. 摘自 W. Hirsch, *Zwischen Wirklichkeit und erfundener Biographie*, S. 112。亦见 H. A. Lea, *Wolfgang Hildesheimers Weg als Jude und Deutscher*。

27. S. Bräse, *Jenseits der Pässe*, S. 546 ff.

# 某种后记
# 戈洛·曼为被囚的鲁道夫·赫斯
# 所做的努力

> 整个第三帝国是德国历史上一段卑劣而愚蠢的插曲，它绝不是由这个民族的过去导致的必然结果，而是由一系列偶然、错误和可以避免的愚笨交织而成。我始终这么认为。
>
> ——戈洛·曼

应合众国际社的邀请，托马斯·曼在1945年11月24日，也就是审判开庭的几天之后写下了一篇题为《关于纽伦堡审判》的文章。这篇文章删减后的版本被改写成对谈形式，发表在11月29日的《每日新闻报》上。针对有关审判合法性的争议，托马斯·曼详细阐述了他大体支持同盟国做法的理由。他并未轻视种种批评的声音，如认为组织审判的几个大国也并非完全清白，审判会是一次纯粹的铁腕展示或是一场司法闹剧等，但这些意见在他看来并非关键所在。托马斯·曼关心的是更为重要的问题——他认为这次审判将是一个道德上的讯号："这场审判关心的是理应如此之事，以及在法西斯主义的污蔑之下仍然在很大程度上具有精神和道德现实性的事物。它站在通往未来的门槛上。"他将审判视为展示政治和道德理想的窗口，有着深远的教育意义。[1]

面对这些争议，艾丽卡·曼也表明了自己维护审判的立场，甚至比父亲表达得更加明确。她反驳了有关纽伦堡缺少德国法官的批评，她的理由是，像魏森堡审判[①]那样由德国人自行举行的审判已经证明，"不能指望德国人妥善处理本国的战争犯"。[2] 德国的司法系统内仍有顽固的纳粹分子，他们不可能对曾经的纳粹同党做出公正的判决。1946 年 10 月，当美国参议员罗伯特·A. 塔夫特（Robert A. Taft）出言批评纽伦堡审判时，艾丽卡·曼顺势站出来，公开反对这种偏见。[3] [256]

她的弟弟戈洛对审判的看法则更为谨慎。戈洛·曼（1909—1994）是曼氏家庭的第三个孩子，后来以历史学家、政治评论家和毕希纳奖得主的身份闻名于世。据本人所说，他始终生活在父亲和年少成名的兄姊——艾丽卡和克劳斯的重压之下。他明白，自己不是父亲最喜爱的孩子之一。在他晚年审阅父亲日记的校样时，应该在 1920 年 1 月 24 日的日记中读到了这样的话："戈洛，性格越来越成问题，虚伪、不爱干净、神经质。"

---

① 1946 年 4 月至 5 月，巴伐利亚州魏森堡市举行了一场审判，针对 1938 年 11 月 9 日至 10 日（即"水晶之夜"）期间在特罗伊希林根发生的反犹暴力袭击的参与者。魏森堡审判是当时规模最大的地区性审判，共有 57 名被告受审，情节最严重者被判处四年零三个月的监禁。艾丽卡·曼旁听了此次审判，并批评判决过于宽松。

父子二人的关系后来逐渐有所改善，托马斯·曼也对儿子的史学著作表示认可，但戈洛·曼精神上的成长依然是在不断反叛父亲的过程中完成的。无论在家庭中还是学术上，他都早早成了一个独来独往的人。他注重叙述性的历史写作受到部分历史学家的排斥，他们不公正地指责他将学术研究通俗化——他甚至在他撰写的华伦斯坦传记中为这位将军虚构了一段内心独白。在政治立场上，他也逐渐背离左翼、转向了右翼。终其一生，戈洛·曼都是一个个人主义者，拒绝被打上任何标签。这种形象是他有意为之，这也体现在他的遗愿上：他希望被埋葬在基尔希贝格公墓，但要与家族墓地保持一定距离，那里安葬着托马斯·曼和妻子卡蒂娅·曼，他们的女儿艾丽卡、莫妮卡和伊丽莎白，以及他们的儿子米夏埃尔。

[257]　　1945 年秋天，戈洛·曼开始为位于巴特瑙海姆的法兰克福广播电台担任审查员和节目策划。此前他曾在参军时为伦敦的美国广播站做过德语部门的评论员，还曾短暂驻扎卢森堡，参与针对德国的"广播战"。如今，他希望能为建立一个自由的德国广播电台出力。美国军管政府希望有意引导德国的广播系统走向多元化，要求编辑部涵盖除前纳粹分子以外各种政治立场的代表。因此，公开支持共产主义的汉斯·迈尔（Hans Mayer）和施泰凡·赫尔姆林也被招募为广播电台的成员，戈洛·曼的职责则是审查他们及其他同事的节目内容。三人日后都表示，他们的合作尽管时有摩擦，但总体上还是平等地尊重着彼此的立场。

戈洛·曼曾多次前往纽伦堡。1945 年 12 月，他在返程途中因浓雾遭遇车祸，腿部受伤，不得不在医院住了几周。如今已 经很难确定，他在弗兰肯地区停留期间是否去过记者营，又是否曾在那里留宿过，因为他 1944—1946 年的大部分私人通信都已遗失。他曾在 1945 年 12 月 6 日写给母亲卡蒂娅的信中提到，他希望能在纽伦堡见到艾丽卡，这意味着他很有可能去过记者营。除姐姐之外，他还有很多老朋友也在那里。作为美国公民，他进入记者营也必然畅通无阻。可以确定的是，他和姐姐见面的愿望实现了。12 月 9 日，他邀请她做了一段十四分钟的电台采访，艾丽卡在采访中谈到了她前往蒙多夫莱班的经历、审判在法律上的特殊之处以及它在世界历史中的意义。[4]

然而，在媒体席上的见闻让戈洛·曼对这场审判产生了怀疑。当时这名 36 岁的审查官仍受到上级指令的约束，因此，直到多年以后，他才得以公开表达自己的看法。他在采访中称，德国投降九个月后，他已经对胜利者的角色感到了厌烦，他对德国的仇恨"像初春阳光下的积雪一样消融了"。当艾丽卡·曼坚信德国人负有集体罪责，而托马斯·曼也对德国人能否完成内心的转变失去信心时，戈洛·曼拒绝接受"集体罪责"这个概念，因为在他看来，这过度简化了德国堕入深渊的多层次原因。他更倾向于老师雅斯贝尔斯的解决方案，即以"集体责任"（Kollektiv-Haftung）的概念代之。因为"责任和罪责——刑事上的罪责——是两个完全不同的概念。"戈洛·曼在 1987 年写道，"此外，同盟国无论在胜利之后，还是在战争期间，都绝不是

无辜的天使。"[5] 然而在纽伦堡，人们却被禁止提起战胜国的战
争罪行。在私人通信中，戈洛·曼毫不掩饰地称其为"这个赢
家团伙的行径"，但他绝没有以任何形式淡化纳粹的罪行。

　　戈洛·曼并非不赞同对纳粹罪犯施以惩罚，他对纽伦堡审
判的批评针对的是这些惩罚措施的任意性。他在战争结束 40 周

年之际的一次采访中称，人们应该仅仅审问这些被告，在这之
后不该设立一个法庭来判决他们，而是应该"直接基于战胜国
的法令将其处决"。[6] 在私下里，他的态度则要宽厚得多。他曾
写信告诉被判死刑的德国上将阿尔弗雷德·约德尔的妻子，在
他看来，被告会得到怎样的判决毫无标准可言。"有些人被处以
死刑，另一些人却可以参与重建联邦国防军——我并没有过度
夸张……最好的办法本应是将军方完全排除在外。"[7]


## 施潘道的最后一名囚犯


　　直到 20 世纪 60 年代末，戈洛·曼才终于敢于走出私人通
信的庇护，公开支持释放鲁道夫·赫斯。这位纽伦堡审判中的
主要战犯从 1941 年起一直处于监禁之中。1941 年，作为纳粹
党务工作的"元首代言人"，赫斯在希特勒不知情的情况下飞往
苏格兰，试图通过汉密尔顿公爵和英国政府取得联系，向他们
提出一份停战协议。但这趟旅程的发展并未如他所愿。他要求
英国人满足希特勒的所有野心，包括归还德国在一战后失去的

殖民地。他还希望划定双方势力范围，允许德国在欧洲自由行动，而英国则在英帝国内自由行动。赫斯是希特勒个人崇拜的狂热推手，他大肆鼓吹德国在军事上的优势地位，以此作为威胁英国的手段，并给出最后通牒，宣称要想促成和平，丘吉尔政府必须下台。"但凡智力达到平均水平的人，都不会在执行这项任务时像赫斯这么笨拙、混乱和脱离现实。"BBC驻纽伦堡评论员卡尔·安德斯写道，"要么是赫斯确实已经精神错乱，……要么这位元首的代言人本身就是个蠢货。"[8]他的观点也是纽伦堡审判中大多数听众的看法。

[260]

赫斯此举并非毫无缘由。他被英国方面的假情报误导，以为英国国内的舆论趋向于与德国和谈。当时希特勒正在准备确定对苏联发动进攻的时间，这也让赫斯担心会陷入双线作战的局面。此外，这次秘密的"和平行动"也是赫斯失势后的孤注一掷，他希望能借此再度博得希特勒的青睐。但他显然无法应付希特勒周围的钩心斗角。赫斯最终被英国扣押，并在战后被移送至纽伦堡。

在托马斯·曼和艾丽卡·曼看来，赫斯这次惊人的出走是战争中的一线希望。这一行为损害了元首的威信，也表明希特勒的核心圈子远不像他所展现出来的那样稳固。托马斯·曼在日记中写道，这样一名纳粹要员竟然向英国寻求庇护，这应该能使德国人有所警醒。[9]艾丽卡·曼甚至打算写一本关于赫斯的书，然而和那本《陌生的家乡》一样，她从未动笔。这一计划流产的原因之一，可能是英国官方拒绝向她提供相关文件。[10]

在 1941 年引发极大关注的鲁道夫·赫斯在纽伦堡审判期间
表现得不知所措、格格不入，但依然顽固。在法庭审理这些极
其严重的罪行时，他却埋头阅读《洛伊斯尔：一个女孩的故事》
这类地摊小说，以示抗议。他的辩护律师怀疑他的精神状态，
坐在他旁边的赫尔曼·戈林也因这位邻座的异常表现感到尴尬，
常常打断他的证词，劝他不要长篇大论。然而在 1945 年 11 月
1 日，赫斯却宣称，他此前只是出于策略需要装出记忆衰退的
样子，从现在开始，他的记忆已经完全恢复正常。他表示愿意
为他所做的一切，以及他签署或共同签署的命令负全责，但直
到审判结束，他都固执地拒绝悔改，甚至在最后的陈述中强调
了这一点。他还表示，希特勒是"我们民族千年历史中诞生过
的最伟大的人"。赫斯的共谋罪和破坏和平罪被判成立，他被处
以终身监禁，关押在柏林施潘道的军事监狱。

[261]

这场监禁的确持续了终身，也让许多德国人在数十年后站
到了赫斯一边。在他的两名狱友——巴尔杜尔·冯·席拉赫和阿
尔伯特·施佩尔于 1966 年获释后，人们开始呼吁释放这位"施
潘道的最后一名囚犯"。一年之后，赫斯的儿子沃尔夫·R. 赫斯
(Wolf Rüdiger Heß) 成立了"鲁道夫·赫斯自由援助协会"，并
发起一场签名请愿活动。活动得到了众多知名人士的支持，其
中包括主要战犯审判中的英方总检察长哈特利·肖克罗斯爵士、
尼默勒牧师、卡尔·楚克迈耶、里夏德·冯·魏茨泽克以及戈
洛·曼。这些人决定签名，主要是出于人道主义的考虑，他们
认为"这名囚犯个人承受的痛苦已经远远超出了应有的程度"。

[262]

赫斯当时已经72岁了，正如前文所说，他在1941年之后的岁月一直在监狱中度过。他显然已经成为冷战中权力博弈的牺牲品，释放他的请求每次都在苏联的否决下被驳回。施潘道的军事监狱也成了一道历史奇观：这座能容纳600名囚犯的监狱最终成了世界上唯一一个还需要二战中的各同盟国相互合作的地方。这里的唯一一名囚犯由四个战胜国的士兵轮流看管，看守每月一换，还要为之安排厨师、房屋管理和清洁人员，每年的开销数以百万计。

## 一篇序言引起的风波

戈洛·曼对沃尔夫·R.赫斯的努力深表敬意，他一直同后者保持联系，并公开为此事发声。他认为，相较于其他纳粹高层，鲁道夫·赫斯要无辜得多，他是一个"究其本质完全无害的人，没有丝毫邪恶之处"。在他看来，赫斯本质上还是一个崇尚自然的浪漫主义者，而不是什么"战争狂魔"。终身监禁必须包含日后减刑假释的可能，对赫斯也是如此，否则它便成了比死刑更严酷的刑罚。赫斯的持续监禁相当于"一场针对无辜者的、被残忍延长的死刑"。[11]

这些话出自戈洛·曼1985年撰写的一篇文章，1994年，他将它提供给沃尔夫·R.赫斯，以供后者再版《鲁道夫·赫斯：我不后悔》一书之用。尽管戈洛·曼在文中明确与这本书的历史观点保持了距离，但他为鲁道夫·赫斯发声一事还是成为一起政治事件。当时的他早已因他的史学成就和评论文章享有盛名，还获得了毕希纳奖，但他的政治倾向已经有所动摇，从支持维利·勃兰特逐渐转向右翼。70 年代的学生运动，尤其是"红军旅"（RAF）[①] 发动的恐怖主义袭击，令戈洛·曼开始呼吁实行更高效的反恐措施，他因此倒向了基督教社会联盟党总理候选人弗朗茨·约瑟夫·施特劳斯，还在 1979 年的选举中为其助选。

这一立场让戈洛·曼在很多人眼中成了不受欢迎的人物。对当时的知识分子来说，支持左派几乎是一种义务。朋友纷纷与他决裂，有的甚至彻底反目。从 1963 年起，戈洛·曼便经常与剧作家罗尔夫·霍赫胡特来往，他曾在一篇评论中盛赞霍赫胡特的剧本《基督的代表》，后者也十分欣赏戈洛·曼的《华伦斯坦传》，感激这位年长者对自己的认可，还常常向他请教历史相关的问题。然而，这段关系最终却因二人在巴登-符腾堡州州长汉斯·菲尔宾格（Hans Filbinger）一事上意见不合而走向了破裂。1978 年，霍赫胡特在为《时代周报》撰写的一篇文章中将菲尔宾格称作"恐怖法官"，因为第三帝国时期他曾在海军法官任上做出过不止一起死刑判决。同年 8 月，菲尔宾格被迫辞职。戈洛·曼对此事大为不满，并向挑起舆论的霍赫胡特明确表示了自己的愤怒。"我总是站在弱势者一边，而这几周，菲

---

① 20 世纪 70 年代西德最具影响力的极左翼恐怖组织，由安德烈亚斯·巴德和乌尔丽克·迈因霍夫等人创立。它反对资本主义和国家机构，以纵火、绑架、暗杀等极端手段表示抗议。

尔宾格就是那个弱势者。"他在一个月后给霍赫胡特的信中写道，"顺便说一句，我和他算不上认识，只是见过一两面，他给我留下的印象也并不算好……即便如此，我也对他表示同情，并且始终相信他受到了不公的对待。这是您——无论有意或是无意——挑起的，之后的一切都是连锁反应。"[12]

戈洛·曼倾向于对事物抱有绝对的同情或反感，还有着强烈的正义感。正是这种正义感让他在80年代再度为狱中的鲁道夫·赫斯发声——尽管有许多人为之奔走，但这名囚犯还是没能重获自由。然而，戈洛·曼没有预料到的是，赫斯在这些年间几乎已经成了极右翼的象征。这是出于天真，还是一种选择性的忽视？ 1985年，戈洛·曼参与了由民族主义组织"保守行动"（Konservative Aktion）举办的一场关于赫斯案件的座谈会。他在没有完全了解活动政治性质的情况下，同意为其录制一段导言作为宣传视频，也一并允许其用作沃尔夫·R. 赫斯著作的序言。1987年，鲁道夫·赫斯在狱中自杀，"德国保守派"（Deutsche Konservativen）发布的悼念视频在戈洛·曼不知情的情况下引用了这段导言中的话。愤怒的戈洛·曼对此提出抗议，并公开声明，他绝不会支持一个主张恢复德国在1937年，甚至是1914年的边界的组织，但这于事无补。[13] 他的政治变节很快成了人尽皆知的丑闻，媒体群起而攻之，把他渲染成一位反动而激进的右派保守分子。他在给柏克·冯·穆伦海姆–雷希贝格男爵（der Freiherr von Müllenheim-Rechberg）的一封信中懊丧地写道："霍赫胡特大概也看到了这则讣告，并把我看作一名公开的新纳粹。

316

这个世界就是这样。"

与其他支持者不同的是，戈洛·曼对鲁道夫·赫斯怀有一种感激之情。赫斯在第三帝国时期曾向因犹太背景遭到迫害的阿尔弗雷德·普林斯海姆（Alfred Pringsheim）伸出援手，后者正是戈洛的外祖父。这位慕尼黑数学家是地缘政治学教授卡尔·豪斯霍费尔的好友，后者又是鲁道夫·赫斯的至交。这位"元首的代言人"曾师从豪斯霍费尔，后来还担任过一段时间他的助手。"多亏了豪斯霍费尔一再从中斡旋。"戈洛·曼在沃尔夫·R.赫斯那本书的前言中写道，"鲁道夫·赫斯多次出手保护阿尔弗雷德·普林斯海姆，使他免于30年代已经无处不在的、针对德国犹太人的欺侮，这时距离第一次真正的袭击到来还有很久。这是我身为孙辈不应忘却的事实。"

事实上，戈洛·曼是家族中唯一一个愿意承认赫斯曾经给予帮助的人。艾丽卡·曼从未提及此事，恰恰相反，她把赫斯描绘成希特勒的一个狂热而愚蠢的追随者。在她的遗作中还保留着一篇文章，名为《关于鲁道夫·赫斯与他1921年11月获奖文章的回忆》。这是一篇含有虚构成分的报道，[①] 讲述了赫斯

[265] 是如何在1921年慕尼黑大学一场由匿名人士赞助的写作比赛中获胜的。参赛者被要求用一篇议论文回答这个问题：领导德国恢复旧日光荣地位的应当是怎样的人？赫斯在文章中塑造了一

---

① 艾丽卡·曼的文章中描绘了一些虚构的场景和事件，但鲁道夫·赫斯的这篇获奖文章是真实存在的，题目正是《领导德国恢复旧日荣光的应当是怎样的人?》，现存于慕尼黑当代历史博物馆。

个充满激情、冷酷无私的独裁者，这一形象显然影射了他所崇拜的希特勒。这篇获奖文章充斥着对希特勒毫无保留的赞美，几乎与一篇圣徒行传无差。艾丽卡以讽刺的口吻细数着赫斯那些"令人憎恶的描写"，称他是"半个疯子"，"冷漠的眼睛"里射出"痴呆的目光"。在她看来，正是他这样的人让希特勒的崛起成为可能，他绝不像戈洛·曼以为的那样无害，更不可能是个浪漫主义者。

在纽伦堡审判期间，艾丽卡·曼对待赫斯的妻子伊尔泽·赫斯（Ilse Heß）的态度也同样严苛，将她描绘成头脑极其简单之人。就连面对前文提到过的卡尔·豪斯霍费尔，她也没有展现出丝毫仁慈。战后，她出于采访需要拜访了这位外祖父的好友。豪斯霍费尔的儿子阿尔布雷希特（Albrecht）参与了 1944 年 7 月 20 日刺杀希特勒的行动，事情败露后被捕入狱。苏军攻入柏林时，一支党卫队部队枪决了他。卡尔·豪斯霍费尔本人早在鲁道夫·赫斯飞往苏格兰后便已成为盖世太保的监视目标，受这次失败的刺杀所累，他被投入达豪集中营关押了一个月。精神已然崩溃的他出狱后遁世隐居，直到战争结束。1946 年 3 月，他与妻子一起结束了生命。

1945 年 9 月，也就是二人自杀的几个月前，艾丽卡·曼登门拜访。她的文章《对卡尔·豪斯霍费尔的拜访》语气辛辣，甚至称得上恶毒。她尤其强调父子二人的不合。作为地缘政治学家和前军官，卡尔·豪斯霍费尔被指责为纳粹夺取"生存空间"提供了理论依据，还有人干脆称他为"希特勒的智囊"，他也的确在前往兰茨贝格监狱探望鲁道夫·赫斯时结识过希特勒本人。[①]在豪斯霍费尔看来，德国必须扩大自己的"生存空间"，这种伪科学也为希特勒激进的扩张政策提供了依据。后者希望建立一个横跨欧非的德意志帝国，在此过程中，小国注定要毁灭和被吞并。然而艾丽卡·曼谴责的重点并不是豪斯霍费尔的

[266] 地缘政治理论，而是他作为德国精英阶层代表，却屈从于纳粹操控的行径。她质问道："儿子的牺牲是否让他感到过羞愧？"他在赫斯的苏格兰之行后便与纳粹保持距离，甚至遭到迫害，还在抵抗运动中失去了唯一的儿子，但这些事实没能让艾丽卡·曼改变对他的评价。至于他为保护她的祖父母提供的帮助，她也选择了无视。

　　艾丽卡·曼"不容调解的仇恨"（蒂尔曼·拉姆语）和戈洛·曼争取宽容的努力形成了鲜明的对立，他们也分别代表着战后德国社会的两种群体。1968 年，艾丽卡·曼毫不犹豫地站在学生运动的参与者一边。这些青年拒绝遗忘刚刚过去的历史，要求彻底清算父辈的责任。据艾丽卡·曼的传记作者伊尔梅拉·冯德吕尔称，他们那种有时显得苛刻无情的激进"很可能会得到艾丽卡·曼的认可和支持"[14]。与她相反，戈洛·曼则在70 年代逐渐倾向于认同弗朗茨·约瑟夫·施特劳斯的政治理念，后者将勃兰特政府的上台称为一次"左翼政变"。也正是施特劳

---

① 1923 年 11 月 8 日至 9 日的啤酒馆暴动后，希特勒和赫斯等纳粹党领袖被警察逮捕，关押在巴伐利亚州的兰茨贝格监狱。

斯受到的持续指控和"猛烈的攻讦",让戈洛·曼最终决定支持这位总理候选人。[15] 他最重要的政治伙伴之一阿尔弗雷德·塞德尔（Alfred Seidl）在 1977 年被任命为巴伐利亚内政部长，这个人不是别人，正是鲁道夫·赫斯在纽伦堡主要战犯审判中的辩护律师。

以战后围绕鲁道夫·赫斯展开的辩论为背景，再去重新审视纽伦堡审判时的各方观点，不难发现，当时的舆论没有为戈洛·曼主张的宽容留下丝毫余地。即便是后来与戈洛·曼和阿尔弗雷德·塞德尔一同主张释放赫斯的哈特利·肖克罗斯，当初也在纽伦堡审判的结案陈词中明确表示，所有被告都应被以杀人犯论处。[16] "那些违背法律，将本国和他国卷入战争的人，从一开始就将绞索套在了自己的脖子上。"苏联记者无一例外地认为赫斯应被判处死刑，BBC 记者卡尔·安德斯也写道，赫斯的签名出现在了无数道足以让他被判死刑的命令上。

[267]

即便在赫斯对法庭承认自己是伪装失忆后，还是有很多人对他的行为感到费解，认为他可能患有精神疾病。画家劳拉·奈特在从纽伦堡写给丈夫的信中形容此人"疯疯癫癫"、一脸病态，像个苦行僧，他的皮肤甚至呈现出奇怪的暗绿色。这番描述也体现在了奈特的画作《纽伦堡审判》中，画面中的鲁道夫·赫斯看上去完全瘫软在座位上。奈特还特别突出了他的秃顶，这让她想起削发的中世纪修士。[17] 僧侣的发型象征着对上帝的奉献，那么赫斯的发型正好对应着他对元首的狂热崇拜。

审判期间最诚实的表态大概来自格雷戈尔·冯·雷佐里。他坦言，自己不理解鲁道夫·赫斯其人，也无法理解他的行为。在他看来，人们还没有适当的视角来评价这些被告，谜一般的赫斯也是如此。不同于他的许多同行，雷佐里不再执着于一个明确的评判，而是总结道："邪恶不愿被彻底理解。"正如战后围绕赫斯的辩论那样，大多数人都试图以自己的方式定义这种"邪恶"，每个人的定义都不尽相同。除了那些置身事外的人（他们往往也不会公开表露自己的冷漠），公众的反应涵盖了仇恨、宽容再到支持的复杂情感，甚至还有人将他奉为殉道者加以崇拜——就像极右翼分子在 1988—2004 年每年举行的鲁道夫·赫斯纪念游行中所做的那样。联邦政府也站在宽容的一方。1984 年，德国政府基于人道主义考虑，再次向同盟国提出了释放这位 90 岁老人的请求，这次依然是徒劳。

---

注释：

1. T. Mann, *Zu den Nürnberger Prozessen*, S. 832 f.
2. E. Mann, *Alien Homeland*, Kap. 21, S. 7.
3. 托马斯·曼在一篇日记中提及了此事。参见 T. Mann, *Tagebücher 1946–1948*, S. 49。
4. 戈洛·曼可考地出现在纽伦堡的几天分别是 1945 年 12 月 6 日和 9 日，以及 1946 年 1 月 16 日。他写给母亲的信件原文见 T. Mann, *Tagebücher 1944–1946*, S. 771。
5. G. Mann, *Briefe 1932–1992*, S. 306.
6. 回忆此事时，戈洛·曼表现出了明显的羞愧，而不是自豪。参见克劳斯·利伯（Klaus Lieber）对他的采访：*Brückenbauer*, Nr. 18, 1. 5. 1985, S. 14。

7. 摘自 U. Bitterli, *Golo Mann*, S. 222。

8. K. Anders, *Im Nürnberger Irrgarten*, S. 23.

9. T. Mann, *Tagebücher* 1940–1943, S. 1051.

10. I. von der Lühe, *Erika Mann*, S. 412.

11. W. R. Heß, Rudolf Heß: «*Ich bereue nichts*», S. 9–13.

12. 摘自 U. Bitterli, *Golo Mann*, S. 213。

13. G. Mann, *Briefe 1932–1992*, S. 470.

14. I. von der Lühe, *Erika Mann*, S. 364.

15. J. Koch, *Golo Mann*, S. 346.

16. T. Taylor, *Die Nürnberger Prozesse*, S. 712.

17. D. Zwar, *Talking to Rudolf Hess*, S. 36.

# 参考文献

## 原始文献

Anders, K., *Im Nürnberger Irrgarten*, Nürnberg 1948.

Arendt, H. / Jaspers, K., *Briefwechsel, 1926–1969*, hg. von L. Köhler und H. Saner, München 1985.

Bernstein, V. H., *Final Judgement. The Story of Nuremberg*, New York 1947.

Brandt, W., *Erinnerungen*, Berlin 1989.

Brandt, W., *Links und frei. Mein Weg 1930–1950*, Hamburg 1982.

Brandt, W., *Nürnberger Verbrecher-Revue*, in: S. Radlmaier (Hg.), *Der Nürnberger Lernprozess*, S. 129–133.

Brandt, W., *Verbrecher und andere Deutsche. Ein Bericht aus Deutschland 1946*, Bonn 2007.

D'Addario, R., *Der Nürnberger Prozeß. Das Verfahren gegen die Hauptkriegsverbrecher 1945–1946*, Text: Klaus Kastner, Nürnberg 1994.

Daix, P., *Avec Elsa Triolet*, Paris 2010.

Deane, E. C., *Letters*, Reel 1, Hoover Institution Library & Archives.

*Der Nürnberger Prozeß*. Das Protokoll des Prozesses gegen die Hauptkriegsverbrecher vor dem Internationalen Militärgerichtshof 14. November 1945–1. Oktober 1946, 42 Bde., Nürnberg 1947–1949 (auf CD-ROM: Digitale Bibliothek, Bd. 20, Berlin 1999).

Diller, A. / Mühl-Benninghaus, W. (Hg.), *Berichterstattung über den Nürnberger Prozess gegen die Hauptkriegsverbrecher 1945/46. Edition und Dokumentation ausgewählter Rundfunkquellen*, Potsdam 1998.

Dodd, T. J., *Letters from Nuremberg. My Father's Narrative of a Quest for Justice*, hg. von C. J. Dodd, New York 2007.

Döblin, A., *Autobiographische Schriften und letzte Aufzeichnungen*, Olten und Freiburg i. B. 1977.

Döblin, A., *Wie das Land 1946 aussieht*, in: ders., *Schicksalsreise. Bericht und Bekenntnis*, Solothurn und Düsseldorf 1993, S. 312–322.

Döblin, A. (erschienen unter dem Pseudonym Hans Fiedeler), *Der Nürnberger Lehrprozess*, Baden-Baden 1946; abgedruckt auch in: A. Döblin, *Kleine Schriften IV*, hg. von A. W. Riley und C. Althen, Düsseldorf 2005, S. 170–216.

Dos Passos, J., *Das Land des Fragebogens. 1945: Reportagen aus dem besiegten Deutschland*, Hamburg 1999.

Dos Passos, J., *The Fourteenth Chronicle. Letters and Diaries of John Dos Passos*, hg. von T. Ludington, Boston 1973.

Ehrenburg, I., *In Nürnberg*, in: S. Radlmaier (Hg.), *Der Nürnberger Lernprozess*, S. 160–172.

Fehl, P., *Die Geister von Nürnberg*, in: *Sinn und Form*, 51.2, 1999, S. 275–298.

Flanner, J., *Brief aus Nürnberg, 17. Dezember 1945*, in: S. Radlmaier (Hg.), *Der Nürnberger Lernprozess*, S. 174–180.

Flanner, J., *Darlinghissima. Letters to a Friend*, hg. von N. Danesi Murray, New York 1985.

Flanner, J., *Janet Flanner's World. Uncollected Writings 1932–1975*, hg. von I. Drutman, New York 1979.

Flanner, J., *Paris, Germany ... Reportagen aus Europa 1931–1950*, München 1992.

Gaskin, H. (Hg.), *Eyewitnesses at Nuremberg*, London 1990.

Gellhorn, M. / Cowles, V., *Love Goes to Press*, hg. von S. Spanier, Lincoln und London 1995.

Gellhorn, M., *Dachau*, in: dies., *Das Gesicht des Krieges*, S. 316 ff.

Gellhorn, M., *Das Gesicht des Krieges. Reportagen 1937–1987*, Zürich 2012.

Gellhorn, M., *Die Gotenlinie. September 1944*, in: dies., *Das Gesicht des Krieges*, S. 225–238.

Gellhorn, M., *Ohne mich. Why I Shall Never Return to Germany*, in: *Granta*, Dezember 1992, S. 201–208.

Gellhorn, M., *Reisen mit mir und ihm. Berichte*, Hamburg 1990.

Gellhorn, M., *Selected Letters*, hg. von G. Moorehead, New York 2006.

Gilbert, G. M., *Nürnberger Tagebuch, Gespräche der Angeklagten mit dem Gerichtspsychologen*, Frankfurt a. M. 1962.

Habe, H., *Brief nach Kilchberg. Zum 60. Geburtstag von Erika Mann*, in: *Aufbau*, New York, 5. 11. 1965.

Habe, H., *Die Irrtümer von Nürnberg*, in: S. Radlmaier (Hg.), *Der Nürnberger Lernprozess*, S. 236–240.

Hemingway, E., *Selected Letters (1917–1961)*, hg. von C. Baker, New York 1981.

Hildesheimer, W., *Briefe*, hg. von S. Braese und D. Pleyer, Frankfurt a. M. 1999.

Hildesheimer, W., *Die sichtbare Wirklichkeit bedeutet mir nichts. Die Briefe an die Eltern 1937–1962*, Bd. 1, hg. von V. Jehle, Berlin 2016.

Hildesheimer, W., *Gesammelte Werke in sieben Bänden*, Bd. VII: *Vermischte Schriften*, hg. von V. Jehle und C. L. Hart Nibbrig, Frankfurt a. M. 1991.

Jaspers, K., *Die Schuldfrage. Von der politischen Haftung Deutschlands*, München 1987.

Kästner, E., *Gesammelte Schriften für Erwachsene*, Bd. 7, Köln 1959.

Kästner, E., *Streiflichter aus Nürnberg*, in: ders., *Werke*, Bd. 6: *Splitter und Balken. Publizistik*, hg. von. H. Sarkowicz und F. J. Görtz, München 1998.

Kempner, R. M. W., *Ankläger einer Epoche. Lebenserinnerungen*, in Zusammenarbeit mit J. Friedrich, Frankfurt a. M. und Berlin 1983.

Mann, E., *Alien Homeland*, Stadtbibliothek München / Monacensia, Nachlass Erika Mann, https://www.monacensia-digital.de/mann/content/titleinfo/3326 9.

Mann, E., *Blitze überm Ozean. Aufsätze, Reden, Reportagen*, hg. von I. von der Lühe und U. Neumann, Hamburg 2000.

Mann, E., Briefe, Stadtbibliothek München / Monacensia, Nachlass Erika Mann, https://www.monacensia-digital.de/nav/classification/41691.

Mann, E., *Briefe und Antworten*, hg. von A. Zanco Prestel, 2 Bde., München 1984.

Mann, G., *Briefe 1932–1992*, hg. von T. Lahme und K. Lüssi, Göttingen 2007.

Mann, K., *Der Wendepunkt. Ein Lebensbericht*, Hamburg 2005.

Mann, T., *Essays*, Bd. 5, *Deutschland und die Deutschen. 1938–1945*, hg. von H. Kurzke und S. Stachorski, Frankfurt a. M. 1996.

Mann, T., *Tagebücher 1940–1943*, hg. von P. de Mendelssohn, Frankfurt a. M. 2003.

Mann, T., *Tagebücher 1946–1948*, hg. von I. Jens, Frankfurt a. M. 2003.

Mann, T., *Zu den Nürnberger Prozessen*, in: ders., *Tagebücher 1944–1946*, hg. von I. Jens, Frankfurt a. M. 2003, S. 832 f.

Mendelssohn, P. de, Briefe, Stadtbibliothek München / Monacensia, Nachlass Peter de Mendelssohn, B 134 und B 59.

Mendelssohn, P. de, *Eine schreckliche Stadt*, in: S. Radlmaier (Hg.), *Der Nürnberger Lernprozess*, S. 153–160.

Mendelssohn, P. de, *Unterwegs mit Reiseschatten*, Frankfurt a. M. 1977.

Michel, E. W., *Promises Kept. Ein Lebensweg gegen alle Wahrscheinlichkeiten*, Mannheim 2013.

Ocampo, V., *Mein Leben ist mein Werk. Eine Biographie in Selbstzeugnissen*, hg. von R. Kroll, Berlin 2010.

Orwell, G., *As I Please*, in: Tribune, 12. Januar 1945.

Polewoi, B., *Nürnberger Tagebuch*, Berlin 1971.

Qian, X., *Vor dem Prozess*, in: S. Radlmaier (Hg.), *Der Nürnberger Lernprozess*, S. 19–24.

Radlmaier, S. (Hg.), *Der Nürnberger Lernprozess. Von Kriegsverbrechern und Starreportern*, Frankfurt a. M. 2001.

Rezzori, G. von, *Das Schlusswort von Rudolf Heß*, in: S. Radlmaier (Hg.), *Der Nürnberger Lernprozess*, S. 287–300.

Rezzori, G. von, *Mir auf der Spur*, München 1999.

Scherpe, K. (Hg.), *In Deutschland unterwegs. Reportagen, Skizzen, Berichte 1945–1948*, Stuttgart 1982.

Schmidt, P., *Der Statist auf der Galerie 1945–50. Erlebnisse, Kommentare, Vergleiche*, Bonn 1951.

Schostakowitsch, D., *Die Memoiren*, hg. von S. Wolkow, Berlin 2000.

Shirer, W., *Berliner Tagebuch. Das Ende. 1944–45*, Köln 1994.

Shirer, W., *Twentieth Century Journey: The Start, 1904–1930; The Nightmare Years, 1930–1940; A Native's Return, 1945–1988*, 3 Bde., New York 2020.

Shirer, W., *Zustände wie in Sing-Sing*, in: S. Radlmaier (Hg.), *Der Nürnberger Lernprozess*, S. 137–140.

Simon, S., *La Galerie des monstres. À Nuremberg dans les coulisses du plus grand procès de l'histoire*, Nancy 1946.

Speer, A., *Erinnerungen*, Berlin 1969.

Süskind, W. E., *Die Mächtigen vor Gericht. Nürnberg 1945/46 an Ort und Stelle erlebt*, München 1963.

Süskind, W. E., *Die tänzerische Generation*, in: *Der deutsche Merkur*, 8. Jg., Bd. II, April–September 1925, S. 586–597.

Süskind, W. E., *Gekannt, verehrt, geliebt. 50 Nekrologe aus unserer Zeit*, München 1969.

Triolet, E., *Der Prozess tanzt*, in: S. Radlmaier (Hg.), *Der Nürnberger Lernprozess*, S. 251–267.

Voslensky, M., *Stalin war mit Nürnberg unzufrieden*, in: *Der Spiegel*, 41/1986, https://www.spiegel.de/politik/stalin-war-mit-nuernberg-unzufrieden-a-6d efab2d-0002-0001-0000-000013519365.

Wagner, W., *Lebens-Akte*, München 1994.

West, R., *Gewächshaus mit Alpenveilchen. Im Herzen des Weltfeindes. Nürnberg, Berlin 1946*, Berlin 1995.

West, R., *Selected Letters*, hg. von B. Kime Scott, New Haven 2000.

White, O., *Die Straße des Siegers. Eine Reportage aus Deutschland 1945*, München 2006.

Wolf, M., *Nürnberger Sakuska*, in: S. Radlmaier (Hg.), *Der Nürnberger Lernprozess*, S. 87–89.

Wolf, M., *Spionagechef im geheimen Krieg. Erinnerungen*, Berlin 1997.

Zuckmayer, C., *Als wär's ein Stück von mir. Horen der Freundschaft*, Wien 1966.

研究文献

André, R., *W. E. Süskind beim Nürnberger Prozess*, in: S. Braese (Hg.), *Rechenschaften. Juristischer und literarischer Diskurs in der Auseinandersetzung mit den NS-Massenverbrechen*, Göttingen 2004, S. 25–46.

Balachova, T., *Le Double Destin d'Elsa Triolet en Russie (Documents des Archives moscovites)*, in: M. Gaudric-Delfranc (Hg.), *Elsa Triolet*, S. 93–101.

Bartlitz, C., *Von «gewöhnlichen Ganoven» und «erbärmlichen Kreaturen». Täterbilder in der Berichterstattung des Berliner Rundfunks über den Nürnberger Prozess 1945/46*, in: U. Weckel / E. Wolfrum (Hg.), *Bestien und Befehlsempfänger*, S. 66–91.

Behr, M. / Corpataux, M., *Die Nürnberger Prozesse. Zur Bedeutung der Dolmetscher für die Prozesse und der Prozesse für die Dolmetscher*, München 2006.

Behring, R., *Normalisierung auf Umwegen*. *Polen in den politischen Konzeptionen Willy Brandts, 1939–1966*, in: *Vierteljahreshefte für Zeitgeschichte*, 58/1, 2010, S. 35–68.

Benda, E., *Der Nürnberger Prozeß. Grundlage eines neuen Völkerrechts?*, in: U. Schultz (Hg.), *Große Prozesse. Recht und Gerechtigkeit in der Geschichte*, München 1996, S. 340–350.

Beutler, K., *Erich Kästner. Eine literaturpädagogische Untersuchung*, Weinheim 1967.

Bitterli, U., *Golo Mann. Instanz und Außenseiter*, Zürich 2004.

Bourguignon, A., *Willy Brandt et le procès de Nuremberg*, in: *Guerres mondiales et conflits contemporains*, 2013, 4 (252), S. 95–112.

Boyes, R., *Der Fetteste überlebt*, in: *Der Tagesspiegel*, 17. 4. 2010, www.tagesspiegel. de/meinung/my-berlin-der-fetteste-ueberlebt/1803114. html.

Braese, S., *Jenseits der Pässe: Wolfgang Hildesheimer. Eine Biographie*, Göttingen 2016.

Carter Hett, B., *«This Story Is about Something Fundamental». Nazi Criminals, History, Memory, and the Reichstag Fire*, in: *Central European History*, vol. 48/2, 2015, S. 199–224.

Cuthbertson, K., *A Complex Fate. William L. Shirer and the American Century*, Montreal 2015.

Delranc-Gaudric, M., *«La Valse des juges». Elsa Triolet au procès de Nuremberg*, in: *Recherches croisées Aragon – Elsa Triolet*, Nr. 12, Straßburg 2009, online unter: https://books. openedition.org/pus/7674?lang=de.

Edy, C. M., *The Woman War Correspondent, the U. S. Military and the Press. 1846–1947*, Lanham 2017.

Epstein, K., *Shirer's History of Nazi Germany*, in: *The Review of Politics*, vol. 23, no. 2, April 1961, S. 230–245.

Eychart, M.-T., *L'Allemagne entre mythe et réalité*, in: M. Gaudric-Delranc (Hg.), *Elsa Triolet*, S. 65–82.

Feigel, L., *The Bitter Taste of Victory. Life, Love and Art in the Ruins of the Reich*, London 2016.

Fitzel, T., *Eine Zeugin im Nürnberger Prozess*, in: G. Ueberschär (Hg.), *Der Nationalsozialismus vor Gericht*, S. 60–72.

Franzke, J. (Hg.), *Das Bleistiftschloss. Familie und Unternehmen Faber-Castell in Stein*, Ausstellungskatalog, München 1986.

Franzke, J. / Schafhauser, P., *Faber-Castell – Die Bleistiftdynastie*, in: H. Petroski, *Der Bleistift. Die Geschichte eines Gebrauchsgegenstands*, Basel 1995, S. 331 ff.

Frei, N., *«Wir waren blind, ungläubig und langsam». Buchenwald, Dachau und die amerikanischen Medien im Frühjahr 1945*, in: *Vierteljahreshefte für Zeitgeschichte*, 1987/3, S. 385–401.

Gaudric-Delfranc, M., (Hg.), *Elsa Triolet. Un écrivain dans le siècle*, Paris 2000.

Gemählich, M., *Frankreich und der Nürnberger Prozess gegen die Hauptkriegsverbrecher 1945/46*, Berlin u. a. 2018.

Görtz, F. J. / Sarkowicz, H., *Erich Kästner. Eine Biographie*, München 1998.

Gribben, B., *Weighted Scales. American Newspaper Coverage of the Trial of the Major War Criminals at Nuremberg*, Masterarbeit, 2010, https:///scholars.fhsu.edu/ cgi/viewcontent.cgi?article=1169&context=theses.

Gutmann, I. / Jäckel, E. / Longerich, P. / Schoeps, J. H., (Hg.), *Enzyklopädie des Holocaust. Die Verfolgung und Ermordung der europäischen Juden*, 3 Bde., Berlin 1993.

Hanuschek, S., *Keiner blickt dir hinter das Gesicht. Das Leben Erich Kästners*, München 1999.

Harbou, K. von, *Als Deutschland seine Seele retten wollte. Die Süddeutsche Zeitung in den Gründerjahren nach 1945*, München 2015.

Hastings, A., *Special Peoples*, in: Nations and Nationalism, vol. 5, issue 3, Juli 1999, S. 381–396.

Heß, W. R., *Rudolf Heß: «Ich bereue nichts»*, Graz und Stuttgart 1994.

Hirsch, F., *Soviet Judgement at Nuremberg. A New History of the International Military Tribunal after World War II*, Oxford 2020.

Hirsch, W., *Zwischen Wirklichkeit und erfundener Biographie. Zum Künstlerbild bei Wolfgang Hildesheimer*, Hamburg 1997.

Hörner, U., *Die realen Frauen der Surrealisten*, Mannheim 1996.

Hörner, U., *Elsa Triolet und Louis Aragon. Die Liebenden des Jahrhunderts*, Berlin 1998.

Jockusch, L., *Justice at Nuremberg? Jewish Responses to Nazi War-Crime Trials in Allied-Occupied Germany*, in: Jewish Social Studies, 19, 2012, S. 107–147.

Kastner, K., *Von den Siegern zur Rechenschaft gezogen. Die Nürnberger Prozesse*, Nürnberg 2001.

Kinnebrock, S., *Frauen und Männer im Journalismus. Eine historische Betrachtung*, in: M. Thiele (Hg.), *Konkurrenz der Wirklichkeiten. Wilfried Scharf zum 60. Geburtstag*, Göttingen 2005, S. 101–132.

Knezevic, A., *Inhabitants of the Proud Bosnia. The Identity of the European Native Muslims*, in: Islamic Studies, 40, 1, 2001, S. 133–177.

Koch, J., *Golo Mann und die deutsche Geschichte. Eine intellektuelle Biographie*, Paderborn 1998.

Kölbel, R., *Roland Graf von Faber-Castell*, in: Fränkische Lebensbilder, Bd. 21, hg. im Auftrag der Gesellschaft für fränkische Geschichte, Würzburg 2006, S. 349–372.

Kohl, C., *Das Zeugenhaus. Nürnberg 1945: Als Täter und Opfer unter einem Dach zusammenlebten*, München 2005.

Koppenfels, W. von, *Orwell und die Deutschen*, in: Deutsche Vierteljahrsschrift für Literaturwissenschaft und Geistesgeschichte, 58, 4, 1984, S. 658–678.

Krösche, H., *Nürnberg und kein Interesse? Der Prozess gegen die Hauptkriegsver-*

*brecher 1945/46 und die Nürnberger Nachkriegsöffentlichkeit*, in: *Mitteilungen des Vereins für Geschichte der Stadt Nürnberg*, 93, 2006, S. 299–318.

Krösche, H., *Zwischen Vergangenheitsdiskurs und Wiederaufbau. Die Reaktion der deutschen Öffentlichkeit auf den Nürnberger Prozess gegen die Hauptkriegsverbrecher 1945/46, den Ulmer Einsatzgruppenprozess und den Sommer-Prozess 1958*, Oldenburg 2009.

Kuehl, K., *Das Schloss Faber-Castell in Stein. Zur Bau- und Kulturgeschichte eines Unternehmer-Wohnsitzes*, in: J. Franzke (Hg.), *Das Bleistiftschloss*, S. 32–65.

Kurzke, H., *Thomas Mann. Das Leben als Kunstwerk*, München 1999.

Lahme, T., *Golo Mann. Biographie*, Frankfurt a. M. 2009.

Lea, H. A., *Wolfgang Hildesheimers Weg als Jude und Deutscher*, Stuttgart 1997.

Lentner, B., *Propaganda für die Alliierten oder Aufarbeitung des Faschismus? Die Berichterstattung über den Nürnberger Prozeß gegen die Hauptkriegsverbrecher in den deutschen Nachkriegszeitungen*, Eichstätt 1997.

Lesinska, Z. P., *Perspectives of Four Women Writers on the Second World War. Gertrude Stein, Janet Flanner, Kay Boyle and Rebecca West*, New York 2002.

Ludington, T., *John Dos Passos. A Twentieth Century Odyssey*, New York 1980.

Lühe, I. von der, *Erika Mann, Eine Biographie*, Frankfurt a. M. 1996.

Lühe, I. von der, *The Big 52. Erika Manns Nürnberger Reportagen*, in: U. Weckel / E. Wolfrum (Hg.), *Bestien und Befehlsempfänger*, S. 25–37.

Maier, C., *Die Reportage in der ersten Hälfte des 20. Jahrhunderts*, in: G. Gerber / R. Leucht / K. Wagner (Hg.), *Transatlantische Verwerfungen. Transatlantische Verdichtungen. Kulturtransfer in Literatur und Wissenschaft 1945–1989*, Göttingen 2012, S. 87–109.

McLoughlin, K., *Martha Gellhorn. The War Writer in the Field and in the Text*, Manchester 2007.

Mellinger, G. / Ferré, J. (Hg.), *Journalism's Ethical Progressions. A Twentieth-Century Journey*, Lanham 2020.

Mendelssohn, P. de, *Der Geist in der Despotie*, Frankfurt a. M. 1987.

Mendelssohn, P. de, *Zeitungsstadt Berlin. Menschen und Mächte in der Geschichte der deutschen Presse*, Berlin 2017.

Merritt, A. / Merritt, R. L. (Hg.), *Public Opinion in Occupied Germany. The OMGUS Surveys, 1945–1949*, Urbana, Chicago und London 1970.

Merseburger, P., *Willy Brandt, 1913–1992. Visionär und Realist*, München 2013.

Mettler, B., *Demokratisierung und Kalter Krieg. Zur amerikanischen Informations- und Rundfunkpolitik in Westdeutschland 1945–1949*, Berlin 1975.

Mitscherlich, A., *Geschichtsschreibung und Psychoanalyse. Bemerkungen zum Nürnberger Prozess (1945)*, in: *Psyche*, 36 (12), 1982, S. 1082–1093.

Moorehead, C., *Martha Gellhorn. A Life*, London 2003.

Nadolny, S., *Elsa Triolet*, Dortmund 2000.

Nestmeyer, R., *Französische Dichter und ihre Häuser*, Berlin 2005.

Ogorreck, R. / Ries, V., *Fall 9: Der Einsatzgruppenprozess (gegen Otto Ohlendorf und andere)*, in: G. Ueberschär (Hg.), *Der Nationalsozialismus vor Gericht*, S. 164–175.

Payk, M., *Der Geist der Demokratie. Intellektuelle Orientierungsversuche im Feuilleton der frühen Bundesrepublik: Karl Korn und Peter de Mendelssohn*, München 2008.

Raddatz, F., *Traum und Vernunft. Louis Aragon*, in: ders., *Essays 2: Eros und Tod. Literarische Portraits*, Hamburg 1990.

Radlmaier, S., *Das Bleistiftschloss als Press Camp*, Stein bei Nürnberg 2015.

Reichenbach, A., *Chef der Spione. Die Markus-Wolf-Story*, Stuttgart 1992.

Reus, G., *Was Journalisten von Erich Kästner lernen können*, in: *Journalistik*, 1/2018, S. 26–46.

Rollyson, C., *Nothing Ever Happens to the Brave. The Story of Martha Gellhorn*, New York 1990.

Rollyson, C., *Rebecca West. A Life*, New York 1996.

Rollyson, C., *Reporting Nuremberg. Martha Gellhorn, Janet Flanner, Rebecca West and the Nuremberg Trials*, in: *The New Criterion*, September 1998, online unter: https://newcriterion.com/issues/1998/9/reporting-nuremberg.

Rosenfeld, G. D., *The Reception of William L. Shirer's The Rise and Fall of the Third Reich in the United States and West Germany, 1960–62*, in: *Journal of Contemporary History*, vol. 29, no. 1, 1994, S. 95–128.

Ross, A., *The Rest is Noise*, München 2007.

Rudder, A. de, *Ein Prozess der Männer. Geschlechterbilder in der Berichterstattung zum Nürnberger Hauptkriegsverbrecherprozess 1945/46*, in: U. Weckel / E. Wolfrum (Hg.), *Bestien und Befehlsempfänger*, S. 38–65.

Rückerl, A., *NS-Verbrechen vor Gericht. Versuch einer Vergangenheitsbewältigung*, Heidelberg 1984.

Sayn-Wittgenstein, F. Prinz zu, *Schlösser in Franken. Residenzen, Burgen und Landsitze im Fränkischen*, 3., durchges. Aufl., München 1984.

Schaber, W., *Der Fall Ullmann – Lherman – Oulmàn*, in: *Exilforschung*, 7, 1989, S. 107–118.

Schoeller, W., *Döblin. Eine Biographie*, München 2011.

Shirer, W., *Aufstieg und Fall des Dritten Reiches*, Köln 1961.

Sprecher, D., *Abenteurerin zwischen den Welten. Das aufregende Leben der Katharina «Nina» Sprecher von Bernegg (1917–1993)*, in: *Bündner Monatsblatt*, 3, 2016, S. 333–342.

Stafford, A., *Wilson, Keppel and Betty. Too Naked for the Nazis*, London 2015.

Stemberger, M., *Zwischen Surrealismus und Sozrealismus. Ambivalenzen der Avantgarde am Beispiel Elsa Triolet*, in: S. Bung / S. Zepp (Hg.), *Migration und Avantgarde. Paris 1917–1962*, Berlin und Boston 2020, S. 71–117, online unter: https://www.degruyter.com/document/doi/10.1515/9783110679366-005/html.

Strickhausen, W., *Im Zwiespalt zwischen Literatur und Publizistik. Deutungsversuch*

zum Gattungswechsel im Werk der Exilautorin Hilde Spiel, in: T. Koebner /
W. Koepke / C.-D. Krohn / S. Schneider (Hg.), Exilforschung, Bd. 7, 1989,
S. 166–183.

Taylor, T., Die Nürnberger Prozesse. Hintergründe, Analysen und Erkenntnisse aus
heutiger Sicht, München 1994.

Tüngel, R. / Berndorff, H. R., Auf dem Bauche sollst du kriechen. Deutschland unter
den Besatzungsmächten, Hamburg 1958.

Ueberschär, G. (Hg.), Der Nationalsozialismus vor Gericht. Die alliierten Prozesse
gegen Kriegsverbrecher und Soldaten 1943–1952, Frankfurt a. M. 1999.

Utley, F., The High Cost of Vengeance, Chicago 1949.

Vaksberg, A. / Gerra, R., Sem' dnej v marte. Besedy ob emigracii, St. Petersburg 2010.

Wagener, B., Inländische Perspektivierungen. Erich Kästner als Feuilletonist der Neuen
Zeitung, in: B. Blöbaum / S. Neuhaus (Hg.), Literatur und Journalismus. Theo-
rie, Kontexte, Fallstudien, Wiesbaden 2003, S. 195–226.

Wagner, H.-U., Der Nürnberger Hauptkriegsverbrecherprozess als Medienereignis. Die
Berichterstattung durch die Rundfunksender in den westalliierten Besatzungszonen
1945/46, in: https://zeitgeschichte-online.de/geschichtskultur/der-nuern-
berger-hauptkriegsverbrecherprozess-als-medienereignis.

Wallbaum, K., Der Überläufer. Rudolf Diels (1900–1957) – der erste Gestapo-Chef des
Hitler-Regimes, Frankfurt a. M. 2010.

Weber, R., Dateline – Liberated Paris. The Hotel Scribe and the Invasion of the Press,
Lanham 2019.

Weckel, U. / Wolfrum, E. (Hg.), Bestien und Befehlsempfänger. Frauen und Männer
in NS-Prozessen nach 1945, Göttingen 2003.

Weinke, A., Die Nürnberger Prozesse, München 2019.

Weiss, A., In the Shadow of the Magic Mountain. The Erika and Klaus Mann Story,
Chicago 2008.

Weiss, A., Paris war eine Frau. Die Frauen von der Left Bank, Reinbek 1998.

Wilke, J. / Schenk, B. / Cohen, A. A. / Zemach, T., Holocaust und NS-Prozesse.
Die Presseberichterstattung in Israel und Deutschland zwischen Aneignung und Ab-
wehr, Köln 1995.

Wineapple, B., Genêt. A Biography of Janet Flanner, New York 1989.

Wolbring, B., Nationales Stigma und persönliche Schuld. Die Debatte über die Kollek-
tivschuld in der Nachkriegszeit, in: Historische Zeitschrift, 289, 2009, S. 325–364.

Zwar, D., Talking to Rudolf Hess, Cheltenham 2010.

# 人名索引